白鸟坠入密林

贝客邦 著

南海出版公司

新经典文化股份有限公司
www.readinglife.com
出　品

目 录

第一章　**大雪有痕**　1

第二章　**山海之间**　31

第三章　**田园外**　40

第四章　**迷踪**　71

第五章　**密林中**　93

第六章　**暗流交汇**　113

第七章　**心有山风吹拂**　133

第八章　**十字路口**　153

第九章　**相逢与别离**　173

第十章　**寻安河**　205

第十一章　**噩梦**　220

第十二章　**盐平山**　239

第十三章　**雪融未晴**　261

第十四章　**不熄的淡光**　283

第十五章　**归林**　299

第十六章　**拾荒者**　310

第十七章　**动机**　323

第十八章　**尽头**　332

第十九章　**秋夜凭栏**　337

第二十章　**冬雪暂歇的夜晚**　345

第二十一章　**隐藏的山路**　382

第二十二章　**尾声**　404

第一章 大雪有痕

二〇一七年九月二十七日，我接受老板的委托去革马村出差。我是一个人上路的，到了那儿，会有一位我从未谋面的纪录片导演接应我。

早上六点十分在市里搭最早一班城乡公交，一个半小时到达岭阳镇，出站后跟包子铺的老板打听路线，磕磕巴巴的听不清楚——地名都是陌生的，听清楚了也白搭。老板比画着说了好一阵，我过意不去买了两个包子，其实并不想吃东西。

我坐上出租车，迷迷糊糊睡着了。隐约听到被轮胎挤压弹开的石子撞上车架的声音，然后车速突然慢了下来。路边的树断开一处空当，五六米宽，露出一片水泥场地，明晃晃的，刺得人眼球疼。

“到哩——”司机吐纳般叹了一声。

场地上停着几辆轿车，后面是一间大平房，门头上用红色的书法字体写着“革马村礼堂”。

路面很干燥，车轮卷起的灰尘还没有完全散开。我推开车门，拽出双肩包走向礼堂。为了避免看起来太幼稚，我把两根肩带拢在一起，只挂在右肩。包里有一台七斤重的笔记本电脑，边缘掉漆，是上一任剪辑师留下来的。

约好八点到，但我已经迟到了十五分钟。礼堂占地差不多一个篮球场，阳光太亮，一溜窗户都黑乎乎的，什么也看不见。我期待里面的人都还没坐踏实，三五扎堆、聊天倒茶，这样我进门就不会太引人注目。可实际情况正好相反，他们齐刷刷望着我。原本在主席台上讲话的中年男人也没声了，手举在半空。

这时候最体面的办法是环视一圈找到熟人，点头招手，证明自己不是走错门了。我没法那么做，因为我一张脸也不认识，这是预先就知道的。我伏下身，贼一样走到后排，挨着过道坐下。

台上的中年男人恢复发言道："那个……啊，网络，也是一个渠道。大家每天都离不开网络，网络是好东西。我们哪，不要对网络视频抱有偏见，还是有一些高质量的、严肃的、成系统的、具有宣扬价值的视频，是哇？

"前段时间市里开会，宣传部门也强调了保护未成年人的安全意识，这个需要普及。特别是考虑到咱们这儿悬了九年的那个心结，我觉得这个片子拍出来很有意义。"

会场没有想象中大。台下坐着二三十人，前排的聚在一起，后排的彼此间隔得很远。他们打扮朴素，都有些年纪了，原本一个个绷着脸，却在听到这句话之后，神色松动起来。

除了中年男人，主席台上还坐着一个头发铁灰的老头，以及一男一女两个年轻人。女人的年轻是真的，男人的年轻只是相对在场的其他人而言。

我的手机发出消息提示音，直觉告诉我应该赶紧看一眼。果然，是名叫陈舜的纪录片导演发来的微信。

"坐到上面来。"

我抬起头，和那个刚刚才确信他就是陈舜的男人对视。他朝一边努嘴示意。我轻手轻脚走上台，坐到他示意的位子上。

位子在主席台最左边，我和陈舜中间坐着那个年轻女人。她转过脸朝我嫣然一笑，有香气飘来；我面前支着一个话筒——我很担心一会儿要让我发言。这两个因素让我注意力涣散，重新集中起来时，说话的人已经变成了陈舜。他大概三十五六，头发蓬松带卷，胡子刮得不干净，白衬衫外套了件墨绿色的帆布马甲，上下四个口袋，把他单薄的身体撑得稍微丰满了些。他的嗓音粗沉而洪亮，和瘦长的脸不大相称。

“今天感谢大家到场，也谢谢王站长和谭村长的动员。我是一名纪录片导演，我叫陈舜。这两位是摄制组成员，我们将在接下来的一段时间内，跟大家一起完成影片的录制。

“所谓纪录片，就是真实地记录人和事，不需要任何表演。主要的形式是访谈，说得通俗一点，就是聊天，是跟这位美女聊，不是跟我。访谈地点呢，也尽量选择大家熟悉的地方，比如就在自己家里，这样更轻松自然。大家心里不要有负担，当摄像机不存在就行了。”

我心里却有了负担。看这番阵仗，一时半会儿恐怕回不去了。

昨晚我问老板，前期拍摄为什么要叫我这个剪辑师上阵，是不是急着当场出片。老板说，他的朋友——一位纪录片导演挖掘到了好题材，临时缺人手。这对我来说是个不错的机会。他说了很多安抚和激励我的话，直到挂电话也没有回答我的问题。

虽然我就职的公司只是个拍婚庆短片的小作坊，没什么发展空间，可是我没有拒绝老板的勇气，至少仅以出差辛苦为由是说不过去的。

此时，礼堂现场的氛围着实古怪，没有一点项目策划会该有的样子。台上振振有词，台下愁云不展。从面相上看，中年男人是“王站长”，头发铁灰的老头则是“谭村长”。刚才陈舜还提到了“动员”这个词，也就是说，配合摄制组完成采访对村民来说是一件为难的事。迟到的那十五分钟里，我错过了关于纪录片内容的关键信息，具体要拍什么，我仍一头雾水。

“怎么拍、怎么录的问题，真要做了，再具体说也不迟。”最前排的一个女人打断陈舜，“对不起，我简单说两句。”

“苏主任请说，请说。”谭村长连忙说。

苏主任膀大腰圆，下巴藏在脖子里，她撑着扶手站起来，脑袋和上身同步旋转，对着台下说："我们革马村躲在犄角旮旯里，靠海靠山，交通闭塞，经济发展一直不怎么样，度假村的生意也是一年不如一年。可最起码每个人在岗位上都是兢兢业业，办事团结一心，治安更是不用提，连小偷小摸都没有……"她叹了口气，把目光转回台上，"除了小莹的事，真的没什么污点。俗话说，家丑不可外扬，这要拿出来说，还要放到网上给人家看，谭村长你说……我觉得是不是应该再琢磨琢磨？"

这番话在台下激起一阵涟漪，有个声音尖细的男人说："那时候为了这档事，整个村子乱成一锅粥，公安好不容易控制住那些记者……过了这么多年总算平复一些了，可是伤还没好透，现在旧事重提就跟揭痂一样。"

"嗯，大家的顾虑我都理解。"谭村长慢条斯理地回应，"我们商量了很久，也已经和县委的领导提过了。"

他把脸转向王站长，王站长点点头表示自己也知道这件事。

"我们不妨从另一个角度来看待接下来要做的事。咱们岭阳镇，一年到头有多少案子呢？去年是一百三十八起，一百三十八，这只是刑事案的数量。刑事案的破获率有多少？百分之四十到五十，就当一半吧，还有六十九个案子破不了，年复一年，这个数字越来越大，这里面也有像小莹一样，再也找不回来的孩子。

"是啊，我们革马村人世代安分，守着一个死角落闷头种地，开发度假村之前，就像一个小农场。但是我觉得，地方小，我们的思想格局不能小。一个村子，就像一个人，要在这世上安身立命，不求有多大能力，但得有一个态度！案子已经发生了，扪心自问，这九年来，我们做过什么呢？当然可能不管做什么，事情也不会改变。可我总觉得心里有疙瘩，放不下。"

谭村长的声音变得嘶哑，嗓子里好像有细丝穿梭。

"靠大家一路支持，我在这个位子上已经坐了五届了，真的非常感谢。我有时候躺在床上睡不着，我就想，我退下去的那一天，要跟下一任村长说点啥……”

发言戛然而止，村民们神色凝重，礼堂里一片沉默。

我开始琢磨他们在说什么，进而感到惶恐，又有些兴奋。

王站长接过话筒，舔舔嘴唇说：“苏主任说是污点，我觉得言重了。我认为啊，这非但不是污点，反而是一次革马村表达人文态度和法律观念的机会。

“我很清楚当时的情况，孩子的寻人启事铺天盖地，那会儿还没有智能手机，否则恐怕全世界都知道这里有个孩子走丢了。可实际情况是这样吗？眼看破不了案，就不让媒体报道。于是呢，我们大家开始不断给自己暗示，孩子就是走丢了、迷路了、离家出走了——只是这样而已。我问一句在座的各位，有几个人是真心这样认为的呢？公安有公安的顾虑，我们也理解。这么多年过去了，他们对这个案子的态度也在改变。只不过，没有新的线索出现，他们不可能调派警力重新查案。

“如今时代变了，媒体督促司法，本来就是理所应当的事情。冤假错案是冤，明知有人做了坏事却拿他没办法，也是冤。陈导跟我聊起这个片子，我就感觉，心里有一棵已经枯萎的树苗在发芽。要重新唤起社会各界对这件案子的关注，没有比拍摄纪录片更好的形式了。这何尝不是一种责任呢？我相信，只要我们真诚坦然地面对，革马村将来的标签绝对不是罪恶，而是自省。”

苏主任坐回自己位子，其他人互看几眼，也不再说话。

过了一会儿，前排有个男人举起手。

“让齐山说几句吧。”谭村长请男人上台，把自己的座位让出来，走到一边站着。

“为了小莹的事，真的麻烦大家了。”

男人个子矮小，看面容五十来岁，两鬓却已经泛白。除了王站长，他是现场唯一穿西装的人。

“容我唠叨两句心里话。我半辈子都在做生意，心里只有自己的厂子。赚了点钱，脾气就差，以往有什么得罪的地方，大家请多担待。

“我记得小莹四岁的时候，我们一家出去旅游。回来以后她就一直问下一次什么时候去，她妈妈觉得她贪玩，不肯随便答应她。后来我弄明白了，小莹以为只有旅游的时候，爸爸才会出现……不是她以为，是真的。我吃在厂里，睡在厂里，陪客户的时间比陪家人的时间还要多。我在心里发誓，等生意稳定下来，天天陪着女儿。可是老天爷没有给我这样的机会……

“我和她妈妈一直没有再生孩子，再生一个，就好像彻底放弃小莹了。作为一个父亲，哪怕是个不合格的父亲，我的心态和大家是不一样的，请你们包容我的任性，我还没有放弃，从来没有过。小莹还活着，她只是因为某种原因不能回家。我希望这个片子拍出来，小莹能看到，知道家里人一直在等她。”

台下有人在抹眼泪，有人托着额头紧闭双眼。

小莹的父亲深吸一口气，继续说道：“家丑不可外扬是没错，不过那个人，他是自家人吗？娶了俞家的姑娘，在村里住上几年，就是自家人了？他什么时候尊重过别人，他把这里当家吗？就算没有小莹的事情，他也不是个正常人啊……对不起，我有点激动，毕竟一直没找到证据，如果话说重了，我向俞家的人赔不是。”

大家不约而同地看向第一排末端的男人，他大概就是小莹父亲所指的“俞家人”。

男人架起二郎腿瓮声道：“你们看我干什么！我一个叔叔，关我什么事！那小子我第一眼看了就觉得不舒服，可喜酒都喝了，我二哥又中意这个女婿，我有什么办法？”

“看你急的，谁怪你了。”苏主任白了男人一眼。

“要拍就拍，反正我是没意见。”

“好，俞老三第一个表态了。”谭村长顺势问道，“其他人呢？”

一众村民仍然没有吱声，相互窥探彼此的脸色，原先的漠然和消极已经看不见了。

“这样吧，不着急。大家伙回去以后跟家里人通个气，好吧？陈导这边的工作也得一步步来……”

“不用再磨叽了！”苏主任腾地站起来，“愿意配合的举个手。”说完她抬起了胳膊。

刚才带头反对，此时的态度却像上战场的烈女一般。也对，领导说到这个份上，意思很明白了，万一最后项目黄了，她要倒霉。

陆陆续续，所有人都举起手来。我听到陈舜长舒一口气。

“谢谢。”小莹的父亲眼眶通红，站起身朝台下深深鞠躬。

村长宣布散会，村民们却没有散的意思，有人小声对苏主任耳语，其他人见势也围过去了。

主席台侧边有一扇小门，台上的六个人排成队朝外走，我背着包走在最后，身前是陈舜的女助手——也可以说，是我接下来的工作伙伴。

到了门外场地上，谭村长和王站长的右手自然地握在一起，一握就分不开了，聊几句，晃三晃。陈舜接了小莹父亲一根烟，两人边抽边聊。这样一来，我和女助手就成了潜在的谈话组合。

她穿浅灰色的圆领卫衣，九分牛仔裤和白球鞋，随意盘了个发髻，每一缕散落的头发都像精心设计过一般恰到好处。她也背一个双肩包，比我的小得多，是棕红皮质。我眯眼仰望九月底的天空，若无其事地向她靠近。

天空里忽然斜刺进一条手臂，指着远处。

“看到那儿了吗？”她竟然先开口说话了。

“啊？什么？”

“那儿，山海间。”

“山海经？”

“酒店呀，山海间度假酒店。”

我顺着她指的方向远眺。村落后方伏着一座小山，山坡东侧，雾蒙蒙的尘埃里露出一个巨大的梯形建筑。

“那个是酒店？我以为是化工厂的水塔。”

刚才来的时候压根没注意，这是我头一次看到这个庞然大物，所以“我以为”的说法是不成立的，我只是想逗她笑，但失败了。

“你不是本地人？”

“算是吧，我住在市里。”

“那你怎么会不知道山海间？”

“知道酒店，不知道叫这个名字。”

在千桂市最东边的杭州湾畔，矗立着一栋高级大酒店，建成之初的奢华程度超过全市所有的五星级酒店，这大概是人人皆知的事情。

“那可是十三年前造的。”

“哦……”我思考十三年前的建筑技术和如今相比是否有重大缺陷。

“那个年代，顶级的酒店都集中在商业中心，山里头建酒店、搞民宿度假村什么的，是近几年才流行起来的，在当时那可是很超前的想法。”

“真有远见啊。”我附和道。

她撇下嘴角摇了摇头。“这个酒店给人的感觉冷冰冰的，生意好像不怎么样。”

“……你住过吗？”

“没有，网上有的是图片。外墙是白的，室内装修也用了大面积白色，家具都很简单。”

“原来是这样。”

“你喜欢吗？哎，你有多少差旅费？”她冷不丁凑过来，两眼一通忽闪，“一天多少钱？”

“你问这个干啥？”

“我们住那儿去吧，山海间。”她再次朝东方抬起细细的胳膊。

这个节骨眼上，我的手机响了，是高美打来的。我有点想继续这个话题，但高美的电话不接是要出事的。

我走到一棵树下接通电话，用半夜三更叫醒枕边人的声音唤道：“喂……”

“下来吧。”

这是高美每个工作日上午都会在电话里对我说的三个字。她买好早饭，开车到我公司楼下，把我叫下来，然后两个人坐车里吃。除非她一觉睡到下午，否则这个惯例就雷打不动。

“我……出差去了。”

“出差？”高美诧异万分，把尾音抛到了天上，“去哪儿了？”

“革马村。”

“那儿有人结婚？不对啊，你一个剪辑师跟去做什么？”

“我也纳闷。哦，不是结婚的事。”

我把来龙去脉简单说了，因为说得太简单，她好像没听明白。

“怎么那么突然？你都不告诉我。”

我解释说，昨晚接到老板任务的时候快半夜了，因此没机会通知她。

“哼，纪录片，还有模有样的，什么时候回来？”

“现在还不好说。”

“那你的早饭怎么办嘛？”

这叫什么问题？该吃吃该扔扔，可高美就是会用扭捏的腔调来表达让我从六十公里外赶回去啃包子的意愿。我只好说，留着等我回来吃吧。

从女助手刚才的提议看，不管她想住哪里，总之是要住下来的。我有预感，这工作没准能拖三五天。我要是这样交代，高美非杀过来不可。

老实说，高美对我挺好，每天的早饭不重样，她甚至会一时兴起开车到邻镇买两个山东煎饼回来。有点头疼的是，她来的时间捉摸不定，最早的时候我还没到公司，最迟我已经跑去吃午饭了。这导致我上午工作常常走神——明知一件事要发生，却不知道什么时候发生，就会让我心神不宁。

“先不说了，导演叫我了。”

就在我撒谎的同时，一声呼喊传来，我回头一看，谎言成真了：场地上已经全无人影，只剩两辆发动着的车，陈舜在后面那辆越野车里向我招手。我小跑过去钻进后排，还没关上门，车就往前蹿出去。

“金齐山要回公司签个文件，我们跟他一起走，等他完事了就在他办公室里开工。”陈舜心情大好，用食指敲了一下方向盘。

我把“陈导您好”四个字咽了回去，转而问：“今天就开始采访了吗？”

“那可不！趁着热打铁，拖久了，那帮老家伙万一改变主意就不好办了。”

车窗开着，风呼呼地灌进来，陈舜几乎是在喊着说话。车有些年岁了，车座皮质暗淡，发动机隆隆作响。女助手坐在副驾席低头看一份文件，头发被吹得跳起舞来。我为她的专注深感钦佩。刚才指着山海间说要去住的女孩，好像是另一个人。

小莹的父亲驾驶一辆黑色奔驰在前方引路。村道两旁的稻谷绵延广阔，如同给水田铺了一张金色的毛毯，白云的淡影在上面缓缓移动。

“陈导，我需要做什么呢？”

“什么？”

“一会儿拍摄——”我提高嗓门，“拍摄的时候，我要做什么？”

“看着。”

“看着……”

“感受现场。很多剪辑师剪不出好东西，就是因为缺少现场的感受。感受，懂吗？”陈舜侧过脸，露出青幽幽的络腮胡楂，竖起食指指着车顶，仿佛指甲盖上写着“感受”两个字，“光是拿着素材剪，你就只是一个观众，你看到的就是摄像机给你看的。但是，有些感受是现场空间才能传递给你的——这是其一；另外，每天的拍摄完成之后，你帮我把采访稿整理出来。”

“采访稿吗？”我把头转向女助手，陈舜注意到了。他脸窄眼宽，余光范围大得很。

“不是那个，小希手上的只是一个提问纲要。你每天初剪完成后，把所有谈话内容记录下来，整理成文档，一个字都不能落，当天晚上就交给我。我对照稿子来确认是否需要补充采访。明白？”

明白了，这才是我真正的作用，感受现场云云是忽悠人的。原本我还在犹豫要不要先打个预防针，坦言我是个新手，不一定能交出令他满意的片子，这下倒是放心了。

倘若通过回看视频来确认内容，一是时间太久，二是不方便反复检索，有了文字稿效率就高了一大截。我只是这位导演节约时间的工具而已。真正的剪辑恐怕会放在拍摄之后，另有专业的人来做。陈舜向老板借人的时候可能压根没指定要剪辑师，老板推荐我只是因为我好支使，是不是剪辑师都一样。

两辆车一前一后驶入县道，沿着我刚才打车来的方向原路返回，小莹父亲的工厂应该就在岭阳镇。

“陈导，这次要调查的，好像是很多年前的案子。”

“不是调查，是记录，调查是警察的事。”陈舜用手背掸了一下小希的胳膊，朝手套箱努嘴，“那个，拿给他看看。”

小希拿出一本杂志递给我。“喏，第七页。”

这本名叫《心界》的杂志陈旧不堪，书脊两头都已经开花了，封面右上角写着“2008.02 上”，这是一份九年前的半月刊或旬刊。我翻到第七页。

《大雪有痕——寻找革马村失踪女孩》，标题下方是一张占据半页篇幅的照片。

黑夜中的一栋别墅前聚集了十来个人，其中包括两名身穿制服的警察。一个女人被围在中间，弯腰弓背，不堪痛楚的样子。拍摄者处于别墅右前方某幢房屋的二三层，相机的位置不高不低，可以看到别墅客厅和厨房泛出的灯光。警察低头安抚女人，口鼻附近依稀可见凌乱的白汽。别墅屋顶和院子里都盖着厚厚的积雪。

下半页的右侧，是一张女孩的半身照。白色羽绒服把她的身体裹得浑圆，小脸蛋也浑圆，平整的刘海齐眉，大眼睛动人心魄。她就是小莹。刚才听到她父亲的发言，我并没有什么特别的感觉，此时却当真难过起来。

“金莹，十岁，身高 1.3 米，圆脸，皮肤较白。今年一月二十一日晚八点前后在本市岭阳镇革马村民宅区走失。有知情者请与千桂市岭阳镇派出所或金莹家属联系。重酬。”

这是半身照下方的小字，后面附着两串电话号码。

正文开头简单描述了金莹最后的行踪：那天放学后，她去了同学家里吃晚饭，大约七点半时独自离开，从此杳无音讯。这位同学以及同学的母亲成了最后见过金莹的人。

让十岁的小女孩在下雪天独自回家，这同学的母亲也够马大哈的。不过那会儿是二〇〇八年，即便是城市里，马路上的车辆也不多，如果当时革马村真如苏主任所言，民风淳朴治安无忧，倒也可以理解。

我翻过一页准备往下看，看到的竟是另一篇社会新闻。

前后的页码是对上的，书页中间也没有被撕掉的痕迹。刚才那段简述不是正文开头，而是正文的全部。

“这就没了？”

“对，就是一篇寻人启事而已。”回答我的是小希。

“就是说啊，怎么感觉只是迷路了，不像有什么案子。”

“因为没有破案呀，没有破的案子，最好就没有发生过。”

“是吗……这儿下过那么大的雪吗？”

“二〇〇八年有两件大事——汶川地震，南方雪灾。那时你多大来着？”

“十……十六岁。”

“懵懂的年纪啊，难怪不记得。”她觉得“懵懂”含有记忆力低下的意思。

“大雪有痕……”我看着粗黑的标题喃喃念道。

“有点奇怪对吧？”小希转过身来看着我。

“有痕？是什么？”

“脚印。”

“金莹的脚印吗？”

“到了。”陈舜右打方向盘，跟随金齐山的车穿过缓缓收拢的电动伸缩门。

车刚停稳，陈舜的手机响了。他边接电话边打开后备厢，指了指里头的器材，又指了指我。

金齐山的办公室就在二楼。我左手提着麦克风，右肩扛着带脚架的相机和两个柔光灯，身后还背着装有古董笔记本的双肩包。小希要帮我拿，但我的胳膊已经和线缠绕在一起，我索性豪迈地拒绝了。

二楼是二楼，可是走廊也实在太长了。每个老板都宁愿牺牲行动之便也要让自己盘窝在最深的角落，火灾地震时可如何是好。走进办公室的时候，我有点上气不接下气了。

我上班的公司有时也制作企业宣传片，办公环境展示是其中必不可少的环节。就我见过的而言，这里算不上大，装潢设计依旧逃脱不了“土色土香”的风格：深棕的家具和地板，黑皮沙发，背景板上挂着写有“上善若水”的字帖，正下方的柜面上竖着三个青花瓷盘。

金齐山递给我一根烟，我连忙摆手说不会抽。

陈舜还在走廊里大声打电话，另一头好像是个让他十分头疼又不能怠慢的角色，他对着墙壁点头哈腰，欠了一大笔钱似的。

一个化淡妆的女人转进门来，径直走向茶几，按下电壶开关，然后仔细地摆放茶具。紫砂茶盏相互碰撞，声响空灵。女人一头长发烫成大波浪，粉色喇叭裙下摆蓬松，臀部却包得很紧，曲线玲珑有致，弯腰俯身之际，让人挪不开视线，连小希都看得一愣一愣。

金齐山小声对女人说着什么，女人也小声回应。两人凑近了脑袋，看着彼此的肩膀交谈。

“你们先休息一下，我很快回来。”金齐山朝我和小希匆匆一瞥，出去了。

“到这边来喝口茶。”女人朝我笑。我看清她的样貌，三十多岁，应该是秘书而不是老板娘。

小希道过谢坐进沙发里。我也依样坐她身旁。茶盏比一个象棋棋子大不了多少，半口就喝干了，女秘书又帮我满上。

“金总这人，老是把人晾着，真是的……”

“不着急，现在还早。”小希说。

“你们一早从市里赶来的吧？拍片子真辛苦，不过，倒是份让人羡慕的工作。”

“还好啦。”小希也不自觉地喝起茶来。

“金总为了女儿的事，头发都白了。”女秘书把壶嘴对准小希的茶盏，抬得很高，清细的水流嘟噜噜响，但是一滴也没溅出来，“他一直到去年，才慢慢回到工作上来。”

“那真是……太不容易了。”

我发现小希其实并不擅长跟人打交道，自觉应该说点什么帮她解围。

“金总想再试试看，虽然希望渺茫，但对他来说意义重大。就算这个片子最后没什么反响，也算是把该做的都做了。要辛苦你们了。”女秘书双手放在小腹前，隐约做了个鞠躬的动作。

“放心，我们一定倾尽全力！”我抢在小希前头大声说。

小希瞥了我一眼，说：“我们会尽可能让更多的人看到这个片子。”

“小莹如果还在，今年已经十九岁了……”女秘书悠悠地望着窗外，“我想，如果凶手还有一点人性，看到片子会睡不着觉的吧。”

“那我不打扰你们准备了，中午一起吃个便饭。”或许是感觉到我们已经无话可接，她起身走出办公室。

我松了口气。小希从包里拿出稿子继续看，她的发型仍有被风吹过的痕迹。

“不化妆吗？”我问。

小希困惑地抬起头来，思路仍然在稿子上。

“不过你长这样，不化妆也没问题的。”

“什么叫长这样？我不出镜。最后成片里只有受访人的镜头，没有我，声音也没有。”

“只有回答，没有提问？”

“对。你的剪辑工作可没那么简单。”交谈对象换成我，她的谈吐就自然了许多。

这种处理方式倒是节奏紧凑，两次回答之间可以用素材衔接。不过，如果一问一答频繁交错，受访人每次都只回答两三句话，画面就难以连贯了，素材再多再好也挽救不了凌乱的节奏。剪辑是一方面，小希的提问也至关重要，必须让对方有足够的回答空间。

“既然这样，你提问的时候照着稿子念就行了。”

“这怎么行！人家会感觉很奇怪的，访谈的气氛一下子就没了。”

“也是。稿子是你写的吗？”

“当然不是啦，你快去把东西准备一下。”她有点不耐烦了。

我把三个脚架依次立好，给柔光灯和麦克风接上电源。这时我注意到了相机。这应该是一台佳能的相机，不过外形着实古怪，操作面板上用螺丝固定了两条平行的金属横杆，组成一个五六公分宽的槽，把好几个按钮都挡住了。

陈舜挂了电话走进来，兴奋地搓着手，见茶几上有水杯，拿起来就嘬。他在沙发前站定，环视一圈，又去书柜旁待了一会儿。反复几趟，最终抓过相机对准办公桌，然后掏出手机，贴着相机背面插入两条横杆中间。

“原来是借用相机的镜头和感光元件，用手机做监视器啊。”我恍然大悟，“我说这相机怎么那么奇怪呢。”

“表面上看是这样。”

“……实际呢？”

“实际就是用手机拍，这是个空壳。”陈舜用手指弹了一下相机，然后稍稍向右拉出手机，让摄像头露出来。

“这是为什么？”

“哪有为什么，总不至于直接端着手机拍吧，人家看了怎么想？现在的手机拍摄效果绝对不赖，但是没必要解释。别发愣了，把窗帘都拉上，快。”

我把疑惑的目光投向小希，她探出下唇朝我翻白眼。

室外光线强烈，即使合上窗帘仍然对布光有影响。陈舜让我坐在办公椅上，以我为模特测试光效，反复调整柔光灯的摆放位置。

十五分钟后，金齐山回来了，他换了一套颜色接近纯黑的西装，头发梳得整整齐齐，两鬓的白发显得更亮了。陈舜让他坐进自己的办公位。桌上摆好了采音麦克风。小希走过来，坐到金齐山对面。陈舜守着机位，站在两人左侧，我坐在右侧靠窗的沙发上，觉得手里空荡荡的，就从包里拿出本子捧着。

相机——应该是手机发出“嘟”的一声，录制开始了。

“金总，我们希望能营造一种自然的交谈氛围，不用太拘谨，坐姿尽量放松，你可以喝茶，但是最好不要在镜头里吸烟。任何一个问题都不用担心思考的时间过长，当然，也可以不回答。”

小希的声音微微颤抖，语速也有点快，这番流利的措辞应该是死记硬背的。她叫对方别拘谨，自己的腰板却绷得笔直。我觉得她很可能第一次干这个活。

“如果你觉得紧张，或者情绪不到位，可以先聊点别的，比如介绍一下你自己或是你的公司，什么都行。”

“不用。今天要说的话，我已经准备了很久。”

小希点点头，抛出第一个问题：“你最后一次见到女儿金莹是什么时候？”

“二〇〇八年一月二十日，是她失踪的前一天。晚上我回家吃饭，有点累，很早就睡了。”

“金莹那天做了什么呢？状态怎么样？”

“在做作业，状态没什么特别的。”

“嗯。”

“警察也问过这问题，他们觉得小莹可能离家出走了，想知道有没有前兆。但是我和她妈妈都不这么认为。”

“你能描述一下你的女儿吗？”

“她很听话，有点内向。”

“她有什么爱好？”

“最喜欢旅游——不过那可能不是真的喜欢。其他的话，就是给洋娃娃编故事。”

“编故事？”

“就像……王子战胜恶魔、救公主这样的故事。她给每个娃娃安排好角色，还有对话，对话很有条理。我躲在她房间门口听过，故事还挺复杂，像木偶剧，演完一遍可能要个把钟头。有一次我装作好奇走进去问，她很难为情，之后再玩就总是要先关上房门。”

小希轻声笑了笑。“她有什么特长吗？”

“特长……两周岁就会吃鱼，不知道算不算。”

“那很厉害啊，一般的小孩根本做不到。还有呢？”

“她可能对色彩比较敏感，那个人建议她学画画。”

“那个人是……梁皓？”

金齐山的腮帮因为咬牙而鼓了一下。“对，梁皓。他，做过小莹的家庭老师，你们应该也知道。”

“知道一点。”

“是我老婆在张罗，梁皓来我家之前我没见过他。后来小莹的成绩没上去，就把他辞了。前后大概七八个月。”

“到今天，你依然觉得小莹的失踪跟梁皓有关吗？”

金齐山忽然笑了，他看了一眼躲在镜头后面的陈舜，又把视线转回小希脸上。“你们说谈话要自然，可我觉得，你们的问题并不自然。跟梁皓有关是显而易见的，没有人怀疑这一点，明白吗？有没有证据是另一码事。”

他皱起眉毛，矮小的身躯渗透出压迫感。

“啊，是这样的，金总。”陈舜撇下相机凑过去解释，“这个片子的大部分观众，是对案情一无所知的人，因此我们得从头开始讲故事。主持人的问题不代表她个人，也不代表摄制组，而是代表观众。这一点，希望金总能理解。”

金齐山没有作声，侧首看向墙角。阳光透过窗帘缝在那儿投下竖直的亮线。

“所以……你的表述要尽可能详细，尽可能包含自己的感受。金总，在对你的采访全部结束后，会有一个初版视频让你过目，只要你觉得有不妥的地方，我二话不说……”陈舜两指一并，做出剪的动作。

听他这么说，我感觉压力又大了一点。到头来，有什么差池，陈舜别一股脑儿推到我身上才好。虽说今天跟他是第一次见，可我总觉得他能干出这种事来，我的老板也是这个德行。

陈舜凑到小希耳旁低语一番，小希点点头表示可以继续。

“那么，请说说小莹失踪那天的事吧。”

那天我去市里，找一个客户聚聚。他叫上几个朋友和同行，大概七八个人，我们一起吃晚饭。当时路上雪很厚，白天还好，到了晚上，我没有信心开车回镇上。

晚饭十点左右散场，客户约我去洗浴会所。我们喝了点酒，踩着雪一路走过去，打算洗完澡就在会所睡到天亮。

雪灾就是从那时候开始的。这儿是南方，到今天为止，我再没见过地上有这么厚的积雪。

十二点多，我接到赵楠的电话，她说小莹还没有回家。

是的，晚上十二点，将近十二点半吧。

前几天赵楠一直发烧——我当时并不知道，那天她感觉好一些，就去院子里扫雪，顺便清理掉一些不要的东西，折腾了一下午。结果到了傍晚体温又蹿上来，她没吃饭，躺在客厅的沙发上休息，睡得很沉，一觉醒来已经十二点了。

对，那个同学叫康小奕，成绩很好，是全校的优等生。赵楠有阵子和小奕妈妈走得很近，她们商量好，让小莹去小奕家做作业，晚饭也在那儿吃。周一到周五，每天都去。大多数日子，小奕妈妈会把小莹送回家，也有赵楠去接的情况，顺手带点东西给她们。小奕爸爸早年去世了，母女俩生活不容易。

小莹的学习不理想，可能是随我吧。我自己做生意，但是从来没想过让我的孩子继承家业，就算小莹是男孩也一样。

因为，我留下来的东西会限制住下一代的圈子和眼界。我没有重男轻女的思想，一点也没有，我甚至更喜欢女孩。但是我不认同"女孩要富养"这种观点。小莹将来应该依靠自己的能力，去外面生活，而不是整天跟机器、跟五金件打交道，还有一帮糟老头子，那太可怕了。

可惜，这些话我没有亲口对小莹说过。我总觉得她还小，听不懂。

不，我现在觉得，如果你不说，你永远不知道孩子其实早就能听懂大人的话。

是啊，只有十岁啊……就这么高。我还记得她从这个柜子里拿奖杯的样子，就是这一格，她都要踮起脚。个子矮这一点也随我，从一年级到四年级都坐教室最前排。呵，我带给她的尽是缺点。

所以我很在意小莹的学习和修养，我没什么文化，就特别看重文化。但说来惭愧，我只是提要求，几乎没做什么。赵楠想了很多法子，除了洗衣做饭，她所有的时间精力都放在小莹身上。

她觉得小莹的智力有问题，带她去医院检查过，结果是正常的。

她吗？她之前在卫生院做护士，嫁给我之后就不上班了，嗯。

后来认识了丽娟，邱丽娟，就是康小奕的母亲，她提出来让两个孩子一起做功课，小奕可以教小莹。赵楠同意了，没想到效果不错。

小莹是那种……怎么说呢？比较容易茫然的孩子，一个人的时候常常静静地发呆，和别人在一起的时候，又很容易受到别人的影响。所以，有个人在旁边带着她能好一些。她妈妈从小管得多，可能也有关系。

赵楠发现小莹没回来，先打电话给邱丽娟。她吓坏了，从床上爬起来，穿着睡衣就出来找人。

之前的情况是这样的。康小奕做完作业，在一旁看课外书。小莹突然站起来收拾书包，说妈妈来接她了。这时候邱丽娟正在阳台上擦地板，洗衣机甩干的声音很大，她没有听到小莹关门的声音，就是这么巧。后来她也很自责，没有第一时间打电话给赵楠确认。

对，我知道。不是康小奕母女俩的责任，小莹自己心里有事，但她不是离家出走，你听我往下说。

我接到赵楠的电话，马上就报警了。我开车往回赶，酒劲还在，路很滑，撞了好几次路牙子，可能还撞了别的东西。我睁大眼睛看着前面，脑子里只有小莹。那一个多小时，开车的人好像不是我自己。

我跟派出所所长关系还不错，他调了很多人，满村子找，挨家挨户问。村里人也出来帮忙，一个警察带三五个村民，分头行动。

邱丽娟家是自建民房，靠村南，我家在倚山别墅，在村子最东北角——你知道那个地方吧？对，原本是山海间酒店的独栋客房，后来生意不景气，就低价出售，算是被我捡了个便宜。

两个地方隔得远，走路的话，以小莹的脚力至少一个半钟头。康小奕说小莹离开她家是在七点三刻左右，到警察出动已经过了差不多五个钟头，跑到哪儿都不奇怪了。搜寻范围沿着两点之间的路线慢慢扩大，那天晚上，整个村子都是手电筒的光。

谭村长说革马村地方小，指的是可利用的耕地面积，按行政村的规划区域算，革马村是岭阳镇最大的一个村子。北面有盐平山，山的西面是垃圾填埋场。盐平山不算高，但是山势很缓，延伸好几公里，这都算在革马村。山坡南边种了很多茶叶、橘子树。再往南是寻安河，走东西方向，通杭州湾。田地、集市和住宅区都在河的南边，所以大家普遍感觉过了河再往北，就出村子了。事实上并不是，北面至少还有半个村子的大小，荒无人烟。

你可以想象，我当时有多害怕，我总有一种感觉，小莹被什么人带进山里，已经出事了。

一直到第二天早上，大概六点多钟，我和几个村委会的人在山脚下的树林里找人，他们被我硬拖着，已经筋疲力尽了。这时我接到罗队长的电话，他说在一户人家的院子里发现了小孩走进去的脚印——雪地上的脚印。

没错，就是梁皓家的院子。

梁皓起先不承认，一问三不知。哼，他说他在家里工作，四五天没出过门，也没有人来过——你说这多荒唐？

是做设计的，建筑装潢这一类吧。山海间酒店的设计据说是他做的。他当年就是因为干这个活住在村里，和俞家的姑娘好上的。

没有了，他一个人住。那时候他离婚了，老婆和儿子住回娘家，整栋房子里就他一个人。

离婚的原因我不清楚。村里人都不喜欢他，说他会偷魂。

就是偷人的魂魄。之前也发生过一些事情，我就不啰嗦了，很多情况我也不清楚。

忙着工作四五天没出门，勉勉强强还能信。没人来过？那小莹的脚印是怎么回事呢？

我赶过去的时候，他们已经控制住梁皓，苏眷红——就是上午发言的那个苏主任，她是村里的妇联主任——和另外几个村民全在客厅里盯着他。罗队长一直在院子里守着脚印，之后我们赶到现场，罗队长也没让我们进去。他现在已经退休了，当时五十出头，很有经验，是个好警察。直到中午县里的痕检专家过来，脚印都没有被破坏。

清楚，非常清楚，因为小莹踩下脚印的时候没有下雪。雪在二十一日那天上午就停了，一直到第二天下午才继续下。

我觉得老天爷真的……真的很有意思。如果雪不停，脚印就会被填上，用不了多少时间，就形状模糊，变成一个个浅坑——你可以想象吧，线索就没有了；可是如果不停，小莹或许就不会下定决心走到梁皓家了。

我不知道，我不知道她去找梁皓做什么。没有人知道，除了梁皓自己。

那当然，一定是约好的。梁皓家根本就不顺路，小莹为什么要往那个方向去呢？

没有监控，那时候哪有这种东西，你们市里可能有，这儿没有！

不可能的。你听好，脚印只有一组，从梁皓家的院门开始，通向主屋的正门。只有进去的，没有出来的。整个院子除了这组脚印，全部被雪覆盖，白茫茫一片，连鸟爪子的痕迹都没有，院墙上、房顶上也是一样。梁皓家主屋两层楼，窗户全装了防护杆，杆子的间隙只有七八公分，人是钻不出去的。警察检查过防护杆，没有拆过的迹象。

而且最关键的是，梁皓家的客厅里有小莹的指纹，在杯子上。桌上也有。所以小莹一定进去过，一定见过梁皓。

找不到……什么都没有。警犬、金属探测仪都用了，没有一滴血，没有一根头发。小莹就像进屋之后就凭空消失了。

警察真是太让人失望了。不是说侦查能力让人失望，而是——罪犯明明就在眼前，却拿他没办法，随便关几天就放出来了。

法律？你不能光讲法律不讲道理。如果梁皓没有见过小莹，小莹是怎么进屋的？只要耍无赖死不承认就可以无视的东西，能叫法律吗？这种法律如果存在，也只是为了保护像梁皓这样的人。我完全无法理解，为什么在这种情况下还不能定罪，给他判死刑，我不信他还那么嘴硬。

……我不甘心，后来用推土机把他的房子铲了。

警察当然管啊——可是他们也想知道房子底下有什么，既然他们不能这么做，那好，我来做。

剪辑到这里，我在考虑要不要把最后那句话删了。金齐山对警察不满意，抱怨他们能力低下，这倒也罢了。但这句话的意思是，警察由于证据不足不能直接动梁皓的房子，就任由金齐山把房子拆了，然后借机寻找新的线索。

可惜，房子下面并没有尸体，什么可疑的东西都没翻出来。

陈舜要我把采访记录一字不落地整理成文档，删不删的问题暂时倒也不用考虑。可我还是有些担心，不知道片子最后出来的效果究竟怎么样，于是一边记录对白，一边开始尝试做一些简单的后期效果。

我降低曝光，让黑的地方更黑，加强人物被暗影包围的浓重感，再降低饱和度、调暖色温，乍一看还真有点素雅沧桑，很是高级，可是盯久了也就那么回事。我的兴奋劲很快就过去了。一个人在镜头前连续说上几十分钟，这样的画面实在缺乏吸引力。而且，由于小希提问的部分被剪掉了，金齐山的坐姿和神态会瞬间改变，硬切很突兀，叠化更是说不出的别扭。我琢磨着，必须要穿插情景演绎的画面才行。

撇开效果不谈，更让我不安的是内容。如果金齐山所言非虚，那这个案子真是离奇到家了。

小希在车上谈到过脚印的问题，但是从访谈期间她和陈舜的反应来看，他们都不清楚关于脚印的实际情况——有去无回。而穿过院子的路又是唯一的出路，金莹必定在那栋房子里遭遇了意外。作为嫌疑人的梁皓，是如何在一夜之间让金莹消失的呢？

我有一个相当残忍的猜想……可即便是那样，也必须有同伙在外面接应才行。我能想到，警察也一定朝这个方向调查过了。想着想着，我竟有些害怕起来。

不知不觉快六点了，窗外的晚霞很漂亮，但已经过了最鲜艳的时段。我伸个懒腰走到窗前，俯瞰宾馆外的马路。

对面是一长排两层楼的商用房，一楼是店铺，小而密集，排布乱糟糟的，装修精致的服装店隔壁就是烧饼摊，炉子挑出门面放在人行道上，浓烟伴着火星子随风飘散。服装店大门敞开着，不知道顾客试穿时会不会闻到一股炭烤味。二楼的窗户上贴着“作文、奥数、英语”等红纸裁剪的大字，一个字占一整块窗玻璃，看来是家规模不小的培训班。水泥路面被夕阳照得泛红，路很窄，一辆收废品的三轮车缓慢挪动，不断有车流从它旁边掠过，然后分岔。

我怀念、也喜欢这样的小街，乱归乱，却也别有味道。千桂市在我小时候也是这番样貌。高美说我有时候说话像个老头子，就是因为我经常提以前的事。

我想对着楼下拍张照片发给高美，表示我时刻惦记着她。不过我现在有点害怕联系她，因为她正在生气。在宾馆落脚后，我硬着头皮打电话告诉她，国庆回不去了。

今天是九月二十七号，剩下三天采访不了几个人。选择国庆期间拍摄，我猜是陈舜刻意为之，被访者大多上了年纪，假期不会到处乱跑。

高美大发雷霆，最后给我两条路选：一条是把她的雷克萨斯借我用，让我每天办完事就回去，第二天再来；另一条路是找老板沟通，换人。

“不同意？不同意就辞职，反正你在那儿上班也没什么前途！”

第一条路是死路，因为我根本就没有驾照，现在叫老板换人，我也开不了口，真要辞职也得把这个任务完成再说。高美在她父亲的厂里干一份闲职，这种道理她是不会懂的。

我辩解说，导演指名道姓选了我来参与，换人他不乐意。高美冷笑一声，她不相信我具有不可替代的能力。

“要说有，就是国庆让你加班你也不吭声。”

她说对了。在她的未来图景中，我总有一天要成为她家族企业的一分子，最迟也就是在跟她结婚以后，所以现在的工作都可以不当回事。她和我一样大，二十五岁，一天到晚想着结婚的事，着实不可思议，也许家教真的很传统吧。我想起金齐山说他对女儿的期待，是完全朝另一个方向走的。

总之，高美对我一片痴心，而我却对这幅图景深感迷茫。她的蛮横无理背后，有一份我的亏欠在支撑她，说到最后我总是哑口无言。她说，我知道了，我在你心里还不如你的烂工作。

其实还有第三条路，就是让高美来岭阳镇过假期。那个叫山海间的，好歹算个度假酒店不是吗？就在我准备提议时，脑海里突然斜刺进一条手臂。

——我们住那儿去吧。

小希的声音在左耳道里回响，犹豫间，紧贴右耳的手机听筒里传来“嘟嘟”声。高美把电话挂了。

我松了口气，坐下来开始剪片子——那是下午两点多钟的事。没过半个小时，我妈来电话了。

“梦辉啊，小美找我呢。你跟老板商量一下吧，早点回来。”

我跟高美是在大四的同乡联谊会上认识的。千桂市离省城不到一百公里，那所大学里最多的就是千桂人。我被一个老乡硬拖着去参加联谊会，他说有个伴，我以为是二对二，结果去了才发现男女各有九人，少我一个根本无伤大雅。整个过程我都提不起兴致，窝在唱吧的沙发里看手机。这种丧里丧气的感觉深深迷住了高美。即使后来我很快告诉她，我身上压根没有什么颓废美，只是为不能在寝室里打游戏感到惋惜，她也不以为意。

过了一个礼拜，她约我逛街。我和她并肩漫步，心里一直在嘀咕，她真的曾在联谊会上出现过吗？因为她的美貌超出了我对所有女孩的印象。

我们保持每周一次的约会频率，很快到了最后一个学期。高美回千桂，在她父亲朋友的公司里实习，我留在学校直到毕业。见面次数少了，微信倒是常聊天，但不像情侣那样甜言蜜语。等到我回到千桂，她见到我的第一句话是：你终于回来了啊！而且居然红了眼眶，好像我是她守了半辈子才出狱的丈夫。她走过来挽着我的胳膊，从此不再撒手。

我也真是没出息，一个人的时候从来不想女人，身边有了女人，脑子里想的尽是乌七八糟的东西。回家两周，工作还没落定，我就在酒店开房，和高美把事情办完了。她很快睡着，我枕着胳膊透过窗纱仰望星空，感觉大事不妙。

本以为这种感觉没有实质性的意义，然而两个月后，高美告诉我她怀孕了。

在妇科手术室外的走廊里，我头一回见到高美的父亲。他身材魁梧，嘴角有一颗黄豆大的痣。之后有过两次，我梦到自己在深夜中被一个脸上有痣的人追杀，我奋力奔跑，怀里抱着一个面目模糊的婴儿……

我坐回电脑前，想把金齐山的采访视频整理完，但心里乱糟糟的，继续不下去了，便去茶水台下的柜子里找吃的，里面果然空空如也。

这家宾馆一晚上一百二十元，是我自己付的押金。房间陈设简单，有烟味，白墙发黄，塑料地板是贴着地皮直接粘的，脚底能感觉到起伏不平。电水壶很久没人用过，内壁满是灰色的水渍。唯一值得庆幸的是网络还算流畅。不知小希置身在这样的房间是什么感受。

有人敲门。我心里一阵宽慰，他们没有撇下我，终于来叫我吃饭了。门外只有小希一个人。她双手背在身后，似笑非笑地和我对视。

“怎么样，还顺利不？”小希瞥了眼桌上的电脑，“吃饭了吗？”

秋天的昼夜交替让人无从察觉，我跟着小希走下楼，从楼梯间窗户投入的天光已经变成暗蓝色。

宾馆楼下有一家不太干净的面馆，飘出的香味却很诱人。

“就这儿吧。”

小希跨进门槛，仰头看着墙上的菜单。我走到她身旁。角落里有个二十来岁的青年边看手机边吃面，此外没有其他客人。

小希点了黑鱼面。我很想吃青年正在吃的葱油拌面，炸到微焦的葱头真香啊……可那太寒酸了，我选了大排。

“撇下陈导没事吗？”

“叫不醒也没办法呀，现在硬把他拖起来，搞不好会挨骂的。”

我觉得陈舜不难相处，但是喝了酒情况或许不一样。中午他醉得不省人事，开车回来的人是小希。

午饭是在金齐山公司附近的酒店吃的。金齐山有事在身，把我们领到餐桌旁，一口喝掉一盅白酒，随后便告辞了。留下来陪我们的是女秘书。

“小莹的事情对金总打击很大，你们别看他在旁人面前没事一样。那几年，金总没有心思工作，公司差点就没挺过来。做生意就像是在挑扁担，一头是挣的钱，另一头是欠的债，挣的钱越多，欠的债也越多，他有的只是肩上的那根竹条。只要一天不挣钱，扁担就歪了。”

女秘书声线柔和，谈吐从容，边说边给陈舜倒酒，自己只喝菊花茶。尽管我和小希没有参与话题，她仍不时向我们投来征询般的目光，不至于让谁感到被冷落。

有意义的谈话只持续了二十分钟，陈舜舌头厚了，开始拿自己的履历夸夸其谈：大学毕业不久就注册了工作室，与多家影视公司有过合作，目前是某视频自媒体平台的独家签约创作者，有三十多万粉丝。

“真厉害呀！”女秘书说她也是该平台的忠实用户，当即打开手机关注了陈舜。

我好奇心起，也拿起手机，小希马上用胳膊肘点了一下我的手腕。我把手机放下了。这个小动作没有逃过女秘书的眼睛，她朝我会心一笑，我忽然就明白了：她已经猜到我和陈舜不是一路的。小希对此很在意，她不想暴露这个寒酸的摄制组其实只有两个人的事实。

面对面坐下后，小希抽出薄如蝉翼的纸巾，把餐桌擦了一遍。

“中午吃饭那会儿……不好意思啊，我太笨了。”我看着她的手说。

“没什么，是我多此一举。”

青年吃完最后一口面，扫码付款后走了。厨房里传来翻炒的声响。两份面条上来了，小希把头发拢清爽，用皮筋重新扎好，露出白皙的额头。

“对了，关于梁皓的房子和脚印的事，你们还知道什么？”

“你现在知道的已经跟我一样多了。你剪过片子，反复看了好几遍，印象应该比我更深才对。”

“你觉得金齐山说的是真的吗？”

“你指什么？”

“你记不记得，他早上在礼堂里说的话？他说他从来没有放弃，相信女儿还活着，只是因为某种原因不能回家。可是他在采访的时候却认定梁皓是凶手，认定金莹就在梁皓的房子里没有出来，这不是很矛盾吗？”

小希看了我一眼，挑面的动作变慢了。我不知道她是没有注意到这一点，还是因为我的话而重新陷入思考。过了一会儿她说：“我觉得吧，要看怎么定义凶手这个词的意思。金齐山也没有直截了当地说金莹被梁皓杀了，只是强调金莹失踪跟梁皓脱不了关系。或许他还有什么没说，但已经说了的应该不会凭空捏造。有这么多人与案子有关联，我们还要继续采访，说谎很容易穿帮的。”

“确实。下一个要采访的人是谁？”

“不知道，陈舜还没给我稿子。”

“你和陈导认识很久了吗？”

“算是吧。”

她不愿多讲，我也就不好意思再问。中午回来时是我把陈舜架进房的，因此只知道他俩不住一间。

“你们是怎么接触到这个案子的？”

“陈舜在他的栏目下面留言征集主持人，我就联系他了——四月份的时候。”

我有些诧异，这次拍摄竟然已经筹备了那么久。下午我看了陈舜的频道，头几期的主题都是各国的历史悬案，从“佳特洛夫事件”往后，慢慢倾向于神秘主义，解读也越来越不靠谱，后来的内容就突然变成了美食和家装，那之后粉丝数量猛增。

我猜，拍摄纪录片这行当，非但小希是第一次做，连陈舜也是。

“你们去找过梁皓吗？”

“找过了，第一个找的人就是他。他没理我们。”

“是吗……”

“一个字也不愿提，也不在意我们要做什么。我们会再去找他的，等这边有一些进展之后。”

默默吃了一阵，身后忽然传来咣当一声。“你们两个家伙……吃饭也不叫我一声！”

陈舜踉踉跄跄走进来，一屁股摔进我旁边的椅子里，换做是凳子，他可能会滚翻在地。刚才的巨响是他撞到了玻璃门框，玻璃震颤不止，老板娘拿着抹布在厨房里张望。

“鳝丝面啊，老板娘！”他高声呼喊，好像对方站在另一座山头上。

现在距离吃完午饭有四个小时了，陈舜的呼吸依然酒气袭人，说明他身体代谢酒精的能力不怎么样，是个好酒却不胜酒力的人。

“怎么样，还习惯吗？”他伸过胳膊架在我的椅背上，脚上穿的是宾馆的一次性拖鞋。

我不知道他问的是工作还是宾馆的环境，反正点头就对了。我说对白稿已经大致整理完毕，一会儿回房间就发给他。

“了不起啊，小伙子精力充沛。阿六最近的生意还好吧？”

阿六就是我的老板，陈舜和他是高中同学。陈舜没完没了地说着阿六学生时代的尴尬事，一个人笑得停不下来。夜幕降临，三个人的碗已经空了，他点上烟，仍然没有要走的意思。

我替面馆老板娘着急，于是打断陈舜，把话题引回工作上来。我说到剪辑的问题，画面衔接不连贯，而且有点乏味。

“可惜梁皓的房子被推倒了，否则可以模拟案发现场。不知道有没有重建。”

陈舜摇了摇头。“在很多人眼里，那栋房子是凶宅，推倒重来多少次都没人要的。我问过村长，那儿现在是个停车场。不过，当地人谁也不敢把车停那儿。”

第二章　山海之间

陈舜驾驶着自由客缓缓穿过集市朝南走，不时被过马路的行人逼停。这丝毫没有影响他的心情。他并拢四指在方向盘上打节拍，嘴里跟着广播歌曲哼唱，曲子不在一个调上，词也记不住，大部分都以“嗯啊”圆滑过渡。小希坐在副驾席，支着脑袋的右手架在窗框上。

我看过地图，成峰超市就在右转后的下一条街，离宾馆不远，走路过去也许更快，开车是因为要拿器材。

翻过一座高高的拱桥，左手边是岭阳中学，右转便是青苗路。沿着河畔开了大约三百米，陈舜的手机提示“目的地在您左前方”。

店铺的招牌是“成峰副食品批发”，门口台阶下停着一辆银白色面包车，后门笔直掀开。一个穿蓝布围裙的中年男人正往车里一箱一箱地搬红酒。店铺门面朝北，里面黑魆魆的。

我和小希跟着陈舜下车。男人注意到我们了，但手上的活没停。

“俞幼贞在吗？”陈舜大咧咧地问。

男人转过身喘了口气，趁掸手的时间打量他。

“那个……”

“幼贞——”他朝店高喊一声，继续搬纸箱，“你们是拍视频的？”

“哎，是。”

一个女人侧身从摞成半人高的货品中间走出来，看见我们，面露茫然之色。她脸颊消瘦，五官轮廓分明，忽略年岁沉积的暗淡肤色，是个漂亮的女人。她就是梁皓的前妻，俞幼贞。

陈舜上前介绍，说自己是纪录片导演，顺手递上名片。我不知道那上面写着什么，俞幼贞也没仔细看。

“其实呢，我们的工作跟你想的不太一样，目的不是为了制造话题，而是想挖掘更深刻的东西，和一般的媒体是有区别的。准确来说，我们不是媒体……”

“我没什么好说的，以前的事，不想再提了。”她冷冰冰地打断，递还名片。陈舜没伸手，她便把名片扔在门口的一个油漆桶盖上。

“我明白，确实让人苦恼啊……这件事情到现在也没个说法。”

“什么说法都好，跟我已经没有关系了。你们回去吧。”

陈舜不是那么容易打发的人，他从马甲口袋里掏出烟递给男人。男人说不会抽烟。

“我能进去买点东西吗？”小希跨上台阶问。她今天穿了件咖啡色的兜帽衫，胸口有只白色的松鼠。

“随你。”俞幼贞面朝马路回答。

这家批发部和教室差不多大，靠墙一圈排满货柜，中间是两排架子，和超市一样码放着各类零食，正对店门的角落有一张作为柜台的写字桌，被米袋和油桶围得严严实实。窗户被两米多高的货柜挡上了，四盏日光灯都开着。

“秋天嘛，喝点菊花茶倒是不错。”陈舜拿起一瓶饮料喃喃自语，接着又放回去，继续沿着货架走。

我绕到东南角，无意间注意到那儿还有扇半开的小门，于是凑近了朝里窥探。里面大概是个仓库，用隔板分为两层，入口左侧焊了一架生铁梯子。我视线扫向右侧，猛然间与一双眼睛四目相对。

门后竟然有人！我吓得一哆嗦，手机掉到了地上。

这人手抓半个烧饼，鼓着腮颊，直愣愣地看着我把手机捡起来。他穿着像校服的天蓝色运动衫，看面容应该是个少年，大约十四五岁。

我惊魂甫定，对他露出微笑。他依旧面无表情，慢慢恢复咀嚼的动作。

小希挑了一罐话梅干走向柜台。俞幼贞蹲在远处整理东西，告诉她收款码的位置。小希付好钱在门口催我们。我以为她有什么高超的沟通套路，没想到真的只是买东西而已。

门外的面包车开走了，男人折回店里，顺手拿起油漆桶上的名片，眯着眼看。他手指粗糙，琥珀色的指甲盖很厚。

陈舜没有放过这个暗示，立刻凑了过去。

"谭村长昨天来过了。"男人先开口，"他说了蛮多的，意思我们懂。"

"那……"

"不过，对幼贞来说真的很难。"男人将目光从名片上挪开，正视陈舜，"小姑娘走丢的时候，幼贞和梁皓已经离婚了，她知道这件事也是从别人那儿听来的。"

"我明白，是这样的。"

"你具体想知道什么？"

"不，你们误会了，刚才我说过，我们不是要曝光什么。这件事压了这么久，很多人心里都需要一个出口，对，出口。这么说吧，不是我想知道什么，而是你们想表达什么，重要的是看法和感受，我相信你们一定有话要说。如果我单纯想了解案子，找警察就行，对不对？"陈舜说得很大声，是想把这番话传到店里去。

"你们拍这个片子，能把小姑娘找回来吗？"男人替陈舜摇了摇头，"过去的事情就过去了，既然于事无补，还提它做什么。幼贞和梁皓有过一段婚姻，但不应该就这样永远生活在他的阴影里。大人倒也算了，孩子的压力也很大。昨天我没有表态，麻烦你给谭村长捎个话，这个忙我们帮不了，对不起了。"

陈舜知道今天办不成事，只好坦然一笑，指了指对方手里的名片说："改变主意了，随时打我电话。"

“这家伙看着温吞吞的，说话很有气场嘛。”

陈舜关上车门，瞪着后视镜咕哝，然后抢过小希手里的话梅罐，旋开盖想吃，又被小希抢回去了。

我也有同感，光看那男人的手，就有一股劳动人民的力量。陈舜擅长的是起哄造势，对方一旦沉住气，他就没招了。

“这有什么奇怪的？”小希吃了一片话梅，“你当着她老公的面，让她讲前夫的事情，不管讲成什么样，她老公心里都不痛快。”

“有道理。”我说。

“有什么道理？这道理我能不懂吗？你有更好的办法你来试试。”

“其实，就算避开她老公也没用。”小希说，“除非她认为梁皓是无辜的，她才愿意接受采访，为他申辩。但看来不是那样。”

“我原本以为她至少会考虑一下，没想到那么坚决。夫妻一场，她好像一点也不相信梁皓。”

“夫妻之间相互不信任是常有的事。”

“不不，你说的不信任是感情层面的问题，不是认知。丈夫是什么样的人，会不会干出那种事情来，作为妻子难道不好判断吗？”

陈舜言之有理。他三十好几了，也许是过来人。他沉思片刻，又说道：“你们有没有注意到，金齐山和俞幼贞的老公都提到一点——金莹失踪的时候，梁皓和俞幼贞已经离婚了。”

“那怎么了？”小希问。

“金齐山这么说，是为了锁定梁皓是凶手——房子里只有他一个人。俞幼贞的老公这么说，当然是不想俞幼贞受牵连。但是，强调的原因也可能是别的。比方说，这两件事情发生的时间很接近，不强调就容易搞混。”陈舜来回看着我和小希，认为我们没听懂，“你强调一件事情先发生，另一件事情后发生，通常是因为这两件事是连着发生的，不是吗？也就是说，俞幼贞和梁皓离婚这件事，很可能和金莹存在某种关联。”

我不敢随便发表意见，小希也不吱声，陈舜只好自己把结论说出来："梁皓这个人，有特殊的癖好，喜欢小女孩。俞幼贞知道了，忍不了，离婚。之后金莹的事情一出，她当然就知道是怎么回事了，再加上脚印这条铁证，于是就决不相信梁皓是无辜的。怎么样？有没有道理？"

小希撇下嘴角，露出嫌恶的表情。

"哎呀，快开车吧，先回去再说。人家以为我们不甘心，在车里搞什么阴谋诡计呢。"小希摆手催促。

天气和昨天一样晴朗，风更小一些。阳光从东南方投射过来，微澜的河水中仿佛漂着橘红色的油彩。

车开到桥堍，陈舜的手机有消息进来。因为三个人都没说话，提示音特别清亮。陈舜放慢车速拿起来看，紧接着把车停住了。

"今天的采访工作正式开始！"他高高举起右臂打了个响指。

"采访谁？"小希问。

"冯佑。"

"他不是国庆才来吗？"

"鬼知道呢，他现在就在酒店。"陈舜转动方向盘，掉头下桥，径直驶向岭阳大道。

"冯佑是谁？"我问。

"山海间的设计师，他是梁皓的助手。"

车行二十多分钟，抵达岭阳大道的尽头。路还在延续，只是从水泥路变成了柏油路，弯弯曲曲，看不清去向。城镇向后方退去，眼前尽是开阔的田野。白杨刚刚开始衰颓，叶子青黄相融。

我条件反射地想拍照，却见小希无动于衷，心事重重地望着窗外。

"一会儿的采访我来做吧。"陈舜对小希说。

"为什么？"

"……还是你来吧。"

"搞什么鬼呀？"

“我是怕你不熟悉背景。不过，男人面对女人的时候，话多一些。反正你记住一点，尽可能让冯佑多说梁皓以前的事情，不要盯着案子问。”

“行了，我知道。”

不多时，视线尽头隐现淡淡的山峦，就是昨天上午小希指给我看的地方。如果我的方位感没出错，这辆车正由南向北穿过革马村东部地界。

又走了一段，山色渐浓，那幢庞大的梯形建筑不知何时露出了一角。山海间……没错，再往东一点，马上就到杭州湾了，酒店坐落在西边的盐平山脚下，正处于山与海之间。

进山以后，松树取代了白杨，一片遮天蔽日的绿，对向车道的私家车渐渐多了起来。绕过一块断崖般的石壁，山海间蓦然出现在左手边的斜坡上。

“啊——”

小希高声惊呼，我也被扑面而来的建筑吓了一跳。山海间竟然是一座四棱台，是顶部被削去三分之一的金字塔，只不过颜色纯白，楼层没那么密集。虽然还有两个外立面看不到，但我并不怀疑它们会有所不同。

每层的外围都是露台，绕楼一圈排列成正方形，每往上一层便缩进一圈，到顶层，四个面各剩八个房间，总共十来层。我没有实地见过金字塔，想来还要大上许多，但就酒店而言，这可以算得上奇观了。

室外停车场空荡荡的。我下了车，扛起器材三件套，登上斜坡一侧的台阶。

男侍者后仰上身替我们拉开大门，大堂内灯光柔和，照在亚光地砖上，晕出毛茸茸的光。服务台后有一根三米见方的柱子直通上层，这应该是整栋建筑的中轴。

陈舜刚想打电话，只见柱子后走出一对母子。

“你们是来采访的吧？”女人朝我们绽开笑容，牵着孩子的手往这边拽，“冯佑在房间等你们，七楼。小孩喊着去盘山步道，我就不陪你们了。”

她是冯佑的妻子，带孩子去玩是怕打扰我们工作吧。

电梯就在那根柱子里，拉丝不锈钢的轿壁上安有白色扶手。我扫了眼指示牌，这酒店刚好十层，配套设施一应俱全，一楼竟然还有商场。

冯佑就守在七楼电梯口，他是个圆脸小眼、面相和善的男人，发际线已退到头顶。

“辛苦辛苦，走这边。”

七楼的围圆就要小得多，天花板悬得很高，走路有回声，前后左右各有一道走廊，组成巨大的十字。阳光从走廊尽头透进来，到中厅已经被灯光淹没。走廊两侧有餐饮和饰品店，好几家的玻璃门上挂着U型锁，里面漆黑一片。

听冯佑和陈舜寒暄的感觉，他们应该见过面，但不算熟识。陈舜向他介绍小希和我，冯佑朝我们点头致意。

“本来打算国庆才来的，谁知道老婆单位要加班，二号就得赶回去。所以就请了年假提前过来了。这下可好，打乱你们的工作节奏了。”

“不会不会，今天正巧另一个采访延期了。”

我们在走廊尽头左转，右手边出现客房，每扇房门边上都有木制小楼梯，通往高处的另一扇门。

“这里的每个房间都分为上下两层，多数是分开的，可以给不同的客人住。有些并成一间，层高有五米多。”冯佑察觉到了我们好奇的目光，解释道，“所以从外面看到的一层，其实是两层。”

“真是精妙的设计啊。”

“知道要采访，我特意订了复式房，请进。”

房间的装修极其简单，没有吊顶没有墙饰，而且果真如小希所说，除了脚下踩的地砖，一片白色，连家具也全是仅由明暗和质感来分辨轮廓。这种设计未免太大胆了。一个人住上三天非得病不可。

床铺在阁楼上，客厅有布艺沙发，加上边座可以聚六个人。茶几上的杯子里已经放好了干茶叶。

小希奔向露台，倚着木栏杆深深呼吸，散落在颈边的秀发随风轻摆。我走到她身旁，放眼俯瞰，山海间宛如巨型梯田，一层层往下铺展。有条小河从外圈流过，通往杭州湾。海平面在视线尽头弯成一道优雅的弧线。隐约能听到海浪拍打堤坝的声音，看久了，我觉得自己好像站在一个从海里升起来的祭坛上，马上要告别这个世界了。

“设计师亲自来住，不收你钱吧？”陈舜的笑声从室内传出来。他坐进沙发，侧过身把一条胳膊架在靠背上。

“哪里，这儿根本没人认识我。我只是画了几张效果图，要说建筑设计，我是一窍不通。”冯佑往四个杯子里倒热水，“把想法画下来，可不代表房子就能造起来了。土木工程、材料力学那些东西，我完全不懂。”

“那倒也是。不过设计师嘛，就不应该考虑后续问题，那些问题自有人解决。灵感才是最值钱的。”

冯佑看着杯子，过了一会儿才说：“被说成是设计师这一点，梁皓很反感。他总是提醒我，我们的工作只是呈现，本质上跟设计没有关系，不是从零到一的工作，只是锦上添花而已。说白了，就是画画的工匠。”冯佑的眼中好像流淌着回忆，“不过，山海间倒真的可以算是梁皓的设计，就这一次。”

“只有一次？”

“对，是碰巧的，他闲着没事在本子上画了个建筑，翻资料的时候被客户看见了。那个客户脑子一热，把原先的方案全部推翻，非要把酒店造成草图上的样子。”

“任性啊。”

“梁皓纯粹是画着玩的，他说不现实，客户听不进去，就连外面那条河也是后来挖的，就因为草图上有。”

"你等一下。喂，你们两个过来。那个，不如现在就开始录吧？"

"就开始了吗？那行，我准备了西装，要不要换上？其实我对金莹失踪的事情……怕是没什么帮助。"

"不需要，接着刚才的话题往下说就可以。"小希走到冯佑跟前，"请把有关梁皓的事情都告诉我。"

第三章　田园外

二〇〇二年四月初，革马村俞家。

梁皓正在房里摆弄新相机，听到轻轻的敲门声。他打开门，房东的妻子站在门口，笑着朝堂屋中央的八仙桌扬手：“切了甜瓜，一起来吃。”

梁皓租的边房紧挨楼梯，他看到房东妻子身后走过一个年轻女人。女人踩上楼梯，转过脸来和他四目相对，隐约笑了。这是梁皓第一次见到俞幼贞。夕阳的余晖从大门映照进来，照不到的角落是淡紫色的。

梁皓披着带里子的夹克，见女人穿了白衬衫，脖子里空空荡荡，觉得她身体应该很好。他不知该怎么回应她的笑，不过她的上身很快被楼板挡住了。

“那是我姑娘，在镇上的外贸厂里做翻译。”房东妻子脸上洋溢着自豪。

梁皓诚恳地点头，他不喜欢吃甜瓜，但这不是他犹豫的主要原因。

“要不我给你端进来吧？”

这样太不好意思了，梁皓朝自己屋里看了一眼，然后迈步跨进堂屋。这家的老妇人站在八仙桌旁等着他走过去。“村里人自己种的，不知道甜哇？”她是房东的母亲，中午租房的时候见过面了。

甜瓜的皮是金色的，大约有两三个，切好放在不锈钢脸盆里，籽已经刨去了。房东妻子去敲另一间房门，把冯佑也喊出来。冯佑的表情很扭捏，抓耳搔头，如果不是看到梁皓也在，他大概会谢绝。

“住下来了嘛，就当是自己家，我们家里都是很好的人，不要客气。”

老妇人看起来七十好几，口齿却很清楚，中气也足，空荡荡的堂屋里有短促的回音。

三个人围坐下来，老妇人自己不吃瓜，直勾勾地看着他们吃，他们不张嘴她就不挪开眼睛。房东妻子绕着桌子拖地。地面很干燥，一条水带很快变成了丝状。

“你们多大岁数了呀？”

老妇人打听两个人的具体来路，问在哪儿工作，问家里住址，这是请吃瓜的用意，也是人之常情。梁皓料想到会这样，他愿意如实相告让对方安心，所以决定再坐一会儿。

他们是昨天来革马村的，由部门经理吴水富带头，同行的还有开发商技术组和当地村委会的几个干部。目的地是盐平山以东，那块地紧邻杭州湾，只要这次考察不出意外，山海间就建在那儿。

“我知道，我知道那里要造个大宾馆，大得很。你们是来造房子的啊，那可真厉害！”

“他们是设计师，画图纸的，可不是造房子。”

“你知道啥！”老妇人板起脸呵斥儿媳妇，“不过也是，看你们细胳膊细腿的，也不像干重活的人。”她觉得自己开了个恰如其分的玩笑，忽然又乐不可支。

梁皓思考怎么才能讲明白他们的工作性质，“可行性”“视觉概念”这样的词语，对方恐怕是听不懂的。

“盖房子的是别人，我们就是先来看看地方。”冯佑看着甜瓜边吃边说。

“看风水是哇？”

“不是不是……”

老妇人马上说村里有风水先生，跟她关系好，说到一半，房东妻子似乎想打断，却又低下头去拖地了。

“风水的事，我们也管不了。其实嘛，地方已经大致选好了，不过那块地那么大，酒店到底落在哪儿，还要具体看过。”冯佑不再拘谨，话慢慢多起来，“土质能不能盖高楼，斜度怎么样，到底应该靠近山一点还是靠近海一点，盖起来之后好不好看，这些都不知道，所以要先画出来。画的倒也不是图纸，客户那边一定要提前看到效果，才好决定，反正也差不多吧。”

老妇人问是不是住不了多久，冯佑说大概个把月，也可能两个月。老妇人觉得很失望。“最好住久一点，这里住过那么多小伙子，没有你们那么干净的，小姑娘嘛事情多得很……”

房东妻子连忙说，之前的房客搬走后，她已经里里外外彻底打扫过了。

昨天晚上住在镇上的招待所，开发商很客气，把住宿费出了，但是不能天天让人家破费。公司给的差旅报销有限额，继续住宾馆的话，梁皓和冯佑就得凑一间。梁皓喜欢一个人住，想了想，决定来村子里租房子。吴水富的脸色立马不好看了，说他娇贵。梁皓说革马村离选址地更近，每天来回比较方便。吴水富斜着白眼不说话。

冯佑向来怕吴水富，这次却跟了梁皓。

他们从选址地往南走，沿着山麓经过茶园，面前是一条河。登上高高的拱桥，南边的水田尽收眼底，天空倒映在水田里，暗沉沉的，却又很干净。村民的自建房散落在田间的路上，有些十几栋地聚在一起，有些孤零零的。

梁皓不急着找房子，在田埂上随意穿行。冯佑一路跟着，落脚点太狭窄，他不由得张开双臂保持平衡。正弯着腰插秧的村民们投来好奇的目光。

走着走着，无意间靠近一片嫩黄。梁皓从未见过那么大面积的油菜花田，随风飘来的味道让他有点不习惯，但渐渐地有了春天的气息……这才是春天的气息。

旁边一户农家有个男人推着自行车走出院子。他六十来岁，穿中山装。梁皓上前打听哪里有房子租。男人拨回支脚，仔细打量他们，三个人就在门口聊了起来。

男人不但知道山海间的工程，连开发商的来路也很清楚，梁皓公司和开发商之间的外包关系他也马上理解了。他说，我知道了，你们就是设计院。说得不全对，但意思到了。

他把两人领进屋，打开堂屋东边的房间给他们看。

“村里的地都承包给大户了，镇上的年轻人过来打工，有些就住在这一带。这个房间上个月刚有人搬走，光线很好，已经打扫过了。”

梁皓问还有没有其他房间。男人说有，不过要小一点，是靠西的。梁皓说自己喜欢小房间，把东间让给了冯佑。

价格比想象中贵一些，但梁皓没有还价。男人拿出纸和印泥，三个人签字按手印。梁皓看了眼他的签名：俞耀宗。

“电表是分开的，水费嘛，一个月算五块钱好了。我俞老二的为人村里没人不知道，放心好了。我在岭阳小学做门卫，有什么事情可以打这个电话，是学校传达室的。”他说着在白纸一角写下电话号码，撕下来递给梁皓。

“我有三个儿子，这个是中间的，对我最好了。”老妇人用手指点着八仙桌，讲了许多关于次子俞耀宗一家的事情。

厨房里飘出米饭的香味，梁皓觉得再坐下去不妥，道过谢，和冯佑各自回房去了。

他关上门，端起相机继续研究。这次的项目他并不感兴趣，拿到开发商的图纸看了，觉得没有多大表现空间，而且要跟吴水富一起工作，这很头痛。老板说，你去吧，没你不行，这单反你拿去，归你用了。

梁皓没有抵挡住相机的诱惑。

这台佳能D60发布还不到两个月，是采购部的人从日本带回来的。像素630万，在弱光环境下更加灵敏，夜景下自动对焦也不会出问题。昨晚拍了招待所外的街道，效果差强人意，但还有调整的空间。

五点半，天还很亮，梁皓打算叫冯佑一起吃饭去。他推开门，见八仙桌上放好了三菜一汤，老妇人和孙女面对面站着，四只手正在争夺另一碗菜，房东妻子在旁边小声埋怨什么。三人一见梁皓，笑得极不自然。孙女松开手背过身去，耳根一下子红了。

"来来，一起吃点，没啥好东西，将就将就。"老妇人招呼梁皓，让房东妻子去喊冯佑。

梁皓摇头拒绝，说还有另一个同事在镇上等他们。老妇人和房东妻子相互看了一眼，只得放弃。出于礼貌，梁皓问起房东。老妇人说他今天轮到夜班，要明早才回来。

村里没有饭店，要走到镇上去。好在不远，就当散步了。

"这家人可真热情啊。"冯佑仰头看着路边的杨树，他指的是吃瓜的事情。

梁皓也很感慨，说刚才还想留他们吃饭。

"是吗？划不来啊，几顿饭一吃，就能抵上房租了。乡下人太淳朴了。那……我们要去找吴经理一起吃饭吗？"

"当然不。"

冯佑点点头，显得很宽心。

梁皓没有说细节。老妇人和她孙女并不是在争夺菜碗，而是在相互推搡——老妇人正让孙女端菜给梁皓。她们看出来了，梁皓不擅长跟人打交道，所以一开始的打算是把菜送进他房里去。要去喊冯佑的时候，老妇人支使的却不是孙女，而是儿媳。

冯佑比梁皓小六岁，脸上稚气未脱。老妇人是有眼力的。

房东妻子好像叫敏芳。她和俞耀宗还有一个已经成家的儿子，住在镇上。敏芳每天一早去儿子家帮忙，下午四点钟接孙子放学，接着回自己家做饭。女儿在外贸公司上班，白天只有八十岁的婆婆看家。

在小学当门卫的俞耀宗隔天轮一次夜班，因此即便在晚上，俞家也常常只有三个女人。

面对两个刚来租房的陌生男人，老妇人毫无防备，把这些话全都说了，要不是识人有术，也未免太心善了。

走过村口，前面是一个小集市，有一家门头只写了“快餐”两个字的小饭店。东西没的挑，每个客人吃的都一样——两个油豆腐包，一个红烧鸡腿，还有炒青菜，连同米饭全部盛在一个大碗里，卖五块钱。

冯佑狼吞虎咽，连说好吃。其他客人和老板熟识，原本闹哄哄的，因为他们的到来都没声了。梁皓觉得不自在，想吃完早点走。

“皓哥……”冯佑擦了擦嘴，舌头搅着牙床间的饭粒，“有件事我想跟你说。”

“嗯。”

“……算了，以后再说吧。”

梁皓抬头看了他几秒钟，继续扒饭。

“不行，我想了很久，不说的话，晚上又要睡不着觉了。”

“你说。”

“那天晚上公司断电，其实是我故意拉闸的。”

梁皓默默点了点头。

“你……早就知道了吗？”

“刚刚才知道的。”

“那你怎么一点都不惊讶啊？”

“吴水富的主意？”

“对对！”冯佑涨红了脸。

去年年底，梁皓向公司提议，把建筑表现的制作方式由传统手绘转为电脑三维建模，老板对此有所耳闻，已经有不少同行这么做了。他性格保守，不敢轻易尝试新技术，但他欣赏梁皓，同意让他试试。

吴水富知道了，拍着梁皓的肩膀说好好干。梁皓淡然一笑，他和这位顶头上司向来有摩擦。

接下来的项目，梁皓准备了手绘和三维制作两套方案。如果三维效果图能让客户满意，将改变公司未来的技术结构，甚至很可能组建起一个以梁皓为首的新部门。公司电脑的配置已经落伍了，渲染成图需要将近三十个小时。交付前一夜，办公室的电闸被人拉下来了。

那晚最后一个离开设计部的人是冯佑，他说天气预报有雷雨，怕漏电，所以这么做了。梁皓无言以对。吴水富叹了口气对冯佑说，小心谨慎也没错。

“真的对不起，皓哥。你这次选我来跟你做项目，我越发不安心，怎么也得说清楚，我真是个混蛋。”

“暗地里设计我，还是明着得罪吴水富？这根本没的选，换了是我也一样的。”

“是吗？”

“行了，没事。”梁皓结了账往外走。

“那太好了，哇，松了口气。不是啊，如果不是我帮吴水富搞鬼，你现在绝对跟他平起平坐了。”

“做什么经理，我本来就没兴趣。”

“我真搞不懂，就算你出头了，他设计部老大的位子照样坐，又何必呢？”

“和原本不如自己的人站在同一个台阶上，就算是失败了，吴水富就是这样的人。”

“我们可真倒霉。”

“无所谓了，这个公司我也待腻了。”

“啊？”

“公司是好公司，整个千桂市，在地产广告行业没有更好的去处了。只是你刚来不久，有些事情还不清楚。其实也没什么，有人的地方都一样。只要你能熬得住，不用担心前景。”

“你要跳槽吗？”

梁皓转头望着田野。此刻天色暗蓝，许多民居的窗户被点亮了。

“我忽然觉得，要是山海间的项目能一直做下去，以后就留在这里，也不错。”

第二天早上，吴水富约开发商的两名技术总监一起登盐平山，做实地考察。梁皓觉得没必要跟着，就和冯佑绕着盐平山的南麓往东走。

他们走一条弧线，大约每走五分钟拍一张照。因为山势宽大，连续拍摄的两张照片之间差异很小，最后要在这些照片里选一张作为酒店环境参考，重新在纸上画出来。

他们选了一处没有视野遮挡的岩石堆，架好画板，梁皓开始拉透视线。冯佑的绘画基本功还可以，但空间感有点问题，前期的草样要帮他打好。这样的工序根据不同视角要做很多次，建筑朝向不定下来，很可能是白费功夫；可如果什么也不做，就真的变成游山玩水了。

到了中午，吴水富和开发商回镇里了。梁皓和冯佑吃了早上买来当中饭的包子，倚着岩石打盹，石头晒得暖洋洋的，太阳照不到的地方是淡紫色的。梁皓想起了俞幼贞。

“走吧。”

“回去了吗？”

“在哪儿画都一样。我来吧。”梁皓站起身，把画板背到自己肩上，让冯佑继续把玩相机，“你是不是觉得，我们是来磨洋工的？”

“那倒也没有吧。”

“长时间在外面跑的工作，比较容易让人记住，即使没那么辛苦。老板会放心上的。你现在的局面，是要想办法摆脱吴水富。你跟我站一边，他会给你穿小鞋。”

“我想过了，我回去就把拉电闸的事告诉老板。”

“没必要，这会让老板难做。”

“老板不是不讲道理的人，他难道怕吴水富？”

“不是怕。他不可能接你的越级状去处理你的上司，没有这种操作，除非侵害到他自己的利益。今年公司可能会有一次部门重整，你看准机会转到别人手底下去。”

“……皓哥，你要走吗？”

梁皓放缓脚步，没有回答。

“你要去哪儿？我也去。”

梁皓笑了笑。“山海间还等着咱们，做完这个项目再看吧，现在别分心。”

走了大约半小时，又来到村口的集市。路两边各有十几间高矮不齐的房子相互对望，夹出一条路来。地摊都摆到路中间了，用蛇皮袋垫着。早上经过时大多是蔬菜，也有热气腾腾的蒸笼，现在换成了水果和南货。

一个男人走在路边，从地摊和店铺中间穿过，只要有卖家和他对眼，他便摊开手掌，重复着弯腰点头的动作。

他是个乞丐，裹着脏兮兮的灰棉袄，里面是赤膊的。他停在一家糕饼店门口，坚持了很久。店主是个面颊红润的胖女人，她拿起扫把，用柄头顶乞丐的胸口。乞丐被顶开一步，把脸转向身旁的客人——一对母女。母亲正在付钱，四五岁大的女孩扒住柜台，眼巴巴等着老板把酥饼装进塑料袋里。

老板被乞丐分散了注意力，她好像找错钱了，那位母亲要再核对一遍。小女孩退到门外，拿出一块酥饼放进嘴里衔住，又拿出一块递给乞丐。乞丐慢慢蹲下来，伸出双手去接。那样子像掬一捧水，仿佛酥饼很快就会从指缝中流走。

“给我相机！”

运气真好，梁皓及时捕捉到了这个画面。

小女孩穿红衣服，扎一对辫子，阳光斜射过来，照亮乞丐的额头和眼睛，下半张脸被影子挡住了。往来的行人构成前景，把这对主角包围起来。

冯佑凑过来看显示屏。“哇，真不错啊。”他的评价不作数，拍成什么样他都说好。

踏上杨树成排的柏油路，俞家的房子就在不远处。冯佑转身往来路看，疑神疑鬼的样子，这是他第二次回头了。

“怎么了？”梁皓也看了眼，笔直的路上什么也没有，集市在远处依稀可辨。

“没什么，好像有人跟着。”

梁皓停住脚步再次回头，杨树长得粗壮，树干和他的肩膀差不多宽，如果有人侧身躲在树后是看不见的。

两人对望一眼，继续往前走。

回到房间，梁皓把照片导入笔记本电脑，用软件稍稍调整曝光和构图，已经很完美了，光束中飘浮的尘埃也隐约可见，这是难得的神来之笔。

梁皓不知道俞家有没有装电话，俞耀宗留给他的是学校传达室的号码，想来是没有的。他想起要打个电话回家，告知父母他已经在这里安顿好。但如果真有电话，或许未必会打。

躺在床上想着今后的事，迷迷糊糊睡着了。忽然有人敲门，是俞幼贞。

“啊，你在睡觉啊，不好意思。”她朝院子的方向指了指，“有人想问你点事。”

竟然已经傍晚了。院子里有个女人正在跟敏芳攀谈，从敏芳的表情看，她们彼此认识。女人的身形有些眼熟，因为刚睡醒的缘故，梁皓一瞬间怀疑是不是梦到了她。

“你有照相机？你今天给一个小姑娘拍照了吗？”

梁皓点点头，他想起来了——是那个在集市上买酥饼的女人。

女人从门缝里看见梁皓，撇下敏芳径直走了过来，仔细打量他，脸上的表情慢慢起了变化。

“你怎么好做这种事！”她的声音不响，透着委屈和愤怒，“照片呢，洗出来了吗？”

梁皓一头雾水。敏芳挨近了低声问："小梁啊，你给她姑娘拍照了？"

"拍了。"

"小姑娘看见你了吗？"

"什么？"

"就是……你给那姑娘拍照的时候，她知道吗？她看着你吗？"

梁皓摇头。

"哎哟，这样可不好。"

"怎么了？"

敏芳为难地看向地面，再把目光抬起来。"你把底片拿出来给阿艳，给她吧，让她带回去。"

梁皓试图弄明白眼前的情况。他看向幼贞，幼贞抿住嘴不说话，但也没有回避目光，眼里似乎在说："给她吧。"

"这是数码相机，没有胶卷。"

"什么东西啊！怎么没有胶卷？！"阿艳吼了起来。

"数码……"梁皓深吸一口气，觉得这个词语跟眼下的环境格格不入。

"照相机呢？拿出来！"

阿艳猛地上前一步，梁皓下意识地往后躲。

幼贞扯住梁皓的袖子，把他拉进房间。"真是数码相机？"

"那个人怎么回事？"

"小孩子不能拍照片的呀。"幼贞竖起手掌在胸前摆动，"魂灵要被吸走的。"

"你说什么？"

"反正她们都是这样说的。现在怎么办啊？"

"这里的小孩从小到大都不拍照片吗？"

"不是，看着就可以，被偷偷拍是不行的。"

"呵，这是什么道理？"

“你还笑。”

“她要底片做什么？”

“我哪知道？给她好了呀，我再给你买。”

梁皓走到桌前，拿起相机递给她。“你要是能拿出底片来，就给她。”

这时候，堂屋里传来女人哭泣的声音。

梁皓叹了口气，从相机里摘出存储卡。“把这个给她吧。”

幼贞眨了眨眼，抓过存储卡出去了。可任凭她怎么解释，阿艳也不能理解底片为什么要藏在这个塑料小方块里。她把存储卡折弯了摔在地上，说要去找俞耀宗讨个说法。

“小孩子被人拍了照就会丢魂这个事，我在别的地方也听到过，倒不是革马村独有的。”冯佑解释道，“后来我们慢慢懂了，大概是这样的意思：底片和照片是相反的，对吧？现实世界里越亮的地方，底片上就越暗，反过来也一样。所以底片里面是和现实相反的另一个世界，就是阴间。”

小希点点头：“所以照相机就变成了收魂的盒子。那么……小孩看不看镜头有什么关系呢？”

“小孩的眼睛可以吓退来收魂的鬼，所以收魂只能偷偷摸摸的，看着就没事。”

“可是好像有点矛盾啊，大人可以随便拍，小孩就不行，说明小孩的意识弱，拉不住魂，但是眼睛却可以吓退收魂的鬼……”

冯佑挠了挠耳根后头，他也不明白。

我觉得，这个解释无非是人们为了能给孩子拍照找的借口罢了。既要防备收魂鬼，又为孩子没有照片而感到遗憾，就琢磨出一个折中的方案来。这么说，革马村所有孩子的照片都是目光直视相机的。我回忆自己小时候的照片，好像也确实是这样。特意花钱跑去照相馆，结果给镜头一个斜白眼，那是要挨打的。

“后来呢？”

“后来幼贞的奶奶让那个阿艳回去请大仙，说把那张存储卡放在孩子枕头底下，睡三天，然后找大仙做法事，这么一来二去的，再把卡烧了，魂就能回来。不过……”

“不过什么？”

冯佑看了看相机，眼神飘忽。

陈舜从手机后面探出脸来：“没事，你尽管说，如果实在不合适，后期剪掉就行了。”

“那个照片里的小女孩，最后还是出事了。”

“出了什么事？”

“死了。”

“怎……怎么死的？”

“被干草噎死的。”

小希下意识地朝我的方向看，但没找到我的视线。

“那个时候我已经回市里工作了，过了两年……或者三年？我也不是很清楚。她和另一个孩子玩捉迷藏，轮到她藏起来，一藏藏了好几个小时，怎么也找不到。结果在一个草垛里面发现的，嘴巴和鼻子里全是干草，已经窒息了。”

四个人都沉默了。刚才听冯佑描述那张照片，我想象过那个小女孩的样子，她给乞丐东西吃的情景好像一场洗礼。

“医生有一种猜测——癫痫，躲在里面的时候碰巧发作了。但她爸妈说她从没发过癫痫。癫痫这个病，年龄越小发作的概率越高，有这个病的，还没学会走路就会发作。到了……那时候她多大来着？六七岁吧，到了六七岁才第一次发作，这种情况是比较少见的。梁皓没跟我说太多，但我猜，小女孩的爸妈后来肯定去找他算账了。”

“找梁皓算账？”

“对啊，因为存储卡里没有底片，小女孩的魂还在梁皓那里——他们就是这样想的。而且，那张照片确实拷进电脑里了，梁皓心里是有疙瘩的。”

“这件事跟梁皓有关系吗？他当时在哪儿？”

“在干活，在他自己的公司里。”

“有人能证明吗？”

“没有，那时候只有他一个人了。”

小希沉思片刻，又问道：“你有没有发现梁皓有那种……奇怪的癖好？”

“什么癖好？”

“喜欢小女孩。”

“……你是说，他拍那张照片是因为喜欢小女孩？”

“不，不光是这个，就是从平时的行为来看，他有没有这方面的倾向？”

冯佑思索片刻，缓缓摇头。

“你有那张照片吗？”

“有的，不过没带过来，你们要看吗？等我回去发给你们，但是不要传到网上。”

“好。那么，金莹的事情呢？你觉得有可能是梁皓做的吗？”

“他是一个很好的人，不会伤害别人。但我觉得，我并不了解他。他从来不说心事，每天又心事重重的样子。”

说完这句，冯佑默然不语，他没有正面回答小希的问题。

二〇〇二年——虽然是十五年前，时代还是同一个时代吧。照相机能把孩子的魂吸到底片上，革马村人相信这个。不知现在还有没有人信，我想是有的。起码那个小女孩的母亲仍然相信，没了女儿，她应该比以往更加深信不疑。癫痫和丢魂，她总得信一个。

我们在山海间四楼的餐厅吃午餐，坐在靠窗的角落，可以看到室外游泳池。冯佑妻子说吃完饭要带儿子去游泳，不知道是原本就有打算，还是得知下午的采访仍要继续才临时决定的。一年一次的假期被打扰了，她也毫不在意，尽力配合丈夫的工作。不，这根本不是工作。这一对比，我又禁不住在心里念叨高美。她昨晚当真没有联系我，生气不是闹着玩的。

现在已经下午两点了，可只有我们一桌客人，显得冷冷清清。冯佑说，单数层的露台原本是小花园，有草地、盆栽和绿篱。客人退了房，每天进去打扫的除了清洁工还有园艺师，后来因为成本太大吃不消，荒废了，才改成如今的防腐木露台。早些年，山海间是一层白一层绿的。

我有一句没一句地听着，脑子里继续思考刚才的问题。

冯佑跟着梁皓一起创业，两三年后大概撑不下去了，便又回到千桂市继续原来的工作。那个酥饼女孩死的时候，他离事发地很远。知道了这件事，他去找梁皓，梁皓告诉他经过，但没说很多，听冯佑的叙述，大概是这样的情况。至于医生说女孩可能死于癫痫引发的意外，想必也是梁皓的说辞。可以说，冯佑对于酥饼女孩死亡事件的了解不客观，也不全面。金莹案的波及面那么广，有些信息都还能捂得住，这件事会不会也另有隐情呢？

梁皓也给金莹拍过照吧，所以金莹的魂也被他“偷”走了。为了找回相机里的魂灵，她在九年前的雪夜独自去往梁皓家……

假设，拍照摄魂这件事是真的——当然我绝不相信，我的假设只是为了建立一个逻辑——封建迷信也得讲出个所以然来。这个逻辑就是，被吸走魂灵的孩子，会主动去收魂者那里找回魂灵。结果魂灵没找回来，人也没了。

金莹的遭遇是符合这个逻辑的。那么酥饼女孩呢？如果也按这个思路来，事发当时，梁皓就必须身处那个让酥饼女孩窒息的草垛附近才行。可实际情况好像不是这样。

另外还有一个问题，被吸走魂灵之后，孩子不会马上想着要找回魂灵吗？是的，不是马上，她们两个从被拍进照片到出事，都隔了很长时间。酥饼女孩是两三年，而金莹，虽然判断不出准确的时间，但是可以从金齐山的话里琢磨出来。

梁皓给金莹拍照，是在她家做家教期间，这是最符合实际情况的。金莹失踪之前，已经开始在同学康小奕家做功课了。找了家教，又让同学辅导，这不大可能同时进行。由此可知，金莹不是在拍完照之后立刻去找梁皓的。

所以，一定有什么东西，或者什么事情把她引向梁皓，如果这个触发因素和拍照没有关系，那么刚才假设的逻辑就不通了。当然，不通是肯定的，但这个触发因素一定存在。

九月二十八日，下午两点四十分，对冯佑的采访继续进行。

梁皓去镇上打公用电话给老周，确认他的行程没变。老周这天要去杭州出差，顺道经过岭阳镇，这是半个月前就说定的。

镇上没有像样的茶室，他们约在一家小饭馆见面。老周是个直截了当的人，坐下来就谈正事。

“你看一下这个。”

他带来了一本国外企业的宣传册，翻开的那页上有张全幅图片，展示了一套组合灯具的照明效果。

“是照片还是效果图？”老周问。

“是效果图。”

“你能达到这样的效果吗？”

“能。”

“好。”他双手交握在一起，然后招呼服务员点菜。

“但是需要设备，一台工作站。”

“多少钱？”

梁皓沉思片刻，抬起目光说：“两万。”

老周不说话了，拿出烟来抽。梁皓把扣在碟子里的杯子翻过来，给老周倒水。

老周今年五十多，脸盘大，肚子也大。他手下有一家灯具制造厂，主要做工装灯饰。两年前找梁皓公司做设计图，价格没谈拢，当天晚上就打电话到梁皓家里。梁皓起先拒绝，挂了电话之后考虑了十分钟，再回拨过去，说改变主意了。这两年，梁皓一直是老周私底下的合作伙伴。

菜上来了，吃了一阵，老周说："那个事情真的不考虑了？"

他想让梁皓跳槽到他的灯具厂，专门负责辅助设计和宣传，去年秋天开始说起，今天是第三次了。老周这样的人，一个请求重复三遍，甚至会让人感到心酸。可现在说这个话，就变成了筹码：答应来我这儿才有设备。

梁皓仍然摇头。

"做得不自在，为什么不换个公司？"老周第一次追问。

"让我不自在的，不是某一个公司。"

老周夹了菜放嘴里嚼，嚼着嚼着，表情变得饶有兴味。"你想自己干？"

梁皓没有回答。老周大笑起来："到哪一步了？"

梁皓指了指太阳穴："念头。"

"不要去别的地方，就在我们县里。去别的地方我不敢说什么，在三塘县，我养活一个设计团队不在话下。"

"我不做设计，我不会那个。"

老周挑高了眉毛："那你做什么？"

梁皓朝桌上的宣传册努了努嘴。

"只做视觉表现吗？那走不远的，兄弟。不管做什么东西，创造力才是最值钱的。你那个，只是锦上添花而已。在一线城市或许有生存空间，这种小地方……"

"我不需要多大的生存空间。我只会做花，这世上总有需要花的人。"

"你可真是比我还要固执。"

吃完饭走出店门，老周把宣传册塞进梁皓怀里，指着册子说："电脑我先帮你买。这次是县博物馆的项目，我打通关系全靠这一笔。有三家竞争，但是他们不可能拿出效果图来。如果你帮我拿下了，咱俩的单子照结，两万块钱就当我送你开业的贺礼。如果拿不下来，电脑你买走。”

“好。”

“这个你拿着，保持联系。”

老周开着黑色桑塔纳朝南方疾驰而去。他丢给梁皓的是一部手机。

“这也是工作吗？”

今天的风有点大，耳郭里一直隆隆作响，梁皓没有听到身后的脚步声，吓了一跳。他正蹲着拍摄一丛油菜花投在墙上的影子，俞幼贞从阳光的另一边靠近，她的影子在更远处。

梁皓摇头说不是。蹲太久了，站起来有些目眩。俞幼贞穿着淡紫色的衬衫，有一点透。

天气真的热了，土地上好像有歪歪扭扭的热气往上冒，梁皓来时没有准备夏天的衣服，现在脱得只剩棉毛衫，多少有些尴尬。他把袖子拉到胳膊肘。

“没卡了还能拍吗？”幼贞背着手问。

“能拍，拍得不多。”

“给。”

幼贞伸出胳膊，手里是一张明信片大小的硬纸。硬纸上有凸起的塑料封块。梁皓接过来，他很意外，这是一张CF存储卡，正和手里的相机匹配。

“买错了吗？”

“没有，哪儿买的？”

“我爸托上海的朋友带的。”

幼贞说，当年有从上海来下乡的知青住在她们家，到现在一直有联系。

“多少钱？我给你。”

“给什么，本来就是赔你的。”

梁皓说了声谢谢。幼贞笑着低下头去，发梢被风吹得绕着脖子打转。梁皓拆了包装，把卡放进相机里试拍了一张。

“赔是赔了，我还是要跟你道歉，那天的事情真对不起啊。”

“没什么。”

“你是不是觉得，我们这儿的人很笨？”

梁皓低头看着相机，想了想说：“你完全不信那个吗？”

“你说拍照会丢魂？嗯……”

“她相信拍照丢魂，就像你相信太阳从东边升起、地球是圆的。”

“可那是事实啊。”

“因为你信，所以才是事实。一个人总得信点什么。”

“不过，阿艳的做法有点太……那个了。”

“但那时候就应该相信她，没有争执的必要，不是相信丢魂，是相信她很担心女儿。你不也是这么想的吗？”

幼贞盯着梁皓看，然后抿嘴笑了。

附近水田里的秧苗排得整整齐齐，不用测量工具，很难想象是怎么做到的。梁皓呆呆看了一阵，听见幼贞走过来说：“你帮我拍张照吧。”

“好啊。”

“朝哪边站？”

“这边。你要看着镜头吗？”

“嗯？”

“成年了吗？”

幼贞会意了，笑声穿过田野。远处插秧的村民直起腰来朝这边看，面孔躲在斗笠的影子里。

五月的一个周末，梁皓在自己家的床上醒来。

他打开房门去厨房。上午十半点，客厅里一股墨汁味。他从小就闻惯了这个味道，但近来浓得发酸、发臭。母亲在家里办书法培训班，长桌上围一圈墨水瓶。他一个多月没回家，感觉冲鼻子。

长桌是找木匠定制的，按客厅尺寸做，不算宽，但长得离谱。两边留一个人能走的缝，一头空出地方立白板，母亲在那儿讲课，另一头直抵父亲房门口，清漆裹着原木，湿抹布一擦，墨痕就没了。客厅也基本上没了。

上午的班刚散，还有一个初中生模样的女孩没走，挺直腰板继续练习。母亲站她身后，一边用手势指导她，一边通电话。电话线从角落的茶几上拉过来，拉出一米多长。

梁皓走进厨房，把隔夜茶倒进水槽。厨房边是父亲的房间，门半开着。父亲坐在床沿，正擦拭钓鱼竿，马甲已经挂在身上。阳光透进来，在他眸子里闪着光，仿佛粼粼湖面就铺展在眼前。

“怎么弄？吃点面好了，我来帮你烧。”父亲没有站起来，抬眼看钟，“早是有点早。”

梁皓说等一会儿他自己烧。父亲朝鱼竿点了点头。

母亲在电话里和别人商量事情，跟租房子有关。她说，一百五够了，两百太大，另外五十个你帮我出啊？给你股份。她笑了一阵又说，帮我找个老师是真的，我一个人忙不过来。哎，写这么快干什么？稳住。不是，我这里还有个学生。最近入会的人里面有没有苗子？老实一点就好，最好本地人。

母亲退休前是书法协会的副主任，兼任一档期刊的主编，收入普通，可是有影响力。书协谁能进谁不能进，她把第一道关，但不一味收好处，倒不是有多清廉，她对字有执念，字不好，塞什么都不管用。

她要把家里的培训办到外面去，办成正规机构，这件事情梁皓是不知道的。

梁皓想回革马村了。要说的事，昨晚已经说了。他打算回房间再躺会儿，熬到中午煮了面条，吃完就走。老周买的工作站在俞家的房间里，他用了半个多月，自己家的电脑已经不想碰了。

他往房间走，好像听见父亲叫他，他不太确定。父亲正在门口换鞋，渔具袋挂在右肩，他肚子大，抬腿有点吃力。

“阿皓啊，那个事情，你再考虑考虑。”一弯腰，袋子就滑下来，他伸手拽住，小心翼翼靠在墙边，然后蹲下来踏实地穿运动鞋，“你说呢？”

“嗯。”

“毕竟还没到三十，阅历浅。现在的公司挺好啊，你觉得烦？创业不知比打工烦多少倍。”父亲提起袋子，把门口挂钩上的软边帽扣到头上，“你有手机？”

“朋友送的。”

父亲点点头走了。

没几分钟，女学生的奶奶来接人，她朝母亲笑，嘴角尽可能咧开。母亲手背朝外掸了掸，意思是可以走了，然后手掌朝外摆了摆，意思是再见。“不可能吧，哪有这样的事情？你少来。”她对着电话大笑。

梁皓帮女学生整理东西，问她有没有落下什么。奶奶搂住孙女的肩膀，朝梁皓浅浅躬身。

母亲的电话打到十一点二十分才挂断，梁皓正在吃面条，她走过来坐边上，侧着身问：“昨晚你跟你爸说了什么？”

“……我不知道你什么时候打好电话，怕糊了，没烧你那份。”

“哦。说了什么？”

“他没跟你说吗？”

“你要辞职，自己做？”

“嗯。”梁皓吸了满满一口面条。

母亲扁了扁嘴，若有所思。“现在有客户吗？老周？老周的灯具厂也没几年，说到底是个体户，今天风明天雨的，保不准以后怎么样。你起码多几个生意头，再考虑自己做，啊？”

梁皓没有回应，低头看了一眼自己胸口，继续吃面。

“嗯。我忘了跟你说，我在看房子。现在有人查了，书法班弄在家里不太平，要正儿八经办学校，我手里也剩不了多少钱。”

梁皓转过脸看着母亲。“我没想跟你要钱。”

“从小到大，什么事你都是自己做决定，做好了才说。现在你提前说，不是要钱是要什么？”母亲笑得眼睛眯成缝，“我还不知道你。”

梁皓放下筷子，靠上椅背，很快又抓起筷子，可是他觉得吃不下了。

“你知道我这一世人，想做点啥，是吧？现在退休了……”

“是啊，我知道。你只管去做，不用考虑我。”

“你要想好，没有退路的。我跟你爸这儿没有退路。你要是惦记我们的钱，也做不好事情。你说是不是？”

梁皓端起碗往厨房走。母亲说：“跟那个姑娘有关系吗？”

“什么？”

“你要自己干，跟村里那个姑娘有关系吗？”

“你怎么知道？”梁皓觉得不可思议。他和幼贞的事情，连冯佑都不清楚。

母亲走过来，从他手里拿过碗，转身进了厨房。“我多说一句，听不听劝你自己琢磨。别找乡下姑娘，事情多。”

“是我自己的决定，跟她没有关系。”

“她能有多大见识？你跟老周做了几个单子，她这辈子都没见过这么多钱，心想着以后都能这样，那可了不起。”

“我都说了跟她没有关系！”

“你喊什么？我不过是给你一个建议，你都这么大人了，我还能怎么样？”母亲转过身叹了口气，“阿皓，你要是哪一天打定主意要结婚，跟我们说一声，我跟你爸，怎么也得把事情做体面了。你觉得合适就行，姑娘是谁，和我们没多大关系。你前面的女朋友，我们也没过问，是不是？如果你跟那姑娘只是随便处处，自己把握好分寸。”

刚到月底，梅雨季好像要开始了。梁皓和幼贞是看着雨停才到镇上来的，这会儿走出服装店，夜空又飘起细雨，像白毛一样在筒灯的光束里旋转。他们用手遮住头发，跑进街对面的杂货店。

梁皓挑了一条靛蓝色的雨披，递给幼贞，又拿起一条黄色的。幼贞摇了摇头说："家里雨披多得是，应应急，就买一条吧，看看够不够大。"

他们跑回服装店的廊檐下，梁皓跨上电动车，把雨披套上身。幼贞上了后座，掀开雨披往里钻。幼贞不是身材小巧的女人，雨披后面短，盖不住屁股，她用力一扯，梁皓感觉被勒住了脖子。

"怎么了？"

"没什么。"

梁皓解开领口的绳子，转动车把。风和雨都灌了进来，初夏时分，倒也清亮，只是雨水扑面，梁皓眼皮眨得发酸。骑到村里，天一下子黑透了。电动车是幼贞前几天刚买的，她骑着上班，一来一回，能比原先的自行车节省半小时。

"你手机响了，要接吗？"

幼贞的声音从背上透过来，闷得很，梁皓听不清楚，幼贞又重复一遍。

手机那一头只可能是老周，非接不可。梁皓双脚支地，让幼贞继续蜷着。

老周问他在哪儿，叫他现在去县里凑饭局，梁皓说不方便。雨已经很大了，他是用喊的。老周听明白状况了，说叫人开车来接他。

"真的不方便。"

"那行吧。顺便告诉你，博物馆的项目成了。"

"成了？"

"那可不，馆长和设计院的人都在，这是庆功宴，怎么样，来不来？"

梁皓一时拿不定主意。

“唉算了算了，下次单独找你补上，你这人。”

梁皓挂了电话，扯开领口对着雨披里说，那个项目拿下了。

“真的啊？大电脑归你了！”幼贞欢呼起来，“这么说，那笔钱也落袋了？”

“刚开始做呢，做完才有。”

幼贞偷笑着给梁皓挠痒痒，手伸到他衬衫里，指尖从腰际滑到胸口。梁皓腾出一只手来阻挡，车把一扭，差点翻田里去。

磨磨蹭蹭开到俞家，快八点了。堂屋里灯火通明，坐着五个人，俞耀宗对面是冯佑，侧边是幼贞的叔叔俞庆荣，他们三个围着八仙桌，敏芳和婆婆徐宝华坐在靠墙的长凳上。

“回来了啊，坐上面。”徐宝华站起来迎向梁皓，“这雨下得……”

“你就坐着，跟你有什么关系，瞎起哄，这个位子就是留给小梁的，又没人抢。小梁，来。”俞耀宗说着给梁皓拉开椅子。

徐宝华大笑着退了回去。她把八仙桌的位子称为“上面”。梁皓坐到上面，觉得不自在。桌上放着南瓜子，但没人动。敏芳给他拿来干毛巾，趁他擦头发的时间帮他倒茶。倒完，又坐回长凳上。

幼贞的头发几乎没湿，裤管和鞋子像刚洗过一样，她脱掉鞋子，光着脚去了楼上。

“我刚才问庆荣了，创业补贴的事，人事局大概也管。他有战友在里头做副主任，明天帮你问问。能进园区，那就好了。”俞耀宗说。

“刚才听小冯说，你们这行业，我觉得差不多符合。”俞庆荣晃动手指说，“你们搞设计的，装修啊，机器啊，都可以往‘新工业’的方向靠嘛。”他个头矮小，不胖，脑袋却滚圆，跟相貌堂堂的俞耀宗长得不像。只要天气好，他每晚都来串门。

梁皓看了眼冯佑，他有些难为情地低下头去，抿着嘴。

这个局面，梁皓有些猝不及防。创业的事，他跟俞耀宗提过，但话头是俞耀宗挑起来的，幼贞把梁皓的心思都告诉他了。梁皓自认为，他和幼贞的关系，对旁人来说处于半明半暗的状态。但或许这只是他的错觉，俞耀宗已经把这桩事揽自己身上了。

梁皓头一次怀疑自己，最近是不是有些头脑发热。他点头表示认可俞庆荣，然后说："进园区要注册正规公司，场地、人数都有要求。"

"场地免费的呀，免三年租金。至于人数嘛，是活的，谁知道你养了几个人，他们吃饱了没事干天天跑你那儿检查？"俞庆荣递烟给耀宗，自己也点上，每说一句，烟就往外喷一朵，"你放心，我那战友，关系很硬，明天我去给你探探口风。如果他答应喝顿老酒，事情就成了一半。"

俞耀宗眯起眼，看着飘起来的烟思索。"你是想弄个体户？"

是公司还是个体性质的工作室，其实都无所谓。但入驻新工业园区必然会受到管辖，天上不掉饼，有扶持，就会有指标——这是其一；其二，梁皓觉得自己的小摊子和一片工厂放在一起格格不入，他宁可隐蔽在小桥流水的手工作坊群里。

"有机会能做大，为什么不一步到位呢？"俞庆荣见他不说话，把脚架起来捋着腿毛，"当然啦，好处要给一点的。"

"好嘛还是公司好，个体户像什么样呀。"徐宝华又站起来了，敏芳轻轻拽她胳膊，她浑然不觉，"给点好处划算的，能给多少呀，以后肯定赚回来。"

俞耀宗咂了一下嘴，眉心拧出肉疙瘩。"你睡觉去，去！"他朝楼梯扬手，"现在几点，你几岁，还不睡觉，说出去被人笑话。敏芳你扶她上去。"

徐宝华愤愤地掸开敏芳的手，独自上楼去了。

"别理会她。"俞耀宗笑着转向梁皓。

他这一阻拦，感觉成了梁皓不舍得打点才犹豫不决。可梁皓又不好辩解什么，心里发闷，想不明白自己为什么非要坐在这里谈这件事情不可。

"这事说大不大，说小不小，你们自己决定，我们最多也就是帮个忙。有需要你就别客气。"

俞庆荣听兄长这么说，知道该走了，摁灭烟，放下裤腿站起来。敏芳去墙角拿伞，撑开了递给他。

俞庆荣突然想起什么，从口袋里掏出一叠对折的钱，抽出一张给敏芳。敏芳找了几张散钱给他。

这是梁皓第二次看见俞庆荣给钱。俞家兄弟三人，每人每月给老母亲六十五元。这个数字很奇怪，梁皓猜，他们合计过，徐宝华每个月的零用钱差不多两百元。这些钱攒起来，到了过年就变成给出去的压岁钱，徐宝华到现在还在给幼贞压岁钱。

十点多，俞家人都睡下了，梁皓洗了澡回到房间，冯佑来敲门。梁皓也想跟他谈谈，最近和幼贞在一起的时间多了，没跟他聊筹备的事情。

“你觉得怎么样？”梁皓问。

冯佑挠挠鬓角说，他家里人认为，既然投了大钱，就把事情做得体面一点。“我爸妈下了很大决心支持我，比我还上心，他们昨天去园区看过了，房子挺气派的。房租免三年，可以省不少钱。”

梁皓点着头不作声。

“皓哥，你觉得不行，我们就找别的地方，工作室其实也挺好，税少，以后都是网络办公，在哪儿无所谓的。”

“我知道了。”

“皓哥……”

“不用在意，去睡吧。”

半小时后，梁皓轻轻拉开门，见冯佑的门缝下暗了，便走上二楼，用指尖点幼贞的房门。

“今天怎么这么晚？”幼贞搂住他的脖子。

他想问幼贞，进园区办公司是不是她的主意，他还想知道，她在俞耀宗面前是如何描述自己和她的事，但此时此刻，又觉得一切都无从问起。

一个月后，“山海间”项目第四次会议在开发商的公司里召开。工程和设计部门的大小领导都来了，主导人是甲方的副总经理，这也是他首次参与。下属都称他“小陈总”，应该是老板的儿子或兄弟，从年龄上看，是儿子的可能性居大。

桌上放了一堆红纸袋，是老板吩咐吴水富带给甲方的礼物——后天是端午节。这些纸袋把人分成两边，梁皓这一边只有吴水富、冯佑和他三个人。

山海间的总体造型是一艘帆船，底下五层是船身部分，上面立起一高一矮两栋楼体，模拟船帆。五层顶上是“甲板”，平坦空旷，规划为公共娱乐区域。设计图纸去年就定稿了，画成效果图以后，反复改了好几次，和设计初稿越偏越远。

小陈总嫌投影仪看不清楚，直接拿起梁皓的手稿，边看边绕着会议桌踱步。他脱了西装，白衬衫塞在裤腰带里，越发显年轻。

“还是原来的问题啊，线条太硬了。”

他要把“帆”做成弧形，这点做到了。可今天才知道，他所谓的弧形不仅仅是指“帆”的边缘，还要整体形状呈现出鼓风膨胀的效果。这意味着，每层房间在水平方向上都要错开一截。他手底下好几个人都笑了，冯佑也没忍住。

“外观很重要，但一个酒店不是只有外观才重要，内部空间和功能设计不能就这样卡在那儿。”一个职务大概是总监的下属说，“已经拖了很久了，陈总，你真要弄一艘船出来，不如直接造游轮吧。我说真的，游轮出海，可能是未来旅游的一个方向。”

他年纪虽大，身板还很硬朗，四月初跟吴水富登山的人里就有他。他对吴水富说，这位小陈总独立操作项目没几年，一味想着别出心裁，事情从他手里过，总要折腾几遭，然后被大老板打回原形。他的意见要适度接受，态度要认真，但对结果不必当真，因为最终是大老板说了算，而大老板又不会提前出现。吴水富把情况转告梁皓，让他做好心理准备，放下包袱。在这个行业和甲方迂回，“认真”和“当真”往往是一对反义词。

小陈总置若罔闻，继续在会议室里绕圈子，仿佛他要的灵感就藏在房间里的某个角落。

“先把想法记下来吧，啊？麻烦吴经理这边再出个图。”小陈总的助理环视众人说，“我第一时间找刘教授确认可行性，好吧？”他说的教授是材料力学方面的专家。

吴水富当即表示没问题。他明白，助理的话是给小陈总一个台阶下。

梁皓翻动本子，准备做记录。这时，小陈总刚好绕到背后。

“停！这是什么？”

梁皓转过头来，不明所以。

“不是这一页，前面。”

梁皓往回翻，小陈总再次喊停，记事本上出现一座四棱台形状的建筑，用钢笔勾线，马克笔涂了简单的明暗。

“你画的？”他也没等梁皓回答，抄起来拿在手里细看，又踱开去了。

众人面面相觑，一个个等小陈总走到身后，就站起来瞥笔记本，等他走过去了，只好再坐下来，桌对面的人头就像一阵缓慢起伏的波浪。

小陈总走回自己的位子，把笔记本往桌上一摊，伸出食指对着那幅建筑图，敲木鱼似的敲了好一阵，抬起头来说：“就这个，就这个！山海间，这就是山海间！”

除了梁皓，其他人簇拥而上。

“这什么东西？”“金字塔！”“这是被削了脑袋的金字塔。”“空中花园啊——”“花园？哪里有花园？”“巴比伦空中花园。”

“是我闲着无聊随便画的。”梁皓说。

“这可以做露台吧？外面一圈。”小陈总朝他举起本子。

“……要做露台也可以，我真的是随手画的。”

“随手画可以完善，感觉对了就行，就是这感觉，太好了！”

那位总监把眼皮抬起来，茫然地看着他的小老板：“你……不要船了？”

“不要了。”

“你开玩笑吧？”

“刚才你还说船不现实，现在又……”

“我说开玩笑不是船的问题，是这个！”

总监开始细数种种问题。首先是客房的采光率。“住人的房子，哪有东南西北一个样的？”客人都要订朝南的房间，相比通常的南北对半，这座棱台朝南的房间只有四分之一，容易客满，导致预订量锐减。“然后是空间，这要浪费多少地方啊？”客房必须有窗户，内部偌大的空间没有日光，就如置身山洞。“你看看，这不就是一座山嘛。还有，客人来这里是要看山海一色，住得越高越好，一层层往上缩，到了上面还能剩几个房间？”

助理小心窥探小陈总的脸色，见他不置可否，便发表了一通与总监针锋相对的看法。朝东的房间可以看日出，朝西可以看晚霞，朝南的房间是少了，可是相应地，朝北的房间也少了。酒店内部可以建购物商场、餐饮店、会所，室外只保留泳池和庭院，干脆做成综合类的休闲度假社区。

“至于高层嘛，房间少才更显尊贵。”

“一派胡言。”总监扯开领带。

下属们陆续说了几句，让梁皓意外的是，并非一边倒地反对。其实也不奇怪，年近六十的总监会随大老板一起退下去，但助理和其他年轻人，未来的日子都指着小陈总赏饭，山海间什么样，又有谁真的关心呢。

梁皓画这座棱台时什么也没想，思绪带着笔尖走。一开始想画的大概是文明初始的城邦，中间部分线条乱了，就叠一层盖住，留出边缘的围墙，由此顺势往上垒。他当时的心态和一个堆积木的孩子没有差别，他没有意识到这东西像金字塔，也不知道巴比伦空中花园长什么样子。

“这里有河吗？”小陈总指着画上环绕建筑的河流问，“我是说实地有没有？”

吴水富摇了摇头，说革马村有条寻安河，确实在村北，但是距离山海间的选址地还有很远的距离。

小陈总陷入沉思，苦着脸觉得可惜。

“哎，你别说，今年岭阳镇对革马村有规划。”对面一个穿亮蓝色衬衫的人说，旁边的人问他什么规划，他说，“开河呀，我听政府的朋友说过，确实有这么回事。”

小陈总的眼睛马上亮了。蓝衬衫接着说，革马村地势低，尤其是因为在盐平山脚下，每年汛期惨不忍睹，只因为那边不住人，没有地，镇政府也就由它去。可是最近上面发话了，不动不行。寻安河入海口附近有一段河道过窄，所以初步的方案是拓宽河道。但拓宽的效果或许并不理想，于是有人建议从那段窄道上游开挖支流。

“如果支流可以绕着山海间走，那就成了。”助理兴奋地合拢手掌。

小陈总指着助理和蓝衬衫，让他们马上找岭阳镇政府确认。总监在一旁摇头冷笑。

“那个……陈总，这个地方原本的规划是庭院和别墅群，如果开河的话……”说话的是吴水富。

“没事，把别墅建在河的两岸，少几栋也没关系，这条河不能少，少了就没味道了。”

录影暂停期间，冯佑带我们走到露台上，指向环绕山海间南部的小河，那就是寻安河支流。虽说是支流，也有十多米宽。一座木桥架在上面，连通两侧的别墅区。

梁皓认为这次会议不过是一场儿戏，却不料发生了戏剧性的变化。大陈总不知得了什么重病，躺在医院里批阅文件，看了梁皓的草图，气若游丝地说，很安心，很踏实。这六个字，造就了如今的山海间。

而寻安河支流的开发工程，小陈总愿意出资四成，政府欣然接受，只要不影响排涝，支流走向也全凭他说了算。吴水富得知这个结果，连夜赶出否决方案，绕过老板投递给甲方，但于事无补。

“其实啊，我们公司的人，谁也轮不到在山海间的设计书上留名，根本犯不着嘛。而且，到了七月份梁皓就辞职了。后来小陈总还找过他，他当然没去，要去的话，之前早跟着老周干了。对了，看到那儿了吗？”冯佑指向更远处，“金莹家就在那儿，河对面。具体是哪一栋我倒不知道，反正那一边，以寻安河为界，南边的别墅全卖了。本来是做高端客房用的，生意不好没办法，低价贱卖的，现在价格可不得了。”

寻安河环绕山海间划出一道优雅的弧线，不疾不徐地穿过闸门，汇入杭州湾。我望向对岸的别墅群，想起了那本九年前的杂志。那张金家的照片拍摄于深夜，别墅轮廓隐没在黑暗中，每一栋又长得差不多，我实在分不清哪一栋是金莹的家。

她也曾看向我这边吧。那个十岁的小女孩，透过窗户仰望巨型祭坛般的建筑，以及这悠悠荡荡的寻安河水。一种莫名其妙的孤独感朝我涌来——对了，还有梁皓，他正坐在一旁给金莹辅导作业呢。他看到自己信手涂鸦的画作拔地而起，不知内心在想什么。如果没有他，这一切都不会存在。

我感到自己和他们正隔着时间之河相互凝望。

第四章　迷踪

九月二十九日，上午八点半。

我们三人站在一片水泥空地前。空地二十多米见方，用白线画了车位。我数了数，左中右各八个格子，现在只停了两辆车。

陈舜走上空地，翘起皮鞋用力踩下去，踩了两次。脚下传来金属特有的回音，大概震动了底下的钢筋。“小金莹啊小金莹，如果你在下面，就给个回复呗！”

这里是一整片相对集中的住宅区，位于革马村西南，一栋栋两层住宅棋盘格一样排列整齐。房屋的品相比村里其他地方要好，外观也都一样，橘红色的喷砂从墙根喷涂到腰线，上半部分是米色的防腐漆，屋顶盖了琉璃瓦，每家都有石墙围起来的院子。

曾经伫立在这块水泥地上的房子，就是梁皓的家。

“拍张照就快走吧，别迟到了。”小希催促陈舜。

“拍这空地？”

“不然还能怎么样？”

陈舜摸着胡楂，绕到南边的房子前。院门开着，他抬脚走了进去。主屋的门开了，一个中年女人迈着小碎步迎到院子里，显然，她一开始就注意到我们在停车场上晃悠。

“你们……你们做啥？”

“我们……”

“你们，是拍电视的。”

这女人有眼力，我没拿器材，她光看陈舜的打扮就猜到了。消息传得真快。

“去去去！拍电视，拍电视到我家里来，真是要死了。”她用手掌朝外拨动空气。

“不是，阿姐，你听我说。”陈舜表示到她家里转一圈就行，“简单收拾收拾，我就拍房子，不拍人，很快就好。”

“为啥……为啥拍我家？！”

陈舜指着停车场的方向：“我要拍隔壁也没得拍啊。房子都一样嘛，帮帮忙。”

“你要假装是梁皓家？”女人明白意思了，转了转眼珠说，“你给多少钱？”

“你要多少？”

女人伸出三根手指。

“三百？我只要十分钟，你这也太……”

“三千。”

“哗！”陈舜吓得眼皮乱颤，好像迎面吹来一阵黄沙。

“你们拍个电视剧，几百万！三千都不给，搞什么名堂！”

“这些窗户是最近装的吗？”小希原本还站在门外，借由这句话走进院子。

“什么？是啊，咋嘛？”

“真好看。”

“嗯……花了不少钱啊，阿东他们家做的，那个畜生，要了我一万多，我每天都擦。”

窗是铝合金移窗，涂了绿漆，外面罩着不锈钢的防护框，也不知好看在哪里。

“两层楼都要擦吗？可真辛苦。院子也打扫得很干净啊。原来的窗户是什么样子的？”

“原来嘛就是木头窗，往外推的，有个钩子，开窗麻烦得很。喏——”女人走到门口，朝斜角一指，“他们家就是，快烂了还不换。”

她指的那户人家不注重修缮，屋檐下有垂落的灰黑色水渍，窗框红漆剥落，露出的木料也发灰了。我走近一步，凝神望向窗户。窗户内侧装着竖条铁杆，间隔大概不到十公分，上下两头插进厚实的窗框里，是固定死的。也就是说，窗户是往外推的，开窗的时候手要从杆子里伸出去。

“那……梁皓家的房子也是这样的窗户吗？”小希问。

“是啊，一直到被推掉都是这样的，这个是造房子的时候统一装的，每家都一样。唉，干什么啦，你们……你们到底是不是拍电视的？”

“阿姐。”陈舜凑到女人跟前，小声问，“那天晚上，你有没有看到什么？”

“什么呀！什么那天晚上，我不知道，我什么也没看到。那都几点了，我早就睡了。你们怎么现在还来问这个事情，烦都烦死了。”她忽然语如连珠，推搡着陈舜，把我们轰出来了。

“没有钞票，真是寸步难行啊。”陈舜无奈地举起手机，对着房子外墙拍了几张照片。

今天的采访对象有两位：岭阳镇派出所民警罗显章，以及三塘县刑警大队的中队长汪磊。

罗显章在案发当年五十五岁，现在已经退休了。他住在镇上新开发的小区，离镇中心有点远，采访就在他家里进行。他是个清瘦的老人，但是腰板笔挺，头发又浓又黑，举手投足间不显老态。

他一开门，另外两人也从沙发上站起来迎客，一个是熟面孔，头发铁灰的谭村长，另一个想必就是刑警汪磊，他很年轻，四十岁出头的样子。

“别见外，是我们来早了。”

谭村长止住陈舜的道歉，为我们双方做介绍。说到汪磊的时候，提了两桩他正在处理的案子。其中的意思我听出来了，他很忙，我们得抓紧时间。陈舜采访汪磊，我和小希采访罗显章，这是昨晚就说好的。

“那你们慢慢聊，我不打扰了。”谭村长接了罗显章一根烟走了。

客厅宽敞，光线好，汪磊和罗显章相互礼让，都要把客厅留给对方，一个辈分高，一个警衔高，来来回回推了几次，最后罗显章拍了拍汪磊的肩膀说，敬我是老哥就听我的，然后领着小希和我进了书房。

书房里没有书，十二三平米，有一张小床和一张写字桌。我们把靠墙的写字桌搬开，小希和罗显章相对而坐。罗显章穿着洗得发亮的警察制服，坐姿昂首挺胸。

“可以开始了吗？”

我架好手机，回答“可以了”，随即按下录制键。

“罗队长您好，您叫我小希就可以了。”

“我可没做过什么队长，我叫你小希，你就叫我老罗吧。”罗显章很放松，“大致的情况谭村长跟我说了，我现在开始从头讲一遍金莹失踪那天的案情，你们有任何问题都可以打断，这样可以吗？”

“那太好了。”

“我接到电话的时候已经睡下了，凌晨一点。是同事打给我的，那天我不当班，但是我住在村北——当时还没有搬到这里，我也是土生土长的革马村人——离金莹家近，而且因为是金齐山的事，很多正在休息的弟兄都被喊来帮忙了。这个……这个状况你知道的吧？嗯，我们先集中到金家，家里只有赵楠在，报警的是金齐山，但他还在回来的路上。我们问了赵楠情况，然后分头去找。我直接去了邱丽娟家。

“邱丽娟就是小莹同学的妈妈，赵楠的第一个电话是打给她的，因为金莹在她家里做作业、吃饭，差不多每天都是。你们了解这个情况？已经跟金齐山聊过了吗？那好。邱丽娟接到赵楠的电话就开始找人，周围的邻居也出来帮忙。她很慌，没头苍蝇一样。金莹离开她家里大概在七点半到八点之间，已经过去了五个多小时。气温在零下，情况很不乐观。

“那天可真冷啊……我的腿就好像两根光秃秃的柱子，脚趾头一点知觉也没有。

“刚开始，我脑子里有几个想法：第一是交通事故，走在路上被车撞了，我打电话给附近的两家医院，都说没有小女孩送进来；第二种是突然发病了，而且没有人发现，那就很凶险，但如果是这样，金莹就应该倒在路上，我从邱丽娟家到金莹家，走了好几个来回，马路边、小弄堂都找遍了，一点迹象也没有；第三种是绑架，对，绑架。金齐山是个白手起家的生意人，生意场上容易结仇，后来他当了商会主席，也有很多人不服。我当时感觉这种可能性最大，而且我也希望是这样，至少孩子暂时是安全的。

“但是我听了邱丽娟的话，就不那么想了。金莹走的时候，骗她同学说，妈妈来接她了，所以她是有‘预谋’的——失踪就是她自己的意愿，也就是离家出走；或者，她离家出走的时候发生了意外。”

“对不起，我打断一下。”小希说，“金莹对康小奕说，她妈妈来接她了。这时候，邱丽娟或者康小奕并没有看到赵楠，是这样的吧？”

“是的，是的。”罗显章大幅度地点头，“当时的情况很微妙。两个孩子在书房里写作业，闹别扭了。金莹有道题不会做，康小奕觉得她是故意抬杠，结果不理她，坐到一旁自己看书去了。过了几分钟，金莹就站起来整理书包，说妈妈来了。而这个时候，外面确实有车停在门口，康小奕从窗户里看到车灯了。”

“那不是赵楠的车？”

“是一辆出租车，隔壁的邻居正好打车回来了。”

小希的肩膀微微下垂，她无声地叹了口气。

“因为下雪，自行车和电动车没法开，那天晚上有很多人打车回村里。我们找那个邻居和司机都核实过，信息是一致的。”

“那个邻居下车的时候没有看到金莹吗？”

“没有。至于邱丽娟，她正在打扫，她站的位置看不到金莹出门，也没听到声音。”

“……这种情况以前出现过吗？就是，赵楠来接金莹，但是并没有进屋，只是把车停在外面。”

“以往来说，多数是邱丽娟把金莹送回去，赵楠来接的话，不进屋的情况是有的，摇开车窗喊一声，金莹就出去了。如果邱丽娟和赵楠没有打过照面，一般是会再打电话确认的。但是那天，就在放学之前，赵楠给邱丽娟打电话，说天气不好，她去接孩子，因为邱丽娟没有汽车。但邱丽娟那时已经等在学校门口了，所以没让赵楠来，还是像平日一样，由她把两个孩子接回家。”

“我懂了，所以邱丽娟想当然地认为，那天赵楠很可能会开车来接金莹，就没有再确认了。”

“是啊……”罗显章靠上椅背，叹了口气，“很多事情，因为一场雪变得不一样了。我从来不信什么天意，那时我真的信了。虽然雪也给了我们一点线索，但是直到现在……”他看着自己交叠在小腹前的手背，再次摇头。

“您说的线索，是指梁皓家院子里的脚印？”

“嗯，直到现在，我还百思不得其解，梁皓一开始为什么要否认，是他把金莹送出去的。”

“不好意思，我没明白。您刚才说，金莹是梁皓送出去的？”

“是啊，从窗户。”

“窗户……可是窗户都被防护杆封死了，难道拆下来过吗？”

罗显章轮流看了我和小希一眼：“看来金齐山没说这一点。也是，他不信。确实还有很多疑问，但那是唯一的解释。金莹是从仓房的窗户出去的。”

“仓房？”

“就是用来堆杂物的地方，那一片每家都有，是政府允许加盖的，所以结构会有偏差。”他从抽屉里拿出纸和笔，“稍等，我画个简易图给你们看。”

“比例不一定准，结构就是这样，将就着看。”罗显章画完，把图掉转方向推到小希面前。

“啊，这已经非常清楚了。”

“看这里。”罗显章用笔尖指着房子右上角，“仓房北面的窗是一扇气窗，金莹就是从这里出去的，外面就是马路。主屋的窗户不可能钻出去，也没动过手脚，我就不画了。这个窗不一样，没有装防护杆，成年人出不去，小孩的体型是没问题的。我们专门找了那个年龄段的孩子试过。”

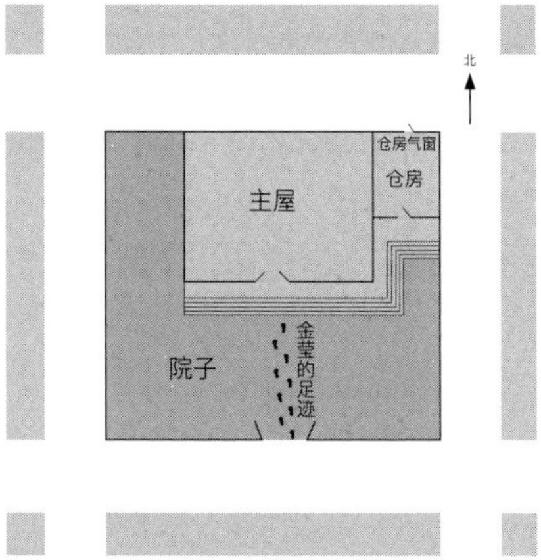

我直愣愣地盯着图，感到鞋子被什么东西碰了一下——是小希的脚。我退回脚架后面，重新架好手机。

罗显章补充道：“金莹在同龄人当中算很矮小了，试验的孩子比她小两岁，但个头是差不多的。试验的时候，金齐山和赵楠都在场。”

一时间，小希好像不知该问什么，涌上心头的思绪想必很乱吧。我也一样，看着手机屏幕，脑子里闪过好多种可能性。

“主屋和仓房是不通的？”

“是的，仓房是后来盖的，里面没有门，从主屋到仓房只能从外面走。”

“那就是说，门口的台阶上——”小希指着图上相应的位置，“从主屋到仓房这一段——有金莹和梁皓的脚印。”

“不是的。”罗显章摇头，用笔在主屋门和仓房门之间的台阶上画了一条连接的折线，“你是说这里吗？没有的。因为顶上有屋檐，你们去过那一带吗？对，屋檐是很宽的，台阶上落不到雪，所以也就没有脚印了。”

“那有没有其他的证据表明梁皓带金莹去过仓房呢？”

“没有直接的证据。”

“……指纹，或者其他的，都没有吗？”

“没有。仓房里有梁皓的指纹很正常。遗憾的是，金莹的指纹确实没有找到。那几天她都戴着手套，我们猜测，她从气窗出去的时候没有把手套脱下来。”

小希把鬓角的头发拨到耳后，再次陷入沉思，良久才说：“梁皓说……那几天他一直在工作，没有出过门。”

“对，他是这么说的。”

“这个门，指的是主屋的门，是吗？”

“是的。”

“那有没有可能……嗯……比如说，假设梁皓没有说谎。”小希露出试探的眼神。

“嗯，尽管假设，无妨。”

“那么，金莹就有可能是在梁皓不知道的情况下，自己出去的。她去找梁皓，但是梁皓没有开门，因为睡得太沉，或者戴着耳机，或者因为别的原因没有听到敲门声，金莹只能去仓房，然后从气窗离开。”

“她为什么要这么做呢？要走，为什么不原路返回？翻气窗可不轻松啊。”

小希点头承认：“这种行为确实很难理解……”

“不只是难理解。我知道你的意思，既然没有证据表明梁皓去过仓房，为什么我能肯定金莹是梁皓送出去的。因为没有其他可能性了，仓房的窗户是锁上的。”

“锁上的？”

“嗯，从里面反锁。”罗显章用右手食指抵住桌面，“有插销，插销是落位的。”

好像是下意识地，小希转头看了眼窗户。我顺着她的目光看去，这里的窗户是带月牙锁的移窗，没有参考价值。老式的插销锁，要从外面把窗户关上，难度只会更大吧，我不确定。

“这样吧，我把发现脚印的细节再说说清楚，你们回去看录像，想到什么，可以随时再来找我。”

罗显章大概觉得采访的节奏太慢了。

“我们找了一整夜，到第二天早上六点多才注意到梁皓的院子。那片住宅区是政府建的，房子密，住户很多。我从他家门前走过，一下子就感觉不对劲。

“那时候是一月二十二号。雪是从二十号上午开始下的，越来越大，到了晚上转为大暴雪，下到二十一号快中午的时候停了。气象部门有过预警，我们上头也给了指示，到街上去帮忙，可是根本忙不过来，不停有人摔倒，有交通事故。没办法，所有政府部门的人都来除雪，一直忙到天黑，村里也一样。

“到了二十一号晚上，也就是金莹失踪前，路上的雪已经被扫得很干净了。居住越密集地方就越干净，因为大家都是从自己家门前开始扫的，当然也会扫院子。所以到了二十二号早上，梁皓家的院子里仍然一片雪白，就显得很突兀。而且还有一道脚印。

“对，院门是开着的，白天没有人家会关门，村里人就是这样的。

“和我一起的一名同事，还有帮忙的村委员，总共六个人。我们进去之前，整个院子里的脚印就只有我画出来的这一道，其他地方没有任何痕迹。我们绕着脚印走到主屋，敲门，没反应。

“这时候我注意到了仓房。我有种预感，金莹就躲在仓房里面。

“刚才说了，我认为金莹是离家出走，她前一晚经过这里，发现院门开着，然后躲进仓房住一晚，这是很有可能的。再加上那道脚印，怎么看都是小孩的脚印。我当时热血沸腾，觉得人已经找到了。但是……

“嗯，仓房的门舌坏了，锁不上的。里面都是纸箱、杂物、装修剩下的废料这些东西，我翻了一下，不像能藏进一个人的样子。我马上注意到了那扇气窗。气窗离地大概两米。是的，房间本身的层高在三米五左右，气窗在上半部分，应该是超过两米的。我搬了几块砖头踩上去，检查窗户，是锁上的。我打开窗户看了外面，没找到痕迹，窗沿上没有积雪，因为有屋檐挡着，这和南面台阶的情况一样。

“这时主屋那边突然有动静，我就出去了。梁皓开了门，说他什么也不知道，而且满身酒气。我们这几个人，找孩子找了一晚上，身体和情绪都绷到极限了，没说两句就打起来了。梁皓喝了酒，本身精神状态也不大对劲，反抗很激烈，好不容易才制住。我给金齐山和我们队长打了电话，接着开始在梁皓家里找人。

“找人的结果你们也知道，一无所获。包括那间仓房，我们几个都仔仔细细翻了一遍。主屋所有窗户都有防护栏，固定死的，栏杆之间只有七八公分的空当，猫狗钻出去都费劲，金莹是在仓房里被人弄出去的，这不是我一个人的想法。拘留梁皓期间，我们又去了好几趟，两层楼，就那么几个房间，但就是找不到人。

“金齐山有没有说他把房子拆了？嗯，倒也没有直接推倒，但肯定不能再住人了。他赔了钱，找工队拆了重建，后来考虑到多方面因素，没有再建起来，那块地现在是停车场。拆房子那两天，警队技术组的人也在场，墙里面、地基下面都检查过了，结果还是一样。

“所以说，除了那扇气窗，我想不到别的出口。至于你说的，金莹自己翻出气窗而梁皓不知道，那窗是怎么锁上的呢？而且，我不认为金莹可以在没有人帮助的情况下从气窗里爬出去。”

“可是梁皓为什么要这么做呢？为什么不走正门？”小希问。

“这只有他自己才知道。作为警察，我们只能接受这个现实，否则案子就没完了。”

“梁皓自己能进出气窗吗？”

“不能。我试过，只能把头探出去，肩膀是过不去的，梁皓的块头比我大。”

“那我可以这样考虑吗？金莹至少在离开梁皓家的时候还活着，否则的话，路上就会留着一具尸体，而梁皓又没办法出去处理尸体。金莹是在别的地方出事的。”

“是的，现在也是以这个观点结案的。”

小希体会到了言外之意。“……还有别的观点吗？”

“有，”罗显章竖起食指在空中摆动手腕，“同谋。”

“同谋？你是说……有人在仓房外面接应？”

“没错，处理尸体的是别人。这也可以解释梁皓为什么不走正门。正常送一个小孩子回家，没有必要回避什么，不用怕别人看见。那个时候，门外一定有什么东西让他没办法走出去——没办法带着尸体走出去。

“可惜，这个人始终找不到；金莹也找不到，活不见人死不见尸，这个观点不能采纳。这么多年过去了，我也开始怀疑，到底是不是真的存在这么一个人。”罗显章直起腰深呼吸，似乎想站起来，看了镜头一眼觉得不妥，又慢慢靠回椅子里。

沉默持续了大约两分钟，罗显章问，还有没有其他问题。

小希转过脸来看着我，我明白她的眼神，便朝她点了点头。她站起来走到一旁，把位子让给我。

“罗警官，不好意思啊，我还有几个问题，很简单的问题，很快就好的。”我的声音在发抖，不开口我都不知道自己那么紧张。

“怎么称呼？”

“我叫李梦辉。”

“请说。”

“……我还有三个问题，三个。”我竖起三根手指，“第一个问题是，主屋客厅里有金莹的指纹，那些指纹，具体是在什么地方呢？”

“主要在桌子和杯子上，梁皓应该给金莹倒过水喝。”

“明白了。采访一开始的时候，您说过，梁皓起初不承认是他把金莹送出去的，他说他什么也不知道，那天晚上没有出过主屋，也没有见过金莹。”

“是的，他是这样说的。”

“那他怎么解释指纹的事呢？”

“他说金莹在前几天来过一次，指纹是那时候留下的。”

“前几天……他有没有说，金莹来做什么？”

“他说是来找他请教学习上的问题。”

“……这样啊。”

“我们没有采信他的说法，因为这个解释不太合理。不是请教学习不合理，是金莹去过梁皓家不合理。她是一个十岁的小学生，早上去学校，放学了去同学那儿，晚上回自己家，都有人接送，她的行踪是很清楚的，每个时间段都有人看着。梁皓住的那片生活区在革马村西南角，离她自己家、同学家还有学校都不近，如果她曾去找过梁皓，就会有一段比较明显的时间空当，一定有人知道的。但是赵楠、学校老师以及邱丽娟对此都没有印象。”

“嗯，原来是这样。第二个问题是，梁皓一开始不承认是他把金莹送出去的，那他是在什么时候承认的呢？”

罗显章没有马上回答，盯着我若有所思，我有点不知所措。

“是在一年以后。”

“一年以后？为什么过了这么久？”

“是啊，我也想不明白，他为什么不一早就承认。”

我咀嚼罗显章的话，觉得有点虚。他的回答和我的问题，表面看好像对上了，其实说的不是一回事。我的意思是，在梁皓已经否认的前提下，是什么原因导致他在一年以后改口承认的。而罗显章强调的是，梁皓在案发时就应该承认。

于是我追问："是发生了什么事情吗？"

罗显章的眼神中又出现了刚才的游移，半晌才说："我虽然退休了，有些话还是不方便说。很抱歉。"

"……我们在制作定稿前，有个初版让您过目，不合适的地方可以剪掉，就是删掉。"我搬出了陈舜的说辞。

"不是剪不剪的问题。"罗显章摆动手掌，"请你们相信，我刚才说过的都是事实，也是我的真实想法。但有些话从我嘴里说出来不合适，希望你们能理解。第三个问题是什么？"

"第三个问题……对，第三个问题是……"我在脑子里搜索恰当的表述方式，因为这个问题会让对方很纳闷，"在很多年以前，有一个小女孩在捉迷藏的时候躲进草垛里，结果窒息死亡，您知道这个事吗？"

果然，罗显章抬起了眉毛。"我知道，案子不是我经手的，但我大概知道。"

"听说，她爸妈觉得女孩的死跟梁皓有关系。"

"因为梁皓给那女孩拍过照吗？那是无稽之谈。"

"不，我不是指拍照这件事本身有什么问题。我是说……怎么说好呢？如果因为拍照，梁皓和那个女孩后来又有了交集，然后，梁皓对女孩……那个，这样才导致女孩突然癫痫发作，我是说……"

罗显章微微眯起眼，等着我说下去，随即视线往上一抬，又落回来，说："我知道你的意思了，你在考虑关于动机的问题。"

我捣蒜般点头。

"如果金莹的失踪和这个女孩的死亡都是梁皓造成的，他的动机是不是一样的——你想问的是这个？"

"是的！"我说得那么含糊，他居然一下子就明白了，半辈子警察果然不是白当的。

罗显章看向窗外思索，片刻后说："干草堵塞呼吸道导致窒息是直接死因，是不是癫痫引发的，医生没下定论。女孩身上、草垛里都没有发现其他人的痕迹。客观来讲，这是单纯的意外。不过呢，我们有过其他猜想，就是类似你刚才说的情况。比如说，女孩躲进草垛里，不是为了捉迷藏，而是紧急避险——有人在追她。没有肢体上的冲突，但对女孩造成了威胁。情绪和身体都极度紧张，是有可能在草垛里发生意外的。但是，之所以这么推测，是因为那个草垛离她们玩耍的地方很远，整个案子的疑点也就仅此而已。回过头来想想，甚至算不上疑点。我们小时候在树林子里玩捉迷藏，直接回家、第二天才出现的情况也有。躲得远，不是什么无法理解的事情。这个推测也就只能停留在'比如说'的程度。办案子需要想象力，但如果一直没有佐证，就不能在某个方向上走太远。

"金莹的事也一样。我刚才说过，梁皓和他的同谋一起杀害了金莹，这是两个主流观点中的一个，我的分析是为了说明这个思路在理论上可行。尽管从个人角度想，我更偏向于这个观点，但它最终是不能被司法接受的，因为找不到金莹就无法起诉梁皓。梁皓只是把金莹送出气窗，这是法律认定的事实。所以，我现在讨论梁皓的动机，说他喜欢残杀小女孩，就变成了人身攻击。能理解这个意思吗？我知道村里人对梁皓有看法，但办案得就事论事，据我所知，这两个案子没有关联。"

陈舜对汪磊的采访比我们早完成，我、小希和罗显章从书房出来的时候，汪磊已经走了。

当天下午两点左右，我们回到岭阳宾馆，三个人聚在我的房间里，把两段采访视频从头到尾看了一遍。

汪磊脸型方正，说话也像脸型，一板一眼，喜欢打官腔，确实比罗显章难沟通。他的优点是表达条理清晰，而且记忆力惊人，不管问什么，都几乎察觉不到他的思考时间。

关于案件主体，他的描述和罗显章没有出入。他赶到现场是在九点出头，梁皓家外围挤满了人。院门已经被罗显章关上了，他守在里面，保证女孩的脚印不被破坏。汪磊一到，他就把梁皓带出来，金齐山夫妇和其他村民也都被拦在门外，直到痕检员做完足迹鉴定。

“有肢体冲突，不严重，没有人受伤。梁皓被控制住了，戴着手铐。问他话，只说整晚在睡觉，没见过金莹。金齐山很焦虑，但没有马上冲梁皓发火，因为当时他们虽然忙着满屋子找人，可是心里都有点茫然。”

接着汪磊找罗显章核实信息，罗显章把寻人的过程说了，也提到院子和仓房气窗的状况。

“我觉得很离奇。如果不是老罗，我就要怀疑对方的认知能力了。

“在六点多钟，同一时间走进院子发现脚印的，总共有六个人：革马村的妇联主任苏眷红，民兵队长刘金顺，一个村委干部，一个村民，还有老罗和他同事。他们一致确定，在他们进入院子之前，地面上只有一串向内的脚印。他们敲开主屋的门花了一段时间，这期间，有人查看过院子里的各个角落。后来我们又检查了围墙上的积雪，一公分一公分地检查，也没有发现搭梯子或者使用其他工具的迹象。

“所以，金莹不是通过院子离开梁皓家的，那就只能从房子内部离开。房子有两间，主屋和仓房。先说主屋，主屋没有后门，窗户全部装了防盗铁杆，两层都是。在后续的排查中，技术组研究了好几次，连木匠都请来了，拆卸过的可能性很低，框是木头做的，用膨胀螺丝钉在墙里，年份长了，一旦拆下来，要想完好无损地装回去是做不到的。那么还剩哪儿呢？楼顶。楼顶很好判断，扫一眼就明白了，全是雪。上到楼顶的口子靠近屋顶中间，人要跳出去，得先走到屋顶边缘。这也不符合。

“最后是仓房，仓房只有一个出口，就是北面的气窗。以金莹的身形，可以从那扇窗户里出去。但气窗从里面反锁上了，老罗是第一个发现气窗的人，那时候就是锁上的。注意，这是在梁皓打开主屋的门之前，不存在后来某个人跑去锁上的可能性。

“我把刚才说的总结一下。对于金莹来说，出口只有一个，就是仓房的北窗，她是从那儿出去的。而关闭这个出口的人，只能是唯一一个留在房子里的人——梁皓。假设存在第三个人关了气窗，那么这个人怎么出去又成了问题，这是个死循环，所以不存在。”

接着，陈舜问了个思路清奇的问题：“假如金莹返回时，倒退着走，看准脚印一步步踩下去……”

“走出重合的脚印？”汪磊笑着摇头，“机器人也做不到。如果这样踩一遍，就算是外行人也可以凭肉眼看出来。”

我隔着屏幕替陈舜尴尬。不过话分两说，他想到了我们没有想到的点，起码他的准备比我们充分。

“那串脚印，有没有可能不是金莹留下的？”

“有。”

“你说有？”

“在事发大约三周前，赵楠带金莹去县里的鞋店买了一双保暖皮鞋，里面带羊毛的那种。后来天气突然降温，就让她穿上了。一直到失踪那天，穿的都是这双鞋子，只穿了十多天，底纹非常清楚。为防止误判，技术组的痕检员建议赵楠再跑一趟那家鞋店，如果还有同款同码的，就买回来做对比。鞋子中午就买到了，鉴定结果没有意外，雪地印痕和鞋子底纹高度匹配，雪块的挤压程度符合金莹的体重。

“当然，光凭这点，无法证明脚印的主人就一定是金莹。比如说，有另外一个小孩，穿着和金莹一模一样的保暖皮鞋，走进梁皓家的院子，然后被梁皓送出气窗——理论上是有可能的。所以对于你的问题，我只能回答‘有’。但是，金莹确实失踪了，我们的目的是要找到金莹。在这种情况下，非要把关联性那么高的事件分成两个问题去对待，我认为没有意义。”

“那么……金莹从仓房出去之后，是从北面的小路离开的吧，那儿有没有发现呢？”

“关于这一点，确实有些遗憾，是我们不够谨慎。那会儿路上的雪已经被扫干净了，雪印大概是留不下来的。不过，考虑到气窗的高度有两米多，金莹落地的时候很可能站不稳，会留下一些别的痕迹。但当时看热闹的人实在太多了，将四周一圈围得水泄不通，什么痕迹都被踩乱了，没有勘验价值。”

“这不能怪你们，一下子也想不到那扇气窗是关键。”

梁皓被带回刑警队，仍然坚称自己没有出过屋门一步，在看守所里待了半个月也不改口。与罗显章不同的是，汪磊没有强调梁皓在一年后承认送走金莹这件事。

案发当天午后，汪磊请示上级，从隔壁县的刑侦大队调来两条警犬。

嗅源是金莹的拖鞋，追踪起点是邱丽娟家。经过三次尝试，两条警犬都没有成功追踪，没走多久就表现迟疑，结果一次去了学校，两次去了金莹自己家。随后，驯犬师直接把它们带到梁皓家附近，它们却同时吠叫起来。

“梁皓说金莹前几天来过，指纹是那时留下的。我们问他具体是哪一天，他说记不清，但又说至少在四五天之前。如果是这样的话，气味不足以存留那么久，警犬是不会有反应的。

“事实上，最佳的追踪延迟是在三小时以内，没有追踪成功的原因就在于此。另外，季节和天气是最主要的障碍，冷空气中的气味分子附着力很差，再加上金莹穿着厚实的冬装，又是孩子，体味小。如果是在夏天，或许会有不一样的结果。”

接下来的几天，刑警把梁皓家翻了个底朝天，柜子、墙体、阁楼、化粪池都没有放过。之后，派出所和消防队展开外部搜寻，穿街走巷，上山下河，踏遍了岭阳镇的每一寸土地。

“可以这么说，即使金莹在离开梁皓家时是安全的，她一个人也走不了那么远。所以我们推测，有另外一个人把她带走了，这个人极有可能是梁皓的同伙。”

等到两段视频看完，天已经黑了。我们去马路对面的餐馆吃晚饭。

“你们怎么看？”陈舜喝下白酒，哈出一口气舒活经络，这姿态竟和我老爹有几分神似。

“什么？”小希懒洋洋地支着下巴。

“有没有同伙在气窗外面接应？”

“不知道。”

“你呢？”陈舜问我。

“我觉得……不好说。如果没有同伙，梁皓把金莹送出去就是善意的；但既然善意，不走正门又很奇怪……所以，大概还是有的吧。”

陈舜又喝了一口酒，小希开始夹菜。我们坐在屏风隔开的圆桌位，算个小包间。陈舜点了五个菜，不算别人款待，这是几天来吃得最好的一顿。好久没有吃鱼了，清蒸的小黄鱼火候正好，肉质像玉一样，筷子一夹就散。我用勺子扒拉了一整条到自己碗里，陈舜和小希都朝我看。

我连忙说：“梁皓一开始不承认把金莹送出气窗，是不是为了保护他的同伙呢？”

“怎么保护？”陈舜问。

“不让警察往这个方向调查。”

“可他没承认，不也往这个方向调查了吗？警察不是傻子，只有一个出口，一眼就看明白了，承不承认根本没分别。不，不承认反而是欲盖弥彰，更让人怀疑他有同伙。其实他完全可以说，是金莹自己坚持要从气窗出去的，他只是照办，不就行了嘛。这能怎么样？了不起民事赔偿。不管他怎么说，警察都要去找那个不知道是不是存在的同伙，既然如此，为什么不选择对自己有利的说法呢？”陈舜说着夹起一整条黄鱼。

“嗯，他一开始不承认就很奇怪。”小希也夹了一条放碗里，嘬着筷尖说，“我想不通，气窗为什么会锁着，如果开着，梁皓就可以置身事外了。气窗是开还是关，对梁皓来说是一样的呀，都出不去。但对金莹来说，开和关就有本质区别。”

“其实关上窗也问题不大，梁皓只要说，半夜出来过一次，发现仓房开着窗，顺手就关上了。可他就一句什么也不知道，迷糊，太迷糊了。”

“然后过了一年，他又承认了。”我说，“这一年时间也许有什么特殊含义。”

陈舜摇头说：“不见得有什么含义，我估计，多半跟金齐山有关系。”

“金齐山？”

“他把梁皓的房子推了，没结果，接下来要做什么，其实不难猜。罗显章的原话怎么说来着？‘有些话从我嘴里说出来不合适’，意思是，这些话本身没有多玄乎，别人可以说，他不行，因为他是警察，而且正在接受采访，没准私下里他就告诉你了。我猜金齐山可能对梁皓动过私刑。”

“私刑……逼供？”我问。

“类似吧，警察做不了，金齐山就自己做。”

“要真是这样，那也太过分了。”小希皱眉道，“金齐山要找女儿，还情有可原，但是警察怎么会坐视不管？”

“你年纪小，不懂这些。要知道，警察一天到晚面对的都是什么人，没点手段怎么成？哎呀，喝酒喝酒，梦辉，你也来一杯。”

“我就算了吧，回去还得整理稿子。”

“这两天辛苦啦……国庆也回不去了，剩下的采访，一天是无论如何完不成的。”陈舜把最后一条鱼夹到我碗里，“家里还好吧？”

家里还好，但是女朋友不太好——这话我说不出口，就点了点头。

“你放心，这个项目绝对有奔头。以后你就跟着我做吧，阿六的公司走不远的。实不相瞒，我正在酝酿一个大工程：系列悬案！”

“系列？”

“金莹的案子只是其中之一，为什么选这个案子打头阵，你现在明白了吧？”

“……我现在不明白。”

“你想啊，要片子火，得制造话题，对吧？梁皓现在无罪——这个案子微妙的地方就在这里——他无罪，但是人人都觉得他应该有罪。你听那两个警察怎么说的？表面上客观公正，什么观点一观点二的，但是话里话外都在说，金莹就是让梁皓给弄没的，是不是这感觉？也就是说，在这件事情上，法律和人心是对立的。我们现在就站在梁皓善与恶的交会点上，最终无论倒向哪一边，都能引起话题。懂了吧？”

“那我们倒向哪一边呢？”

陈舜打了酒嗝。“这不正在研究嘛。”

也许真相如何他并不关心，或者他关心，但是有心无力。等收集到足够的素材，看哪一边的砝码更多，就倒向哪一边。只要抛出话题，引发猜测，这个纪录片的功能就完成了。

选择“梁皓为善”的立场，话题的冲击性应该会更强，而且也迎合了法律的公正，但如果拿不出有力的说法，会被人骂得狗血淋头吧。

我偷偷看一眼小希，她睫毛低垂，专心吃着鱼。

过马路返回宾馆时，陈舜的手机响了。他刚说两句，身体就站住不动了，戳在马路中间。一辆三轮车急忙拐弯躲避，右后轮离地而起，险些翻车。

电话好像被挂断了，陈舜还想说，弓着背朝路面喊，好像对方钻到地洞里去了。

我问他怎么了，他不说话，耷拉肩膀走进宾馆大堂，颓然坐进沙发里。

“你俩先上去吧，我找老板谈一谈。”

走在楼梯上，小希悄声对我说：“这下坏了，可能是资金问题。”

“什么资金问题？”

“赞助款没到位，简单来说——我们没钱了。”

我觉得“没钱了”三个字很难理解。“……不至于吧？刚才不还在吃黄鱼吗？”

“电话是吃完黄鱼接的呀！”

“你们，为什么……”

“但愿不是才好，陈舜这人很少有那么沮丧的。”小希走到楼梯间的窗口，望着挂在树梢的月亮，“为了拍这个纪录片，我们可是赌上了全部家当。”

我又觉得“全部家当”四个字很难理解。目前为止花掉的钱就是全部家当，那这两人从前过的都是什么日子啊？陈舜说找老板谈一谈，我现在才明白过来这个老板指的是宾馆的老板，他想赊房钱。

与此同时，一种警惕意识冲进我的脑袋——这不会是个骗局吧？

要骗钱，也不会如此大费周章来骗我这样一个工作两年的“月光族”。没有积蓄，没有前途，父母双工薪，全家一套房……我把自己的经济特征想了一遍。然而，我想到了高美，高美家有的是钱！陈舜和小希应该不知道我有这么一个女朋友，但我马上又不确定了。

路灯和月亮的弱光混在一起，照在小希脸上，照得她下巴发黄，额头泛白。我在心里祈祷，千万别开口跟我要钱，千万别！

“你……”

“什么？”

“你好像很紧张？”

“有吗？”

“你冒汗了……你干吗啊，在想什么鬼主意？”小希一扭身，快步上楼去了。

真没钱了，拍摄难道会就此中断？短短三天，干的活只有采访和整理，却好像经历了许多事情。就这样半途而废回市里，还真有点不是滋味。

回到房间，我一边洗澡一边胡思乱想，洗完澡出来，对着月亮拍了一张照片。拍照的想法是刚才和小希站在一块儿时产生的，我把照片发给了高美。好久没联系了，这么犟下去不是办法，回去总要面对的。

月亮很大，位置低，躲在梧桐叶后面。我等着高美回复，她多半会说，又拍月亮，无聊，然后我说，今晚的月亮和那晚的很像，她问哪晚，我就可以借势发挥了。

“明天不回来你就永远别回来了！”

事实上，对话框里跳出来的是这样一句话。我咽了口唾沫，然后听到有人敲门。

是陈舜，他右肘顶着门框，劈头盖脸地问：“你还有多少钱？”

看来果真是这么个情况，而且他跟宾馆老板的交涉失败了，幸亏小希给我打了预防针。我说了个零头，八百。

“你浑身上下就八百块钱？”

“这不到月底了嘛。”

“好，就用这八百撑到你发工资。”

“啥？陈导，要不你找我老板周转一下吧，你们同学，应该好商量。”

“找阿六借钱？”他忽然张嘴大笑，但是眼角下垂，分明是一张哭脸，“你帮我借。”

我又一次愣住了。

“算了算了，这个节骨眼上你跟他提钱，他肯定知道是怎么回事，他不会再借我钱的。”

他说了“再”这个字，我更慌了。我想起他在金齐山办公室外通电话时点头哈腰的样子，莫非这家伙就是个到处欠债、坑蒙拐骗的货色？

“明天开始，我们换个地方住。”陈舜把手搭在我肩上，“不管多难，我们一定要撑到做完采访。要不然，四十万就打水漂了。”

“四……四十万！”

“不给钱，谁愿意坐下来跟你说话？文化站、村委会，一路都要打点，光是谭村长一个人，就拿了十五万。”

我震惊不已。“每个人都给钱了？”

“愿意接受采访的都给了，金齐山除外。”陈舜叹了口气，“梦辉啊，我把你当自己人，我出了三十五万，小希五万，你出八百，这要求不过分吧？”

第五章　密林中

三层高的办公楼坐落在园区入口处，又宽又扁，像平躺着的巨大烟盒，墙面刷成米色，在蓝天下有一种清透的温暖。梁皓不得不承认，他喜欢这栋房子，平直简单，没有多余的结构；不过他怀疑，墙漆的淡雅是漆匠调色失误造成的。

冯佑见他停步观望，笑着问他，感觉怎么样。

这样的楼有四栋，彼此间由大片草坪隔开，更远处是彩钢板搭的厂房，隐隐传来机器运作的声音。视线尽头，树木淡化在尘埃里，此外天地间一览无余。乡间的工厂是什么样子，梁皓头一次领略。

这块地属于叫“红里”的村子，现在更多人称之为岭阳开发区，紧邻三塘县城，和革马村也近。据说过不了多久，类似的园区将如春笋破土，组建起千桂市的工业基地。冯佑把家里的摩托车骑来了，最近需要跑不少地方，坐公交不方便。从幼贞家骑到园区，大约二十五分钟。

大厅里有接待区，一个姑娘把他们领进办事处。四个吊扇哗哗作响，正对四张办公桌。事务员是个油光满面的中年男人，他看了一眼梁皓递过去的表格，说：“哦！你是俞庆荣的内侄。”

“不是，我是住在……”

“你是他内侄的朋友。”男人用手指点着梁皓，斜眼笑了，“欢迎欢迎，我们正需要你们这样的人才。坐坐，小马，倒茶。”

靠窗的位置有一组沙发，三个人坐着聊了十几分钟，男人说起人事局某主任和俞庆荣是老战友，又说他自己和这位主任曾共事六年，然后提到最近的酒局，说俞庆荣的酒量退步了，还是他哥有气量。大部分时间是冯佑在尴尬应对，梁皓只做必要的补充，让对方明白他们的业务内容。男人似懂非懂，也不大关心。

梁皓发觉自己一直在走神，不知从什么时候开始，尤其在和别人交谈时，他总会想到另外的事，可另外的事是什么，却并没有具象。他看向窗外，草坪上，一个四五岁大的小女孩在池子边玩水，指尖探入涌动的喷泉，T 恤的袖口已经湿透了。

男人递来一张纸条，上面盖了园区的专用印章，他说了句什么，梁皓没有听清。

“我说，地址给你落实了，你拿着这个去工商申请就行了。”

“谢谢。”

“举手之劳。那，去实地看看吧，就在上面。”

两人跟着男人上到三楼，拐进走廊中段的一个房间，百来平米大小，墙面雪白，大理石地砖淡影倒悬，说话间有轻促的回声。

梁皓推开窗，环视这片陌生的旷野。这里是另一个世界，与他生长的城市仅相距数十公里，却仿佛隔着重重山水。他顿时有些茫然，未来似乎就在不远处，可未来又化作了眼前的窗户，打开了，同时也失去了方向。他觉得，或许自己没有想过必须抵达何处，最重要的是投身这片旷野，是不受约束地活着。要这样活着，眼下的事就非做不可。

走回一楼办事处门口，男人让他们稍等，快速从柜子里拿出一个硬纸袋塞给梁皓。是礼盒装的茶叶。

梁皓很诧异。他问过俞耀宗，来这里要不要准备东西。俞耀宗说办公室人多不方便，等下次约出来再给，因此两人是空手来的。可现在对方反过来给好处，梁皓一时茫然无措。

“给庆荣他哥的。那天不好意思，我们不知道他胃不好。”

梁皓看着他，面露不解。

“让他……养养身子。呵，茶叶好像也不太合适，一点点心意吧。以后再约，咱就吃饭，不喝酒了。”

推开玻璃门，只觉热风扑面，盛夏就快到了。梁皓跨到草地上，用目光搜寻玩水的小女孩。

“幼贞她爸怎么了？”冯佑跟上来问。

“不知道。”

“听那人的意思，好像喝酒喝出事来了，是上礼拜五吧？是为了我们的事情啊……”

那天晚上九点多，有个女人来叫敏芳，压低的嗓音从院子里传进来，透着紧张，最后幼贞也跟着敏芳一起出门了，快十二点才回来。俞耀宗脚步踉跄，见梁皓出来了，推开扶着他的敏芳。他笑着说没事，很久没喝酒，没把握好。幼贞面露担忧，看一眼梁皓，目光避开了。送他们回来的还有俞庆荣夫妻，他们没进门，让俞耀宗第二天给学校请个假好好休息，掉头走了。

梁皓第二天问幼贞，幼贞只说怕母亲一个人扛不动她爸。现在想来，当时来叫敏芳的人应该是俞庆荣的妻子，三个女人不是去酒局救场，而是去了医院。这一点梁皓大致能猜到，但他没料到那个酒局是为了他入驻园区的事。

喷泉的底座是一条石雕鲤鱼，张嘴朝天，有一米高。小女孩从鱼肚子后面探出脑袋，偷偷看他们。

“爸爸在这里上班吗？”梁皓指着办公楼问她。

小女孩摇摇头，伸平胳膊指向远方说，那儿。

“那儿”越过了园区的大门，可能就在尘埃四起的马路对面，也可能在看不见的地方。

“你经常一个人来这里吗？”

小女孩点点头。

“衣服湿了要挨骂的，快点回去吧。”

梁皓走出园区大门，回头看，女孩正把袖子夹在腋窝里蹭干。

“我怎么觉得这小姑娘有点眼熟呢？”冯佑小声说。

“给叫花子吃酥饼那个。她妈妈来找过我麻烦。”

“啊……缘分。”

他们朝停在园区门口的摩托车走去。

“对了皓哥，我们以后还住幼贞家吗？”

梁皓起先并没有这个打算，这几天，俞耀宗请工人在两间出租屋里装了空调，他说去年就想装，以后没有空调的房子难租出去。梁皓知道，这是随口说的话。

冯佑现在既然这么问，俞耀宗一定跟他提过，让他们继续住着。俞耀宗吃透了两个年轻人的性格，有些话不直接对梁皓说，而是从冯佑那边绕。上个月的房租，他死活不肯收。梁皓隔了几天再给，他说，我不会再收你房租了，要给，你给幼贞去。梁皓若再坚持，就像刻意要和幼贞保持距离。

“路是远了点，但可以省下房租啊。这附近也没有农家，要住只能住工厂宿舍，跟打工的外地人做邻居，不舒服。”冯佑说。

“严格来说，我们也是外地人。”

“啊，也对……”

梁皓停住脚步，再次回望园区的喷泉池。“其实，以后会怎么样，我并没有把握。”

“这个我也知道，创业本来就是有风险的。”

“不单单是风险的问题。你的辞职报告还没交，还有退路。”

冯佑沉思片刻，接着用力摇了摇头。

回到镇上，梁皓让冯佑停车，路旁有家烟杂店。梁皓向老板要了一条中华，走出店门，返回柜台，又加了一条。装茶叶的纸袋很大，跟罐子之间有空隙，两条烟塞进去正好。

“都给俞耀宗？”冯佑问。

“对。”

“不分开装吗？装一起，他以为都是园区那人给的。”

“分开装也是一样的，除非分开给。”

“嗯，那要不分开给吧，我给茶叶，过一会儿，你再给烟。”

“不用，他心里清楚。”

“是吗？为什么？”

“走吧。”

“但是，给的时候该怎么说呢？也不能说全是我们买的，特意说得清清楚楚又很奇怪……”冯佑觉得无法表明好意非常可惜，挠着头苦恼不已。

“我见过这个茶叶。”

“……哪里？”

“俞耀宗家，厨房的柜子里。五一节那段时间。”

“是……一模一样的茶叶？”

“嗯，但也有可能就是同一个东西。”

冯佑眨着眼睛，他仍不明白。

“这是岭阳小学发给教职工的慰问品，俞耀宗是学校的保安，当然也有。”

“那是俞耀宗给他们的？不对啊，哪有给过去再原样给回来的？园区那人不是为了表达歉意嘛，怎么也得换个东西啊。”

“确实是俞耀宗给的，但给的目的就是再给回来，通过我给回来。”

冯佑看向天空，然后他明白了。“他故意这样做，就是让我们知道他为我们做了什么。”

“帮了别人，总归是想着别人惦记的，人之常情。我们也确实应该感谢他。别多想了，走吧。”

冯佑缓缓转动车把，一路默不作声。

幼贞和母亲边吃边聊。父亲有些羞赧，不敢正眼瞧幼贞，也插不上话，不停找话题的空当给幼贞夹菜。

练书法的长桌腾挪不开，饭桌摆在厨房和客厅之间。蝉鸣声越来越响，夏天的光透过树叶，在厨房外的泥地上投下游动的小亮斑。

幼贞说，她小时候也正儿八经学过书法，但没有坚持下来。母亲问她是哪个老师教的，幼贞说了岭阳小学的某个老师，母亲便对那位老师点评了一二。聊完书法，接着聊幼贞的工作，幼贞说自己目前还是助理职位，只做邮件和订单的书面翻译，轮不到商务会谈。母亲说翻译这份工作很吃香，不靠单位，靠的是自己，将来去哪儿都行。

最后聊到媒人。梁皓终于明白，母亲如何一早就知道他和幼贞的关系。两边的媒人在五月中旬就接过头，从革马村到千桂市，中途辗转了好几位中介，这种调查和牵线能力委实不可思议，而且可以让当事人浑然不觉。

吃完饭，幼贞收拾碗筷，进厨房准备洗碗，母亲拦了，没拦住，要帮忙一块儿洗，被幼贞赶出来了。

“阿皓，帮忙去车棚拿宣纸上来，我一个人搬不动。”母亲换了鞋，站在门外等他。

“你最近都不怎么回来，跟你说点什么都要找机会。”走在楼梯上，母亲就开始说了，“既然你决定了，那也没问题。政府对那片园区的扶持力度很大，你能闯出来，将来是好的。”

梁皓跟在后头，对母亲稍显臃肿的背影点头。

“文联里头可能有项目，跟你干的活对口。不过，你也知道我这个人，如果给别人做介绍，那二话不说，但是自己儿子……就不是那么妥当，即使退休了，我也难开口。”

“我知道，你就别操心了。”

“还有，房子的事，有一点你必须听我的，否则，一切从长计议。”

“好，你说。”

“你要买乡下的房子，等领了结婚证再买。”

梁皓工作没多久，父母便在附近买了一套五十平米的旧房子，打算等梁皓结婚就把这里让给他，老夫妻俩去住旧房。梁皓内心觉得别扭，一直没有表态。

革马村西南角有一片统一规划的搬迁房，前年开始打地基。住户大多数是从盐平山一带搬来的村民——山麓以西正在建垃圾填埋场。梁皓看中了那里的房子，正巧有好几户打算转让。

幼贞从小长在农村，习惯了田园小院，觉得公寓套房压抑沉闷，搬迁房也合她心意。问题是，村里的房子只能转让给自己村的人，要买，产权人也只能是幼贞。钱怎么出，俞耀宗没有再说下去了。

“钱全部我们出，没问题的，但是得结了婚再买。否则的话，等于你平白无故送了俞家一套房子。你别嫌我说话难听，以后的事不好说的。”

梁皓说，我知道了。

他考虑过这个问题，母亲的话缺少人情味，但他深知这个做法是正确的。

“跟你说点啥，你就点头摇头。这个话该怎么跟幼贞说，你要想好，幼贞是个精明的女人，你别太直了。”母亲对着车棚里的杂物叹了口气，“幼贞还有个哥哥，对吧。”

“对，怎么了？”

“她哥的孩子还小，你不能指望她妈以后全心照顾你们。你想过吗？我也没法帮你带孩子。”

“以后的事情，以后再说吧。”

“结婚不是儿戏，你得盘算周全。凡事先说明白了，以后矛盾就少。我这两天都睡不好，我们帮不了你。”

母亲跨进角落里，弯下腰去拖瓦楞纸箱，里面有半箱宣纸，她的背影显得不堪重负。“你到底图什么？现在的生活就让你那么讨厌吗？”

梁皓沉默片刻，不知该说什么，走过去抱起纸箱，却见母亲眼里泛着泪。

“你要去做乡下人了……”

梁皓摇了摇头，哭笑不得。母亲用指关节一抹眼睑，自己也笑了。

数月之后，梁皓迎来了他在革马村的第二个晚春，迎娶幼贞的日子定在五一假期。

车队停在俞家的院墙外，冯佑和另一名伴郎跳下车，在门口排好炮仗鞭，挨个儿点了。梁皓手捧鲜花，领头走进院子，后面跟着八个自家亲戚，最后是摄像师。

院子里坐满了人，留出一条路通向堂屋，堂屋的门是关上的。俞耀宗和刘敏芳携手站在门外，面向来客，也像一对新人。

另一位伴郎是原来公司的同事，比梁皓大三岁，还是单身，做伴郎的经验相当丰富。

来路上，前同事和梁皓再次核对流程：到了先放鞭炮，宣布新郎官驾到，放完进屋，跟二老打招呼，可以改口叫爸妈了。与此同时，他和冯佑负责给亲戚们递烟。

接着，梁皓去敲堂屋的门——这是第一道门，通常会有个孩子守在门后，缝里塞个小红包，门就开了。然后坐下来喝红枣木耳汤，也可能就是白糖水，应付着聊几句，一般不消十分钟就可以上楼。

上楼以后会有第二道门，二楼的中厅，这道门麻烦一些，守门的是女性长辈，姑妈婶婶之流，除了塞红包，还要放鞭炮催。冯佑就留在楼下负责点炮，等待同事从窗口传号令。

进了中厅就是第三道门，新娘的闺房，这是最折腾的，伴娘会出各种馊主意，红包、唱歌、发毒誓肯定少不了，还有做完俯卧撑贴着门听心跳的玩法，听不见就不给开门，反正一切照做就是。

最后带新娘下楼，向岳父母敬茶，收大红包。新娘的嫁妆里面有一双新鞋，出门前由新郎给她穿上，再抱她上婚车。至此迎亲流程结束，到了自己的地方，就随意了。

“每个村风俗各异，就算是同一个村，不同人家有些小规矩也不一样，随机应变吧。”这位前同事如此补充道。

他的预判基本正确，实际情况只多了两个环节，这两个环节跟梁皓无关。

喝完茶，俞耀宗从藤椅上站起来，向大家致辞，感谢亲友捧场，表达对女儿的不舍。说完，俞家三口抱在一起抹眼泪。

另一额外环节是抛绣球。事先并没有准备绣球，抛的是梁皓带来的一捧鲜花。那时花在幼贞手里，她站在堂屋口，背朝院子往后抛。

鲜花在密密麻麻的胳膊丛中弹跳了几下，最后落到一个年轻女人的肩上。女人往后躲闪，顺手一兜，下意识地接住了。下一个接受祝福的人就是她。

然而，大伙的反应形成了两种极端——院子里的人齐声叫好，纷纷鼓掌，堂屋里的人却在阳光照不到的地方沉默无声。

梁皓事后回想这一幕，每张脸都有了身份对应。站在院子里的，大多是村邻，而屋子里的是俞家的亲戚。

晚上回门酒，梁皓在敏芳的引见下，叫了那个女人一声“堂姐”。她是俞庆荣的女儿。按照年长为尊的习俗，她也给了梁皓一个红包。

闹完洞房已经十一点，亲眷们心满意足地走了。敏芳留下来打扫完，梁皓送她出院门。

“那你们早点睡，折腾了一天，可怜啊。你手上的活先放一放，做是做不完的。”

五月的夜仍有凉意，敏芳却脸颊微红，额头坠着汗珠，失去弹性的皮肤像贴了层薄薄的油纸。

“知道了，妈，路上慢点。”

敏芳笑了，那层油纸在眼角的位置迅速褶皱起来。她跨上自行车，偷偷抹眼泪，骑出一段，又转头向梁皓挥手。出了住宅区，等待她的是一条月光下的长路。

梁皓走回屋里，忽觉筋疲力尽，穿着西裤瘫倒在床上。幼贞盘着腿，正在统计白天收到的礼钱。

“今天接到花的人是你堂姐？”

“花？”

“绣球。”

“哦，是的。心岚姐。”

“她怎么……好像不大对劲。”

幼贞放下钱转过脸来：“怎么不对劲？”

“在外面偷偷结婚了？”

“……你说这个啊，不是不是。”幼贞明白了梁皓在说什么，“阿叔嫌她的对象不好。她脾气很倔，不听家里话，一心想着跟她对象结婚。”

“难怪。”

堂姐俞心岚二十八岁，一张娃娃脸，看着反倒比二十七岁的幼贞年轻许多。她在上海一家百货商店做导购。家里人说，要嫁只能嫁上海本地人，否则就回岭阳镇。

“男朋友老家贵州的，在上海搞艺术，不对，好像是写小说的，反正不是什么正经工作。现在上海的房子快涨到四千了，不现实的。”

俞庆荣什么脾气梁皓是清楚的，父女俩闹僵了，俞心岚去年过年都没有回家，因此梁皓今天第一次见她。

二十八岁还没结婚，在革马村是件尴尬的事，幼贞没有找堂姐做伴娘，就是怕刺激到俞庆荣。结果还是刺激到了，俞心岚接到绣球，显得那么不合时宜。

“她现在连我劝都不听，那没办法了。”

俞家的小辈，只有幼贞和堂姐是女孩，从小亲近。但梁皓觉得，人生规劝这种事，在熟人之间往往不起作用。

幼贞听他这么说，挑高了眉毛：“那怎么着，你来劝？”说完哧哧笑了。

她平躺下来，举着硬壳笔记本，把红包上的名字和金额逐个记录下来。怀孕两个多月，虽然肚子还没鼓起来，但她总是下意识地避免趴着。

“哎，换了是你怎么办？”她说。

“什么？”

“家里人不同意你跟我结婚，怎么办？”

“不可能的，是我，是我爸妈，就不会这样。”

幼贞点点头：“也是，你的事，你爸妈都不过问，连装修都不管。”

这栋新房就在革马村，装修由俞耀宗一手操持，梁皓爸妈无论如何是顾及不了，幼贞所谓的“管”，是指金钱上的支援。

俞耀宗给了他们一万块钱，梁皓深感惶恐，但他没法拒绝。去年刚开业，老周那边订单不断，并且给他介绍了两个客户，公司起步很顺利，没法拒绝不是因为装修缺钱。

“书法班倒是装修得不错呀，那么大场地。”幼贞用俏皮的口吻说，回头见梁皓望着天花板一动不动，便附身凑过来，安抚似的拍了拍他的胸口。

父母卖了市区那套备用的旧房，把钱给梁皓。买下这栋民宅后，还多了一部分钱，梁皓执意归还。这个做法让幼贞难以理解，眼下正是小夫妻俩最需要钱的时候。幼贞知道，早在卖掉旧房之前，婆婆的书法班已经走上正轨，并不需要这笔差额。但梁皓觉得他必须归还，就像他无法拒绝俞耀宗的钱一样。

处在当前的年纪，和上一辈之间的金钱关系变得微妙起来。梁皓渐渐为此苦恼，他内心认为，顺应彼此的心意是正确的选择。一味拒绝俞耀宗，摆出划清界线的姿态，也许会给他和敏芳带来伤害。而自己的父母仿佛身处另一个世界，归还剩余的钱，也是为了避免伤害。梁皓和父母之间的界线，他在很小的时候就已经看见了，感情和金钱都能越过这条线，但越过去的部分有多少，在双方心中早有定数。

幼贞在革马村人日夜劳作的土壤上成长，她无法看见那条界线，在她看来，梁皓正心安理得地接收岳父母的钱，去支援自己的父母。

可从本质上来说，不正是这样吗？

这个结论刺痛了梁皓。时隔一年，他眼前又出现了第一次推开办公室窗户时看到的那片旷野，如今那里正长出荆棘。

二〇〇三年十二月九日，幼贞在岭阳镇医院产下一名男婴。隔天上午，梁皓第二次见到俞心岚，这时距离婚礼已经过去了七个月。

“阿哥。”

俞心岚这样叫他，梁皓愣了一下，他本打算保持婚宴上的称呼，叫她姐。

那天在幼贞家的酒桌上，谈论最多的无疑是关于新郎的话题：千桂市人，自己开公司，比幼贞大三岁……诸如此类。俞心岚也在听，于是她知道梁皓长她两岁，便记在心里，准备下次见面叫他阿哥。梁皓的脑中迅速走过这样一番逻辑。

梁皓母亲要从陪护椅上站起来，给俞心岚让位。她昨晚一宿没睡着，脸像纸一样白。敏芳连忙阻止她，对俞心岚说，你床沿上挤一挤好了。

幼贞侧躺在病床上，咬着牙闷声说，别，别过来，痛。她是剖腹产，说话声大一点就疼得直冒汗。

俞心岚走到婴儿床边，摁下被头看孩子，跟着孩子做一样的表情，嘴唇不由自主地扁下去，然后嘿嘿地笑出声来。

“是儿子吗？怪了，儿子怎么长得像爸爸？”

敏芳问俞心岚，什么时候回来的。俞心岚说昨天。敏芳说，你也忙，不用特意赶回来，上海的单位，请假要扣很多工资的呀。俞心岚摆了摆手说，哪有的事。

她穿白色高领毛衣，线眼很大，感觉在室外难以御寒。她是一个人来的。俞庆荣夫妻俩昨晚来过了。如果她不是很晚才赶到，就是特意跟父母错开时间。

“出了这么多汗，要喝水吗？”

俞心岚往杯子里倒了些热水，喂到幼贞嘴边。杯子里有吸管，幼贞嘬了一小口，苦着脸说：“心岚姐，你就别回上海了，在这里陪我。”

“净说胡话！”敏芳小声呵斥。

孩子醒了，第一声像咳嗽，然后哇哇大哭。梁皓抱起来送到幼贞胸口，孩子含住乳头，暂时没了声响。

母亲起身朝柜子走，要去冲奶粉。敏芳也走过来，想抢在前头。母亲身体一晃，敏芳刚好扶住，又把她搀回陪护椅上。

“阿皓，先送你妈回去吧，这样不行啊。”

俞心岚绕过病床，关切地问，要不要叫医生？

母亲闭着眼摆了摆手：“可能是贫血，没睡的缘故，年纪大了不中用了。”

“后面几天我来好了，你先顾好自己，现在谁倒下都麻烦。”敏芳说，“还有，你要教毛笔字，学生都等着呢。”

母亲没有说话，倚着墙的脑袋微微摇晃。

昨晚第一夜，梁皓和母亲留下来看护。幼贞的奶水不足，每次都要加奶粉才能喂饱儿子。但是如果全喂奶粉，母乳很快会彻底枯竭。因此每当儿子哭醒，情况就变得很复杂，既要把孩子抱给幼贞，又得马上冲奶粉，幼贞的睡姿如果不方便哺乳，就得先帮她翻身。况且，孩子不是每次哭都是因为饿，要换尿布，要抱起来哄着，没有半小时放不下来。幼贞不愿插尿管，对着便盆尿不出，扶她上洗手间是一段漫长的路。如果只有一个人陪夜，几乎没有睡眠时间，几天下来身体非垮不可。

“你还要去长英那儿，你那个心脏，哪有力气管我！”幼贞搂着孩子突然喊道，“给他们家烧菜拖地洗衣服，你还嫌不够。你身体那么好，你干脆也去上班好了！”

“你干什么，那么大声干吗？”梁皓听到自己脑袋里铮铮响，好像金属撞击后的余音。

长英是幼贞的哥哥。敏芳今早送好孙子上学才来的。

“我那儿媳妇，在银行上班，每天早出晚归，不然……我问问她看。”敏芳像是对梁皓的母亲说，又像是对自己的女儿说。

“她？你指望她？”幼贞忍着疼痛冷笑，每一声都像是从小腹的伤口里挤出来的。

产房里沉默下来，隔壁床一家也寂静无声，帘子拉上了，不知道他们是什么表情。

孩子哭了。

“你们都回去吧，我在这儿就行。”梁皓从柜子里拿出奶瓶。

“还有我。”俞心岚看看幼贞，又看看梁皓，做了个不易察觉的鬼脸。

梁皓担心的情况还是发生了，幼贞让她留下来，是半开玩笑的。可是有这句话在前，刚才的一幕仿佛是演戏给她看一样。

“不是的，你别……”梁皓直摇头，他说不明白，“这不是一两天的事，你还要回上海。”

“我不回上海了，不回去了……”俞心岚眼眸低垂，仿佛在和远方告别，“我辞职了。”

敏芳站了起来。

“真的呀，我在回来的路上才知道幼贞生了，不是特地赶回来的。”

梁皓把母亲送到大巴站。临走，母亲塞给梁皓五百元。

“拿去给幼贞吧。”

在产房待了一天，眼见来探望的俞家亲戚都给钱了，母亲很意外，她只买了东西。身为婆婆，要不要掏钱给生产的儿媳，她有点吃不准。

梁皓说，奶粉尿不湿加衣服，凑一块儿也不少钱了。

“东西归东西。我不懂她们家的规矩，你就收着。”母亲跨上车，转身说，“我改天再来。”她在中排坐下，隔着窗向梁皓挥手。她的手掌像刚在水里泡过，浮肿松软，细密的掌纹看不见底。

梁皓回家睡了三个小时，睡不着了，匆匆洗完澡，又赶到医院。

幼贞的奶奶徐宝华和大伯俞承福来了。俞心岚兜着徐宝华的胳膊，两人坐在飘窗上说话。飘窗凉，徐宝华屁股下面垫了毯子，她脸有愠色，在说陪护的事。她说，我再小十岁，再小五岁好了，我来陪。俞心岚笑着说现在的管法不一样，她说能有什么不一样，再不一样，那三个小子怎么大起来的。

她见梁皓来了，并没有收声，只是朝他点点头说，阿皓你来了啊。

俞承福坐在轮椅上，是俞耀宗推着来的。他六十四了，还年轻时，妻子得乳腺癌去世，他咬着牙独自带大两个儿子。老了觉得寂寞，膝盖也磨没了，还有高血压。前些年续弦，找的是外地女人，结婚不到一个月就跑了。现在在两个儿子家轮流住，看儿媳的脸色过日子。他的身体比八十岁的老母亲差一大截。

梁皓不忍心收他的钱，推了几次。他气呼呼地把钱扔在床上，说不要是看不起他。徐宝华叹口气说，我们承福也是命苦，不给就不给吧，反正自己人，心意到了就行，阿皓这是孝顺你。俞承福拍着轮椅的扶手，一边咳嗽一边说，你烦点啥！不说话能死？你做了一世人反倒糊涂了，侄女生小孩不给钱，我满月酒还要不要去？

他的额头青筋暴突，眼圈涨红了。梁皓担心他随时可能中风倒地。

“你不来，我把你扛来。”俞耀宗打了个圆场，替梁皓把钱收了。

俞承福喘着粗气，脖子上的皮肤像掏空的布袋。他的话是冲梁皓的，徐宝华无论说什么，都会成为靶子。

产房里安静片刻，徐宝华受不了，又说话了。

“要是阿英还在，什么都妥妥帖帖的，我这个大媳妇最好，什么也不问，只管做事，和敏芳一样。命是真苦，四十多就没了。现在你看看，这么大一家子人，怎么轮到心岚你来照料？你还是个姑娘，手脚不利索，不懂的。要我看，不如请个护工，钱我来出。”

俞耀宗把脸转向徐宝华，不耐烦地眯起眼：“你又开始了，你有几个钱？这事跟你有啥关系？你多大岁数了，有的吃有的睡，你还有什么不满意？被人家笑话。”他说着朝邻床瞥了一眼。

“奶奶想大妈了，说几句也没什么啊，二伯真是的……”俞心岚低下头，给地板一个白眼。

“你闭嘴，你先管好你自己。你这年纪，换别人已经在操心婆家的事了。”

“怎么跟我没关系？”徐宝华挣脱俞心岚站起了起来，“她好心帮你看外孙，你喊什么喊？”

幼贞抓起枕头，奋力往床尾方向扔过去。“要吵到外面吵！在家吵不够，还……”她痛得蜷成一团，说不出话来。

徐宝华愣了愣，头也不回地往外走。梁皓连忙追到走廊上，扯住她的衣袖。

“我是自己没钱啊，阿皓，我要是有钱，我跟那几个小子凑一起住？我现在要走，我能去哪里，还不是去你丈人家里？”

“那也是你家。我送你回去。”

徐宝华抬起头，用浑浊的眼珠看着梁皓，她大概以为梁皓想劝她别走。

“阿皓啊，这桩事，我不是在说你妈，你妈身体不好，我是知道的。”等电梯上来的时候，徐宝华缓了情绪，轻声说，“现在是幼贞生孩子，将来我不行了躺床上，你等着看，还是这副样子。除了敏芳，谁也不会照顾我的。只盼我生病了死快一点。”

“不会的，别乱想。”

梁皓想起第一次见这位老太太，她看着他吃甜瓜，说自己有三个儿子，中间的对她最好。她用指尖轻点八仙桌的声音还在耳旁。

“幼贞人不舒服，发脾气，你别怪她。以后对你丈母娘好一点。”

电梯门开了，梁皓扶着她往里走，她迈出一步，转身又往病房去了。

“阿皓，就说我非走不可，是你劝我回来的，知道哇？”

白天的时候，俞心岚从敏芳那儿学会了怎么裹尿布，她试了一次，裹得比梁皓好。梁皓教她冲奶粉，三十毫升水兑一平勺，冲两勺，先放水后加奶粉，开水和凉水的比例大约是一比二，奶瓶上有刻度。

“知道，我都看你冲过好几次啦。”

儿子喝奶时，瞪大眼睛，双手伸到奶瓶两边，奋力攥紧拳头，好像在紧张兮兮地驾驶某种飞行器。俞心岚捧在怀里，看得乐不可支。

梁皓扶幼贞上厕所，打热水给她擦身体。幼贞小腹上满是褶皱，褐色的消毒水涂抹在切口上，捂了一天，散发出难闻的味道。切口大约十公分，比想象中短，是横着的，缝线拉的很紧，每个线眼周围的皮肉挤向切口，看着生疼。

九点左右，护士拔掉点滴，给幼贞打止痛针，离开时顺手关了顶灯。俞心岚觉得梁皓白天睡得短，坚持由她负责上半夜。

她坐进帆布折叠椅，插上耳机，不知在听什么。婴儿床就在她手边。梁皓拉上外套，躺在放平的陪护椅上，扭转身，把脚搁地上，没脱鞋也没盖被子。一会儿换人，俞心岚就会躺在这儿，不能正经当床睡。

幼贞跟疼痛搏斗了一个白天，这时呼吸平稳，沉沉睡去。

俞心岚有个翻盖手机，隔几分钟就打开了摁键盘。屏幕泛出青光，照亮她的面庞。她不像幼贞那般棱角分明，腮骨隐藏在柔软的脸颊内，被毛衣的白领托着。放下手机，她便看向窗外的夜空，这时只有眼眸是亮的。

万籁俱寂中，按键声像关节响，俞心岚怕惊扰梁皓，朝他瞟过来。梁皓平躺着，垂目而视，眼缝开得极小，而且他所处的角落一片漆黑，俞心岚应该是看不清的。即便如此，梁皓还是缓缓闭上了眼睛。

不知过了多久，儿子哭了，梁皓起身，却不见俞心岚。他把儿子抱给幼贞，去冲奶粉。俞心岚躬着身小跑进来，手机还在耳边。

“不说了。”她把手机塞兜里，“我来我来，你快去睡。”

她从梁皓手里抢过奶瓶，她的手指冰凉，带着夜风的寒意。

这个产房在走廊尽头，出门右拐是露台，有四五十平米，架着许多铁管焊成的晾衣杆，尿布和内衣裤随风轻摆。俞心岚是在露台上打电话吧。

第三天晚上，梁皓守上半夜，他无事可做，走到露台上，倚着水泥半墙眺望黑暗中的田野。

“阿哥……阿哥，换你睡了。”俞心岚走到身后。

这时还没到两点，梁皓让她再睡一会儿。她说她其实一直都没睡着。

“白天睡得太酥了，我也是个夜猫子，天一黑就来精神了。”

“也？”

“你不都是晚上干活吗？幼贞说的。”

“啊。”梁皓点点头，“上海的生活节奏和这里不一样吧？”

“嗯！上海这时候还能打到出租车。”

“看来你没少出去玩。”

俞心岚咯咯笑，走上前一步，和梁皓并排。“昨天好尴尬呀。”

“什么？”

“大伯来那会儿。”

梁皓从她脸上挪开视线，没有答话。

“我们家这帮人就那样，就是瞎搅和，你也习惯了吧？”

“老实说，还不太习惯。”

“不过，你别怪大伯，他很可怜。”

“我没有怪谁。”

“你知道他后来娶的老婆为啥走掉？钱被儿子分光了。”

大伯在五年前看中的那位新娘只有四十八岁，腰膀浑圆，比他两个儿媳妇还有精神。二儿子说，她是要熬死你，拿遗产。过两天，大儿子也这么说，大伯没了主意。那阵子，俞耀宗天天往大伯家跑，最后说，把钱分了再结婚。

结婚三个礼拜，新娘发现媒人说的二十万家产在大伯嘴里成了两万，想想不划算，跑了。这至少说明，她确实是冲着遗产来的。

“两个儿子都没还大伯钱？”

"钱就像水，只会往下流，流下去就上不来了。大伯现在连看病都不舍得，走不动路，没人带他去也不方便。"

梁皓直觉血往上涌，但很快平息了。

俞心岚从牛仔裤兜里掏出一盒烟来。"你要吗？"

梁皓压住惊诧，摇了摇头。

"千万别告诉幼贞呀，让我爸知道了，揍死我。"

砂轮摩擦火石，一簇金针在拢住的手掌中弹射出来，火苗蹿起，烟头发出燃烧的声响。

梁皓想起小时候用香烟点鞭炮，他吸了一口气，呛得想吐。父亲哈哈大笑，说总有一天，你会明白烟的味道。

"你的公司怎么样，顺利吗？"

梁皓思索片刻，摇头说，最主要的客户出了点事情，后面要靠自己，不知道能走多远。

今年秋天，老周被指控行贿，现在还在看守所等候法院裁定，情况很不乐观，灯具厂关门大吉只是时间问题。他介绍来的客户为了撇清关系，对梁皓唯恐避之不及。梁皓不得不控制成本，把两个回乡的大学生辞退了。冯佑急得团团转，最近一个月都没法专心干活，父母劝他回千桂再找工作。创业仅仅一年半，可谓大起大落。

"可能我太盲目了。"

"别灰心呀。"俞心岚问他具体做什么，或许上海那边能有机会，"不过我认识的老板都是柜台边的过客，交情浅，不一定能帮上忙。"

"不用勉强，随缘吧。你呢，为什么辞职？"

"我爸要跟我断绝父女关系。"

"说说而已，怎么断？"

"不是的，你不知道。"

"就因为男朋友？"

"就因为？你说得好轻巧啊。"

"男朋友做什么的？"

“……他是个作家。”

“了不起。”

“你真这么想？”

“那当然，你也是这么想的。”

俞心岚抿住嘴，笑得很甜。“他很蠢的，守在书店里，只要有人翻他的书，就上去说两句。”

“翻他书的那个人就是你？”

“对，他的小说写得棒极了，可惜现在没有多少人看书了。”

“是啊……”

“我写过诗，想不想听？”俞心岚绕着梁皓走了半圈，“算了，太难为情了，好几年前写的，我要再润色一下。”

梁皓没忍住笑。“好，我等着。”

“真的不来一口？”俞心岚抽出第二支烟。

“一会儿孩子哭，就是被你熏的。”

“对了，我外甥叫啥？名字想好了吗？”

“梁湛。”

“‘战斗’的‘战’？”

“‘湛蓝’的‘湛’。”

俞心岚竖起食指说，我知道，是“透亮”的意思。

“深邃而清澈，字典上写的。”

第六章　暗流交汇

一大早，我们收拾行李离开岭阳宾馆。老板建议我们朝西北方向走，一直到村子边缘。那儿有一家廉价的招待所。

陈舜的吉普自由客好像也不大情愿，一路摇摇晃晃，扭捏着前进。县道上连续驶过三辆垃圾车，虽然是空车，腐浊的气味仍然令人欲呕，小希捂住鼻子，拍打陈舜的肩膀，让他关窗。

“我们难不成要住在垃圾填埋场附近？”我问。

“那得看‘附近’这个词怎么理解了。”

陈舜这家伙，现在指着我的八百块撑下去，说话居然还如此阴阳怪气。

出发前，他头一回用商量的语气问我，能不能找家里人帮帮忙，被我无情拒绝了。那实在太丢人。上学那会儿，我宁可用泡面调料下饭，也要撑到月底，如今工作两年，怎么好意思开口？关键是，我有多少积蓄，我妈一清二楚，突然说没钱了，她必定认为我走上了邪路。

走势低缓的盐平山出现在右前方的视线尽头，山海间被完全挡住了。五星级度假酒店和垃圾填埋场只有一山之隔，随着垃圾越来越多，填埋场一层层往上垒，西坡的山势将越来越高。我脑海中出现了奇怪的景象：那些拾荒者爬上山头，一边捡垃圾，一边向东俯瞰着山海间，忽然一窝蜂冲下去，像强盗洗劫村庄般侵占了山海间。

离得近了，我才意识到自己常识的贫乏。我以为把填埋场建在山上，是为了使垃圾最终和山势融为一体，然而填埋场并不在山坡上，而是在山麓的平地上，是一个巨大无比的浅坑，甚至比体育场还大。填平都不知要多少年，更不用说堆成山了。

推土机和压路机一进一退，配合默契，把刚卸下的垃圾堆展平、压实。拾荒者们手脚并用，和两台钢铁巨兽争抢时间。

“真是可怜。”小希说。

她的视线落在场地北端的树林边缘，那儿有一片红砖房，每一间都方方正正，在门框上沿挑根铁丝，挂上帘布，那后面或许连门板也没有。有女人站在门外，怀里颠着哭闹的婴儿，大概在等待丈夫的收成吧。

又走了一段，路边出现一幢金黄色的古建筑，从中传出嗡嗡的诵经声，是座庙。庙前的小路上人流如织，门头上写有“元禧寺”三个字。陈舜放慢车速，侧首观察，然后把车停在了路边。

“和尚庙……不会吧？”我说。

“你要住这里我也没意见。走，看看去。”

最外边的门洞建筑是山门殿，里面有座鼎，插满线香。穿过去，脚下是一条杂草簇拥的石板路，笔直通向大殿。大殿的石阶上，歪歪扭扭地排出一条长龙，队伍最前端隐没在殿门内。排队的人大多衣衫褴褛，头发蓬乱，像是刚从垃圾填埋场赶过来的。

同时，有人从大殿的边门走出去，也是拾荒者模样，边走边啃包子，手里还拎着一袋什么东西。

我看明白了，有人在大殿里布施。

我们横着走了几步，调整视线方向，想看清布施者的模样，奈何石阶太高，只好往队伍里挤。浓烈的酸臭味萦绕周身，我的鼻子却不断发出吸气的声音。小希怕蹭到人，推着我的腰拿我开道。

布施者是个清瘦的中年女人，长发一丝不苟地束在脑后，身穿收腰藏蓝布衣，白色袖口挽到小臂，左腕挂一串木珠，只看身材，仿佛和小希差不多年纪。她从盖着纱布的竹笼里拿出包子，每次递出，都向对方展露平和的笑容。她身边还有两个女助手，一个负责维持秩序，一个从桌子底下拿袋子。每个排队的人可以得到四个包子和一袋谷物。

我们挤出队伍，走到佛像旁观望。

“赵楠？”小希问。

陈舜抿嘴点头：“八成是。”

这个名字我听过好多遍——是金莹的母亲。由此，眼前这一幕变得合乎常情——失去孩子的母亲潜心向佛，祈求自己的善行可以感动上天，帮她找回女儿。

大殿里还有不少香客，他们绕着佛像漫步，轮流跪在蒲团上磕头。我注意到蒲团边的桌子上放着一个香资盒，上面写着“莹光天使慈善基金会”。我从钱包里找出百元纸钞，想了想，又换成五十元。刚跨出一步，胳膊就被陈舜死死按住。

“你干什么啊？只剩七百五了！”他用气声朝我吼，好像哮喘发作，“你以为这点钱可以帮多大忙？这个慈善会靠的是金齐山自己的钱。”

见他面目狰狞的样子，我只好把钱收起来，这么大手大脚，我身上不止八百块的事实就要暴露了。

陈舜和小希必然事先就知道赵楠的情况，才进来打探。我问陈舜，是不是要采访她。

“等她办完事再说吧。”

采访赵楠并不在原本的日程上，陈舜起先认为采访金齐山就够了。金齐山也明确表示，让赵楠面对镜头回忆女儿的点滴，太过残忍，她可能无法承受。

等待的时间里，身旁走来一个僧袍青年，手里捧着签筒，抖出声响，问小希要不要算卦。

小希低头看签筒，表现出饶有兴味的样子，却问道：“这些人都是从填埋场过来的吗？”

“啊，大部分都是，也有附近镇上的叫花子。”僧袍青年戴圆框眼镜，头发三七分，衣摆下露出雪白的帆布鞋，“你们是第一次过来吧，头一卦很灵的。”

“真了不起啊，是个大善人。”小希望向赵楠。

“那是，不过一般人也没这个能力。”他用签筒指了指三层楼高的佛像，“修缮款都是她们慈善会赞助的。她来布施之前，这儿没什么香火。还有学校，她也捐了不少钱。”

“她经常来吗？”

“每个礼拜两次。哎，美女，为自己，也为赵女士的孩子，祈个福吧，我给你优惠。”

“有优惠呀？不过……我看了皇历，今天不宜占卜。”小希面朝佛像双手合十，闭上了眼睛，不管对方说什么都无动于衷。

僧袍青年磨了磨牙，开始寻找下一个目标。

陈舜的视线一直没离开过赵楠，到了十点左右，眼看队伍还剩七八个人，他走向赵楠，双手呈上名片。赵楠没有马上接过去，她朝身侧点点头，把手里的活交给助手。

我们跟她走到大殿角落，赵楠用指尖拈住名片一边。她的手背让蒸汽润湿了，沿着皮肤纹理泛出细絮般的光。

“我听谭村长说了，你们……找我丈夫谈过了吧？”

“是的，是的。但如果可以的话，我们想……想听听你的讲述。”

赵楠垂眼看着脚边的地面，旋即抬头说：“我讲的，也不会更详细。而且，我不太习惯面对镜头，不好意思……你们如果想了解事情的前因后果，找警察是最合适的，我可以帮你们联络。”

“我们跟汪队长和罗警官也聊过了，就在昨天。”陈舜的声音前所未有地温柔，“同一件事，不同的人说，会传递给我不同的感受。我想了解的不单单是事情的经过，还有对其他人的影响。而你是金莹的母亲，是离她最近的人……”

赵楠显得很为难，将视线投向布施台，眨眼的速度极其缓慢。

“当然，不必是现在，你可以考虑一下，做好准备。如果实在没办法面对镜头，音频采访也可以，我想观众会理解的。”

赵楠用左掌罩住眼睛，慢慢抚向额头。因为抬手，木珠串向下滑，原本被挡住的部位露出来了，上面有一条疤痕，像剥了皮的虫子，牢牢吸附在手腕内侧。我站在她右边，看得很清楚，这么粗的伤口，切割的东西应该不太锋利。

“不好意思，谢谢你们为小莹奔波。采访的事，请容我准备一下。”她把名片收进口袋，双手合十朝我们鞠躬。

出了元禧寺，我们继续向北走，车开得更慢了，陈舜望着马路一言不发。

同样失去了女儿，金齐山和赵楠的做法截然不同。女助理说金齐山直到近几年才回到正轨，有很长一段时间，偏执和愤怒差点把他击垮。而赵楠却仍然用善良和温暖来回报这个夺走她女儿的世界。

也许在这种事情上男女有别吧。善良和温暖的背后，更多的是无助，除此之外，她不知道还能做什么。只要持续地做着现在的事，金莹就不会被遗忘。

到达一个集镇后，陈舜在小巷里左拐右拐，最终把车停在一片石子地上。

“这儿吗？”小希问。

石子地上只有我们这一辆车。面前是一间两层楼的房子，灰绿色，灰得几乎让人察觉不到绿。门头上写着：莲花招待所。

室内光线昏暗，姑且称为大堂的地方有一张围板很高的桌子，后方墙上贴着手写的价目表，只有普通房和钟点房，钟点房的条目分得很细，两小时起步，每增加一个小时都有相应的价格。

突然有人出现在围板后，脑袋像朝天的钟摆一样摇起来，把我们吓了一跳。

“几个人住？”老板娘烫一头卷发，脸的颜色像苹果，形状像梨。

陈舜上前交涉，说要住好几天，给点优惠。老板娘一脸狐疑，让付五天的房钱才肯打八折。看来这地方虽然寒碜，生意却不差。陈舜说先看看房间。老板娘咂着嘴从躺椅上站起来。

房门一打开，小希鼻梁上立刻堆起细纹。我并不讨厌烟味，但是闷久了，烟味会和霉味混在一起变成烂叶子味。说良心话，床单看着还是干净的，房间除了小一点，也不比岭阳宾馆差到哪里去。

陈舜犹豫不定，望向走廊深处。老板娘说，房间都是一样的，爱住不住。

“好，我们要一间。”

“一间？”小希瞪大了眼睛。

“你睡床，我们睡地板。”

“开什么玩笑！”

陈舜咧嘴挠头，仿佛奇痒难当。“那这样吧，白天一间就够了，反正我们大部分时间都在外面，晚上加一个钟点房。怎么样？”

“谁要住这种地方！我一个人睡车里。”小希伸出食指点着陈舜，“从现在起，不准在车里抽烟！”

隔天早上，在招待所外的石子地上，我再次见到了那个少年。他两脚撑着自行车，与我对视。

我们三个刚刚在集镇上吃完早饭回来。陈舜和小希也注意到他了，因为他就这么直愣愣地瞪着我们，气喘吁吁，一副跋山涉水的样子。他今天没穿校服，套一件缀着红条的黑色冲锋衣，看着像比前几天大了两岁。

陈舜瞥他一眼，继续往招待所里走。小希的步伐变得游移，在我站定之后，她也停下脚步。那天在成峰批发部，小希并没有经过仓库门口，我觉得她是第一次见这个少年，她停下来也许是因为在他脸上看到了梁皓的影子。

少年朝陈舜的吉普车走近几步，仔细看过了，抬头说：“我要接受采访。”

走入大堂的陈舜从暗影中退回阳光下，转过身问：“什么？”

“你们不是要采访吗？我接受采访。”他还处在变声期，嗓音咕吱咕吱的。

“他是……梁皓的儿子。”我朝陈舜小声说。

陈舜眨眨眼，朝少年走去，脚步越来越快，脸上的迷惑被笑容驱散了。“啊——是梁同学，你有话跟我们说？”

少年点点头，握着车把的右拳张开又合拢。

“好，太好了。那……哎，你干吗？”

小希扯住陈舜的袖子，把他拉进大堂，我也跟进去。

“他是瞒着爸妈偷偷过来的。”小希缩着脖子说。

“我看出来了，那怎么了？”陈舜问。

“他还没成年。”

“你是说不能曝光未成年人？可犯罪的又不是他。”

“但他是……我不知道，我总觉得不太好。要采访，至少要跟他妈说一声。”

“说了还有戏吗？你看俞幼贞那态度。”陈舜用指甲刮了刮下巴，“先录了再说，没准能有意外收获。”

“金莹失踪的时候他才多大一丁点，能知道什么呀？”

“这可不好说。”

少年跟着陈舜和小希往里走，他的自行车没有支脚，一松手便横躺在石子地上。我去后备厢拿了脚架和灯，追上他们。

房间太小，少年坐在扶手生满麻子般铁锈的椅子上，小希只能坐床沿。我摆好柔光灯，缩在电视机旁的角落里。陈舜盘腿坐床上。镜头拉不开距离，少年的脸几乎撑满取景器。他右侧眉骨上有一道白色疤痕，把眉毛分成两截。

“那我们开始了。”小希握拳放到嘴边，清了清嗓子说，“先介绍一下自己吧。”

“我叫梁湛，湛江的湛。”他的喘息很重，说完就紧闭嘴唇，鼻腔里有气流声。

“上初中了吧？”

“初二。”

“你来找我们，你爸妈知道吗？”

“都不知道。”

“你是怎么找到这儿来的？”

“我问过宾馆的老板，岭阳宾馆。”

小希张开嘴，抬了抬下巴。

“已经在录了吗？”梁湛指指搁在脚架上的手机。小希回答是。梁湛深吸一口气，双眼正对镜头。

“目前为止……”

“嗯？”

“目前为止，没有研究可以完全证明，有‘犯罪基因’的存在！”他的声音陡然变大，而且开始颤抖，“‘犯罪基因’这个词语，本身就很荒谬。有六指的基因、双眼皮的基因、侏儒的基因，可是，‘犯罪基因’是什么？‘犯罪’是一个社会科学范畴的词语，直接用来形容基因不是很奇怪吗？相比较的话，我更愿意相信有‘冲动基因’‘愤怒基因’‘蛮横无理基因’，因为我觉得性格是可以遗传的。但是冲动、愤怒和蛮横不代表会伤害别人。所以‘犯罪基因’这个词，是跳过了客观环节而主观创造出来的。”

小希的上身逐渐后仰，目光先转向我，再继续后转寻找陈舜。我们三人面面相觑。

“犯罪心理学认为，犯罪行为是生理、心理、环境的综合结果。如果‘犯罪基因’是不存在的，那么，这里说的生理因素就不是基因遗传，而是大脑结构异常，也就是大脑皮层受损。国外有很多人研究杀人犯的大脑结构，他们发现杀人犯的眶额皮质和前颞皮层区域有功能性受损，这些区域负责道德价值、情感认同和记忆提取，他们因此失去了道德、同理心和判断能力。

“大脑受损除了物理作用，还有心理作用，这也是第二个因素。大部分的杀人犯在童年时期都遭受过精神创伤，身体受到过伤害。他们长大以后去伤害别人，并不是模仿或者报复，而只是因为，他们的大脑被破坏了，被童年时遭受的痛苦破坏掉了。从这一点上来说，心理因素和生理因素其实是一回事。

“我的童年很幸福，我的大脑没有问题，如果你们认为我在生理或心理层面上有可能成为罪犯，请拿出证据来，我愿意接受任何检查……”

梁湛全身像无法忍受寒冷似的抖动不止，小希伸出双手，想要触碰他的肩膀，但他躲开了。他越说越激动，语言表达却不受影响，他必定为此准备了很久，早已背得烂熟。

“然后是环境因素。不是说杀人犯会把什么‘犯罪基因’遗传给下一代，而是杀人犯在和下一代相处的过程中，他们的思想和行为会潜移默化地传递给下一代，让孩子变得残忍，有暴力倾向。我出生在二〇〇三年十二月，到二〇〇八年一月的时候，只有四岁多一点。从那以后，我妈带着我离开了家。我和我的……我的亲生父亲没什么交集，他在我身边时我还没记事，我的成长环境里没有父亲，他影响不了我。他做了什么，跟我一点关系也没有。”

他说完了，至少是暂时不说话了。鸟叫声隔着窗玻璃和窗帘传进屋子。

“要不要……喝点水？”小希问。

“对对，怎么水都没倒？梦辉。”陈舜朝我使眼色。

“不用了。下面的话，我想对我妈说。”梁湛低头调整情绪，直起腰再次面对镜头，“我现在很好，你不用担心学校里的事，我自己可以处理好。我从没主动打过架，老师爱怎么说就怎么说。以后我不会再打架了，理亏的人才打架，我觉得自己没有问题。他们总有一天会懂事的，会觉得自己很无聊，会明白对我的看法是没有根据的。所以，别让我转学，没有必要。现在转学，反而说明我真的有问题，好像真的继承了什么可怕的基因。受到歧视就转学，是逃避现实。再说能转到哪里去呢？哪里都一样，新来的插班生最容易引起别人的好奇，随便打听一下就知道了，新同学对我的态度只会更糟糕，我还要重新适应。所以，不用转学，真的不用。”

说到最后，他已经恢复平静。“我说完了。”他撂下四个字，站起来往外走。

“等等，梁同学。”陈舜来不及打开盘曲的腿，一激动倒在床上，像个求救的伤员，“再坐一会儿，我还有几个问题。”

梁湛慢慢坐回原位，耷拉着脑袋。他没了刚才的气势，眼神中流露出怯懦和懊悔。

陈舜想赶开小希自己提问，小希没有同意，把他推回床角。

“在学校里跟同学相处得不愉快吗？”小希探出下巴，略微靠近他。

梁湛没有回答，看着自己的手指甲。

“他们是怎么说的？说你爸是……杀人犯？”

梁湛依旧沉默，刚才那番话似乎耗尽了他全部的精气神。

“你刚才说，你对你爸没有印象。”

梁湛的眼珠动了动，点点头。

“你不记得他的样子了吗？”小希并不相信。

“样子和印象，是不一样的。”

这话让我有点吃惊，不像出自十三四岁的孩子之口。

“什么意思？”

“我记得他的样子，但是对他没印象，就是这个意思。”

“……你最后一次见到他是什么时候？”

“四年前。”

“为什么是四年前？”

梁湛抬起头看着手机。小希当即会意，让陈舜暂停录制，陈舜不大情愿，但还是照做了。

“我不想见他。”梁湛说。

“为什么？你觉得你爸，他……你觉得那个女孩的失踪跟他有关系吗？”

“我不知道。有没有关系都一样，反正现在就是这个样子。”

这话说得既悲观又现实，小希陷入了沉默。

“梁同学，你对那件事有记忆吗？金莹失踪那天。”陈舜开口问道。

“……村子里面乱糟糟的，下过很大的雪，就这样。”

“那时候你在哪儿？在做什么？”

“在外公家，大概在院子里玩雪吧，也可能在吃早饭。”

“外公家里还有谁？”

“外公。我妈上班去了。”

“然后呢？”

“过了一段时间，警察来了，把我妈叫回来，一起去了那边的房子，后来又去过几次。我一直在外公家。没有然后了。”

陈舜若有所思般点着头，说：“梁同学，你有话跟你爸说吗？”

梁湛看着陈舜，眼眸清澈。

“刚才对妈妈说的话，平时也不会说的吧，对着镜头却可以说出来。那对爸爸呢？是不是也有话要说？”

梁湛把视线移向手机镜头，胸口开始起伏，嘴半张着，良久没有出声。空气在狭小的房间里变得无比滞重。

“算了！别说了。”

小希的声音划破沉默，让空气再次流动起来。我顿时松了口气。

今天是国庆假期的第一天，透过不太干净的窗户，可以看到路灯杆上一律绑着红旗。梁湛走出招待所，拽起自行车，消失在石子地外的民房后。

小希昨晚把被子拿走了，睡在车里。我睡地板，陈舜睡床，作为补偿，垫被归我。现在气温适宜，和衣而睡倒也没什么不舒服。

今天安排的采访对象是邱丽娟和她的女儿康小奕。康小奕在杭州上大学，是九月刚入学的新生，坐今天下午两点的长途客车回来。我们准备中午过去，采访完邱丽娟，差不多接上康小奕。梁湛一来，上午的空闲时间恰好利用上了。

时间还早。我收好设备，把手机接上电脑，往里面拷视频。

“要把这段做进去吗？”我看着进度条问。

“我考虑一下。”陈舜躺在床上，胳膊枕着脑袋。

“还用考虑？这段根本没有意义。”小希愤愤不平，“而且，你不觉得很残忍吗？你想让他说什么呀？”

“我知道，你别着急啊。”陈舜坐起身，“就算不能用在片子里，还有别的用处。”

“什么啊？”

“拿给梁皓看。如果他不是凶手，就不可能再无动于衷了。”

拷贝进度条继续往前走，百分比数字艰难地跳动着。

我回想梁湛的话，同时在记忆中寻找自己儿时与父亲有关的记忆。在我四五岁大时，他一定牵过我的手，时常抱起我，但这些不是记忆，是想象。我发现自己完全没有关于父亲手掌和怀抱的记忆，触感、气味，甚至连画面也没有。我不确定别人是否和我一样，也不确定这些记忆是否在我处于梁湛的年纪时就已经消失。父亲是个怎样的人，我是在什么时候弄明白的呢？也许现在仍然不明白吧。

梁湛有四年没见过梁皓，是因为四年前他懂事了，于是拒绝相见。

这时我听到了敲门声。那不是在敲这个房门，而是从走廊远处传过来，沉闷的，若有若无，正渐渐逼近。与此同时，我依稀听到有人在喊我的名字。

李梦辉……

是莫名其妙的情绪让我幻听了吗？我看向小希，她也正看着我。“有人在叫你？”

敲门声再次响起，这回好像就在隔壁。

李梦辉！

这声音……我一阵毛骨悚然，从椅子上弹起来。

李梦辉你给我开门！

“什么情况？”陈舜和小希同时问。

我竖起食指挡住嘴唇，用气声说：“你……你能不能先躲起来？不是你，是你。”我的食指往前一倒，对准了小希。

“干吗呀，这哪有地方可以躲？”

我环视房间，彻底绝望了。为什么要住二楼，否则可以跳窗。

“啊——”

一声凄厉的惨叫在走廊里回荡。我只觉血液逆流，立刻冲出房间。

高美站在走廊里，与我相距六七米。她穿着紫色的裙子，弓着背，正对一扇打开的房门，张大嘴巴，十指像痉挛似的颤抖着。一瞬间，我有点不敢靠近。

她注意到我了，像脖子卡死的木偶般转向这边。小希正站在我身后。

“李梦辉……你个畜……”话音未落，高美两眼翻白，往墙边倒去，像一朵疾速枯萎的紫罗兰。

距离太远，我抢步上前，她的脑袋已经咚的一声撞在墙上。我蹲下来，伸手抄起她的肩膀，目光却被开着门的房间吸引过去。

塑料地板上，一张男人的脸正朝我瞪着铜铃大的眼睛。我一哆嗦，差点把高美甩到地上。

除了脸，当然还有身体，但我一下子无法理解这个男人的姿势。他的身体平躺在地，垂直于门槛，双腿指向我，侧脸却紧贴在地板上，和上身构成不自然的角度。我蹲着看，男人的身体挡住了脖子，于是我认为，脑袋和身体并不属于同一个人。我慢慢站起来，发现我错了。

这个男人的脖子已经折断了。

走廊两端各有几扇门打开，住客们朝这边聚拢，出于好奇或是想帮忙。等看到躺在房间里的男人，人们突然像踩到火炭般往后弹。这是尸体，任谁都能一眼看出，而且并非自然死亡——他被人杀了。

小希蹑足走过来，弯腰朝房间里看，两手捏拳放在胸口，看到尸体后浑身一颤，但也仅此而已，比我想象的要镇定许多。反倒是陈舜，嘴巴张成椭圆，“嚯嚯”叫个不停。

我手忙脚乱地查看高美身上其他地方，没有发现伤口。她胸口起伏均匀，眼睛留一条缝，缝里是眼白。我拿不定主意要不要移动她，按常识，最好把她留在原地，可我也不能任由她孤零零地躺着；这样一来，我就必须守在一转头就能看见尸体的地方。

我这辈子还没见过尸体，寿终正寝的都没见过。

“她没事吧？”小希蹲下身，细看高美，“是你女朋友？”

“女朋友？你怎么会有这样的女朋友？里面那家伙是什么情况？”陈舜问题连发，同时抽出手机拍视频，哆哆嗦嗦地往房间里伸脚。

“喂，你可别破坏现场啊！”小希伸手去拽他。

“破坏什么啊，我只是想确认房间里还有没有别人。”说归说，陈舜还是把脚收了回来。

如果不走进房间，无论怎么调整站位，也看不到床头那一侧。陈舜竖起食指放在嘴前，让大家噤声，然后神经兮兮地侧耳倾听。

“我的妈呀！这以后还怎么做生意啊！”老板娘尖叫着挤进人堆里，气得肉脸发颤，“她死没死啊？你们到底几个人住啊？”

我尝试冷静下来思考究竟发生了什么事。高美和这死掉的男人应该没有关系，她到这里是来找我的，她怎么知道我住在这里呢？对了，梁皓的儿子都能找来，她当然也能。眼看着国庆到了，她没想到我真的没有回千桂，于是勃然大怒，驾驶她的雷克萨斯呼啸而至。刚才，她正一间间扫荡，要把我揪出来，结果撞见了脖子折弯的尸体，并看到我和小希从同一间房里出来。

我看着她平和的脸，心里有点发毛，这么昏迷下去固然不妙，可她一旦醒来，必定是另一番腥风血雨。

死者房间的门是本来就开着的吗？如果是高美敲开的，那么给她开门的人十有八九就是凶手。也就是说，高美是目击证人。

不多时，警察和救护车都来了。两名医护人员把高美抬上担架。我想陪着一块儿去，被带队的警察阻止了。他用手掌撑住我胸口，我抬脚的同时他往回推，于是我原地踏了一步。

“你是她什么人？”这位警察浓眉大眼，甚是彪悍。

“……男朋友。”

“通知她家里人，去岭阳镇中心医院。你得留下。”

陈舜嚷着还有工作不能耽误。其他客人见势不妙，纷纷回房收拾东西。

“一个都不准走！”警察的吼声贯穿走廊，他环视众人，伸直胳膊指向老板娘，“登记在案、还没退房的，哪个走了，我就请哪个去所里。”

这话听着凶，言下之意却留了余地：只要在这里配合调查，说不定回答几个问题就能走了。

他吩咐两个下属，一个去外面守着，一个看着尸体，然后问是谁报的警。老板娘说是她，但她什么也不知道，跑上楼就是这个情况了。警察接着问我情况，我把经过说了。

陈舜在一旁补充，并特意说明我们三人的身份。

“拍纪录片的就是你们？住到这儿来？”

“没错，为了取景方便。”陈舜指了指四面八方的空气。

“死的是谁？”

“不知道。”我们三个同时说。

“我好像看到……”老板娘歪头皱眉，欲言又止。

“看到什么？”

“看到有人跑出去了。”

警察的眼睛亮了。“什么时候？”

“就刚才，我先是听到有人尖叫，然后就上楼来看，这时有人从我身边蹭过去，差点撞到。对对，就是这样，看到死人我都给忘了。”

“男的女的？长什么样？”

“男的，没看清，一阵风就过去了。”

“有监控吧，查一下。”陈舜说。

老板娘一脸嫌弃地斜睨他：“我这儿要是装了监控，谁还愿意来啊！”

这话让我有点吃惊，不是因为这句话本身，而是老板娘居然敢当着警察的面把话说出来。

才住了一天我就发现，莲花招待所的客人几乎全是成对的男女，而且住宿时间不长，往往只有几个小时。来客大多手头拮据，所以钟点房的价格才会按时长分得那么细。柜台围板的作用就是挡住视线，尽可能避免老板娘和客人打照面。待在房间里，大白天都能听到“悠扬”的呻吟远近回荡。我盯着墙壁，陈舜若无其事地说，透不过去的，忍忍吧，等你发了工资再考虑。幸亏当时小希在车里，不然无法想象有多尴尬。

刑警队在半个小时后赶到，我们再次见到了汪磊，一起来的还有负责现场勘验的技术组。陈舜松了口气，上去套近乎，他信心十足地认为，纪录片摄制组和凶案嫌疑人的身份不可能重叠。可是汪磊完全不买账，四方脸上面无表情。

“采访的事情先放一放，去派出所做笔录，走个流程。”

他替换刚才的警察留在现场。我们被迫跟着一辆警车前往派出所。

最近的派出所不到五分钟车程，只有一间两层高的房子，就在元禧寺所在的集镇上，和盐平山隔路相望。

我填好个人信息表，走进问询室回答问题。说的也还是那些话，但是对方要打成稿子，速度就慢下来了。问话的只有一个民警小伙，我们三人轮流进行。等到可以走时，已经接近下午三点。

“对不起啊，惹了这么大的麻烦。”我走到车旁，“你们去邱丽娟家吧，我想……先去趟医院。”

“当然是去医院啊。”陈舜说，“邱丽娟那边明天再说。”

“你们也去？”

“那不是你女朋友嘛，我们也不是外人，走吧。”

我觉得陈舜又嗅到了别样的机会，他想跟踪这件案子。小希没有发表意见，安安静静地坐在副驾席上。

“什么！她是高向荣的女儿？”陈舜听到我说出高美父亲的名字，把车开出一段蛇形线，“你怎么不早说啊？”

高向荣是千桂地区的钢材行业巨头，说起来和金齐山算是同行，公司名称同样以“不锈钢”为后缀，但金齐山的主产品是螺丝螺帽一类的紧固件，两者在行业内属于上下游的关系，我一直没有意识到这一点。陈舜对高向荣的了解比我还多。

“梦辉，让你老丈人赞助啊，我们给他公司贴广告，你看怎么样？”

在岭阳镇中心医院的停车场上，我看到了警车。果不其然，汪磊和高向荣对谈的身影出现在病房外的走廊里。我走过去，硬着头皮叫了声“叔叔”。

高向荣朝我转过脸来，喜怒难辨，嘴角的痣好像比之前更大了。

这位陈舜嘴里的“老丈人”，不算今天，我只见过三次——两次是在梦里。还有一次也是在医院，妇产科的手术室外，里面躺着正在做人流手术的高美。严格来说，在梦里的不一定是他本人，而是同样嘴角长痣的意象。梦里的我怀抱沾满胎血的婴儿，在黑夜中狂奔。每当想起对高美的亏欠，我最担心的反而是下次见到高向荣时该摆出什么样的表情。我想，如果男人在决定和女友突破界限之前先见一见对方的父亲，可能会变得谨慎许多。

“高美她……”

“醒了。”高向荣说着，朝小希瞥了一眼。

“那我……进去看看她。”

“嗯。”

我推开病房门，一个枕头朝我飞来。“你个王八蛋！”从枕头的撞击力判断，高美已经恢复了八九成。

“不是你想的那样啊，小美。”我解释说当时正在剪片子，需要大家一起商量，房里并非只有我和小希，导演也在。

“小希？”

“我不知道她姓什么，陈导这么叫她。”

高美别过脸哼了一声。我走到病床前，把枕头垫回她腰后，检查她头上的撞击部位，轻轻揉按。

“你要来，先跟我说一声，我好去接你，也就不会碰上这种事了。”

她掸开我的手。“你是在怪我咯？”

“不不……”

“你们怎么住在那种地方？”

一言难尽，我叹了口气。

“你宁可住那里也不愿意回来，你肯定被那个女人迷住了。”

“别胡说八道啊！”

我抓挠着眉心，感觉无从解释，随后在床沿上坐下来，抓住高美的手说：“我是被这个案子迷住了。”

“……什么案子？”

高美露出好奇的眼神，我知道可以正常交流了，便开始讲金莹失踪案，讲了个开头就被打断了。

“我知道这件事，听我爸说过。”

“你爸？”

“对，他认识那个小女孩的爸爸，一起做生意的，叫什么……什么山。”

“金齐山。”

“那时候我还在上高中。那么久了，你们想干吗？”

“这个案子当时没什么报道，现在有机会了，我们想让更多人知道，知道的人越多越好。金莹现在也许还活着……先不说这个了，刚才警察问过你话了？”

“嗯，问了。”

“怎么回事？你看到什么了？”

那天晚上我拍了张月亮的照片发给高美，由于月亮的位置很低，连同路牌也一起拍进去了。高美以此为线索找到岭阳宾馆，再根据老板的回答找到莲花招待所。可招待所老板娘却一问三不知，她只好挨个房间找。

“那个房间里原本就有动静，有人在说话，但我当时心急火燎的，没多想，就使劲敲门。里面的动静更大了，我听到一记很闷的声音，然后房门就开了。”高美说着抬起手掌，像要挡住什么东西。

“然后呢？”

“有个男人瞪着我看，满头大汗的，瞪了几秒钟，发疯一样跑了。房间里躺着个死人，躺在地板上，我就吓坏了。”

“跑掉的人长什么样？你还记得吗？”

“嗯……记得是记得，你现在叫我说，我也说不上来。他穿着一套西装，还有皮鞋——听跑的声音，就是皮鞋。”高美凑过来搂住我的脖子，额头贴住我的脸，“好可怕啊！”

“真是倒霉。”

“警察说，如果找到嫌疑人，可能要让我指认凶手。”

“跑掉的那个人……就是凶手吗？”

“不然呢？房间里只有……”高美说到一半，抬起头来看着我，指尖放到微张的嘴上。

“怎么了？”

“他说……他说‘快走’。”

“什么？”

“我想起来了，我敲门之后，里面有人喊：‘快走，快走啊！’”

“什么意思啊？”

“我怎么知道什么意思，就是让人快走的意思呀。”

让谁快走呢？我想象当时的情景，凶手和死者正在搏斗，这一声“快走”无论是谁对谁喊的，仔细体会，似乎都不合常理。凶手要杀人，怎么会喊“快走”？而死者，喊“饶命”才对。

难道，房间里还有第三个人？

第七章　心有山风吹拂

二〇〇四年末，又一个冬天。

空荡荡的办公室里比外面更冷。梁皓烧开水，泡了一杯茶，准备测试产品的渲染效果。这个客户专门生产剃须刀头，但梁皓把整个电动剃须刀的模型都制作出来了。除此之外已经没有其他项目可以做。

茶还烫得喝不上口。门被推开了，来访者是两个警察，穿着制服。

是梁皓吗？矮个子警察问。高个子警察打量室内，又问，就你一个人在？

六张办公桌，只剩梁皓自己那张还有电脑。梁皓站起身来。

附近出了案子，想跟你打听一下。矮个子说着走到梁皓身前，盯着看，仿佛梁皓脸上有什么东西在自动变化，等停止了，他才问："昨天傍晚五点前后，你在哪里？"

高个子没过来，背着手晃荡，视线扫过每一件他认为值得观察的东西，包括窗外的草坪。

梁皓回答说，就在这里。

矮个子问他平时的作息时间。梁皓照实说了。昨晚回家比通常晚一些，但也没晚多少。

"出了什么事？"

"有个小女孩死了，听说她常来这里玩。"

梁皓心中一惊。“……小薇？”

矮个子点头说：“李薇。”

我叫小薇。

小灰？

小薇！女孩跺着脚说。

那是在今年初夏，梁皓和女孩已经很熟了。他从没问过她叫什么名字。女孩见他画过画，便请他帮忙在贺卡上画个女人，说那是妈妈，贺卡是给妈妈的生日礼物。贺卡要写落款，于是她说，我叫小薇。

昨天傍晚，小薇的父亲在田间的草垛里发现了她的尸体。人还站着，嘴巴和鼻子里吸满了干草。

“为什么会这样？”

“是在捉迷藏，另一个孩子找不到她了。”高个子打开杂物柜，上下扫视，“她躲进去的草垛离她家有段距离。那个孩子说，她们从没躲到那么远的地方。死因是窒息，至于具体怎么回事，还在调查。”

梁皓感到胸口正在下陷，他撑住桌子，转头看窗外。草坪中央的喷泉池里现在一滴水也没有，池底布满棕色的污垢。

矮个子说，她爸干活的工厂就在马路对面。梁皓说，我知道。

“她经常往这个园区里跑。”矮个子停顿一会儿，用食指指向地面，“也会到这儿来吧？”

梁皓看他一眼，点点头。

“你们通常做什么？”

“什么？”

“我说，她来这儿之后，你和她通常会做点什么事呢？”

他的问题，或者说是他的问法让人感到不适，而且很难回答。他察觉到梁皓的迟疑，从口袋里掏出警察证，说他们是开发区派出所的。

说来也怪，在这里只剩梁皓一个人之前，小薇从没跨进办公室。最多的时候是五个人，先辞退两个，又走了一个，最后是冯佑。冯佑走了两天，小薇就来了。但说怪也不怪，只有梁皓会陪她坐在水池边，一坐就是半个下午。

小薇从不打扰梁皓工作，能自得其乐，订书器、文件夹、纸杯、坏掉的键盘……什么都能当玩具。一整天下来，其实说不上几句话。她完全不好奇梁皓在做什么，可是只要梁皓去洗手间，她也会跟出来，在走廊里等他。

“哦，是这样。”矮个子慢条斯理地把证件收回胸袋，“你最后一次见她是什么时候？”

梁皓想了想说，没记错的话，大前天。矮个子又问，她最近有没有什么异常。梁皓说没有察觉。

“那么，昨天回家之前，你都是一个人在这里吗？下班的时候有没有碰到谁并打过招呼？”

“没有。”

高个子走过来了，他摘下帽子，捏着边缘。“听说……你给小女孩拍过照片，前年。”

“拍过。”

“她妈来找你麻烦了？”

“谈不上找麻烦。”

“什么情况？具体说说。”

梁皓耐着性子讲了。

高个子不断点着头，然后戴上帽子。“你这公司很有个性嘛。行，打扰了。”

呆呆地坐到下午，什么事也没干成。一大片灰云遮蔽了太阳，天色倏忽暗沉下来，梁皓心中的不安被放大了，他隐隐觉得有什么事情正在发生，便拎起包往家里赶。

不出所料，院子里传出争吵和哭闹声，邻居们在门外窥探。

“好端端的不可能会这样的！不可能的……”

“那你想怎么样？赔你一条命啊！”

小薇的母亲阿艳正在朝幼贞甩胳膊，甩出眼泪和鼻涕。她的丈夫扳住她的肩膀，不让她扑上去，却也拉不回来。一旁还有三个陌生男人，大概是她家的亲戚。敏芳泪流满面，左手拇指抚摩着右手掌根，那儿的皮肤蹭破了，有红色的血丝——她被人推倒过。原本挂在竹竿上的吊兰落在地上，瓦盆四分五裂。

所有人的目光落在梁皓身上，周遭安静下来。梁皓本以为，他的出现会让情况更糟，可是陌生的疏离感却像一道冰冷的屏障，把怒火阻隔开——仅仅是阻隔，而不是浇熄。阿艳蓬头散发，朝梁皓探出脖子，嘴唇全无血色，喉咙里发出含混的呜咽，脸上的肌肉却等了许久才配合出哭泣的表情。她仰起头，朝天空张开嘴巴。

楼上忽然传来孩子的哭声，敏芳慌忙跑进屋去。

这阵哭声重新打开了一个情绪按钮，让阿艳想起往昔，想起小薇也这样哭的时光。她嘴唇一张一合，像脱水的鱼，随即两腿一弯倒在亲戚怀里。

与此同时，警察赶到了，正是上午一高一矮那两位。他们软硬兼施，把李家人劝回去了。

“查，我们一定彻查到底。有什么线索、什么证据，尽管找上来，找你们辖区派出所、找我们都可以。有谁怠慢的，你告诉我，我给你公道。”高个子搭着小薇父亲的肩往外走，“但我们先把话说明白了，你们要是揪着照片的事不放，灵魂出窍，乱七八糟的，那对不起，这个处理办法在我的能力范围之外，听明白了吗？”

小薇父亲双手卡住高个子的胳膊，看着他的领口，边哭边点头。矮个子赶鸡似的挥动双手，驱散邻居。

幼贞松了口气，正要关上大门，门边被警察的手掌抵住了。

“不好意思。”矮个子挤进半个身体，“我们还有几个问题。”

高个子摆脱了小薇父亲，仔细扯挺袖子，慢悠悠地走进来，朝梁皓咧嘴一笑：“打扰了。”

刚才并没有人报警，他们是特意过来找梁皓的。

幼贞摔坐在沙发上，她看起来筋疲力尽，而且很不耐烦。

“我们想和你丈夫单独谈谈。”矮个子对她说。

“为什么要单独谈？！”

高个子正要坐下，被幼贞的气势吓住了，僵在半蹲的姿势，他和矮个子互看一眼，点点头说，行吧，然后才完全坐下。他坐在沙发的边位，矮个子站在一旁。

“查案嘛，就是这样的，几个小时前才见过面。”高个子笑了笑，忽然想起什么，“刚才李薇爸爸说，他在网上看到过那张照片。”他抬手朝梁皓一指，“就是你两年前在集镇上抓拍的那张。”

梁皓闭上眼睛，再睁开。“警官……”

“你别误会，收不收魂的，我们警察可管不着。照片跟李薇的死没有关联，至少没有直接关联。我知道，你老家在市里，没法理解这里的思想。说实话我也理解不了，但不能理解，不代表不值得尊重。退一步讲，如果你当时不承认拍了照片，直接把人哄走，倒也罢了。你明明白白告诉人家照片在卡里，可是自己又留了一份，转过身就发网上去——当然了，算不上犯罪——可我总觉得这做法不太地道。”他说着，把脸转向矮个子寻求认同。

幼贞坐在身后，梁皓看不见她的表情。

“警察工作的时候，也会出于立场提出一些别人难以接受的想法，我只希望大家相互尊重，不要有所欺瞒，可以吗？”

“我没有欺瞒她……”

“好了好了，言归正传。”高个子跷着的二郎腿换了一边，“这次来有两个问题。第一个，李薇的身体状况怎么样？”

“你指什么？”

“你有没有见过她发病？”

梁皓面露不解。

“癫痫，有吗？”

“没有。”

高个子盯了他一会儿，说：“初步尸检结果有了，和预判一样，窒息死亡，没有外伤。”

“你的意思是，她在草垛里发癫痫了？”

“从堵塞口鼻的干草形状判断，干草是被自然吸入的，不是被外力塞进去的。李薇的双手没有被控制住，但却没有拉扯干草，好像被定身了一样。所以法医判断，是发作了癫痫或者类似的神经疾病。具体结果，还要结合以往的病例来判断。她父母说她从来没发过，所以就来问问你，毕竟这两年，你是跟这个小女孩走得最近的人。”他的眼珠子亮了一下，泛起微笑，“孤独的人是会相互吸引的，是吧？”

梁皓冷冷地看着他。这高个子警察的话，简直可以用恶毒来形容。很显然，他对幼贞的冲撞耿耿于怀，他说这些话是在告诉幼贞：该回避时就得回避，否则会后悔的。

“别那样一副表情，我们是在帮你排除嫌疑。她爸妈既然有想法，我们得拿出有力的反证，死者为大，体谅一下吧。好，第二个问题：你为什么撒谎？”他的视线稍稍偏向幼贞，瞬间又回到梁皓脸上，“昨晚下班，你可不是一个人走的。”

梁皓的心往下沉，迟迟不敢提气。

“你的摩托车后座上，还有一个女人。”他朝幼贞摊平手掌，耸了耸肩，“门卫说，好像是你爱人的堂姐，好像。”

最近半年多，俞心岚在开发区的一家超市里做收银员。回革马村的中巴车走乡道，和梁皓回家同路。但中巴车间隔一个多小时一班，而且不准点。有一天她敲开办公室的门，对梁皓说，宁可走二十分钟到你这儿，等你一起回去。那时还是夏天，她走得浑身是汗，额头上黏附着沙尘。

不会打扰你工作吧？第二次来的时候，她这样问。梁皓说会，所以要早点把工作做完。事实上从那时起，他已经没有多少事情可以做了。

俞心岚也认识小薇。临走时，她会和梁皓一起带小薇穿马路，送她到父亲的工厂门前，然后侧身跳上摩托车后座。

“你们经常这样吗？”

高个子的问题已经偏离案件了。梁皓冷冷看着他，不回答。

“我说了，我们是来帮你摆脱嫌疑的。”他看了眼手表，“接下来就要去找她核实信息，如果时间上吻合，你就有了不在场证明。堂亲的证词基本上是可以采纳的。”

“你们有必要做到这个份上吗？我不明白，就算我没有不在场证明，我有嫌疑吗？”

“暂时没有。”他眼珠向上翻，又落回来，然后用鼻子发笑。

“你工作多少年了？”

“什么？”

“你一直以来都是像没头苍蝇一样办案的吗？如果是的话，这种状态会持续到你退休为止。”

高个子仰天长笑，站起身来扯制服下摆。“原来梁总看不起基层民警。你不知道，一辈子在一线查案，是莫大的荣誉。尤其是，遇到你这样有趣的人。”

矮个子拉长了脸，跟着高个子走了。

“你回答他刚才的问题。”幼贞宛如一尊石像，坐在身侧却察觉不到气息，“你们经常这样吗？”

梁皓不想沉默，但又无法开口。

“你跟她是怎么回事，啊？你为什么还有那张照片？你跟那个小女孩……”

警察带上院门，发出巨响，余音在院子里回荡。

“阿哥，还没睡吧？”

“还没。”

梁皓看一眼屏幕右下角，十一点十六分，他轻轻关上书房门。“怎么了？”

“阿哥，有个事……有个事想拜托你，你能不能去越岭阳宾馆？”听得出来，俞心岚正在抑制紊乱的喘息。

“现在？”

“对，钟浦来了，他现在就在宾馆里。”她嗓音沙哑，像刚刚经历了一场嘶吼。

钟浦是俞心岚的男友，梁皓听她提过几次。

“出什么事情了？”

“他喝醉了，醉得很厉害，他不接电话……是被我爸灌的，他不能喝酒，一点也不行的，刚才不知道喝了多少白酒。”

“在哪儿喝的酒？”

“在我家，我爸逼他的。他来找我，我爸不让见，把我锁房间里。他没走，在外面站了两个小时，我爸就让他喝酒。”

“然后呢？他怎么去宾馆的？”

“我爸送过去的，他刚回来，钟浦现在一个人在宾馆。”

“……你在哪儿？”

“在我自己房里，门反锁了，我妈一直守在门口，我出不去。”俞心岚的声音颤抖着，“阿哥，我担心——”

“几号房间？”

“不知道，我不知道。”

“我现在过去。”

梁皓有些犹豫，是直接走还是跟幼贞说明白情况。他披上外套，走到卧室门口，幼贞和梁湛都睡着了。幼贞侧躺着，双腿蜷缩，把梁湛半围起来。梁湛的头发汗湿了，小小的面庞上覆了层油膜。

梁皓轻声下楼，拉开院门的铁栓，把摩托车推出一段路才发动引擎。

小薇的事平息以后，俞心岚又来过家里几趟。关于她和梁皓之间的暧昧，幼贞没有对她挑明，但摆出的态度显而易见。以往，俞心岚大约每周来一次，找梁湛逗乐，她对这个刚生下来就照料过的孩子有特殊的感情。最后两趟，幼贞完全没理她，不打招呼，也不回话。俞心岚跟梁皓道歉，说她不该“自以为是”，不该跟他一起回家，说完就走了。这个说法让梁皓五味杂陈。那之后到现在有四个多月，梁皓一直没见过她。

岭阳宾馆距离不近，梁皓驶上村道，缓缓转动车把，速度提到五十码。夜风贯透全身，但只有些许凉意。

俞心岚从上海回革马村已有一年多，表面上是结束打工生涯，从外地返乡，实质上是父母要求她和男友分手，尽快在本地找个婆家。她在开发区的超市上班后，上门做介绍的媒人一直没断。现在看来，她和男友的联络也没断。在梁皓的办公室里，她时而透过窗户凝望远处的工厂，时而看着水杯呆呆出神。梁皓不认为她已经铁了心。回想当时，或许俞心岚有所期待，期待梁皓给她一个选项。能给她选项的人只有梁皓，正如同现在，她能求助的人也只有梁皓。

这个叫钟浦的青年让人同情。喝了酒，他就能带走俞心岚吗？俞庆荣显然不可能这样承诺，钟浦没有选择，让他喝酒不需要任何理由。

梁皓此刻在思考的问题是，俞庆荣为什么要把钟浦送到宾馆？村子离宾馆虽然很近，但搀扶醉酒的成年男子并不轻松，何况还得花一晚上的住宿费。俞庆荣在开销上精打细算，不会干这种事。

或许他家里的空房间都在近期租出去了，无处安置钟浦。另一种可能是——钟浦醒来发现自己身处女友家里，是某种程度上的接纳，是微明的希望——俞庆荣不愿意给他任何心理上的暗示。

尽管可以这样解释，但细想之下，还是有点蹊跷。

和女友的父亲见面，对钟浦来说意味着一场谈判，但在俞庆荣心里，谈判结果早已确定，无论钟浦说什么都不会改变。这种情况下，有必要灌他酒吗？让这个年轻人以醉酒为代价换取什么呢？纯粹的戏弄没有意义。

岭阳小学的操场隐现在夜空下，翻过高高的拱桥，就是南北贯穿集镇的主干道中玉路，岭阳宾馆就在这条路的中段。

路两边有零星的店家还亮着灯，前面有个小巷，梁皓降低车速，防止有人横窜出来。他的视线掠过一棵梧桐，注意到了站在巷口的两个人影。

是俞耀宗和一个女人，相向站立。梁皓连忙刹住车，慢慢蹬到下一棵树前，勉强让树干挡住自己。

俞耀宗嘴里不停说着什么，还从裤兜里拿出钱包，拨弄里面的纸钞。女人挎一个链带手包，包面上镶了钻，在理发店外永不停歇的旋转柱灯下闪闪发亮。女人很年轻，脸是陌生的，似乎抹了口红，穿黑色贴身的短装，领口很低。她单腿站着，另一只脚绕到后方，脚尖点地，微微摇晃。

俞耀宗抽出钱递给女人，又从另一个口袋里抓出一个小物件给她，距离太远，看不清是什么。随后，他走回小巷深处，女人则沿着中玉路往前走，和梁皓的方向相同。

梁皓产生了某种直觉，这直觉覆盖了他起初的判断，他认为他应该把摩托车停在路边，然后跟在女人后头。这里到岭阳宾馆没几步路了。

女人的鞋跟撞击着人行道地砖，有节律地“嗒嗒”作响，裙子紧裹的臀部左右扭摆。走了三四分钟，她便右转消失在一道门内。梁皓抬头看，“岭阳宾馆”四个血红的发光字就在门头上。他加快脚步追了上去。

在前台值夜班的是个小伙子，脸被电脑屏幕映得煞白，对来客视若无睹。

梁皓踮脚快步上楼，到二楼半的位置，听到钥匙插入锁眼的声响。女人正在三楼的走廊里用钥匙打开某扇房门。不用多想，那就是钟浦的房间。

现在知道了，俞耀宗给女人的小物件就是房门钥匙。

关门的声音很小，但梁皓听清楚了，他来到走廊里，寻找前一刻记忆中声源的方位，把目光锁定在305号房间。

现在，他需要等一等，只需静待片刻。要验证心中的猜测，就非等不可。

腰间突然传来震动，有电话，是俞心岚。梁皓退回楼梯上，接通手机。

“你到了吗？我出来了。”她的话筒在风里呼呼作响。

“你……出来了？”

“是啊，我妈给我开门了，我很快就到。钟浦的房间是……是305号。”

梁皓陷入了沉思。

“阿哥？”

“305号房，是你妈告诉你的？”

“……对。”

“你先别过来。”

“啊？”

“听我的，先别过来，留在原地等。”

“为什么？出了什么事啊？”

“什么事也没有，你相信我。等我电话。”

梁皓挂断手机，敲响305号的房门，并用拇指摁住猫眼。

等了足有一分钟，门才打开，门后是个全身赤裸的女人。她脸上的坦然只保持在门开的瞬间，看清外边的人，她哆嗦着往后退了半步，但很快恢复镇定。

“你谁啊？！”她试图甩上门，被梁皓挡住了。

床上躺着不省人事的年轻男人，白衬衫的扣子一个都没解开，下半身却完全暴露着。

“穿上衣服，走吧。”梁皓看着房间里说。

“神经病，滚！”

“你不走，我报警了。”

“哼……”女人翘起一边嘴角，“我们是正经相好，报警？你试试看，抓我还是抓你。”

梁皓正视她：“你已经收了钱了，还有什么不满意的？把钥匙留下，走吧。”

女人的脸色变了，连续眨着眼，似乎无法理解当前的状况。终于，她慢慢走到床边，一件件穿好衣服，走过梁皓身边又扭头骂了一句，但已经没了气势。她并没有交出钥匙，大概是要还给俞耀宗吧。

梁皓关上门，帮钟浦提上裤子，拍他的脸。钟浦迷糊地喊了一声，想睁眼。梁皓托住他脖子，拉他坐起来。他抿住嘴，下唇往外突，喉咙里呜呜叫。梁皓连忙把他推出床沿，同时抱住他的腰。钟浦俯下身，吐了一地。

房间里充斥着刺鼻的酸腐味，梁皓打开窗户，匆匆清理完，然后打电话给俞心岚。

她在十分钟后赶到了。

“他没事，让他睡会儿吧。”梁皓说。

俞心岚走到床前，抚摸钟浦的额头。钟浦发出均匀的鼾声。

“刚才到底怎么了？为什么让我等？”

梁皓低下头轻轻叹息：“今天晚了，改天我再告诉你。”

俞心岚盯着他，眼里透出哀怨，她似乎有所察觉。

“真的没什么，你今晚就在这儿陪他吧。我先走了。”梁皓转身带上了门。

“阿哥！”俞心岚追下楼梯，调匀呼吸说，“谢谢。”

梁皓笑着摇了摇头。

“你这么晚出来……明天我去跟幼贞解释。”

“不用，越说越乱。回房去吧。”

梁皓走下半层，俞心岚再次喊住他，说：“我想回上海！我想回去，跟钟浦一起。”

梁皓望着楼梯下方的暗处良久，然后转身说：“好啊，那挺好。”

俞心岚仰起脖子大口喘气，像有一双扼住她脖子的手忽然松开了。

到家快两点了，梁皓洗完澡，轻手轻脚爬上床。

“怎么又弄这么晚？”幼贞睁眼看钟，她没发觉梁皓出去过。“哇，出了这么多汗。”她掀开梁湛的被子，用一旁的干毛巾擦梁湛的头发，又问梁皓，“做完了吗？”

“还没。”

“快点睡吧，明天上午还要跟徐老板见面，别迟到了。”

徐老板是俞耀宗辗转结交的一家装修公司的总经理。俞耀宗想让梁皓跟着他做。

“你做过建筑设计，搞装修当然也没问题，都是通的。现在房地产行业那么好，不要错过机会，试试看。”

上个月，梁皓的公司撤出新工业园区，待了将近三年的办公室，现在只剩原本就属于那里的几张桌椅。公司还在，也有零星的散单，但达不到理想的收入，看不到未来。他没有底气拒绝俞耀宗。

幼贞关了台灯，屋子里逐渐显现朦胧的月光。

“我刚刚出去过。”

“嗯？”

“心岚的男朋友来了。”

梁皓把事情说了，当然，只说钟浦陪俞庆荣喝多了酒。幼贞猛然坐起来，黑暗中，梁皓分辨不清她在看什么。

“她为什么找你！她怎么又来找你？你们……”

“她只能找我，幼贞……”

“你什么意思啊？她家里的事怎么轮得到你来管！啊？”

梁湛哭醒了。

“我不是在管她家里的事，她男朋友一个人在宾馆，可能会出事。”

幼贞打开灯，抓起床头柜上的奶瓶。梁皓伸过手去，说，我来吧。幼贞一把推开他。

梁湛含住奶嘴用力吮吸。幼贞看着他的脸，泪水夺眶而出。

钟浦有急事要办，他用俞心岚的手机给梁皓打了通电话，表示感激，第二天下午就先回上海去了。

一周后是劳动节，假期最后一天傍晚，梁皓去汽车站送俞心岚。快到车站时，俞心岚打他电话，说她坐在小门外的花坛边。

“这么多东西，一个人拿得了吗？”

“那你送我去呀？哈，塞大巴底下就行，到了那边直接打车。”

旅行箱上叠着两个硕大的帆布袋，下面那个软瘫下来，盖住了半个箱子。她身旁还有一个双肩包。

她乘坐的是七点的末班车。天色幽暗，花坛边只有她一个人。“你最近还好吗？上次的事情乱糟糟的，都没问你。”

梁皓如实说了自己的近况。

“你要去做装修？”

“还在学习，不过好像学不会。”

俞心岚低头不说话，梁皓也沉默了。她转头看向入口处，大概是想确认还有没有别人来送行。

“啊对了。”她拉开双肩包，拿出一本书来，“给，这是钟浦写的小说。”

“我一定好好看。”

“内页上有一首诗。”

“你写的？”

“嗯，跟小说可没关系。”

“我知道了，看来小说写得不怎么样。”

俞心岚哈哈大笑，但笑容很快消失了。

“阿哥。”

“嗯？”

“……算了，没啥。”

“想说什么就说。”

“你说……上海适合我，那这里适合你吗？”

梁皓没有回答，转过脸看向别处。

“我已经知道答案了。”

“别老想些没用的，时间差不多了。下次回来，告诉我一声。”

俞心岚缓缓摇头，眼睛忽然红了。“没有下次了，我回不来了。”

“怎么会呢？”

“真的，你不知道……我再也不能回来了。”

俞心岚的泪水盈满眼眶，闪烁的目光凝视着某处，像正在融化的冰凌。她无声地走过来，双手穿过梁皓的臂弯，紧紧抱住他。

梁皓不忍心推开她，但也无法做出回应。不知过了多久，他抬起右手，手掌轻轻贴上心岚的后背。

“好了，去吧。别后悔就行了。”

“我不会后悔的。”

“我知道，你就像你的名字。”

“我的名字？”

“心中有山风吹过，可别让它停了。”

心岚的脸颊在他肩膀上蹭了蹭，梁皓知道她在点头。

入口处的路灯下，光束忽然被一片暗影浸染，有人站定脚步，怔怔地朝这边看。她胸口的起伏逐渐剧烈，伸手扶住路灯杆，眼眶下的阴影一直延伸到嘴角。

梁皓看清楚了，是俞心岚的母亲。

“梅……啊……勿。”

梁湛用手指不停戳着印有梅花鹿的卡片，小脸转上来看梁皓。梁皓正望着窗外已然凋谢的油菜花丛。

有那么一瞬间，他想离开这个地方。

这个瞬间似曾相识，不是第一次，每次都极其短促，就像风中的落叶转了个身。他能清楚地看到叶子背面枯萎的红色经脉，但下一个回旋，眼前便又恢复盎然的绿意。

“梅，啊勿！”梁湛借着挥动双臂的力量使身体上下颠动。

梁皓回过神，双手伸到梁湛腋下，把他举起来左右摇晃，说，真厉害呀。纸尿裤往下坠，梁皓摸了摸，觉得还能撑一次再换。

梁湛又认了几个动物，渐渐失去耐性，从梁皓怀里挣脱，爬到床上玩玩具去了。他毛茸茸的头发冲着窗口，在阳光的照射下，像细密的金丝。

梁皓打开书桌左侧的柜门，拿出许久未用的单反相机，用麂皮布擦拭镜头，然后蹲下身，手肘支在床沿上，把镜头对准梁湛。梁湛没有注意到爸爸在做什么，自顾自抓着玩具车对撞。

手腕在颤抖，相机似有千斤重，食指搭上快门，却怎么也按不下去。

房门被轻轻推开，梁皓慌忙把相机塞进被子底下。

“楼下也拖干净了，好了，这下没啥事了。”敏芳走到床边，把袖管从肘部扯下来，左右张望，寻找尚可清理的角落，“我来管阿囡，阿皓你去干活吧。”

“不用，你睡会儿。”

梁皓知道敏芳有午睡的习惯，她只在沙发上躺了一会儿，二楼西边的房间是留给她的，她怕睡床太踏实，醒不过来。她总有做不完的家务。

“你干活去，快去，男人家，老是看着孩子也不行。”

“勿银，勿银。”梁湛跟着重复。

“对咯……”敏芳抱起梁湛，嘴巴贴到他下巴上，噗噗吹气。梁湛急了，双腿乱蹬，敏芳笑着把他放回床上。

幼贞的哺乳假在上个月结束了，她不得不回外贸厂上班。敏芳跟儿子俞长英商量，往后在幼贞家帮忙照应，儿子答应了。敏芳说得轻描淡写，但梁皓知道答应的过程并不顺畅。孙子下半年开始上初中，儿子儿媳的辅导能力已经难以应对，打算把孙子送晚托班，放学有老师接送。这对敏芳来说是个脱身的理由，但是舍儿顾女的做法，在这个地方终究是说不过去的。因此，她不能住在这里，每天骑自行车来回。

说是脱身，不过是换个地方重复过去几年的生活罢了。

“哟，该换尿布了，我去打热水来。”敏芳说。

热水瓶和脸盆就在门外的角落里，在最方便拿到却又不会被梁湛看见的地方。敏芳拧毛巾的手在颤抖，抖得很慢，不是用力之下的震颤，而是摇晃，她摊开毛巾，摇晃依然没有停止。

“妈……”

“没啥，这几天晚上睡不着，睡不着，心脏负担就重，没事的。”她把毛巾贴到梁湛屁股上，以此止住摇晃。

梁湛知道换尿布是怎么回事，没有抵抗，抱着敏芳的脑袋捋头发。

“去过医院吗？”

“去先生那里看过。”

“先生？”

敏芳羞赧地笑了。她只要一出汗，脸上便浮现一层薄如塑料袋般透明的膜，紧紧吸附住每一条皱纹，好像随时会破裂。“这种你们不信的。”她说着摆了摆手，“先生说，我阿爸想我了，前几天来看我们。我妈最近也不舒服。”

“等幼贞下班，我陪你去医院。先生问过了，医生那儿也去问问。”

“不要紧的……”

敏芳麻利地用软绳系住了尿布。尿布有点宽，梁湛像个小小的相扑手。敏芳说，白天就用尿布好了，省钱，就是看紧点，湿了就换，晚上睡觉再用纸尿裤。

梁皓从梁湛手里抽走玩具车，额头贴额头地对他说：“要睡午觉咯，外婆陪你睡觉好不好？”

“对了，阿皓，钱老师那儿去得怎么样？”

“他说面试会尽可能帮忙，但笔试是硬碰硬的，过了笔试再说吧。”

“啊，是这样……能当上老师，那就太好了。”

梁皓在家办公已经有一个多月了，尽管依旧很忙，但在别人看来他是没有工作的。上个月梁皓母亲来看孙子，和敏芳聊了一个下午。敏芳听说梁皓有教师资格证，眼里亮了，当天晚上就问俞耀宗，想让他找学校的熟人说情，把梁皓安排进岭阳小学。俞耀宗虽然只是个保安，但在学校待了一辈子，照理说是有门路的，可他的态度却不明朗。

“我不知道他在搞什么名堂，他对你的事情一直很上心的。”敏芳百思不解。

个中缘由，梁皓心知肚明，但没法跟敏芳说，是因为他坏了俞耀宗的好计。

那天晚上的真相，梁皓没有对任何人提起。他不想对幼贞隐瞒和俞心岚见面的事，所以至少要交代去向。幼贞只要跟俞耀宗提过一嘴，说梁皓那晚去过岭阳宾馆，去帮俞心岚照顾她喝醉酒的男朋友，俞耀宗自然就清楚了，赶走妓女的男人就是梁皓。

先把钟浦灌醉，送到宾馆，同时困住俞心岚，然后找妓女和钟浦睡觉，再由俞心岚的母亲演善人，放俞心岚出来，告诉她房间号，让她撞上钟浦召妓的一幕。这个计划并不复杂，只需配准时间，成功的概率很大。

最初的几天，俞耀宗面对梁皓必然心虚；过了一个礼拜，俞心岚诀别革马村，这重新给了俞耀宗底气。不管他如何不择手段，目的也是为了留住俞心岚；不管梁皓如何行为正当，他的做法都导致俞家失去了一个女孩。这点底气和他的卑劣行径相互抵消，使得梁皓同他的关系处于一种微妙的平衡。或许俞耀宗觉得，再替女婿奔波便会打破平衡，成了讨好的筹码，他拉不下这个脸。俞庆荣则对梁皓恨之入骨，但碍于兄长的面子，不便发作。

事情已经过去了几个月，不出意外，将成为彼此心照不宣的秘密。

最终，梁皓回市里求母亲，让她请文联的领导牵线搭桥，联系上了岭阳小学的校长。校长说，我们求贤若渴，可以特招。但流程还得按正规的走，要向社会发布招聘信息。

“你要做老师，为什么不早说？”

母亲很费解。梁皓大学毕业那年，她就逼着梁皓考取了教师资格证，儿子成为人民教师是她长久以来的心愿，可惜梁皓当时无意于此。

“要做老师，又何必去岭阳小学？市里的学校我也可以想办法。阿皓呀，你就不应该走那一步。”

梁湛在敏芳臂弯里像鱼一样扭动身子，他想要回玩具车。

“阿皓，你不要有负担，村里有些闲话，你别往心里去。”

梁皓叹口气，只能点点头，他知道这个话敏芳迟早要说。

“幼贞脾气是不好，也不如心岚时髦，但幼贞安分，她心里只有这个家。”

“我和心岚什么事也没有，妈，幼贞……”

“幼贞没说，她跟我啥也没说。”敏芳伸出手掌摆动一下，连忙缩回去抱稳梁湛，“是……是幼贞她婶婶看到了。心岚走的那天，她没忍住，去车站送她。”

梁皓看向窗外，这时没有风，院墙外的树枝一动不动，像被印入了照片。

“我理解的，没什么的，耀宗年轻时也干过糊涂事。等你做了老师，好好教书，待幼贞好一点，时间久了，闲话自然就没了。”敏芳挤出笑容，哄着梁湛回自己房间去了。

梁皓踱步来到书房，没法集中精神工作。他拉开抽屉，硬皮本下藏着一盒烟。他不确定自己是否已经离不开烟了，但他想点一支。最先染上烟瘾的不是咽喉，而是手。

一直呆坐到四点，该叫醒梁湛了，否则晚上很难熬。梁皓撑起身，穿过走廊，发现敏芳的房间开着门。

敏芳坐在内侧的床沿上，背对梁皓，怀里躺着依然熟睡的梁湛。

她的上身有节律地前后晃动。梁皓叫了她一声，她没听见。梁皓绕到她身旁，只见她嘴唇翕动，朝空气说话，但没有发出声音。

“妈——”

“长英……阿皓，我要做饭去了，要做饭去了。”

她猛地站起来，全然感知不到腿上的孩子。梁湛摔落在地上，放声大哭。

第八章　十字路口

“就这里，不，再往回倒一点，好，停。”高美把细长的食指当成指挥棒，在空中往下一甩，又弹性十足地翘起来。

我按下空格，监视窗口内的画面停顿在罗显章说话的空当，深色的制服棱角分明，背后是书房的白墙。我剪辑时看过好多遍，就算刚打开电脑，也知道他的下一句话是什么：“这时候我注意到了仓房。我有种预感，金莹就躲在仓房里面。”

“他下面要说去仓房的情况了，注意听。”高美抓住脚踝，把盘曲的双腿朝内扳了扳。

我再次按下空格，视频继续播放。

罗显章说道：“刚才说了，我认为金莹是离家出走，她前一晚经过这里，发现院门开着，然后躲进仓房住一晚，这是很有可能的。再加上那道脚印，怎么看都是小孩的脚印。我当时热血沸腾，觉得人已经找到了。但是……嗯，仓房的门舌坏了，锁不上的。里面都是纸箱、杂物、装修剩下的废料这些东西，我翻了一下，不像能藏进一个人的样子。我马上注意到了那扇气窗。气窗离地大概两米。是的，房间本身的层高在三米五左右，气窗在上半部分，应该是超过两米的。我搬了几块砖头踩上去，检查窗户，是锁上的。我打开窗户看了外面，没找到痕迹，窗沿上没有积雪，因为有屋檐挡着，这和南面台阶的情况一样。这时主屋那边突然有动静，我就出去了——”

“停。注意到了吗？”

“……什么？”

“他出去了。他出去是因为梁皓开门了，这时候，大家都往主屋里冲，跟梁皓起冲突了，不是吗？那就出现了一个空当。”

“什么空当？”

“时间上的空当啊，院子里这时候没人，金莹就可以从仓房里面跑出来了，谁也没注意到她。”

我看着另一张空病床，假装思考片刻。“你是说……金莹躲在仓房里面，躲了一晚上？罗显章不是进去找过了吗？”

“所以我让你仔细听他说啊。你看，他说仓房里都是杂物，他翻了一下，不像能藏人的样子，然后马上注意到了气窗——这明显就没有好好找嘛。等他们找完主屋再回来，那就晚啦。”

“是吗？”

“他肯定是看到气窗就认定是出口，就检查气窗去了。这是警察的直觉，但直觉有时候就是错觉。”

“是吗？”

“你能换两个字吗？也许，这时候梁皓还是不开门的话，他会仔细再找一遍其他地方。”

“嗯……”我点着头，“看到气窗所以先去检查气窗，撇下了别的地方，梁皓一开门，注意力就全到主屋那边去了——好像有点道理。”

“他现在退休了吧，那九年前也五十好几了，可能眼神不怎么好。还有啊，仓房的门锁不是坏了吗？那没准灯也坏了，就靠一扇气窗进光，里面肯定很暗的。有个柜子之类的东西挡一下，或者干脆躲在门背后，碰巧就没发现，绝对有可能。”

“如果真是这样的话，梁皓没有和金莹碰面就说得通了，他完全被蒙在鼓里。”我看着高美的脸问，“小美你觉得梁皓是无辜的吗？”

她耸了耸肩：“我不知道啊，我又不认识他。你们不是要证明这一点吗？我就帮忙出主意咯。”

“倒也不是非这样证明不可……咦，不对，金莹从仓房跑到外面，雪地上不就有出去的脚印了吗？”

“那时候院子里都被踩乱了呀，之前好几个人在院子里。他们守着金莹原来的脚印是没错，可其他地方就不好说了，到处检查，来回走……”

“但是小孩子的脚印是很明显的，和大人的相比，是吧？再怎么乱，总有平整的地方可以留下完整的脚印。警察可是请了足迹鉴定专家来的。”

高美瞟向天花板想了想。“如果，她怕事后被发现，就故意对准大人的脚印踩呢？……好像不太可能吧。”

“对啊，急着逃跑的节骨眼上，哪能想这么多？那么小的孩子。况且，她出去以后怎么办呢？那时候全村人都在找她，她能跑哪儿去？还有主屋里的指纹，这也没法解释。”

“那就算了，我饿了。”

对于这种突如其来的转折，我已经习惯了，只好出去买吃的，谁叫她是病人呢。其实她早没事了，如果不是明天要去刑警队拼嫌疑人画像，傍晚就可以出院回家。现在已经过了午夜，这小镇可不比千桂市，没有她想买就能买到的夜宵，但我得做做样子，出去转一圈。

高美昏迷了大半天，晚上精神了，非要看我剪辑的采访视频。看到金齐山，就说了一些关于他的事。让我意外的是，高美曾和金齐山在同一张酒桌上吃过饭。高向荣与金齐山往来密切，是生意伙伴，也是朋友。金齐山经历失去女儿的痛苦之后，能重整旗鼓，高向荣帮过不少忙。

“金齐山不管走到哪儿，都带着女秘书。”高美说，“我爸就没有女秘书。你以后进了我家公司，不会也那样吧？”

“我……他和女秘书是那种关系吗？”

“当然啊，明摆着的，大家都知道。”

“他老婆不介意吗？”我脑海中浮现出一串手腕上的木珠，以及木珠没能遮住的疤痕。

“这就不好说了。或许，经历了那种事情，一切都变了吧。”高美的声调沉了下去，“他们看到彼此，就会想起女儿。”

赵楠一心向佛，并成立慈善会，现在也有了自己的事情。夫妻俩各干各的，感情上早已形同陌路了吧。这是一种坚持还是逃避，其实很难说清。

病房外守着两名刑警，坐在长椅上打瞌睡，听到我开门的声音，立刻弹起脑袋。我有点过意不去，说，打扰了，再睡会儿吧。其中一位看着比我年纪还小，脸红了。

汪磊安排警员留守，是高向荣的意思。高向荣想把女儿带回去，远离是非之地，目击证人是个危险的身份。汪磊觉得没必要，一来一回浪费精力，他郑重承诺保证高美的安全。高向荣开高美的车回千桂去了，让自己的司机在医院楼下守夜，以备不时之需。

跑到医院来杀目击证人灭口，那是电影里才有的情节，但细想之下也确实让人有些后怕。高美说凶手开门后看着她愣了一会儿——他是在考虑要不要处理掉高美吗？

从现场情况来看，这有可能是一场意外，因为没有凶器，也不见血。折断脖子的死法很少见，存心要杀一个人，凶手不会空手而来。但也可能带了，只是没机会用。双方撕扯扭打，不知怎么的，死者一个倒栽葱，脑袋冲地就没了。

高美说，房门打开前，里面有人喊“快走”。这是她在我赶到医院后才想起来的。

当时汪磊还在病房外跟高向荣交谈，我把他请进来，让高美又讲了一遍。汪磊确认几个疑问后，双手抱胸陷入了沉思。我说，汪队长，是不是还有第三个人？他看了我一眼，打电话给留在现场的下属，让他们排查监控。

如果房里真有第三个人，他只能翻窗离开。窗户正下方是泥地，从二楼跳下去倒也没什么。莲花招待所里外都没有装监控，最近的探头在北面的小路上，不知离招待所远不远，如果能拍到那扇窗户就好了。

汪磊说，当务之急是确认死者身份。死者身上没有手机和钱包，很可能被凶手拿走了。从这一点看，凶手和死者的关系相当密切。只要能确认死者身份，顺藤摸瓜就能找到凶手。

我走出医院大门，发现一旁的拉面馆和汉堡店都亮着灯。我走进面馆，想起第一次和陈舜小希一起吃饭的情景。这些天和他们形影不离，才分别几个小时，竟然有些怀念。

初次见面，小希就伸直胳膊指着山海间，说要住那儿去。当时，她满心以为我是哪个倒霉的赞助商派来的救兵，是揣着钱来帮他们改善住宿的。她和高美不一样，总是心事重重，似乎想做好每一件事，让所有人满意，可现在却心惊胆战地蜷缩在汽车里，未免太可怜了。

我付了面钱，提着三个快餐盒往回走，快到病房时，我下定决心，给小希转了五百块钱，并留言“保密，勿回”，然后删掉了记录。

两碗面是给两位刑警的，他们诚惶诚恐地接过去，连声道谢。

高美吃了三分之一，心满意足地躺下了。我朝空床走去，她喊住我，让我跟她睡一块儿。床不大，我侧躺上去，把挡杆拉起来，屁股靠着。她也侧过来，跟我面对面。过了一会儿，她把手伸进我衣服，摸我的腰。出于礼貌，我也摸她。十月的天气还有些闷热，她没洗澡，皮肤却仍然很光滑。但我其实很困，摸着摸着不动了。

“哎，明天我跟你一起去采访吧？”

“嗯？”我假装没听清楚，思考该怎么回答。

“你带着我一起去，反正我也没事。”

“……倒也不是不行。”

“什么意思啊？就是不行咯！亏我还帮你们出主意。”她把手抽回去了。

“在现场的人越多，对被采访人的干扰就越大。而且，导演他们可能也会……有点不自在。”

“是那个小希不自在吧？”她冷笑一声，“我要去，不去我不自在！你要谁不自在，你选吧。”

“小美你听我说，这次我想好好把这工作做完，剩下的已经不多了……”

“好了，你已经选好了。你走吧，明早我自己去刑警队。”

“小美……”

“走开！”

我穿上外套，整理好双肩包，走到门外，和两名刑警点头致意，然后在他们身旁坐了下来。我发消息给陈舜，让他们明天去采访时来医院带上我。

第二天上午，我在陈舜的车上睡着了。刚上车时我还聊起高美的身体状况，我撒谎说她怕耽误我工作，决定自己去刑警队。说完我就睡着了，快得不可思议。

昨晚我在病房外的铁椅上坐了一夜，两名刑警无法理解我的行为。我装出精力旺盛的样子，踮踮脚，朝他们笑。一排铁椅都空着，但我不能躺下来，否则就等于宣告被女友虐待。

跨进车门的时候，小希斜眼投来一抹微笑，我从中依稀读出了久别重逢的意味。下了车，我扛上脚架，从刺眼的阳光下走进暗影中，眼前是一栋五层楼的住宅，我往回看，同样的住宅楼有四栋，排成一列，很旧，像是职工宿舍。我记得邱丽娟家是自建民宅。

“这是哪儿？”我问。

“今天采访钱老师。”陈舜带我们走进单元门。

“哪个钱老师？”

“介绍梁皓去金莹家那个。”

“那邱丽娟呢？”

“下午再看情况。”

走上楼梯后，小希告诉我，康小奕白天要去参加同学会，不确定什么时候回来。康小奕不在，犯不着为了邱丽娟特地跑一趟。因此就先来这里。

“这个钱老师，虽然跟金莹的案子扯不上，但跟梁皓的关系不错，算是冯佑之后的另一条线索。”小希说完，指了指我的脑袋，“你的头发。”

我一摸，左边的发梢好像古建筑的屋檐一样挑出来。小希从卫衣口袋里拿出小圆镜举到我面前，里面出现了一张胡楂青青的脸。我扛着脚架，只有一只手空出来，捋头发时，小希耐心地捏着镜子。我和她就这么面对面站在二层转角。我内心涌上奇异的温柔，好像我们已经认识许久。

“算了，反正我又不出镜。”我放弃了，转身跟上陈舜。

钱老师大概四十七八，戴老气的银框眼镜，三七分的头发很柔软，和他的语调一样。四个人围着茶几坐进沙发，陈舜照旧递上名片做自我介绍，接着就聊到了谭村长的动员。

我们采访过的人，在第一天的召集会上应该都出现过，只是我没有印象。我们采访前，谭村长先挨个拜访，确定对方的受访意向是否明确，随时向陈舜汇报动向。我原本觉得这老头太不容易了，可他竟然要了十五万。但这也是没办法的事，没有他打头阵，谁会搭理半吊子的摄制组。自从知道大多数受访人都收了陈舜的钱，他们的样貌就在我脑海中蒙上了一层薄灰，说出来的话总感觉像事先演练过。相反，陈舜则一改吊儿郎当的形象，变得魄力十足。我终于理解了他那台空壳相机，空壳里面不是空的，而是装满了苦涩和窘迫。为了凑齐打点费，他把摄像机都卖了。

“你们做的事真的很有意义。关于梁皓的事情，我一直想说点什么。”钱老师用指尖推了推镜框。他的普通话标准，声音圆润。

“那就太好啦。”陈舜双掌一合，示意我架设备。

“他现在……还好吧？”

“我们倒是去找过他一次，但是他不愿意接受采访。”

“想来也是。”

“我看到他家里有很多旧相机，可能是在做修理或者回收一类的工作。”小希说。

钱老师看着膝盖点了点头。

采访开始了，我挪到边位，装模作样地捧起笔记本。陈舜退到空壳相机之后，形成犄角之势。

小希抛出问题，问钱老师和梁皓是怎么认识的。她双腿交叠，手腕落在膝盖上，摆出聆听的姿势。她已经很从容了。

钱老师坐直身体，花了一点时间组织语言。

“我第一次跟梁皓打交道是在〇四年暑假的时候，他来我们学校应聘老师。是学校自己招人，招进来是合同工，报名的有四十多个。笔试部分，他的成绩是第一名，而且领先第二名很多。我当时觉得，不出意外的话就是他了。

“那会儿我还是高年级的年级主任，兼顾一些人事方面的工作。笔试前我和梁皓见过一面，就在这儿。他的母亲大概和校长有些渊源，具体情况我不太了解，不过我们学校的招聘向来是硬碰硬的，我请他过来，就是表达一下歉意，这件事得靠他自己，我帮不上忙。

“我们聊了没多久，我发觉他这个人很特别，谈吐举止都很沉着，不说废话，而且对事情有自己的见解，但如果不追根究底地问，他不会说。这种个性，天生就适合当老师，这是我对他的第一印象。他走的时候我多说了一句，让他好好把握机会。笔试成绩出来之后，我是真心为他高兴。

“面试……没错，面试就是给学生上一堂课，其他老师旁听。这种阵势，学生比较紧张，老师很多，都坐在后头，所以课堂纪律比平时要好，面试的老师只要专心讲课就行。梁皓当时有……三十一二岁吧，比大多数应聘者都要年长，优势很大。他的课——不能说讲得不好，甚至应该说，比我见过的大多数老师都要好——可惜，学校认为他表达的东西不适合小学生。

“嗯，他们觉得不适合。我为他鸣不平，说学校的评判太严苛了。梁皓讲课的姿态真的很好，姿态是很重要的东西。上课的时候，他就是一名老师，而不是别的身份，他身上没有学究气，也没有居高临下的感觉。我这样说你可能体会不到——作为老师，不是看你肚子里有多少墨水，而是能让学生明白多少，这才是老师。很多老师都有一个毛病，总觉得自己的学识和能够讲出来的东西之间隔着一条不可逾越的鸿沟。对方是小学生，有鸿沟不是很正常吗？老师要做的，是跟学生站在鸿沟的同一边，再把他们领到对面。可他们不愿这样做，把上课当任务，反而去研究这个研究那个，拿一堆奖，最后离开讲台。是啊，我们是需要这样的教研人员，但如果人人都奔着这样的目标去，那是本末倒置。

“扯远了，不好意思，我太啰嗦了，净说些不相干的……没关系吗？不，我今天没有其他安排，时间都留给你们……我知道了。

“梁皓当时讲的那篇课文叫《落花生》，是许地山的文章，算是哲思类的散文。内容很简单，讲作者小时候和家人一起吃花生，说到花生有很多好处。作者的父亲就说了，他说花生最可贵的品质在于，它的果实埋在地里，不像苹果、桃子、石榴那样，把漂亮的果实挂在树枝上，让人一看就心生爱慕。然后引申出教育意义：做人应该不图虚名，默默奉献；要做有用的人，而不要做只讲体面，却对他人、对社会没有好处的人。大概就是这个意思。教辅材料上写得很清楚，只要按部就班讲下来就没问题。

“但梁皓的解读不只是这样，他认为，这篇文章表达了一层隐含的意思，就是说，它对人提出了两个要求——一是成为有价值的人，二是要本分处世，而这两个要求是捆绑在一起的——是有这样的感觉吧？或许这不是作者的本意，但是读下来，确实能咀嚼出这个味道。

“梁皓对学生说，奉献并非一定要默默无闻，真正的荣誉就应该勇敢追求，苹果、桃子、石榴，它们同样有自己的价值，挂在树上让人看见，这并不是一种错，只是一种选择。

“从来没有老师这样讲过，我当时也在场，听到这里我有点心潮澎湃，但也为他捏一把汗。事实证明，我的担忧不是多余的。试听的老师商量了好几天，最后上升到了意识形态的问题，把梁皓否决了。有点可笑吧，他们觉得，梁皓的教育观念是不安全的。那个时候离现在虽然只有短短十几年，但人的思想很不一样，这儿毕竟是小地方。换作现在，可能会是另一个结果。招聘的名额只有一个，包括我在内，有三个老师选择梁皓，但人数太少了，我们没办法。

“不过呢，后来我才知道，教育观念的问题只是其中一个原因，学校不用梁皓主要是因为他的生活作风问题。

“他们不知从谁那儿听说，梁皓和他爱人的堂姐有不正当关系。对，俞幼贞的堂姐。之后我就去找他。他跟我讲了一些事情，关于他和那位堂姐的。怎么说呢……我觉得事实可能并不像大家传的那样。不过，我怎么想没用，别人不一定这么想。同样的话说出来，信不信在别人，这是说不清楚的事。他的申辩是无意义的。你们知道那件事吗？有个小女孩捉迷藏的时候出意外，死了。啊……是的，是的。一开始是因为拍照的事，女孩的爸妈对梁皓有成见。后来梁皓和女孩认识了，有了更多交集，事情又变得复杂起来。警察去调查梁皓和女孩的死是否有关系，那位堂姐为他提供了不在场证明。结果呢，他和堂姐的暧昧关系一传出来，就引起了连锁反应。有这层关系，口供是不作数的。

“警察没有重新调查，因为没有证据。可是在旁人看来，谁管你有没有证据呢，梁皓跟小女孩的死有关联，而他们的孩子就在岭阳小学念书，学校怎么敢用梁皓？

“没当成老师，家里人很失望。俞幼贞从外贸厂辞职，和她的同学开了一家店，做副食品批发生意。是的，就是成峰批发部，你们去找过俞幼贞？她怎么说？是嘛……现在俞幼贞嫁给那个同学了，换个角度想，也挺好。她儿子我很久没见了，梁皓走了以后，只是偶尔在街上看到。

“那段时间，梁皓的日子很难熬，在我看来是这样。我经常找他谈心，他自己倒是看得开，安心待在家里继续之前的工作。你们知道他是做什么的吗？差不多，但最主要的，是模拟灯光的照明效果。只靠一台电脑，就可以把展馆、舞台、广场的灯光效果模拟出来，跟照片一模一样，很神奇。如果他不是死心眼地留在这里，绝对有很大的发展空间。不过，他已经走不了了。

“他这个人，太固执了。说好听是理想主义，说不好听……我不知道是不是山海间给了他某种心理暗示，那个酒店能建起来完全是阴差阳错。独立当然没错，但人活于世，如果不能攻克人际关系，光有一身技艺是徒劳的。也许我的思想比较老派，说心里话，我希望他能够成功，给我当头一棒。如果可以帮他，我也毫无保留，但可惜……

“他以为换个地方会有不同。确实，这个乡村不像城市那样冰冷势利，好像充满了人情味。但这里有这里的问题，人与人之间没有界线，他的困惑只会更深。一个集体，小到家庭，大到国家，如果形态稳定，必然有人做出牺牲，承受着巨大的痛苦。这种痛苦不是只在下层，一家之主或是统治者也不例外。他的思想，是尊重个人感受，试图让每一个人自由。但这是不现实的，这样一来，集体就不存在了。”

出于职业关系，钱老师滔滔不绝，教师姿态尽显无疑。小希不免尴尬，提起水壶来，给他和自己倒水。

“后来呢？”

“后来……差不多过了两年吧，梁皓开始给金莹做家教，是我介绍他去的，我觉得他可以胜任。时间一点点过去，以前的事大家慢慢淡忘了。金家虽然勉强也算在革马村，但是圈子不一样，他们夫妻俩并不太清楚梁皓的过往，至少在那个时候是不清楚的。我想帮梁皓一把。他们给出的待遇很高。

“不，金莹不在我班上，我没有教过她，但我知道这个小姑娘，她的天分比普通学生要差一点。

“金齐山不是个简单的生意人，发家之后一直很注重公益事业，和学校有很多联络。后来做了商会主席，大一点的活动，哪儿都有他的身影。他的夫人先前做过护士，我们经常邀请她来做一些关于自护常识、应急救治一类的讲座。她也是家委会的会长，帮学校出钱出力，但因为女儿的成绩，多少有点尴尬。有一天她顺道过来找我，问我有没有合适的人做家教。在职教师不能用，所以我马上想到了梁皓。

"梁皓在他们家做了七个多月，金莹的成绩没有起色，赵楠——就是她母亲——辞退了梁皓。我觉得有点操之过急了，大半年时间还是短，也许有一些看不见的变化。梁皓说，他和金莹相处得还不错。"

"至于后来的事……"钱老师再次拿过杯子，绕着圈摇晃半杯水，眼睛眯了起来，"真的很奇怪，我想不明白到底怎么了。"

"您认为，梁皓是凶手吗？"小希探身问。

钱老师摇了摇头。摇头可以理解为"不"，也可以是"无法确定"。小希没有追问。

沉默片刻后，钱老师继续说道："金莹失踪以后，原先那件事情又发酵了，大家又说起那个在草垛里断气的女孩。你能想象吗，警察也去草垛里找过金莹。唉，你要知道，当时警察焦头烂额，走投无路，只能宁可信其有，他们已经被弄迷糊了。

"村里很多人相信梁皓身上不干净，像有某种魔力。他和其他人说不上话，偏偏就能亲近小女孩、蛊惑小女孩，用拍照或者别的什么方法，让她们丢掉灵魂。不然就说不通，金莹为什么那天晚上去找梁皓——那么大的雪！找回灵魂什么的当然是胡扯，但是，金莹肯定去了，指纹和脚印是伪造不出来的。"

"那么，这件事，梁皓跟您是怎么解释的呢？"

"他说不知道。"

"……就这样吗？"

"对。他在家，好几天没出过门，一打开门，外面就是来找金莹的人。"

"你相信他吗？"

“我没法简单地回答这个问题，我只能说，如果梁皓撒谎了，一定有他说不出口的原因，但我想不到是什么。”

来找钱老师的确有必要，他是目前唯一一个跟梁皓站在同一边的人。

“可是，梁皓后来又改口了吧？承认是他把金莹送出仓房的。”

“因为他只能这么说。他不这么说，事情就没完了。而且，金齐山以他儿子的人身安全威胁他，他没有选择。”

“……是金齐山逼梁皓这么说的？”

“不，不是逼他这么说。金齐山认定女儿失踪是梁皓所为，他威胁梁皓，是想让梁皓告诉他女儿在哪儿。梁皓无话可说，金齐山就去骚扰他的儿子。”

“梁皓没有报警吗？”

“不清楚……”钱老师深吸一口气，慢慢吐出来，“直到梁皓承认他把金莹送走，金齐山才停手。”

“……这是为什么？！”

“或许是事情需要有一个交代。案子破不了，也分几种情况。梁皓说那天晚上没有见过金莹，这对警察来说是不能接受的。我给你打个比方，打高尔夫球，要把球捡回来，可是呢，明明看见球进洞里了，却怎么也找不到，这有多难堪？从来没有面对过这样的僵局。但如果，这个球被一杆子挥到林子外面——到了外面，找不回来就情有可原。能理解这个意思吗？梁皓承认送走金莹，就打开了一个逻辑上的出口，警察鞭长莫及，是情有可原的，后续调查可以把一部分压力分摊给其他辖区。而对梁皓自己而言，充其量只是一个民事责任。

“这是一个两全的结局，只要梁皓愿意承认。”

“这位钱老师可真敢说啊。抱怨学校，不给警察留情面。他是怎么做到教导主任的？佩服。”陈舜关上车门，车身轻微摇晃，“不过现在看来，我们的方向没错。梁皓是被逼的。”

“承认送走金莹，是情势所迫，但不能反过来证明他没见过金莹。”小希说，“说白了，钱老师是相信梁皓才这么说的，这可是一个相当主观的结论。”

“做片子本来就是主观的。客观信息都一样，就像做菜，食材就那些，做出来什么味道全看厨师。现在还差一点配方，走吧。”陈舜发动引擎，沿着原来的小路驶入革马村腹地。

“对了梦辉，高美那边怎么样了？”陈舜半转过脸问。

“不知道。”

“打电话问问。”

“……问什么？”

“她不是在刑警队吗？问问案子情况啊，死者身份有没有查清楚。还有，监控有没有拍到逃跑的第三个人。”陈舜现在是两头顾，对招待所杀人案也毫不松懈。

“我给你号码，你自己问吧。”

“嗯？”陈舜和小希对视一眼，“你俩昨晚到底干吗了？话说，你怎么让人家小姑娘自己去刑警队？”

“有司机陪着呢。”

“这话太不负责任了，吵架了是不是？你这家伙，不懂珍惜啊。”

我想转移话题，却找不到圆滑过渡的办法，便顺口提到了高美昨晚突发奇想的猜测。

“你说金莹躲在仓房门背后？”

陈舜的反应比我想象的夸张，我感到刹车被轻点了一下。小希也回头看我。

“也不一定是门背后啦，反正就是在仓房躲了一整晚，警察来的时候还在，没被找到。梁皓一开门，把人都吸引过去，就出现了时间空当。”

“时间空当……嗯……有点意思啊。”

“但这根本不现实嘛。”我说。

“怎么不现实？”

“没有她出来的脚印啊。”

“嗯……脚印确实是个问题。”

“还有，院子里是没人了，但是梁皓家外面总有人吧，大家都在找金莹，她没机会溜走的。”

“这倒未必。梁皓家很远，找人是从金莹家到邱丽娟家之间的路线开始找的，金齐山都找到盐平山脚下了，也没人提出来去那片住宅区看看，罗显章第二天早上才找到梁皓家，不就是因为远吗？那个时候，他们几个人是先遣队，没多大动静，外面不见得有人知道发生了什么情况，六点都还没起床呢。”

“有没有可能是这样？”小希说，“金莹还是从仓房的气窗逃走的，只不过，是在警察离开仓房之后。虽然出去以后还是有可能被人看到，但是脚印的问题就解决了呀！”

“那她怎么关气窗呢？”我问。

“罗显章说气窗关着，是因为他进去的时候确实关着，也许后来就没再确认了。”

“是吗？”我挠着头，觉得很勉强，“警察把梁皓家翻了个底朝天，仓房肯定也进去过好几次，没发现气窗开了吗？”

小希也觉得说不通，捏着下巴不说话了。

“好，既然这样，我们再找汪磊去。”陈舜敲了一下方向盘，“采访完邱丽娟就去。”

“他现在忙着招待所的案子，哪有空搭理我们。”小希说。

“那找罗显章，他是亲历者，问他更清楚。”

“也不合适，万一真的被我们说中了，金莹就是在他眼皮底下溜走的，你觉得他会承认吗？”

“承不承认另说，总能问出点苗头来。先别想这个了，到了。”

现在处于革马村的什么方位，我已经完全没概念了。这一带民居众多，形成一个小集镇，有烟杂铺子和理发店，也有小餐馆。正是阳光明媚的下午，餐馆门前坐着五六个老头老太，相互闲聊笑骂，看到我们下了车，都不出声，像孩子般注视我们。

“你们可来了，我等得腿筋抽。”

邱丽娟是个五大三粗的女人，颧骨又红又油，头发剪得像男人，她看到我们跨进院门，抖着小碎步冲出来。

陈舜习惯性地去摸名片。名片放在右胸口，他犹豫了一下，把掏名片的动作转换成抚平口袋。

“不好意思，昨天出了点意外，没来得及赶过来。”

院子里放着一张叉腿小圆桌，上面有杯子、茶叶罐和藤皮的热水瓶。

“嘿呀，没事。坐，坐会儿。”

她问我们从哪儿来，采访过谁，说自己当年因为金莹的事受了不少白眼。她边说边倒水。桌子矮，手抬得高，水从杯子里卷起来，带着茶叶溅到桌上。

“小奕这瘪三，说来了来了还没到。”她说着嘿嘿笑了，“我去拿瓜子，等着啊，等着。”

陈舜拦住她，说办正事要紧。

“对对，那就在这里吧，太阳多好。”邱丽娟扯了扯衣服下摆。

目前为止，所有采访都在室内进行，靠人工打光，为的是制造暗调氛围。但是可以想象，邱丽娟的气质在那种氛围里会显得很突兀。阳光下的院子、水泥场地和叉腿桌更适合她。

这时，门口传来自行车轴承发出的嘀嗒声，我转头看去，一个女孩正把车前轮拎进门槛。

“你死到哪儿去了呀！”邱丽娟上前夺过车把。

她就是康小奕。一眨眼的工夫里，我有点惊讶，这惊讶源于所见与想象之间的偏差。她的样貌穿着没有任何奇怪的地方——朴素的马尾，胸口印花的长袖T恤，浅蓝色的牛仔裤——只是，她竟然已经那么大了。她完全长成了一个身材高挑的成熟女人，和她同岁的金莹却从始至终是个瘦弱的小姑娘，背着书包在雪夜中独自前行。

我感到莫名悲伤，幸好只有一眨眼的工夫。

邱丽娟拽着康小奕一同坐到圆桌对面，挑眉点头，示意可以开始了。

“大学生活还习惯吗？”小希看着康小奕问。

邱丽娟朝相机探出脖子：“这是第一个问题吗？”

“阿姨，不是只有提问和回答，当成闲聊就行啦，别紧张，别看镜头。”

“好，好的。哎，问你呢，习惯哇？”

“还行。”

小希夸赞邱丽娟真了不起，一个人把女儿培养成才。邱丽娟摆摆手说，女儿在家看着烦，走了就每天想念。她说起丈夫生病时的艰难，说起一个人时的寂寞。她分别把丈夫和女儿称为“畜生”和“小瘪三”，言语相当粗俗。我很难想象她和赵楠在一起谈话的样子。

“说说那天的事吧。”小希轮流看着母女俩，“小奕来说，阿姨随时补充，行吗？”

邱丽娟搡了女儿一肘子。

“那天……妈，还是你说吧，你都能背下来了。”

邱丽娟开始讲述金莹在这里度过的最后一个傍晚。

“早上送小奕去学校，我背着她走了一半路。雪那么大，晚上回来要接两个娃，那真是要死了。还好到中午停了，大家都出来扫雪，路上干净了……”

她从接金莹放学开始讲，内容和金齐山以及罗显章的描述没有出入。赵楠给她打过电话，问要不要她来接。邱丽娟觉得没必要，雪天开车反而不安全。

到家比平时晚二十分钟，她照常准备晚饭。康小奕和金莹在房间里做作业，中途吃饭，吃完接着做。

“那天金莹有什么不对劲的地方吗？”

“没有没有，哪有什么不对劲，老样子。”

小希看向康小奕，康小奕点头。

邱丽娟继续说道：“金莹这个丫头不行的，做作业慢得……小奕不帮她，能弄到天亮。两个人经常闹别扭，也不好怪小奕，急死人的呀。那天金莹突然说要走，小奕就没搭理她。好巧不巧，外面正好停着一辆出租车，小奕以为赵楠来了，金莹自己也说，妈妈来接她了。”

“阿姨你没看到吗？金莹从家里走出去……”

邱丽娟突然站起来，伸直胳膊指向屋里。“来来，我跟你讲，当时是什么情况。”她兀自朝里面走，陈舜只好抽出手机跟拍。

“喏，家里的布置跟那天一模一样，洗衣机也摆在这里。”她走向封闭式阳台的角落，“只不过不是这一台，老式的，甩干的声音像开坦克。那几天的天气，不是阴天就是下雪，衣服攒了一大堆，我想趁着晚上有空先洗掉几件。”

金莹开门离去时，甩干的洗衣机发出隆隆巨响，与此同时，邱丽娟正在拖地，面朝阳台的窗户。

“开门的声音根本听不见。”邱丽娟在耳边摆动手掌。

“那后来呢？小奕告诉你金莹走了，你没跟金莹妈妈说一声吗？”

“我当时想，赵楠正在开车，路滑，接手机不安全。而且她这个人，打电话经常不接的。”

“为什么？”

“我怎么知道？”邱丽娟斜眼看地上，撇撇嘴咕哝道，“嫌我烦咯。”

她忽然懊恼得双手抱头。“平时，平时也不是每次都打的，偏偏那个晚上……是我的错。”

邱丽娟弯下腰，捂住脸放声痛哭，表演的成分有些重。康小奕走过来抚摸她的背脊。

我们耐心等她恢复情绪，一同回到院子里。随后，邱丽娟没精打采地讲了很多警察上门调查的事。

“小奕呢，有什么补充吗？”

康小奕抬起头，眼神若有所思。小希见状，朝她挑高眉毛。

“嗯……我不知道有没有关系。”

她来这么一句，我不由自主挺直了腰。

“是什么事呢？”

“那天小莹跟我闹别扭，我后来觉得，可能不是做作业的关系。我跟她讲一道题，她一遍没听懂，马上就生气了。平时都是我先不耐烦的。”

“那是怎么了？”

“她之前问过我一个问题，她问我猫会不会游泳。”

“猫会不会游泳？”

“对。小猫咪会游泳吗——她就是这么问我的。我说不会，她好像就不开心了。”

“就是失踪那天问你的吗？”

“不是，很早之前问的。然后失踪那天，她不知道从哪里找来一本杂志，上面有一张小猫游泳的照片，她很得意地给我看。然后我说……”康小奕咽了口唾沫，“我说，这世上总有会游泳的猫，就好比我家养过的一只鸡能飞出围墙，可是大部分是不行的。”

“然后呢？”

“她很难过。那时候是在学校里，下课的时候。所以我当时没有把这个事情联系起来，后来想想，她傍晚跟我发脾气或许是因为这个。”

“金莹养过猫吗？”

“她不是什么事都会跟我说。问我那个问题之前，她从来没有提到过猫。但是，我觉得她养过。”

“为什么？”

“她有一只铃铛，小小的，挂在书包的拉链上。”

“嗯？对。”邱丽娟插嘴说，“你这么一说，我想起来，有几天晚上，她走进走出总丁零丁零响。”

“就像是挂在猫脖子上的那种铃铛。”康小奕说，“但是没几天就被压扁了，没声音了。”

“压扁了，仍然挂在书包上吗？”

“对。”

“失踪那天也挂着？”

“……这我不确定。”

“你跟警察说过这个事吗？”

“没有，那时我想不到这些。”

邱丽娟来回看着小希和女儿。“什么这些那些的，跟金莹这丫头丢了有关系吗？”

“我也不知道。”康小奕说，“我就是觉得，小莹那时养过一只猫，很可能掉水里淹死了。”

第九章　相逢与别离

寻安河水在桥下流过，像一条蜿蜒的大蛇钻进海中。雨点落在上面，还没形成涟漪就被波浪推成尖角，一闪消失了，接着下一闪，此起彼伏。站在木桥上凝望，水纹就像蛇身的鳞片。

木桥北边是山海间的独栋客房。南边也是，只不过对外出售，早已成为住宅区，开发商重新起了好听的名字，叫倚山别墅。金莹家在十二栋。桥面的水膜中倒映出树梢和乌云，梁皓握紧伞把朝南走去。

他只来过这里两次。一次是一个人来的，山海间刚建成不久，他想看一眼信手涂鸦变成实体建筑后的样子。这份好奇并没有掺杂多少成就感，他在门外徘徊良久，最终也没有进去。

第二次是和冯佑一起。冯佑听说小薇死了，从市里赶来革马村找他。冯佑很喜欢小薇，尽管没怎么跟她说过话。和梁皓分道扬镳后，冯佑回原先的公司工作，依然在吴水富手下。他比之前胖了，也比之前沉默，额角的发际线隐约往后退。冯佑问梁皓近况，梁皓只说还好。他们仰望着山海间，发现并没有太多话可以说。

约定的时间是下午五点，梁皓走进十二栋的院子，抬手准备按门铃，门开了。

“梁老师来啦，辛苦。”赵楠眼角弯弯，从梁皓手里接了伞，侧过身请他进屋。门槛内已经放好了拖鞋。

时值初秋，她穿一条布质长裙，长发披肩，唇上涂着极淡的口红，也可能没有涂，是嘴唇本来的颜色。上周末，钱云其约了她和梁皓，他们在茶室见过一面。

复式结构的别墅有三层，上面两层是回廊和房间，客厅的天花板直通屋顶，硕大的水晶吊灯垂落下来，像一丛倒挂的灌木。北面窗户相对应也有三层，每层两扇。即使是雨天的傍晚，室内仍然很明亮。

“小莹，老师来了。”

二楼中间的房门打开，一个小女孩走出来，手腕搭上栏杆，轻声叫道：“梁老师。”

她和母亲着装相似，也是裙子和衬衫。头发扎起来，剩一簇刘海剪平了盖住额头。梁皓走上楼梯，金莹一直站在房门口等他，神情拘束。

楼梯上铺着和地面一样的棕红色木板，穿上拖鞋，脚掌落地无声。

仰视看得不准，踏上回廊才发现，金莹的个头比印象中的九岁女孩要瘦小许多。她转过身，领着梁皓进书房，衬衫下隐现锐利的肩胛骨。

书房很整洁，除了课本文具，没有多余的东西暴露在外。房间大约有三四十平米，中间一张书桌，四面不着墙。

“梁老师来了，我可就解放了。”赵楠手托果盘跟上来，“今天知道老师要来，闷头赶作业，平时啊，不磨叽到十点是没法上床的。先吃点水果，我马上去准备晚饭。”

梁皓道了谢，说自己是吃过饭才来的。

“老师太见外了，那等下次我老公在的时候一起吧。请务必让我们款待一回。”

桌角上，语文书下压着草稿本，露出一小半，上面用彩色铅笔画了一个形状怪异的动物。金莹注意到梁皓的视线，伸手推动语文书，把画盖住了。

“那就拜托老师了。”赵楠下楼去了。

梁皓翻开作业开始检查。他把原本放在金莹座位左后方的椅子挪到书桌对面，拉开一段距离，侧着放，然后才坐下。这样金莹可以看到他，不会因为猜测他在做什么而分心，也不必忍受面对面的压迫感。

和赵楠在茶室见面回来后，梁皓从钱云其那里拿到教材和练习册，回家仔细研究四年级的课程。四年级的知识点已经不简单了，尤其是语文的阅读主观题，让人难以捉摸。

家教的任务是模糊的，除了辅导作业，其他事情可以按必要性来。工作时间也很难控制，五点到，几点回去则说不准。赵楠当然不会明着给他压力，但他得尽快弄清楚金莹的薄弱项。

她正在抄写字词，梁皓用余光留意她。抄完一个，去书上找下一个，她总要花去不少时间，有时会转过脸，看着窗外的雨丝发呆。

“你可以把橡皮放在词语下面，这样不用找。”

金莹慌忙回过神，照做了。

检查完数学作业，梁皓意识到问题的严重性，金莹的正确率不到三分之一。梁皓耐心等她抄完，把数学本递给她，没说别的，只是让她把错题再做一遍。叉是用铅笔打的。

金莹微微皱起眉，脸一下子红了。

差不多过去了半个小时，书桌的方向传来吸溜鼻涕的声音。

“怎么了？”梁皓走到她身旁。

“……不会做。”金莹呜呜地哭了，嘴角下翻，露出湿润的牙床。

上半页的口算题大多改过来了，现在只错了两道，后面的应用题则原封未改。梁皓决定暂时不管，先鼓励她。

“这些都能做对啊，刚才是怎么回事呢？”

金莹不回话，梁皓低下头去，又问了一遍。

“……我怕老师等太久了。”

“所以刚才都是瞎做的？”

金莹点头承认。

“我不怕等。你不用着急，先保证做对。你看，涂涂改改，多难看呀。”

家教时间是每周一至五、除了周三以外的四个晚上和周日下午。剩下的时间，金莹要去县里参加各类培训班，由赵楠开车接送。

第一个周日，梁皓在中午前赶到金家，赵楠和女佣正在准备午饭。梁皓想上楼找金莹，被赵楠喊住了。

“现在可不是辅导时间，你坐着喝口茶，不用管她。齐山就快回来了。”

梁皓不想来这里吃饭，但不跟一家之主打个招呼有些说不过去。

金齐山在十二点半赶到家。他个头矮小，比梁皓略长几岁，生意场上的历练让他更像是上一辈的人。

四个人围坐在大圆桌旁，彼此的距离很远。女佣上完菜，脱下围裙，笑着向梁皓点头。赵楠象征性地挽留她吃饭，她摆摆手走了。赵楠说，她每天上午来打扫卫生，下午再去别家，雇主都是周围的邻居。

这位女佣以及金齐山，梁皓都是第一次见。直到七个月后离开金家，他都没再遇见过女佣，和金齐山打过的照面也屈指可数。对梁皓来说，金家仿佛只有赵楠和金莹两个人。

金齐山转动桌盘，把鱼肉主菜对准梁皓。

“别客气。”他说，“梁老师平时忙些什么？”

梁皓回答，在做一些小产品的设计图。他没提之前经营公司的事，倒不是觉得丢脸。金齐山点着头，说有机会给他介绍生意。

“听说山海间是你设计的？”他举起筷子指着北方。

“巧合而已。”梁皓略感诧异，这件事他没有跟任何人提起过，包括钱云其。

“了不起啊，为什么没有做下去？”

“真的只是巧合，不是做建筑的料。”梁皓简单说了山海间概念设计被开发商采用的经过。

“原来如此，是甲方老糊涂了。”金齐山哈哈大笑，摊开双手，“我很喜欢这里，土包子住进大别墅，虚荣心很满足。不过说实话，这酒店真的不大行。”

“说什么呢。”赵楠白了他一眼，“这一切都是缘分，没有梁老师就没有山海间，没有山海间，谁在这儿盖别墅啊？连外面那条河都不会有。”

“没错没错，这儿所有的一切，都出自梁老师之手！啊，下午还有事，不然必须开瓶好酒，梁老师记着，老金我欠你一顿酒。”

过了一会儿，金莹放下碗筷，站起身往楼梯走。

“就这么走了？”金齐山脸上煞气陡现，“懂规矩吗？”

金莹脚步一顿，转身对梁皓说：“老师，我吃好了。”

梁皓连忙点点头，在心里说，快上去吧。

金莹走上二楼的过程中，金齐山和赵楠盯着桌上的菜，一言不发。这十几秒的时间显得尤为漫长。

“小莹给你添麻烦了。”等书房门关上了，金齐山说。

“没有，她很乖。”

“呵，她就只会抱着娃娃过家家，让你见笑了。有得必有失，我做生意还算顺利，可惜……小孩子不争气。梁老师有什么看法？还来得及补救吗？”

“她才九岁，补救这个词太严重了。目前看来，小莹有几个问题，第一，她有阅读障碍。”

“啊，是的！”赵楠侧过身来。

“数学应用题，她不是不会做，而是看不完题目。看到第二行，已经忘了第一行讲了什么。语文就更不用说了。第二……”梁皓低头思索着，寻找合适的词汇，“她不擅长定义思维。比如，她做计算题从来不打草稿。而且，不管什么运算，都是从左往右写答案的。”

“就是这样的，怎么说都没用，真不知道怎么养成这习惯的。”

“做算数靠的是口诀，口诀就是一种定义，我们不会思考二乘三为什么等于六，但是小莹会，她的脑海中会出现三份成双的东西放在一起的场景，她是用概念去理解的，计算稍微复杂一点就没办法这样去想象了。”

“什么原因导致的？”金齐山问，“天生的吗？”

“我不确定。不过，小莹有别的天分。”

“是吗？”

“我看过她画画，她的用色很出彩。”

金齐山难掩失望，和赵楠互看一眼。

头一天晚上，梁皓抽出压在语文书下的草稿本，起初觉得上面画的是动物，完整看又觉得不是。他问金莹是什么，金莹说她也不知道。造型说不上好坏，关键在于配色。抽屉里的那盒水溶彩铅只有十二色，他找不到画上的各种颜色分别属于哪一支笔。金莹下楼吃饭的时间里，他反复尝试，始终不如金莹的原稿那么好看。显然，她叠加混合了好几种颜色。梁皓让她再画一遍，结果和原来的用色一模一样。梁皓明白了，她不是随意画的。

第二天，梁皓突发奇想，反过来测试金莹对色彩的敏感度。他背过身，用三种颜色叠在一起画出色块，问金莹用了哪三支笔，金莹只看一眼便找出来了。四色、五色、六色混合……她全都能做到。梁皓看呆了。

“梁老师，不瞒你说，之前我们找过几个老师给小莹辅导，有其他学校的在职教师，都不见起色。找你来，是想试试不同的思路。但不管什么思路，都是以提高成绩为目标。不好意思，我没什么文化，听不太懂你说的障碍、思维这些。画画的事，我暂时也不考虑，我不能承担这种培养风险。我只想知道你的判断结果。小莹的成绩能不能提上去？如果可以，要多久？”金齐山的耐心比想象中要差得多。

“梁老师的意思是，小莹将来或许有别的培养方向嘛，又不是要放弃小莹的成绩。我们相信钱老师的眼光。”赵楠看着梁皓，温柔地笑了。

“好热……”

“别蹦跶，好好走。不能脱。”

金莹很听话，把扯下肩的外套合上了。脖子粘住了几缕头发，背上应该出了更多汗。但是天气很冷，脱外套会感冒的。

头顶传来鸟鸣。叶子落尽，麻雀无处躲藏，察觉到了梁皓的目光，扑棱一下飞走了。

走了一段，行道树不再延续，柏油路和田野之间没了阻断。金莹慢慢偏向路边，转过头来看梁皓，露出试探的眼神，见他不动声色，便跨过草丛，跳出一大步落在干涸的水田里，然后走斜角，朝另一条垂直的小路跑去，脚下不断传来枯枝折断的声音。

梁皓仍然沿着路走，看她远去的背影。小薇如果还活着，今年就八岁了，大概和金莹的体形差不多吧。

她在小路边拔起一根枯黄的狗尾草，摘去叶子，抓住根部来回挑动，草尖像受惊吓的毛毛虫，在空中扭出八字。梁皓以为她该往回走了，不料她却继续朝小路深处跑去。

“要回去了——”梁皓拢住嘴呼喊。

金莹停住脚步，用狗尾草指向远处的住宅群：“老师家就是那儿吗？”

梁皓点头。

“我要去看看，就看一眼。”她竖起食指，和自己的鼻梁重合。

“看着近，其实还得走上半小时。”

金莹把狗尾草放进掌心，握住蹭了蹭，转身朝梁皓走来。

她的左脸上有未消退的掌印，皮下的血液已经凝成小点，像褐色的沙子。

“出来一个小时了，你妈快回来了。”梁皓说。

她连忙加快脚步往来路走，好像不提醒就会永远忘记母亲似的。

“你家是哪一栋房子？那么多房子，看着都一样。”

“外面墙上画着一只兔子。”

“兔子？是弟弟画的吗？”

“对。看着路，别掉田里去了。他用石子划的，调皮得很。”

“我什么时候能去？”

“下次吧。”

“下次是什么时候？”

“……等你长大一些吧。如果那时你还记得我的话。”

金莹抬头看着梁皓，走了几步，又低下头去。“你不会一直教我吗？”

“当然不会。”

她继续走着，这次沉默了两三分钟，她才又问：“你不喜欢我们家吗？”

梁皓不知该怎么回答。如果老实回答说是的，他很怕她会接着问，是因为不喜欢我吗？

他知道她不会这么问，但会这么想。

“我很喜欢你们家，也喜欢当你的老师。只不过……老师总要换的，你上四年级，学校的老师不也都换了吗？”

金莹不再说话，狗尾草拖到了地上。

默默走了一阵，梁皓决定说点别的。“听说你前几天考试又哭了？”

“嗯。”

“为什么？”

“卷子太难了。”

“是吗……反正是最后一名，没什么好担心的。小莹，如果你每次考试都抱着希望，期待考卷简单一点，是没有用的。”

“嗯。”

“哭可是很花力气的。与其哭，还不如把会做的题先做完，再好好检查，不会的题就让它去。你只要保证简单的题全做对，一定不会是倒数第一。”

“真的吗？”

梁皓郑重其事地点头。几个月下来，金莹班上的学生大致在什么水平，他心中有数。

“老师，你怎么知道我哭了？”

“卷子上有印子，两块小圆，皱起来了。”

金莹羞赧地笑着。

“你还没有掌握学习的诀窍，也许等长大了就会好。但是现在，我不知道该怎么帮你。把口罩戴上吧。”

前方到集镇了，人渐渐多起来。金莹脸上的瘀痕很显眼。

“还痛吗？”

“嗯？”

“脸上。”

“不痛了。”

“你跟同学怎么说的？”

“走楼梯的时候摔的。”

赵楠打她的时候梁皓并不在场，他是后一天晚上看到的。四根指印已经混在一起，但第一眼的感觉仍是挨了巴掌，能瞒过同学，也瞒不过老师。

“妈妈她……也不是故意的。人生起气来，就会被另外一个东西控制住。”

“老师你也会这样吗？”

“……我也不知道，也许吧。”

快到别墅区的时候，金莹蹦蹦跳跳地一直跑在梁皓前面，可又不像着急回家，路边草丛里有什么东西引起她的注意了，她就停下来，弯腰看上一眼，或是去扑蚂蚱。

沿着路经过一栋别墅的转角，金莹的身影在视野中消失了。梁皓快步往前追赶，呼喊她的名字。

“嘿！”金莹忽然出现在他身后，哈哈大笑。她藏在某个隐蔽处，等梁皓一经过就跳出来吓唬他。

梁皓倒不气恼，尽管刚才紧张得直冒汗。这段路的北边紧贴山壁，他走到金莹出现的那个位置，只见山壁下茂盛的草丛间有一条模糊的小路——那算不上路，是草秆被压塌形成的凹陷。凹陷很长，向远处延伸到山坡之上。

“从这里可以一直爬到山顶的。”金莹说。

“你爬过？”

“你，你不要告诉我妈。”她伸出一根手指头。

“别这样做，很危险的。山上有蛇。”

金莹蹙紧眉头。走了一段，她又回头说：“我是去看那个酒店。”

“为什么？”

“我妈说酒店是你设计的，你说不是，我就想去看看。”

“在家里不就能看到吗？”

“看不到里面呀。”

“从刚才那里上去可以看到里面？”

“对呀，走一点点路，往右边走，就是那边，有几块大石头的地方，然后就有围墙了，那个围墙戳在山里。”

金莹比画着说了好一阵儿，梁皓大致听明白了。

山海间倚山而建，铁栏围墙没有完全闭合，有一个角落由突出的山体填补了围墙的缺口，在金莹看来，那个角落就好像刺入了山体之中。这样一来，只需爬上山坡再折回来，翻越那个角落处的栏杆就变得简单了。金莹说她翻过一次，尽管到不了酒店内部，但可以透过玻璃近距离观察大堂。

“看了里面就能知道是不是我设计的吗？”

“嗯……”金莹琢磨了一会儿，不知在想什么。

她的顽皮程度可能比梁皓平日所见更甚，这么看倒有点像男孩。梁湛长到她的年纪，大概是不敢一个人跑去山里的。

“以后真的不能再去了，会被抓起来的。”

“嗯。”

“我画了一张图，造房子的人看到了，觉得好，就按照那个图造了酒店。但画画和设计房子是两回事，只能说有点像吧。”

“那张画呢？我想看。”

“不知道还能不能找出来。”

回到金莹家是三点半，金莹轻手轻脚转开门，发现赵楠已经回来了。她沉着脸，把洗了一半的碗放回水槽，关掉龙头，一边擦手一边走过来。

“马上期末考了，还出去玩呢？”

她面朝金莹质问，但口气是冲梁皓的。金莹说，作业已经做完了。

“我问你，这两天你又跟刘景凑在一起了？”

金莹没有回答，抿着嘴。

刘景是班里出了名的调皮鬼，却对闷声不响的金莹很感兴趣。赵楠一度把女儿上课难以集中注意力的问题归咎于刘景。她曾向班主任反应，把刘景的母亲喊来学校交涉。

“我跟你说过好多遍了……交朋友当然没问题，要玩，你也要找康小奕她们，文文静静的。”

“她们弄断我的笔，还把鸡骨头吐我碗里。”金莹说着快步朝楼梯上走，大声说，“我不喜欢康小奕！交朋友不是看成绩的。”

赵楠怔住了，她没有预料到女儿的反应。金莹不给她机会，直接关上了书房门。

离下班时间还有一个小时，梁皓这会儿却也不能跟着金莹上楼去，把赵楠晾在原地。

“刚才走得远了，没注意时间。”他跟赵楠道歉。

“梁老师，”赵楠提着一口气走到跟前，忍住了，轻轻吐出来，“小莹和别人不一样，玩开了收不住心的。”

“她很久没有出去了。”

“学校每周有体育课，每天有课间活动，身体健康方面，没有你想的那么糟。”

梁皓点了点头，别过脸看着北窗外。庞大的山海间挡住了一半视野，可以听到寻安河水若有似无的水波声。

赵楠走到他身旁，和他并肩站立，也望着山海间。过了一会儿，她问：“梁老师，你是怎么考虑的？关于小莹的问题。”

她的身姿和口吻，就像开启一场告别。

“小莹因为成绩差，失去了很多本来应该属于她自己的时间，如果再失去自信和朋友……”

“你总是在提她自己的时间，她自己的时间是用来做什么的，你不是不知道，这完全是一种荒废。”

“她不能一直被赶着走，她得停下来，想明白一些自己的事情。”

“小孩子哪有那么多自己的事情？”赵楠摇了摇头，“我明白了，其实你从一开始就放弃小莹了。”

“不是放弃，是认清现实。至少在现阶段，你不能期望她跟别人一样。”

“她不是你的孩子，你才会这样说。”赵楠苦笑，“你现在说这种话，让我怎么跟她爸交代呢？”

梁皓无言以对，这是解不开的困惑。

“说得直白一点，我们找你来，是来解决问题。你没有解决，却跟我讲一大堆道理。这些道理每天都有人讲，谁都明白的，但我们身在其中，没有其他办法，只能努力去争取。认不清现实的是你啊，梁老师。”

“她以前从来不会顶撞我的，从来不会。”赵楠平复情绪，悠悠地说道，“你跟她讲的这些道理，我认可。你说的没错，但不是她现在应该听的。而且，怎么交朋友她真的能明白吗？她只是个孩子，等她长大了，你认为她会后悔没听我的，还是没听你的？梁老师，你的学识很出色，好过学校大多数的老师，但是你的观念……你没有把小莹当成一个正常的学生来看待。她是比别人差，可我没有放弃，我不会放弃的，因为她是我的孩子。”

幸好及时赶回家了。天突然转阴，起了大风，院子里的灰尘卷起一个小旋涡，眼看着要下雨了，冬天的雨能侵入骨髓。

梁皓顺着水泥斜坡把摩托车推进仓房，走进主屋。他得赶快从敏芳手上接过梁湛，好让她准备晚饭。

客厅里没人，或许还睡着。梁湛有时三点多才开始午睡，敏芳总是不忍叫醒他。

梁皓朝楼梯走去，经过卫生间，听到敏芳在里面说话，哼哼唧唧的。梁湛这孩子，三周岁了，上厕所还要外婆全程陪着。

他决定去书房看一眼邮件再下来。楼梯正对二楼卧室，卧室门开着，里面有小小的影子在移动。

“爸爸……”梁湛跑出卧室，手里捧着积木，脚上只有袜子。

梁皓愣愣地看着儿子。“……外婆呢？”

“外婆，在下面。”

梁皓抱起梁湛，返回楼下，凑近卫生间的门听了一会儿。敏芳的确在说话，毛玻璃上映出她站立的身影。梁湛挥手拍门，梁皓想制止已经来不及了。

“外婆——”

里面的人影没动，梁皓感觉不妙，转动门把往里推——他不敢相信自己的眼睛。

敏芳站在镜前，正在抹口红，缓慢而细致，眼神焕发出前所未有的光彩。

镜子正对着门，敏芳在镜子里对梁皓展露笑容，缓慢地咧嘴、弯眉。

这番奇异的光景感染了梁湛，他扭动身体，急着挣脱梁皓。

下一秒，敏芳的笑容消失了，目光转向镜中的自己，眼中满是惊恐。

“发神经了，我发神经了……”

手里的口红变得滚烫，落进洗脸盆里，绕着圈滑向中心，她连忙抓出来扔进纸篓，然后奋力用掌根擦拭嘴唇，半张脸都被染红了。她拧开水龙头，接一捧水盖住脸。呜咽声从指缝中传出来。

幼贞回家时过了九点，自从她和同学合伙经营的批发部开张以来，这是正常作息。她洗漱完毕，筋疲力尽地躺在床上，轻拍梁湛后背。没有妈妈陪，梁湛是不肯睡的。

梁皓坐起身，没有像往常一样径直去书房。

“怎么了？”幼贞问。

“明天，我带妈去趟医院。”

“她啥不好啊？”

幼贞拍打的节奏一慢，梁湛立刻发出表示不满的声音。

“……身体不太舒服。”

可能是老年痴呆——这句话，梁皓还是没说出口，他不能肯定，也许他太悲观了。

“心脏，她的心脏最近都不好。”

“你别让我妈做这么多事了，她这个人就是闲不下来。你劝她，她还是肯听的。”

“幼贞，往后我们自己带孩子吧，让你妈回去好了。”

“你什么意思？我妈身体不好，你就嫌弃她了？”

“你在说什么？！”

“你为什么不说，让我爸过来，一家人住一起？我爸妈年纪都大了，这是迟早的事，我一直在等你开口。你对我爸到底有什么意见？我真搞不懂。行了别说了，他要睡了，你要不就躺下，要不就出去。”

梁皓不想再说什么，争辩越多，只会无休无止。此刻他的脑海中，只有那支口红。被敏芳扔进纸篓的口红，是她没机会经历的另一种人生，因为家庭而沉睡的生命，在大脑失控之下被唤醒了。

以山海间为背景，远山和天空会被遮挡，少了层次感，照片整体发闷。这个院子离山海间实在太近了，打不开空间。

除了北侧，其他三面都被别墅环绕，梁皓让金莹换了几个站位，总找不到合适的角度。他犹豫着，打算去屋里拍内景。这时，邻近那栋别墅的阳台上，有个男人朝他招手，让他更加坚定了这个想法。

男人大约四十多岁，平日进出跟梁皓打过照面，没有交谈过。他总是主动露出微笑，点头致意，微笑中含着一丝结交的渴望。某天，梁皓见他端着相机倚靠在阳台围栏边。在那个位置，他的目光只要稍向左偏，就能把金家的院子尽收眼底。他必定看见过梁皓在院子里给金莹拍照。从那之后，他每一次站上阳台，似乎都是为了让梁皓知道，他也喜欢摄影，他们可以有共同话题。

他的设备要好得多，长镜头，机身厚实，像是佳能的高端系列，但从拍照的架势来看，他还不太熟练。

“去里面吧。”梁皓对金莹说，他觉得不太自在，“去里面拍。”

他让金莹站在客厅的角落，一边观察她一边往后退，寻找合适的景别。

金莹的右手边是三层窗户，窗帘是金色绸质的，拢在一处，像巨大的裙摆垂落下来。

梁皓退到五六米远，把镜头竖过来，仍不见天花板。金莹的身体只占了取景的四分之一，躲在窗帘的阴影中，显得更加娇小。他很想就此按下快门，但那感觉有些阴森。

“往前走一步。”

金莹照做了，影子的边界迅速扫过她身侧。梁皓调短曝光时间，压低她脸上的强光。她把手放到身前搭起来，梁皓让她背到身后试试，最后还是选择垂在两边。

“好了吗？我看看。”金莹跑过来，脸凑到梁皓臂弯里看屏幕。

“表情好难看，为什么我这么矮？”她愁眉苦脸。

梁皓笑着说，不难看，很自然，看着矮是因为房顶太高了。金莹说，我要再拍一张。她跑回墙角，站姿挺拔，露出了少见的笑容。之后又拍了四次，她才满意。来回跑的时候，皮鞋跟叩击木地板，发出空旷的回音。

外面阳台上的男人已经不见了。梁皓扣上镜头盖，把相机放进双肩包。

金莹换回拖鞋，和梁皓一起坐进沙发里。沙发上有本书，她捧起来看。等赵楠回来，梁皓就该告辞了。

“新老师是谁？明天就来吗？”金莹把书靠在耸起的膝盖上，对书说。

“我不知道，也许没那么快吧。你妈没说吗？”

金莹摇头，刘海穗絮般摆动着。书是少儿版的《红楼梦》，她盯着正文左页的工笔画看了好一会儿，才把视线转向第一章。第一章她已经看过很多遍了。

“从下一章开始看吧，第一章就是一块石头和两个老头。”

“哦。”她往下翻页，纸张下沿划过衣服，听着像正被撕裂。

静静地坐了一会儿，她问：“老师，你为什么不去学校里上课？”

“……去学校上课，就不能来这里了。”

“那以后呢？会去吗？”

梁皓摇了摇头。

“你要去其他小孩家里做老师吗？”

“不，不去的。我有别的事情要忙，暂时……就不做老师了。”

“哦。”她顿了顿说，“我们班主任说，她认识你。”

“是吗？”

“嗯，好多老师都知道你。”

“她们怎么说的？”

“说你以前在学校里上过课。”

“其他呢？”

“就这样呀。”她捏着坐垫的布套子，布套子松了，被她揪起一个小帐篷，“老师，我妈问过我一个问题。”

梁皓转头看着她，她很少用这种抛出悬念的口吻说话。

“你别告诉我妈，她不让我跟你说。”

“好。”

“她问我，老师有没有碰过我身上。”

梁皓默然不语，胸腔里的空气在膨胀。

“我知道那是不好的事。我说没有，但我妈好像不信。”

“什么时候问你的？”

“大前天。”

“以前来家里教你的老师，有男老师吗？”

“有的，有一个。”

“那时候妈妈问过你这样的问题吗？”

“没有问过。”

梁皓点点头，望向山海间。

“老师，你去跟妈妈说吧。你说，她可能就信了。这样你还可以教我。”

“不，不是因为这个。你妈妈没有让我走，是我自己要走。”

“为什么呀？我已经有进步了。”

梁皓感到喉结不由自主颤动了一下。“嗯，你很了不起。”

金莹在抹眼泪。

“画画这件事，别放下。”

金莹点头，食指仍然挤在眼皮里。

“不要再跟妈妈顶嘴了，我说的那些，有的也不对，你别老记着。”

这次金莹没有点头。“……我以后可以来找你吗？”

“当然可以。”换作平日，梁皓或许不会这样回答。

“真的吗？”

“真的，不管有什么事，你都可以来找我。等你长大一些，能自己出门的时候。”

“兔子不要擦掉。”

“什么？”

“墙上那只兔子。”

“……石子划出来的，擦不掉的。”梁皓隐隐觉得有些不妥，但他不会安慰人，说到这里，也不知说什么才妥当。

汽车引擎声由远及近。赵楠下了车走进院子。梁皓站起身，隔着窗户和赵楠对视，然后握住了背包的肩带。

“小莹，再见。”

“别动，啊，动了会流血哟。”

医生用头部带钩的剪刀剪开缝线，再用镊子一段段抽出来。缝线被血肉染黑了，像烧焦的小蠕虫。

梁皓双手控制住梁湛的脑袋，防止他乱动。他怕医生，确实不敢动，嘴巴抿成一条线，连呼吸都快停了。但伤口在眉骨上，疼痛之下无法控制眉毛。医生说“别动”，好像眉毛能听懂他的话。他很年轻，是个新手，区区三针缝线拆了好一会儿。

“小孩子，愈合快。好啦。”医生夹起棉球抹上碘伏，“不过疤上面可能长不出眉毛，将来留一条‘田间小路’也说不准。”

梁皓道过谢，牵着梁湛的手离开清理室。刚出走廊，他听到有人在叫他。他环视四周，见人群里升起一条胳膊来。

是钱云其。他走过来，弯腰细看梁湛的眉毛，那里被涂成了棕色，很惹眼。梁皓说，楼梯上摔的。

“嗐，免不了。不磕磕绊绊，不叫成长。”钱云其爽朗地笑着。

“你怎么……”

“学校体检。”

梁皓点点头。这里人声嘈杂，他又带着孩子，并不适合交谈，但钱云其没有告别的意思。梁皓猜他已经知道自己不再去金家了。作为介绍人，他得说点什么。

“前几天，在学校庆典上碰到金齐山了。”果然，他说起这件事，“别往心里去，不是你的问题，这家人就是难伺候。我找机会再给你介绍。”

梁皓笑着摇摇头，想说不必了，碍于情面，改口说，顺其自然吧。

钱云其轻轻叹了口气。“对了，你丈母娘怎么样？”

梁湛蹲下去，想要捡什么东西。梁皓喝止，一把拉直他。经过这短暂的几秒钟的思考，他决定对钱云其实话实说。

“痴呆的症状比较轻微，算早期，吃药能控制。比较麻烦的是抑郁症。”

“抑郁症？”

“嗯，后来又去了市医院，确诊是抑郁症。”

钱云其的眼中浮现出同情，他欲言又止。

前段时间，敏芳总显得很累，坐在沙发上望着院子，从午饭后一直坐到要去幼儿园接梁湛。她失去了打扫的兴致，食欲不振。医生说，她吃饭没有味道，抑郁症状偏重。梁皓不懂，在他的理解中，抑郁是渴望无法满足的积累。

敏芳六十二岁了，先为她的家操持，然后是儿子的家，女儿的家——排到最后，也没有她自己。梁皓把口红从纸篓里捡出来，拿去问幼贞。幼贞瞪着他问，哪儿来的？

口红不是幼贞的，而是敏芳自己买的。涂口红时失了心智，买的时候呢？梁皓不认为她在犯病的状况下可以顺利买下口红。她路过化妆品店，往事涌上心头，于是迈进店里，对服务员说，要替女儿买一支口红——或许是这样的吧。

医生告诉梁皓，抑郁症可以理解为大脑拒绝刺激，总的来说是生理病，不是心理病。心理问题会诱发或者加剧抑郁症的症状，但心理抑郁和抑郁症是两个概念。得吃药，吃一段时间再看，如有必要就得住院治疗。

钱云其默默听梁皓讲，视线落在梁湛的额头，忽然若有所悟，问道：“是外婆带的时候摔的？”

梁皓点点头。“我原本想，让她别再照顾我们家了，但是现在不好开口了。”

“确实为难，嗯……”钱云其思索着，越发确定地说，“这时候不能提，不能劝她回去，老人家心思很敏感。”

“我明白。行了，你快去吧，那么多人体检，排长队呢。”

“有什么要帮忙的尽管开口，别见外。”钱云其拍了拍他的臂膀，走过两步回头喊，“下个周末一起喝酒。”

敏芳躺在沙发上，直愣愣盯着天花板，父子俩走到沙发边她才惊觉，猛然坐起来。她搂过梁湛，眯起眼仔细看他眉角。梁湛把她推开，跑到一边去玩了。

“啊，这都中午了，我去烧菜。”

敏芳起身一半，被梁皓拦住了。

“我来吧。”

“你做不惯，弄不利索。一会儿就要去金莹家，要来不及了。”

梁皓走向厨房的脚步停住了。

敏芳察觉到沉默，慌忙说：“啊，今天星期六，不用去。我又记错日子了，又记错了……”她抢在梁皓身前进了厨房。菜都洗好了，她看着砧板上分堆的食材，不知如何下手，嘴里仍嗫嚅着，又记错了。

“没记错，今天是星期天。”

敏芳睁大眼看过来，忽然又笑了，但是笑容盖不住惊恐，脸上浮现出既像喜极而泣又像苦苦哀求的表情。

“是星期天，但我不用再去了，课上完了。”

敏芳拧紧眉毛，想了好一阵，然后拿菜刀把青椒剖开，挑出芯子。她的手不稳，青椒籽弹到了窗玻璃上。

“妈，以后我来做饭吧。”

“说什么呢！我还行的，你去看着阿囡……你还要去上课，干吗不做了。”她握紧菜刀，用肩膀下沉的力量切青椒，速度越来越快。

梁皓抓住她的手腕，用另一只手慢慢抽出刀。“我不做家教已经两个礼拜了。”

“两个礼拜……”

“对啊，你忘了，我跟你说过的。梁湛今天拆线，是一个礼拜前摔的，跟这个事情没关系，不是因为这个才不做的。”

“啊……这样啊。”她眨了眨眼，说，“不对，你骗我！”

“没有骗你。”

“上个礼拜天，你明明去的！你不去，怎么会剩我和阿囡两个人在家？”

“我是去别的地方办点事。”

“也对，你留在家里是对的，你不能去，你要看着阿囡。”敏芳的情绪变化捉摸不定，忽而亢奋忽而颓丧，“我做不来了，不能碰……煤气、电，不能碰的，我在做什么……”她把手指伸进头发里。

厨房里切好的菜是梁皓早上准备的，过去的一周都由他下厨。他今天上午出门，敏芳便产生了错觉，要往厨房跑。家人在外头，回来就要吃上她准备的饭菜，这是养了三十多年的习惯。

梁皓把她扶到沙发上，让她休息。她扭头寻找梁湛，见他正在角落里搭积木才稍稍放心。梁皓在那儿铺了毯子，把楼上的儿子的小玩意都拿下来。楼下的房间也腾出来，清理干净了，以后午睡就在那儿。

“放心，他不会上楼的。他现在很小心，长记性了。”

“阿皓，做人可真没意思。”

“别这么说，会好起来的。”

“以后，你们怎么办啊……”

她忽然站起来朝院子里走，梁皓下意识地抓住她的手腕。

“我要回去了，老头子在等我。”

她的抵抗很无力，像孩子撒娇，怎么也不肯歇下来。梁皓无计可施，只好说吃完饭送她回去。等到下午，她果然忘了要回去的事，搬了矮凳坐在毯子旁，眼睛一眨不眨地盯着梁湛。

梁皓觉得敏芳的话反常，但并没有引向具体的意义。直到深夜，他和幼贞商量后续安排时，他的耳边再次响起这句话——老头子在等我。

幼贞说，明天她回一趟家，把她爸劝来。梁皓觉得应该先去趟医院，听听医生的看法。

"这不是利索的病，吃药归吃药，得有人陪着。我爸不来，你一个人管两个，能行吗？"幼贞关了灯，背对梁皓侧躺着，"你去我店里吧。换你去，我在家陪我妈。不难做的，装货卸货，你男人家有力气，其他的事成峰会安排好的。"

黑暗中，梁皓睁开眼，灯罩的轮廓渐渐清晰起来。

"你干的活，不是长久之计，与其这样半吊子，不如去店里帮忙。你觉得呢？"

老头子在等我……

梁皓慢慢坐起身来，一股热流在胸口聚集，然后往头上直蹿。

"你有什么想法就说啊，你干吗呢？"

梁皓掀开被子，走向敏芳的房间。他叫了一声，只敲了两下便推开门。里头没人，被子叠得整整齐齐。

热流凝成汗珠冒出来，梁皓飞奔下楼，大声呼喊。邻居家的灯亮了。

在梁皓的记忆中，敏芳称呼丈夫一向是"耀宗"，无论人前人后，她都没叫过"老头子"。老头子是敏芳已经过世的父亲。

到晚霞渐浓的时候，诵经声仍在持续，灵堂入口的地面变成了橘红色。盯着看久了，梁皓感到眼睛胀痛。这块发红的地面是仅剩的目光归处，四周都是人，总有人在打量他。

敏芳是昨晚走的，三天丧礼按两头算，明天早上就要火化，留给亲友吊唁的时间其实只有一天。敏芳娘家的兄弟姐妹有五个，除了大姐过世，其他人都还健在，加上小辈以及俞家全员，光是亲戚上香就要排到天黑。有朋友来了，得让他们先拜，好早点回去。

几乎不间断地有人站在牌位前，听和尚念诵超度的经文。经文很长，每过两轮和尚要休息会儿，喝口水。这时候正在折元宝的“八佛”就开始念经，八个老婆子一起开口，换气的节奏也保持一致。除了这些声音之外，角落里还放着一个录音机，循环播放着往生咒。一天下来，即使没有人交谈，灵堂里也不会有片刻的静默。

这样很好，梁皓害怕静默。这些噪音好像头顶的一片水，把他盖在湖底下，一旦消失，他就不得不冒出脑袋，听清岸上的人在说着关于他和敏芳的事情。

梁湛坐在幼贞腿上，他因为乱跑刚刚挨了训，这会儿出神地看着木鱼。木鱼被敲得极响，梁皓担心他嫩薄的耳膜能否经受得住。他们坐在对面的长椅上，中间隔着八佛围坐的桌子。

昨晚离开医院到现在，幼贞没有跟梁皓说过话，她眼睑泛红，望着梁皓左边的白墙，只要稍稍偏转视线就会和梁皓对视，但她始终没有。亲戚朋友过来安慰她，她看看对方，也不说话。

没有人过来安慰梁皓——幸好没有。他想象着自己在旁人眼中的样子，也许他们害怕他，怕他的回应出乎意料，或者说出他们听不懂的话。

俞耀宗倒在儿媳给他搬来的躺椅里，脑袋垂在肩膀上。他的脸色看起来像被抽干了血，上午就已经是那个样子了。梁皓有几个月没见过俞耀宗，他瘦了许多，两侧脸颊的阴影很浓。如果不是因为这场意外，大概要到过年才会跟他打照面。

梁皓对幼贞说，阿爸可能需要输液，至少吃点东西。幼贞茫然地看了父亲一眼，好像那是一个不相干的人。直到梁皓走开几分钟后，她才去到俞耀宗身旁说了几句话。俞耀宗一动不动，她便又回到原位。

和尚是徐宝华叫来的，大厨也是。现在她可以自由行动，再也没人喊她回去睡觉了。徐宝华比她的三个儿子都要冷静，葬礼的流程由简到繁有许多区别，怎么选择，别人不懂其中的门道，和尚都问她。大儿子走不动路，缩在轮椅里，看着像比她还要衰老，二儿子垮了，三儿子平时只会听二哥的，是个没头苍蝇。本应主持局面的俞长英一整天都在外头，跑医院、跑派出所开死亡证明，还得去银行把敏芳的存款转出来。八十四岁的徐宝华现在重新成为了一家之主。空下来的时候，她走到冰棺前看敏芳，摸摸她的脸。梁皓很想跟她说说话，但又不知道说什么才合适。

六月的日头长，快七点了，天仍然透亮。梁皓抬起头，让视线从灵堂大门延伸出去，就像有人在喊他。他看到俞心岚走了进来。俞心岚也看见他了，短短一瞥，眼里似有久别重逢的温暖。

徐宝华迎上来捧住俞心岚的手，轻轻叫她的名字，然后招呼和尚拿一条麻衣过来。心岚披上了，跪下磕头，再直起腰时，眼泪簌簌往下掉。梁皓感到喉头发酸，好像正在哭的人是他自己。

她是一个人来的。

她和钟浦在去年春天结婚，俞家没有人参加婚礼，结完婚她往家里打了一通电话，就算有交代了。他们在上海办婚礼，不知后来有没有去钟浦的老家。心岚母亲想去上海看他们，被俞庆荣扇了巴掌，不敢再提了。

心岚上完香，偷偷看幼贞，脚尖朝幼贞的方向顿了一步，没有迈出去。母亲在门外的空地上喊她，她便出去了。

母女俩在夕阳的余晖中说话，一直到天色暗下来。俞庆荣站在远处抽烟，始终不愿靠近女儿。

上香总算告一段落，徐宝华招呼宾客去食堂吃晚饭。梁皓这一桌是俞耀宗直系八人，再加俞庆荣一个。俞心岚和她母亲在另一桌。幼贞拿起筷子，象征性地吃了点冷盘又放下了，俞耀宗愣愣地看着桌子，手也没抬起来。

吃到半途，俞长英走到幼贞身旁低声交谈，梁皓听不清，他和幼贞面对面坐在圆桌的两端。接着幼贞对梁湛说了句什么，梁湛就跑到梁皓身边来。幼贞跟着俞长英走出食堂。

梁湛早就已经吃饱了，在梁皓腿上坐了几分钟，耐不住无聊，扭身蹦下来，去厨房门口看龙虾。梁皓跟上儿子。母亲见状也走了过来。

梁皓的父母坐在远处一桌，他们今早天刚亮就来了。梁湛见奶奶生，不愿待在她身边，搂不住，没听奶奶说几句就挣脱了。对梁皓的父母来说，梁湛是一道庇护，也是他们跟这个灵堂产生关联的纽带，没有梁湛在身边，他们会无所适从。刚到场，母亲就握着幼贞的手落泪，幼贞没有回应她，只是自顾自哭。

“当心被咬，手指头给你咬掉。”母亲对梁湛说，梁湛正在逗脚盆里的龙虾，“你看它的钳子，比它的头还大。”

梁湛看了看自己的手指，收到拳头里去了。

母亲嘿嘿地笑了，她有些吃力地直起腰来，小声说：“阿皓，你说后面怎么办？”

梁皓很怕母亲用这样的口吻说话。以前他觉得，母亲总是把未来很可能船到桥头自然直的事情当成必须严阵以待才能解决的问题，但后来逐渐体会到，她的大部分考虑都是有必要的。

“要不……我过来吧，我来带小湛。”

“你的书法班呢？”

“书法班嘛，就是书法班而已，总不能一直这样下去，再过几年我马上要七十了。”

“过段时间再说吧。”

“怎么过段时间，哪有那么多时间让你过啊？你也是，总不能一直这样下去。我知道，我知道的，你听我说，我知道你不是因为小孩才在家工作，时间上自由，收入也还过得去，但是，人不跟社会接触，是会变的。你现在的话越来越少了，我是担心你——”

“不是这个问题。”

“那是什么问题？你看你，又不说话。你不要老想着什么事情都自己解决，你不行的。阿皓，从小到大都是这样，我知道你。人活一辈子，总有靠别人的时候，我跟你是娘和儿，你要跟我撇清什么呢？我来帮你带孩子，但也需要你的照顾，我们将来只能指望你，不是吗？”

梁皓看着梁湛小小的背影，没说话。

母亲深深叹了口气。“你考虑考虑，我还没跟你爸提过，他要是同意，我们一起过来。你跟幼贞商量一下。”

“我现在没法跟她商量，现在不是商量这个的时候！”

“为什么？”

梁皓答不上来，他感到有些气喘。“不为什么，你让我静一静。”

“你丈母娘到底是怎么回事？”

“我不知道！”梁皓压低嗓门，从肚子里挤出声音来。

“她是……”

“不要再说了！”

母亲怔怔地看着梁皓。稍后，她点了点头，转身回到座位上去了。

食堂的后门开着，有几个亲戚家的孩子追逐着从门外跑过，梁湛的目光被他们吸引过去，他站起来走到门口，望着不远处的小丘。

“想出去吗？去走走吧。”梁皓牵起儿子的手。

这个灵堂在革马村西北部，附近只有一座叫元禧寺的庙。周围都是荒芜的田野，地平线上还剩最后一抹蓝色。转眼的工夫，刚才那几个孩子不知跑哪儿去了。梁湛从土里挖出石块往远处丢。梁皓深深吸气，胸腔里感到微微清凉。

“小湛！”

有人在身后叫唤，梁皓转过身，只见俞心岚绕过秸秆堆朝这边走来。她摸摸梁湛的头，面向梁皓。

“阿哥。”

“你这是……要回去了？”

“嗯，吃饱了。明天送二娘的时候我再来。”

心岚没有继续往前走，又叫了梁湛一声。梁湛满脸茫然，他显然已经不认识这位堂姨了。

“好久不见啊。”她说。

“是啊，有两个年头了。”

“工作室还顺利吗？”

梁皓摇头。“关门大吉了。”

心岚有些诧异，这一瞬间，他们对视了一眼。她的着装和发型都和那时相差无几，不过脸上有了些许疲倦。

“真可惜。”

“其实也没什么，每一行都有适合它的土壤，当初偏偏不信邪，想试试看。”

“嗯，可能人也一样吧。”

梁皓体会着她话里的含义，默默点了点头。“你呢？”

“还行。”

“没见钟浦过来，是怕你爸生气？”

心岚笑着摇头，刘海被晃得垂落到额前。“离婚了。”

“啊？”

“你可别说出去。”心岚探过脸来用气声说，“我谁也没说，让我爸知道就麻烦了。”

“怎么就离婚了？”

“他有别的女人。”

俞心岚说，就在婚后第四个月的某天，她看到钟浦手机上亮起陌生的号码，钟浦没接就挂断了。电话马上又打进来，钟浦又挂断，如此来回了五六次。他脸色发青，拿起手机去阳台。等他回来，心岚问怎么回事，他垂着头沉默了半分钟，然后就坦白了。

“他们一直有联系，那个女人认识他比我还早。”

“之前他来这里被灌醉的时候……”

“对，那时候他们关系正好着呢。”心岚仰着脑袋，像在寻找星座，

"很奇怪，我也搞不懂，可能他想跟我结婚是真的，但我能感觉出来，他的心思在别人身上。"

梁皓一时间觉得很懊恼。"我真是太自以为是了，早知道……"

"哪有什么'早知道'呀，要说有，也应该是我'早知道'才对。"

"你身在其中，有些事看不明白很正常。我是个局外人，却做了多余的事情。"

"不是的。钟浦找小姐这件事是被冤枉的，你看穿了，你是在好心帮他，对吗？一点也不多余。这件事情，跟钟浦有没有别的女人是不相干的。"心岚转回头朝灵堂的方向看，随后说，"我就知道你会想多，连你也这么想的话，其他人就更不用说了。"

梁皓点了点头，但并没有释然。

俞庆荣和俞耀宗执意要拆散他们，是不是早就发现钟浦这个年轻人不值得托付呢？他们的见识受环境所限，但毕竟活了大半辈子，看人的眼光或许有种历练下的直觉。

"再说，我现在挺好的，我也不后悔。至少我知道我要留在上海。不是为了钟浦，不是为了谁，而是为了自己。"

晚风吹来，路旁的树叶沙沙作响。等树叶静下来，才发觉一直有蟋蟀的叫声。

梁湛越走越远，梁皓喊他回来，他的裤腿上尽是泥巴。心岚替他掸了掸，等他再次走远一些，她说："阿哥，他们说二娘痴呆了，是真的吗？"

"嗯。"

"那昨天晚上到底是怎么回事？"

"他们是怎么说的？"

心岚眼珠动了动，像是没料到梁皓会反问。"他们说……二娘自己跳鱼塘里了。"

"应该是这样的，我没看到。"

"那有人看到吗？"

“我不知道。”

消防员把敏芳捞上来送去医院。医生摸摸敏芳的手指，说死了有两个小时，那时候十一点半了。幼贞回来是九点，敏芳大概是等到她回家再悄悄出门的。夜晚九点的革马村悄无声息，但是鱼塘离主人家有半里地，听不到落水声。

派出所来人检查过鱼塘周围，没有明显的失足痕迹或拖痕，他们判断敏芳主动跳入的可能性更大。

“她觉得会拖累我们吧——也不一定。”梁皓把白天不断问自己所得到的答案说出来，“她等着有一天能松口气，可是发现自己脑子不清楚了，以后的日子看不到了。”

“二娘在鱼塘里，是你最先发现的吗？”

“是。”

心岚低头思索着，没有再说话。梁皓大概能猜到她在想什么，她那桌的亲戚们一定有很多猜测。

有批客人告辞了，徐宝华和敏芳的兄长一路送出灵堂门口。心岚匆匆向梁皓告别。梁皓喊了儿子，一起走回灵堂。

不多时，幼贞兄妹俩坐着电瓶三轮车回来了，开车的是万成峰。车上有两个圆滚滚的大布包，里面是敏芳的衣物。万成峰帮忙把布包拎进门。布包很重，上台阶的时候需要用膝盖借力往上顶，梁皓上前准备拿第二个，被俞长英抢了先。

万成峰是幼贞的高中同学，副食品批发店的老板。幼贞生完孩子辞了外贸公司的翻译工作，去他店里帮忙，现在他们是合伙人。梁皓见过他几次。他沉默寡言，是个相当务实的男人。徐宝华留他喝口茶，他摆摆手走了。

院子里有一口圆坑，专门用来烧衣包。晚饭结束后，灵堂的工作人员往坑里丢几根浸过煤油的干柴，点着了，火苗立刻蹿上夜空。大家各自拿三炷香，绕圆坑走上三圈，然后停下来望着火堆。衣包扎得紧，空气进不去，但规矩定了不能动，烧到深夜还剩西瓜大小，仍然散发出不可思议的热量。

“你带他回去。”幼贞把梁湛拽到梁皓跟前。

“我留下吧，要熬到天亮，你回家休息。”

幼贞原本已经走开了，听到这句话迅速转过身来，瞪着眼说：“我妈在这里，你让我回家？！”

火焰的红光映在她脸上，阴影不停地打转。梁皓无话可说。

第二天早上七点，所有家眷在灵堂集合。棺木一抬，哭声四起。殡仪馆来了两辆大巴车接人，棺材由和尚开面包车运送。

火化持续了五十分钟，殡仪馆下面设了个安息堂，骨灰就放在那儿。俞长英捧着骨灰盒从焚化区走出来，梁皓负责撑伞挡住阳光。落葬全程，骨灰盒都不能见光，否则魂魄会像水汽那样蒸腾消失。作为女婿，这是梁皓唯一参与的葬礼流程。

幼贞洗完澡坐在沙发上，直愣愣地看着在茶几旁玩积木的梁湛。她的头发没有擦干，发梢凝着水珠。

“去睡会儿吧。”梁皓在她身旁坐下来。

“我问你，你跟我妈说了什么？”

“……什么？”

“她走之前，你跟她说了什么？”幼贞转过脸来，水珠滴落在胸口，“你让她回自己家去，不让她来了，是不是？”

“没有。”

“没有吗？你没有说过这样的话吗？”

“我只跟你说过。”

“你凭什么这样说！”幼贞大声哭了出来，“她现在不中用了，是个负担，对吗？”

梁皓呼吸急促，半天说不出话来。

“我妈一辈子都在忙活，照顾我爸，照顾我哥，现在轮到我们。你也觉得她辛苦，但是你不懂，她的心思你不懂的。能为小辈做点事，她心里高兴，她的日子就是这样过来的。不然你想让她回去做什么呢？她跟你妈不一样啊！你总是自以为是，她已经糊涂了，你让她回家，她觉得自己被抛弃了……”

“我说了！我没有让她回去！”

梁皓的吼声在客厅里震荡，他感到声带像被沙子磨过，一瞬间他感到缺氧，他往前点了一步。

梁湛张开嘴，看着梁皓直哆嗦。

“你没说，你怎么知道她要寻死？你躺在床上好好的，想到什么就冲出去了？你到底对我妈说了什么？”

梁皓抬起脚奋力踢出去，木质的沙发扶手顿时折裂。这道裂缝仿佛长在梁皓胸口，切开了他的身体，他开始破坏触手可及的一切事物。幼贞抱住梁湛，瑟缩在墙角躲避风暴。

等他冷静下来，屋子里已是满地狼藉。茶几玻璃成了蛛网，电视机歪斜在挂架上，液晶屏的颜色像油墨般深浅不一，书架倒在地上，绘本和相框滑出几米远。

幼贞抱起梁湛跑上楼，下来时手里多了个行李袋。梁皓坐在地上，看着他们走出家门。

不知过了多久，梁皓觉得全身的疼痛慢慢加剧，右手掌缘有内出血，变成了青紫色。他在翻倒的书架旁躺下来，侧身蜷缩。

渐渐地，他注意到自己的视线停留在一本书上。书名叫《流沙》，是钟浦的小说，俞心岚给的。车站送别的一幕浮现在眼前，他记得俞心岚说，书里有一首她写的诗。

梁皓拿起来，翻开封面，只见扉页上用水笔写着几行短句。

你有没有
在雨夜的路灯下抬起头
努力睁眼
水珠围成隧道

你正冲往一颗光明
用逆向的羽毛
你有没有
看见那只坠落在密林中的白鸟

第十章　寻安河

“不用那么在意，既然来了，抓紧时间吧。”汪磊指向桌对面，示意我们坐下。

“哎，好。争取速战速决。”

我们三个并排坐在汪磊对面。陈舜双手框起一个圈对着汪磊，朝我使眼色，然后问汪磊：“可以吗？”

汪磊不作声，算是默认了。我拿出手机，挪开一个位子坐，寻找合适的拍摄角度。桌上光溜溜的，没东西可垫，我只好支起双肘稳定镜头。

这里是刑警队的会议室，时间是晚上九点二十分。青白的光从四盏吸顶灯里散射出来。

从邱丽娟家出来的时候天快黑了，我们在车里讨论应该找谁确认时间空当的问题。最终陈舜听从了小希的意见，来这里找汪磊，他让我们九点到。约在这个时间点表示他忙得不可开交，我们原本没抱录制的希望，打算问几个问题就走。

“是这样的，我们的剪辑师……”陈舜朝我一指，他又拿我当被人笑话的退路，“在后期制作时，注意到了这样一个问题——”

汪磊朝我看过来。

“那天，罗警官在梁皓家的院子里发现了金莹的脚印，于是进去找人，梁皓没有马上开门，罗警官就去了仓房，他当时觉得金莹可能躲在仓房里。”

“是的。”

“结果没有找到，气窗也反锁着。之后梁皓开门，大家就都进了主屋。”

“是，你想问什么？”

“我们是这样考虑的。”小希接过话头，“梁皓在二楼的卧室里睡觉，他听到敲门声——可能还有叫喊声——穿好衣服下来开门，就算他喝了酒，这段时间其实也不会很长。”

汪磊想了想，说，没错。

“也就是说，从敲门到开门，就是罗警官在仓房里寻找金莹的时间。这当中，他还搬了东西，踩上去检查气窗。所以……”

“所以他找得不够仔细，金莹可能躲在里面，他没发现，是吗？事实上就是这样的。”

他的回应出人意料，我们三个都愣住了。

“但是这并没有改变结果。”汪磊摊开双手，“老罗在当天中午就意识到了这一点，他觉得自己可能有失误，来问我的意见。他们几个控制住梁皓以后，先在主屋里四处找人，后来才集中去了仓房，这中间是有空当的。如果金莹在这个空当里从仓房跑出来，确实有可能发现不了，但一定会留下脚印。技术组的人还在，我特意让他们再看一遍，并没有发现她出去的脚印。”

“如果混在其他人的脚印里呢？”陈舜说，“罗警官他们一共是六个人吧，院子里全是他们的脚印，横七竖八，哪个方向都有，金莹如果有心隐藏踪迹，每一步都踩在大人的脚印上……”

汪磊摇了摇头。“你太小看痕检技术了。小孩的脚印、成人的脚印，不管哪个先踩哪个后踩，后踩的都不会完全覆盖掉先踩的。”

“是吗，果然是这样啊。”陈舜只好附和。

“那……如果金莹是从气窗走的呢？”小希说，“我记得罗警官说过，他检查气窗时把窗户打开过，为了确认窗台上的雪。”

“他又关上了。”

“关上了……”

“对，检查完就关上了。这是出于习惯，潜意识里封闭现场的习惯。老罗虽然只在派出所基层，但他辅助我们办过很多大案，不会有这种疏漏。后来我们再去仓房，窗户始终是关上的。还有其他问题吗？”

“窗户的插销上，有没有发现梁皓的指纹？”

“他自己家的窗户，当然有他的指纹。”

“我是想说，梁皓把金莹送出去再关好窗的话，插销上就会留下最新的指纹。我不太懂采集技术，这样的指纹应该会比较清楚吧。然后，罗警官为了确认窗台上有没有痕迹，打开了窗户，再关上……”

“你想说，他的指纹盖掉了梁皓的指纹，破坏了现场？”

“我不是这个意思……”

“是就是，不用避讳。插销的接触面很小，同样的动作重复一遍，原先的指纹就被抹掉了，就算戴着手套也很难避免。不过你要理解，事情有轻重缓急，在当时，找到金莹是最迫切的。谁也预料不到这个案子最后会走进死胡同。老罗的做法没有问题，包括之后他们又去仓房里找人，你也可以说，他们可能破坏了梁皓送走金莹的痕迹。但那是必要的，在找人现场，找到孩子远比惩罚罪犯重要。哪怕是凶案现场，也要第一时间确认受害人是不是还活着，而抢救多少会影响后续的勘查。你觉得呢？”

“我完全理解，我只是……”

陈舜朝小希皱眉摆手，意思是不要再说下去了。

静默片刻，小希又问：“汪队长，金莹养过一只猫，你知道吗？”

“……我不知道，没有听人说起过。猫怎么了？”

“她在失踪前，问过同学，猫会不会游泳。”

汪磊困惑地看着她。

“我有个猜想，有点可笑啦。”

“说来听听。”

“我觉得，金莹有只猫，猫掉河里了，没有救上来，她想知道猫能不能活下来，所以这么问。我想，大部分的猫掉河里都很危险吧。”

“你是说，她那天晚上去河里找猫了？”我怕汪磊会笑出来，但他没有，而是陷入了沉思，“哪条河呢？革马村只有寻安河，一条主干，一条支流。一般来说，儿童失踪，优先考虑的地方就是树林、池塘这种地方。金莹的案子有些特殊，焦点集中在梁皓家里，我们扩大搜索范围是在第二天，当然也包括寻安河。”

“第二天，那时候还来得及吗？水流……”

“出海口是有闸门的，闸门后面还有金属网罩。那阵子雨雪天，闸门开着，但是网罩没有升起来。设置网罩是为了防止垃圾进海，大约每隔半个月清理一次。我问过管理部门，那几天两个闸门的网罩都没有清理记录，换句话说，网罩一直落位在河里。河水向东流，就算尸体没有被东西钩住，最后也会被网罩兜住。”

“原来是这样。那……也没有发现猫的尸体吗？”

汪磊不易察觉地咂了一下舌头。“据我所知，没有。”

猫的尸体根本不会引人注意，就算注意到了，那个节骨眼上谁去理会呢？小希不再说话，把视线投向陈舜。

陈舜耸耸肩，突然又打了个激灵说：“啊对了，昨天的凶杀案有进展吗？”

汪磊皱起眉，伸手朝我的方向向下按。我会意了，暂停拍摄，把手机倒扣在桌上。

“你到底要问哪个案子？”

陈舜赔了个笑脸。

“金莹的案子可以拍，这个案子不行，问问题可以，你拍摄录音，形式就变了。”

“是、是。”

“目前没有太大进展。有一个目击者。”

“哦？那太好了！”

“疑似凶手的人出了招待所朝北走，然后搭上一辆车，往南去了。”

汪磊拿出手机，滑拨一阵，递过来给我们看。屏幕上是一个男人的全身画像，墨蓝色的勾线，用十多张塑料片拼起来的。头发三七分，瘦长脸，穿一身西装，看起来就像个推销员。

“这是高美的印象。另外还有一张脸部特写，但其实没什么特点，特点就是这身西装。在这一带，穿成这样的人不多，穿成这样去莲花招待所那种地方的人就更少了。”

我记得死者的衣服很陈旧，有点脏，和凶手不像一路人。

“知道是什么车吗？”陈舜试探着问。

“不知道。目击者六十多了，她不认识车，只说是银色的，没注意车牌。”

“银色的车满大街都是啊。死者的身份呢？”

“四十多岁，男性。”

“就这样？”

“就这样。”汪磊顿了顿说，“他的随身物品都被凶手拿走了。我们还在查，有方向，但是不确定，我不能多说。”

“明白。”陈舜挺直上身，准备撤了。

“还有……”我抬了下手，说，“有没有找到另外那个人——就是那个，那个‘第三个人’？招待所后面的探头能拍到吗？”

“没有。不是没有拍到人，是拍到没有人。”

“没有人……”

“探头的视野可以覆盖到那个房间的窗户，没有人从窗户出来。你说的第三个人是不存在的。”

“这样啊，那如果没有第三个人的话，‘快走’是谁对谁说的呢？不管是凶手对死者说，还是死者对凶手说，都不合理啊。”

“先这样吧，我还有事，抱歉。”汪磊下了逐客令。

浓重的夜色中，车灯只能照亮树木的下半段。陈舜也已疲惫不堪，车速保持在四十码以内。今天做了三场采访，内存里塞满视频，手机都好像变重了。

刑警队在三塘县，位于革马村西北角的莲花招待所还在二十公里开外。我被黑暗包围着，昏昏欲睡。但后排座现在成了小希睡觉的地方，我不好意思躺下去。

“梦辉，梦辉！”小希在叫我，“睡着了吗？”

“差一点。”

“‘快走’是什么时候说的？”

“嗯？”

“高美怎么跟你说的，你还记得吗？”她转过脸来，我看不清她的表情。

“就是……她就说……”

“是什么顺序？”

小希很急切。我迷糊了。

“高美来找你，不知道你在哪一间，所以要一间间敲门。那个死了人的房间也敲了吧？”

“敲了。”

“你确定吗？是敲了门，然后凶手才开门的？”

“……确定。”

“那么，里面的人说‘快走’，是在她敲门前，还是敲门后？”

我仔细回想昨晚和高美的对话，然后说：“是在敲门后。”

“那就对了！房间里没有第三个人，‘快走’就是对高美说的。”

“你说啥？”陈舜也喊了起来。

“不，应该说，是对门外的人说的。里面的人不知道外面的人是高美，以为是别人。”

我张大嘴巴，恍然大悟。

小希翘起食指。“还有一个人要来。真正的第三个人，他还在路上，高美比这个人先到了。”

“厉害，厉害啊！”陈舜若不是在开车，就要一把抱住小希了。

“那个人，他怕凶手连外面的人也一起杀了灭口，所以让对方快走。”

“我得跟汪磊说一声。”

“光是想到这些，好像也没什么用。而且，我觉得汪磊早就想到了。”

“是吗？”

“你看他那样子，他说‘第三个人不存在’的口气，我就觉得他想到了。”小希经陈舜一夸，不免有些得意。

我认同小希。目前为止，关于金莹失踪案的疑点，我们能想到的警察都能想到。在汪磊面前，我们只是过家家的小孩子。

行程过半的时候，陈舜的手机响了，他轻声细语说了几句，我就猜对方是赵楠。

“明天去倚山别墅采访。”果不其然，陈舜兴奋地说，“赵楠同意了。”

我沿着寻安河支流转弯的地方绕山海间走了半圈。岸边的青草很长，弯卷成团，能埋住整个脚掌。河水是土黄色的，持续发出清脆的水波声。土黄色一直延伸出去，在入海口以外形成巨大的扇形，再往外才渐变成灰沉沉的蓝色。

我听到汽车驶过路面，踮起脚朝别墅群看。一辆商务车在铁艺栏杆之间穿梭，我连忙跑向金莹家。商务车停在金莹家院子外边，从副驾席上下来一位年轻男士。与此同时，后排车门滑开，赵楠弯腰下车，一手提着长裙下摆。男士象征性地扶住赵楠的手，说了几句便回到车上。

在附近转悠的陈舜和小希听到动静，也小跑到院门前。赵楠笑靥如花，朝车子挥手告别。

“久等了，真是不好意思。”赵楠推开院门，对着我们浅浅躬身，“正巧碰上朋友公司的奠基仪式，县里好几个领导都在，不好脱身。”

“一点也不久，正好欣赏周围的景致。”陈舜似笑非笑，眼角挂着暧昧。

我们跟着赵楠走进主屋。屋子里充斥着一股灰尘的味道。客厅的天花板就是屋顶，三层楼高，南边是两层L型的回廊，通往各个房间。北墙上嵌着六扇巨大的玻璃窗，上面四扇离地足有三四米。我正疑惑怎么拉窗帘，赵楠摁下门框边的开关，六块窗帘像剧场的幕布一般朝两边分开了。

“这里很久没人住，闷得很。我带了茶叶过来，不过，杯子得好好洗洗。”

“嗐，不用那么客气。我们想着来这里看看。你不住这里了，早说嘛，换别的地方也行。”

陈舜跟进厨房，撸起衬衫袖子，帮着烧水洗茶杯。小希搓了抹布擦干净茶几，收起沙发上的遮尘布。我把设备张罗好，走到厨房门口听他们说话。

厨房在整栋房子的南边，这点和普通住宅不同。窗外的空地和院子连成一片，许久没人打理，绿草的长势也像河边草丛一样杂乱无章。

赵楠说，她近几年住在元禧寺附近的民居，偶尔回来一趟也就是拿点东西。

“金总呢？”陈舜明知故问。

“他住公司。”

“那确实，这么大的房子，一个人住怪吓人的。”

赵楠笑了笑，把水壶放上加热座，按下拨片，随后问：“你们的采访还顺利吗？”

“马马虎虎吧。”

赵楠转过脸来看着陈舜，期待他继续说点什么。水壶底部的气泡逐渐发出电磁杂音般的声响。

陈舜恍然眨了眨眼，收起笑容说：“嗯，大家都挺配合的，知道的都告诉我们了。老实说，以我们的能力，只能把各方面的信息收集起来，我们的本意是想让更多人知道这件事，实质上有没有帮助，我心里也没底。”

“不管结果怎么样，我都应该感谢你们。对不起，这么迟才跟你们碰面。其实我不知道我还能说什么，总是不敢面对。”

“我明白。”

“想到你们是真心为小莹的事在奔波，我就很惭愧。”

陈舜直摇头。“我是想着，如果伤痛可以分摊就好了。这样的话，每当多一个人看到我们做的片子，你就会觉得不是只有自己在承受。”

这话听得我先是诧异，随后起了一身鸡皮疙瘩。

“可以去二楼看看吗？”小希走过来问，“我想……拍一下小莹的房间。”

“可以的，门没有上锁。你们去吧，我就不去了。”

陈舜看着赵楠，眼中包含感同身受的痛苦。他留在厨房陪伴赵楠，我和小希踏上漆成棕红色的木制楼梯。

二楼有四个房间，从东边数过来第二个是金莹的卧室，里面的家具都盖着防尘塑料布。塑料布的透明度不高，看起来灰蒙蒙一片。床上的两床被子也被罩住了，被子相当厚实，叠起来圆滚滚的，是冬被——是二〇〇八年那个最寒冷的冬天。

小希犹豫着要不要把塑料布扯下来拍个室内照。她抬头看看柜子，伸直胳膊够不着顶，扯下来容易，再挂回去就难了。我也觉得不动为妙，把金莹的东西全都暴露出来，有种打扰在天之灵的顾虑。

再往东那间是书房。这里没有防尘布，中间放着儿童写字桌——桌角圆润，可调节的桌面设在比较低的位置。写字桌左侧和后方的两面墙都是书柜，另有一把和写字桌不配套的椅子放在窗边。那是梁皓辅导作业时坐的椅子，我一眼就认定如此。他坐在这把椅子上，稍稍侧过脸可以正对金莹，回身望向窗户就能看见山海间。

小希拿出手机拍了几张照片。准备离开时，我们注意到内侧门把手上挂着一个卡通玩偶，和打火机差不多大。小希拿起来看，是只兔子，橡胶制的。她咕哝了一句：“奇怪，为什么是兔子，不应该是猫吗？”

“就算她养过猫，也不能什么东西都跟猫扯上关系吧。”

“也是。”

茶叶是一朵一朵的嫩头，打着旋儿往下沉。陈舜对着杯子拍摄几秒钟，然后下压手柄，手机镜头在阻尼的作用下匀速上抬，对准赵楠的脸。

“我做过几年护士，有一些护理、用药的常识，不过也不是什么了不起的本事，那段时间学校正好有规定，要开卫生课，校长和我丈夫熟悉，我就去了。后来就跟钱老师认识了。”

赵楠坐在沙发上，没有靠着后背，说话间右手偶尔翻起来打个手势。左手始终放在小腹前，我知道手腕内侧有一道疤痕。

我坐在沙发边座，从侧面毫不避讳地看她，以至于有些走神。她很瘦，脖子上有两圈横纹，除此之外看不出是四十五六岁的人。如果不是因为失去女儿，眼里的神采会让她看起来更年轻吧。

“钱老师是个明白人，看什么事都很透彻。他介绍梁皓来给小莹补课，我相信他。小莹在学习上有点困难，嗯……不是调皮捣蛋，智力也没有问题，她是思维习惯的问题，跟平常的小孩不一样。”赵楠下意识地看了一眼镜头，间接和我对视上了，她迟疑了一会儿说，“不过，她是个好孩子。”

小希真诚地点了点头。

“既然学校的课堂对小莹不起作用，不如让梁皓来试试看——钱老师是这么说的——梁皓是教育体系之外的人，他的思维没准能和小莹合拍。”

“那实际上呢？”

“从某种角度来看是这样的，金莹很信任他，喜欢和他待在一块儿。但是，梁皓总是把小莹当作成年人来对待，我觉得不太合适。”

“成年人是指……”

“就是让她按照自己的意愿行事，让她做她喜欢做的事情。平时说话的态度也像小莹是个大人，我一开始以为他不知道怎么和小孩子打交道，但他家里是有小孩的，五岁。小莹十岁，其实并没有太大区别，远远没有到自己做决定的年龄。学习不好就去画画，这应该不对吧，只有那么一点大的时候。”赵楠的语气中仿佛仍然留有当年的困惑，但更多的是叹息。她望向远处地板上的窗户反光，又说道：“现在回头再看，其实也说不清怎么样才是对的，或许……唉，也没有什么或许了。如果她现在在什么地方画着画，倒也挺好的。”

“那……可以的话，你能讲讲那天的事情吗？”

赵楠的视线移回小希脸上，她的神情并不抗拒，却有些茫然。

陈舜从相机后露出脑袋说：“你提问，让赵女士回答吧。”说完他对赵楠点点头，像是给予鼓励。

小希意味深长地看了陈舜一眼。

“听说，那天你的身体不太好。”

“是的……是的，连着发烧好几天，我以为好透了。”赵楠翘起嘴角，但刚浮上来的笑容倏忽间又消失了。

那天下午她在院子里扫雪，边上几户人家也都在扫雪，一面闲聊一面扫着倒也不觉得有什么，等回到屋子里才发觉情况不妙，身上越来越烫，额角的血管突突地跳。

“幸好不用做晚饭，平时做了也就我一个人吃。我一点胃口也没有，空腹吃了药，然后就坐在这里。”赵楠轻拍沙发座面，“我想休息一会儿，不知不觉就睡着了。”

“那时候是几点？”

“快七点的时候，我不太确定，也可能是六点半。怎么躺下来的，我一点印象也没有。”

“醒来已经十二点了？”

“十二点十分，我记得那个时间。”

我们跟随赵楠的目光，一起朝西面那堵墙上看，那儿挂着一个硕大的木框壁钟，已经停了。在看清楚指针方向的前一刻，我很害怕时间就停在十二点十分——幸好不是。

“那种药你是第一次吃吗？”

“什么？不，就是常见的感冒药，吃了容易犯困我是知道的，但没想到睡了那么久。”

“那么，你是等着邱丽娟把小莹送回来？那天路上的雪很厚，她平时是怎么送小莹的呢？”

“电动车。”

小希不再问下去，给对方一个空当。陈舜咂咂嘴，干咳了一声。

“小莹的事，说到底是我的责任。”赵楠再次坦然又悲凉地笑了。

“不，我并不是那个意思……”“千万别那么想……”小希和陈舜抢着说。

赵楠朝他们点头，眼皮缓慢落下，透着一种多说无益的疲惫。

小希喝下一口茶，继续提问，赵楠接着回答。后续的情况我们大致清楚，我期待从赵楠口中听到额外的细节，然而并没有值得注意的地方。

“时间一天天过去，我每天都在家里等，等一个人来告诉我小莹在哪里。那种感觉太难熬了，我坐在院子里，不敢进屋。好像只过了几分钟，天就莫名其妙黑下来了。以前小莹在的时候从来不觉得这房子那么空荡荡的，我想找点什么东西塞满每个房间……现在只要我回到这里，这里的时间就永远停在那一天。我躺在沙发上，睡着了，小莹正在路上，在一条别的路上。我受不了那个感觉。”

她抬起左手捂住脸，木珠串从手腕滑落到小臂，我看到了那条疤痕。形状像梭子，中间最粗的地方大概有一公分宽。我好奇是用什么才能把皮肤破坏成那个样子——一定不是锋利的东西。

小希也看到了。“这个，”她点了点自己的左手腕，“是那时候留下的吧？”

赵楠把左手放回大腿上，看得出来她有些在意。

“案子结束以后，你丈夫仍然在用自己的方式调查梁皓，好像还用了一些非常规的手段。”

“我不太清楚他做了什么。”

“后来梁皓承认是他从气窗送走小莹的，你觉得是这样吗？”

“……我不知道。”

“以你对梁皓的了解，你觉得他会做这种事吗？”

赵楠只是摇头，不知是真的难以判断，还是因为面对镜头有所顾虑。她和金齐山的姿态不同，我反倒觉得她相对理性得多。

“梁皓家里有小莹的指纹，他说，小莹之前去过他家里，大概是在失踪前的四五天。关于这件事你有印象吗？”

“这个问题警察问过我几次。梁皓家那么远，小莹要是去过我肯定知道。以前周末的时候，梁皓偶尔会带小莹出去散步，可能去过他家。可是那会儿梁皓还在这里做家教，绝不是小莹失踪前几天的事。”

根据钱老师所言，金家辞退梁皓是在二〇〇七年的春天，距离金莹失踪还有大半年。那时俞幼贞和梁湛还没有回娘家住，刘敏芳也还在，居家活动频繁，就算金莹真的到过梁皓家，她的指纹也不可能在茶杯和桌子上保留到二〇〇八年。

“小莹是不是养过猫？”

“猫？啊，对，有过一只猫。”

“那只猫出了什么事吗？”

“为什么这么问？”

“小莹好像跟同学提过几次那只猫。”

“是她从路边捡来的流浪猫，养了没多久。”

“后来呢？”

“我跟她约定，如果下一次考试成绩过得去，就把猫留下来。她答应得很爽快，但其实根本做不到。本来就不行，有了猫注意力更难集中了。后来我就把猫放生了。”

“在哪儿放生的？”

“附近的树林里。”

“……那是什么时候的事呢？”

赵楠胸口微微下陷，鼻息沉重。“已经是冬天了，就在她走丢之前没多久，具体我也记不清了。”

“我觉得……”小希思索着拖长尾音，“她应该很想念那只猫。她的书包上挂着一只铃铛。”

赵楠忽然想到什么似的，探身问道：“你是说，小莹是去找那只猫了，所以才走丢的？”

小希抿住嘴，她迟疑了。

“她乱猜的，你可别在意。”陈舜说。

说到这里，赵楠的手机响了，她欠身表示抱歉，走开去接电话。小希和陈舜互相瞪了一眼。等到赵楠坐回沙发上，先前的交谈气氛已经淡了。她拢了拢耳边的头发，说：“没关系，我只是从来没有往那个方面想。”

我们三个交换眼神，都表示暂时没有其他问题了。我收拾器材的空当，陈舜不停嘱咐赵楠，要勇敢对面生活云云。赵楠含笑跟出院子，目送我们上车。

“我说，你今天有点阴阳怪气。”

“嗯？”小希好像完全没料到陈舜会这样说，转过脸看着他，“有吗？”

“不信你问梦辉。”

我顿时不知所措，假装关注车窗外面掠过的飞鸟。

“怎么阴阳怪气了？”小希并没有理我。

陈舜不回答，过了一会儿说：“你是不是觉得赵楠是故意的？”

“什么……什么故意的？”

“金莹这小姑娘脑袋瓜不灵，自己妈都嫌弃——说不定啊，是金齐山跟别的女人生的——所以赵楠那天晚上故意睡过去，她知道金莹要去找猫，抱着一线希望，万一出了事，就可以甩掉这个累赘了。”

“什么啊？”

“这不是你的想法吗？我知道，你这人表面温柔可人，心里头小九九多的是。有想法挺好的，但是你在采访之前能不能跟我先沟通一下，我都不知道该怎么配合。”

“你神经病啊！”

扯了几句嘴皮子之后，陈舜败下阵来。“不是这样吗？不是你就好好说嘛……那你为什么处处针对赵楠？”

“我哪有针对她？按你刚才说的，金莹失踪是赵楠在搞鬼，那跟梁皓就完全没有关系了，脚印和指纹又怎么解释呢？”

“对啊，可不是嘛。”

“到底在说什么啊你，你是被赵楠给迷住了吧？”

陈舜歪斜脑袋，响亮地咂了咂嘴。“她那个样子，眼里全是哀愁，还真有杀伤力啊。”

“我的天哪！”小希仰起头翻白眼。

“说说而已啦，她可比我大了至少十岁。”

车里暂时安静下来。山海间逐渐远去，只剩一角从盐平山东头露出来。

“如果那只猫……”小希停顿了一下，让我们把注意力集中到她身上，“如果那只猫不是在树林里放生的呢？”

“什么意思？”

“假设是这样，赵楠在这一点上说谎了。她没有放生，而是把猫扔进河里了——出了门走几步就是寻安河——金莹知道了，所以她就会问别人，小猫咪会游泳吗……”

第十一章　噩梦

小卖部里的人有点多，梁皓放慢脚步，但有人已经看到他了，他只好低头走进去。

“是呀，找了一个又一个，已经第三个了，这男人倒不害怕。”

“嗯，嗯。”

店里安静下来，“嗯，嗯”就像暗号，表示有外人来了。

连老板娘一共一男四女，他们在说村里某个女人克夫的事。光凭这一两句梁皓是听不懂的，他听过很多次。最近半年，他每个礼拜来小卖部两三回，这样拼拼凑凑，能知道个大概，也能听到村里其他一些要紧事。

到了傍晚，在店门口扎堆聊天的人就更多了，尤其是天还热的时候，一人一张小凳、一把蒲扇，从吃过晚饭聊到九点。梁皓不是想知道什么要紧事，但他没法不把注意力集中在他们的交谈声中——那时他们说着他和俞家的长短，持续了半个多月。小卖部的位置在住宅区主路的拐角处，因此对于他们来说，梁皓是突然出现的。他们多数上了年纪，也可能是天色昏暗的缘故，每次都用孩童般的眼神追随着梁皓。他们起初懂得避讳，但沉默会一点点传递过去，传递的速度比梁皓的步行速度慢得多。梁皓不作停留，买了东西就走。几次以后，他们像是获得了某种试探下的准许，梁皓一来反而说得更有兴致。有人争论敏芳的病情，有人描述那天晚上东西被砸烂的巨响，还有梁湛眉毛上那条疤痕的由来，敏芳落水时的姿势……这些没人见过的景象被描绘得有模有样。他们一边说一边观察梁皓，期待他能回应点什么，好印证或推翻他们的猜测。

这些内容梁皓不是一次听到的，就像现在他们说的克夫女人的事一样。后来他便不在晚上出门了。

“这里就剩两罐了，你等等，我去里面拿。”老板娘要往里间去。

“今天要红酒吧。”

“红酒啊？”

“天太冷了，喝啤酒肚子痛。”

“哎，也是。”老板娘笑道，“大冬天喝啤酒不灵。黄酒嘛，黄酒好呀。”

“红酒吧。”

老板娘拿过货架上的红酒瓶，用抹布擦干净上面的灰尘。

梁皓又买了两包烟和一些零食，提着塑料袋慢慢往回走。这个冬天格外冷，他能看见自己的呼吸在眼前的空气中消散。

小卖部的生意很差，从货品摆放的位置变化就能看出来，买走几罐啤酒，下次来，空缺的地方还是那样。邻里都把它当集会所而不是买东西的地方，因为住宅区外的大路对面就有超市。以前家人都在的时候，梁皓只去超市，现在剩他一个人了，东西都一样，少走几步也是好的。

推开院门，视野中央忽然出现一团亮白色。金莹双手抱膝坐在主屋的台阶上，看见梁皓，露出虎牙笑了起来。梁皓一时间不知所措，好像进了陌生人家里。

“老师！”

梁皓转回身看了看。“你一个人来的？”

“嗯。”

她脸上红扑扑的，红色的部分集中在颧骨位置，还没来得及扩散到脸颊周围。梁皓猜她是一路跑来的。她穿白色羽绒服，手里提着帆布袋，脚下是一双新皮鞋。

“怎么了，出了什么事吗？”

她好像对梁皓的反应很失望，笑容淡下去，垂落目光摇了摇头。

“你妈知道吗？”

“嗯？”

“你来这里，你妈知道吗？”

她再次摇头。梁皓数数日子，今天应该是星期天。

梁皓从她身边走过，用钥匙开门。她站在台阶上没动。梁皓把门开得大一些，她跨进门槛，又腼腆地笑了。

袋子半透明，能看到里面的烟酒，梁皓快速把袋子收进柜子里。他缓了口气，在方桌边坐下来。

“跟妈妈吵架了？”

她低头想了想，说：“没，没吵架。”

梁皓把身前的椅子抽出来一点，让她坐下。她仰头打量室内，鬓角的发丝聚成一簇。仔细看她头顶，隐隐有白汽冒出来。

梁皓去衣柜里翻出一条新毛巾，走到金莹身后，拉开她的领子，把毛巾一头塞进脖子里。一股热浪从领口冲出来。

“你看你……自己把毛巾拉下去。”

金莹背过手从衣摆下伸进去，但是羽绒服太厚，够不着毛巾下端。她来回扭着腰，挠不到痒处似的，眼角也跟着往上扯。梁皓关上大门挡住寒气，让金莹脱掉羽绒服。

梁湛也有一块这样的毛巾，蓝色的，每次去野地里撒欢都要塞进后背，领口挂下一截，像个小海军。

梁皓倒了水过来，金莹捧着杯子一口气喝干了。

“你长高了。”

“嗯？真的吗？可我还是班里最矮的。”

“比以前的自己高，就是长高了。”

她不但长高了，脸也开始变得线条分明。以前，圆圆的脸任谁一看都说像金齐山，现在有了几分赵楠的影子。最后一次见她也只不过在八九个月前，孩子的变化真是不可思议。她说自己还是最矮的时候，又下意识地笑了笑。她不是个爱笑的孩子。她的笑容凉凉的，转瞬即逝，就像这个季节的风。

“这里面是什么？”梁皓朝帆布袋努嘴。

帆布袋落在地上，靠着椅子。金莹像是忽然想起来还有个袋子，左右找了找。

“是作业。”她把袋子里的东西倒在桌上，有本子、书和笔袋，“我已经……我已经做好了。”

“你来找我，是让我给你检查作业？”

“不是，不是的，我已经……做好了。”

梁皓看着她，发觉她的状况不大对劲，有些兴奋，同时又在走神。

“有人帮你检查作业吗？家里有没有请别的老师？”

“我现在每天去同学家里。”

“去同学家做作业？”

“是的。”

梁皓翻开她的语文作业本。最近的作业是抄写古文《伯牙鼓琴》的原文、注释和大意，还没有批。她的字工整秀气，笔画起止都有明显的停顿，看得出来是花了很长时间写的。梁皓印象中，这样认真的书写只在他头一回去她家那天见过。

再往前翻则是另一幅光景，所有字迹都很敷衍，好多甚至没有沿着横线写。老师在其中一页用红笔写着：端正态度！数学练习册的正确率倒是很高，但修正液的涂改痕迹到处都是。

“同学帮你改的？”

“我自己检查出来的。”

金莹撒谎的时候总是探出下巴，睁圆眼睛，说完还会不自觉地晃一下脑袋。梁皓觉得很亲切。

“我看到外面墙上那只兔子了。”她意识到谎言被看穿了，马上扯开话题，“已经很淡了，只有一点点，但还是被我发现了。”

“我想也是。”

她沉默了一会儿，望着通向二楼的楼梯问：“弟弟不在家吗？”

“他在外公那儿。”

“弟弟的外婆……弟弟的外婆去世了。”

梁皓吃了一惊。金莹是因为听说了这件事，所以才赶来这里的？敏芳走了已有半年，她多少能听到些什么吧。金齐山和赵楠仍然会在饭桌上谈论他吗？也许不一定要从父母口中听说，还有学校的老师。

钱云其来过几次，他当然不会提到学校里的流言蜚语，不过，有一个地方他改口了，他说找机会给你介绍生意。介绍的是“生意”，而不是之前一直挂在嘴边的“家教辅导”。他是无意识的，但也客观，梁皓对他只有感激。

或许金莹很早就知道梁皓有家人去世了，只是没有机会溜出来。

这么胡乱琢磨着，梁皓最终什么也没问，只是叹口气说：“是啊，弟弟的外婆去世了。所以外公需要人照顾，弟弟和他妈妈就住到外公家去了。小莹……”

“嗯？”

“你该回去了，我送你。”

梁皓收起书和本子，整齐地放进帆布袋里，然后提起羽绒服，撑开了举到金莹面前。金莹看着羽绒服的内衬，良久才把手臂穿进去。

住宅区没有围墙，走任何方向都能出去。金莹家在东北方，梁皓选择往西走，往西再过四栋房子就是马路，不容易被邻居看见。

天阴沉沉的，像没有云，又像有一整片云覆盖住目力所及的天顶。

“快考试了吧？”走了一段，梁皓问。

“下下个礼拜。”

“嗯，有同学肯帮你挺好的，你把错题的答案挡住，再做一遍。”

“老师，我可以来你家吗？”

梁皓的脚步慢了一拍，继续往前走。他猜到金莹会这样说。

“我不喜欢那个同学，还有她妈妈，我都不喜欢，我想在你家里做作业。”

“不行。”

“为什么？”

“……太远了。”

“我可以的呀，我走快一点，我认识路，我刚才自己走过来的。我妈去县里了，要傍晚才回来，她不知道的……明天我再来。”

“我没有时间，我还有工作要做。”

“我有钱，我带钱了。”

梁皓停住脚步，诧异地转过身去。金莹左手攥紧拳头从裤袋里拔出来，抓着成卷的纸钞，一张张拉直了。“你看，我明天还能再拿一点过来，给。”

梁皓接过纸钞，仔细叠整齐，再对折。他的动作很慢，这段时间里，他让自己的情绪平复下来，随后蹲下身把钱塞回金莹口袋里。他没有马上站起来，抬起下巴看着金莹。

“考试尽力就行，学习不好其实也没有那么糟糕。你现在长大了，会冒出很多奇怪的想法。但是，不要做爸妈不允许你做的事情，能明白吗？”

金莹呆呆地凝视梁皓的眼睛，没有点头。

“把钱放回去，哪里拿的就放回哪里。你要是再偷偷来找我，我们就不是朋友了。走吧。”

走了快一个小时才到达倚山别墅，梁皓不打算靠近金家，站在木桥上朝前摆了摆手。

一路上金莹没有再说过话，这时她走到桥的另一头，忽然开口问道：“老师，你知道小猫会游泳吗？”

“什么？”

“他们都说不会。”

“大概是这样吧，我也不知道。”

“老师你喜欢猫吗？”

梁皓不知道该怎么回答。

“你要是看到一只三花猫，鼻子这里是黑的，就这里。”她用手指在自己鼻翼右侧画了一个圆圈，“很丑的猫，你要是看到了，你一定要告诉我呀。”

梁皓犹豫着是否该多问一句，金莹已经走远了。她可能习惯了梁皓的迟疑，不愿再等待答复了。

在梦里，梁皓见到梁湛了。

梁皓推开半掩的院门走进去，院子里一片空荡的灰白色，是幼贞娘家的院子。主屋的门开着，敏芳从房间里走出来，穿过客厅去厨房。梁皓想跟过去看她一眼，他走进屋子，发现梁湛坐在沙发上，右臂抱着膝盖，正在很认真地看电视。

他已经是个少年了，十四五岁的样子，头发理得很短，面庞棱角分明。因此梁皓知道，这是梦。

敏芳和俞耀宗的声音从厨房里传出来，他们在争论着什么。慢慢地只剩俞耀宗一个人的声音了，他开始哭泣，从呜咽变成哀号，他哭着挽留敏芳，好像敏芳正在他面前死去。

梁皓在原地站了一会儿，等厨房里安静下来，他对梁湛说，出去走走吧。梁湛盯着电视机没动，他可能在犹豫，也可能是要看完这一段。稍后，他放下膝盖，穿好鞋，跟着梁皓一起往外走。

到了外面，梁皓向四周望了望，这里本应是田间小路，却变成了自己家所在的住宅区。那就是说，梁湛已经有十年没走过这条路了。这是一个阴天的傍晚，没有什么比阴天的傍晚更让人寂寞，有梁湛陪在身边，梁皓觉得很庆幸。

他们走过住宅区入口的杂货店，梁皓说，这家店的东西都过期了，店里总是有很多人在说话，但是他们从来不买东西。梁湛点了点头，说，我知道。

他的嗓音处在男孩和男人之间，声带的震动频率很低，而且很吃力，好像因为长时间的嘶吼受了伤。

他们来到马路上，风打着旋儿把碎裂的落叶卷起来。走了一小段，梁皓看见了路对面的轮胎店。这家轮胎店是什么时候在那儿的呢？梁皓开始思考这个问题，可以确定的是，梁湛小时候还没有。他忽然感到非常害怕，他怕梁湛会注意到，然后问为什么从来没见过这家店，他解释不了。

梁湛长大了——是啊，他已经有那么久没有见过梁皓了。他就像昏睡了十年，而自己没有察觉。一旦察觉，他就会变回五岁的孩子，这个梦就结束了。梁皓不想就这样结束。

梁皓越来越紧张，在马路的另一边寻找可以分散注意力的东西，好让梁湛的视线转过来。

可是梁湛忽然这样说道：很久没有看到那个小女孩了。

喏——他伸直胳膊指向轮胎店——就是这家店里的小女孩，她以前总是坐在轮胎里，两个轮胎叠起来，她把脚伸进去，就这么坐着，坐在那儿吃酥饼。

梁皓愣了愣，但很快感到释然。他看见阳光从云的空洞里漏下来，把视线尽头的雾照亮了。原来一直昏睡的人是他自己。这样挺好的——他对自己说，即使没有父亲的陪伴，梁湛也能过得很好。他没有错过什么，不用再担心了。

这时，幼贞从前方走过来，她穿着黑色的衣服，影子却是淡紫色的。她走到梁湛身边耳语。于是梁湛转过身，跟着幼贞走了。

梁皓继续向前走去。他的家明明在来路上，在幼贞和梁湛的方向，他却要去往一个陌生的地方。他觉得没关系，此情此景是梦境而非现实的感觉越来越强烈，他觉得自己就快醒了。就在这个时候，路边的草丛颤动了一下，钻出一只猫来。

这是一只还没有成年的三花猫，它的嘴边有块黑纹，连着鼻头一块儿染黑了。它在离梁皓三四米远的地方坐下来，睁大眼睛注视梁皓，前腿笔直地并拢在一起。云正在散开，大地越来越亮，猫的瞳孔随之变窄。等到变成两条细缝时，它忽然转身甩出尾巴，只蹿了一下就不见了。

梁皓就这样醒了。他是趴在书桌上睡着的，台灯开着。他推了推鼠标，电脑屏幕亮起来，时间显示二十点四十二分。他只睡了半个小时，还不及梦的时间长。

为了赶制一个舞台背景的设计稿，他已经有三十多个小时没有睡觉了。客户的年会明天彩排，后天正式上演，可能赶不及了，但如果再不睡觉，梁皓觉得自己的身体会突发异常状况。年关将近，这几天同类型的项目他连续接了四个，只要客户守信，这些酬劳够他一个人花上大半年。

他走进卧室躺下，一闭上眼就感觉整个房间在旋转，只好再睁开。刚才短暂的睡眠让身体的疲劳感紊乱了，他困倦不堪，却怎么也睡不着。胸口好像陷下去一个坑，让他不由自主地蜷缩起来。

小莹说，如果看到那只猫就一定要告诉她，不知道梦里看到的算不算。

躺了足有一个小时，反而越来越心慌，梁皓决定去阳台上透透气，那儿有一把幼贞从娘家带过来的旧藤椅。

夜空是纯净的黑色，没有星星和月亮，一片雪花也看不见了。冰冷的空气让他感觉好多了，他感到梦里的悲伤正在消解，从他的身体里飘出去。栏杆上隆起一条白色的雪线，梁皓伸手截断，拢住手掌朝一边划过去。

住宅群之间的路灯每隔十几米才有一盏，灯罩把它们的照射范围控制在极小的区域。尽管还不到九点，亮着灯的人家已经屈指可数，梁皓甚至看不见他的呼吸化作白汽的样子。被黑暗包裹的感觉真好。

于是，他去厨房拿了红酒和杯子，回到阳台，坐在藤椅里一边喝酒一边等待睡意降临。

雪是从昨天上午开始下的，一直到今天中午才停。梁皓从没见过那么大的雪，那些雪片就像拥有自我毁灭意识的生灵，奋力冲向地面，纯白的尸体就这样一层层堆积起来。今天下午全村人都在路上扫雪，现在，他透过阳台栏杆间的空隙，看到路灯下的地面呈现出湿润的黑色。积雪已经被清扫干净了。

他发现自己躺在床上，是在被一阵凶狠的拍门声吵醒以后。天已经亮了，有人在楼下喊“开门”，而且是好几个人。他撑起上身坐了会儿，试图弄清楚眼下的状况。门板好像要被拍碎了。

酒劲还没有消，梁皓手扶栏杆，摇晃着走下楼梯，心脏狂跳起来。他觉得是梁湛或者幼贞出事了，昨晚的梦是某种预兆。

打开门，只见廊檐下站着四男一女，这些人都有些眼熟，但想不起来在哪儿见过。他们的脸被冻得通红，鞋子和裤管上沾着雪。女人嗅了嗅，用手背挡住鼻子，眉毛紧紧皱起来。

“小姑娘在哪儿，她在里面吧？”有一个人这样问道。

梁皓没有听懂这句话。问话的人见他没反应，抬脚跨进了门槛，其他人跟着一起冲进来。他们扫视了一圈，然后从客厅里四散开去，钻进客房、厨房和卫生间。那个女人则走到楼梯前，她再次狐疑地瞥了梁皓一眼，似乎在犹豫要不要第一个上楼。

“你们要干什么？”梁皓伸出手，就在女人跨上台阶的同时攥住了她肩膀。

女人像被蜇到似的惊声尖叫，挣脱了往上跑。梁皓下意识地抓住她的手腕往回扯，女人眼看要摔倒，梁皓从她身后抱住了她。

四个男人闻声冲过来，其中一个推了他一把，另一个从后面用胳膊勒住他的脖子，剩下两个七手八脚地拧住他的手臂，死命朝反关节的方向拽。梁皓的膝弯被踢中，他跪倒在地。他想站起来，但全身使不上力，脑袋顺势往后撞去，撞到了身后那人的牙齿，那人闷哼着退开了。紧接着，梁皓感到右脸被甩了个巴掌，掌心正中耳朵，他听到有东西在耳道里炸裂，然后变成了悠长的金属切割声。

这时又一个男人从门外走进来，五十岁上下，穿着制服，他是个警察。梁皓刚刚感到宽心，却见警察摸出亮闪闪的手铐，把他反手铐了起来。

“人在哪儿？”警察蹲下来问。

“……你说什么？”

“金莹在哪儿？”

梁皓听清楚了，但他觉得自己听错了，于是又问了一遍。

警察呼出一口气，站起来对其他人说：“大家别愣着，找人，能藏东西的地方全找一遍，张师傅，帮忙看着他。”

他和另外四个人全上楼去了。张师傅体格健壮，闷声不响，只是一个劲儿摁着梁皓的脖子，不让他站起来。

梁皓扭头望向院子，雪地上满是凌乱的脚印，这些脚印大多分布在院子的东西两边，而在院子中央，一条南北方向的脚印尤为清晰，就像刚才有谁在众人的围观下穿过院子。

梁皓的视线角度很低，他分辨不出那条脚印的方向，但可以确定的是只有一组，而且不像是成年人的脚印。

过了大约十来分钟，几个人陆续下楼，他们什么也没找到。交换过眼神后，一个带头的转出门外，其余人也跟上，听脚步是去了仓房。紧接着，隔墙传来翻动杂物的声响。

等他们掸着手回到主屋，警察也从楼上下来了。他一边踱步踩下阶梯，一边打电话，调派警员过来帮忙。

挂掉电话，警察走到梁皓跟前蹲下来，伸手搭住梁皓的肩膀。

“你喝酒了？昨天晚上在家吗，家里其他人呢？”他拿出证件，打开给梁皓看了一眼。他是镇上派出所的民警，姓名栏写着：罗显章。

罗显章说，昨天半夜有人报警，报警人的女儿走丢了。现在派出所和村委的人都在找那个女孩。他领头的队伍走得最远，刚才经过门口，看到院子里有脚印。

"报警的人是金齐山。"他补充了一句，接着说，"情况就是这么个情况，希望你是清醒的，能听懂？我们找了一个晚上，现在已经很累了，麻烦你配合一下，不要浪费大家的时间。当然，现在还不能证明脚印就是那个孩子的，不过我想应该快了。如果你觉得不是，我想听听你的说法？"

"我不知道，我没见过金莹。昨天晚上我一直在楼上房间里，家里就我一个人，没有人来过。"

"金莹……你认得那个女孩？"

"你刚才提到她的名字了。"

"是吗？"

"是的，我也确实认得她。"

院门外有交谈声，邻居们注意到这里的异常了，警察出去把邻居轰走，关上了铁门。他没有马上回来，而是眯着眼观察房子。他剃寸头，两鬓泛白，但身材匀称，举手投足不像是上了岁数的人。

不知是谁找出了梁皓的身份证，捏着走下来。屋子里的人一个个弯下腰来看梁皓的脸，确认身份证与本人是否相符。

"啊——梁皓，我知道这个人，我知道他！"

"他丈母娘去年死了，跳河死的。"

"作孽啊，都这把年纪了，怎么就想不开了？"

"不知道，有说是精神病的。"

"对了，我想起来了，他好像给金莹做过家教，是他吗？应该就是他。"

"你又知道？他还会教书？"

"去过学校面试的，错不了，我舅姥跟我提过这事。"

"你舅姥……"

"岭阳小学做班主任的呀。"

"梁皓……哎！我来过这里，我来过的，我说这个地方怎么那么熟悉。"

“你来这里干什么？”

“就是那个呀，小薇，阿艳的姑娘，你忘记了？小薇出了事，我陪阿艳来这里的。”

“哦——那就是说，他们说跟小薇很要好的男人，就是他？”

“喂，你这个家伙，你做家教就做家教，她才那么一点点大——你是不是心理变态？问你话呢！小姑娘去哪儿了？”

“先不要乱讲，警察会来验脚印的。”

“怎么乱讲了？不管怎么验，脚印总归是脚印吧，那可是人的脚印，不是猫猫狗狗的脚印，猫猫狗狗还可以宰了炖了，人呢？”

“你在说什么鬼东西啊？我的妈呀……”

他们被其中一人的揣测吓到了，不约而同地沉默了。

女人喘着粗气倒在沙发上，立刻有人喊：“别坐！这里的东西不要碰，刚才就关照过你们，手套别摘下来。”

“我受不了了，我要晕倒了。”女人蹲到沙发边上，捂住额头抱怨，“你刚刚睡醒，你舒服，我找人找通宵，这么冷的天，整个村子从北找到南，林子里的雪那么厚，我鞋子里全是水，脚趾头没有知觉了。找一个通宵啊，你倒试试看！”

罗显章走回来，找了四把椅子搬出去，挡在孩子的脚印和院门之间。除了负责控制梁皓的张师傅，其他人全都站到院子里，守在那条脚印两边以防万一。不多久，罗显章打开院门走了出去。门口人头攒动，半数人穿着警察制服，梁皓还看见了金齐山和赵楠，他们被罗显章拦住了，没有闯进来。

在审讯室里坐了大约一天一夜后，在一月二十三日的下午，梁皓见到了律师。

他是根据刑警们的活动特征来判断时间的——脸颊红润、嘴唇泛着油光是刚吃过饭，他就知道现在是午后，接着是傍晚；面色苍白则是刚刚睡醒，那大概就是第二天到了——他的随身物品都被没收了，审讯室四面白墙，没有窗，也没有钟。

不知道时间的等待是一种折磨。他们给他吃饭、喝水，但不让他上厕所。他提了两次，可他们就是晾着他。他再喊，就有人进来问：女孩在哪儿，想起来了吗？

于是梁皓明白了。最后送进来的面条搁在桌上没动过，吸干了水，粘成一块疙瘩。他决心不再吃喝，直到行动自由。可能需要一天或者两天，他觉得他能挺过去。这些身体上的痛苦不算什么，真正煎熬的是未知的等待，人如果丧失了对时间的把握，焦虑会使身体不由自主地晃动起来，像是要借助一种频率来找回时间流逝的感觉。

律师很年轻，三十出头的样子，在灰西装外面套了一件棉大衣。他说："我姓孙，是你母亲的朋友。"他坐到梁皓对面，没有脱大衣，公文包就放在腿上。

"很抱歉现在才过来。你母亲昨晚找到我，不过我需要等一些结果出来，做好充分的准备再决定接不接案子，这是我做事的习惯，希望你能理解。很遗憾，现阶段你能会面的人只有我，所以没人能证明我的身份，如果你有所怀疑，你也可以保持沉默。那么……"

"已经找到了吗？"

"嗯？"

"警察找到金莹了吗？"

孙律师看着他，然后摇了摇头："没有。"

"……我什么时候能走？"

"马上。不过，是去看守所。"

梁皓困惑不已。"为什么？"他听见自己的声音在颤抖。

"他们可以延长拘留期限。"

"我问的不是这个……"

"现在情况有些复杂。脚印已经确定是金莹的，你家里有她的指纹。"

"那又怎么样？她一个礼拜前来过，指纹是那个时候留下的。"

“我知道，是的，一个礼拜前来过。”孙律师大幅度而又缓慢地点着头，像是在重复而不是认可，“但问题在于，她出不去，你明白吗？脚印只有进去的，窗户都关着，除了你，没有人有机会作案。”

“这些警察已经说了好几遍了，我不明白，孙律师，我不明白，我什么也没做。我感觉有人故意害我，但好像又不太可能。”

“确实，老实说，我没见过那么离奇的事。”

“警察现在到底是怎么考虑的？”

孙律师没有回答，转而问道：“那时候你喝酒了？”

“是的。”

“有没有可能是这样，你确实做过什么，但是自己不记得了？”

梁皓笑了。

“好吧，我有数了。”孙律师调整坐姿，用指尖点了点桌子，“你也不用太担心，如果没有确凿的证据，最多两周你就能出来。”

梁皓低头看着自己的膝盖。

“我家里人怎么样？”他问。

“他们没事，父母有时候比你想象的冷静。晚些时候我会去找你妻子聊聊。”

“……谢谢。”

“好了，时间差不多了。后面的事情你听好：一会儿他们会先带你去医院做尿检，常规程序而已，看看有没有吸毒，然后拍照，拍完送看守所。你待的地方是新收监舍，里面都是刚进来的人，一般都比较老实，就是人多，你忍耐一下，十多天很快就过去了。总之，让你干什么就干什么，你心态放平，即便你真的是无辜的，也不要觉得被冤枉了，这不是坐牢。最迟明天下午，我会去看你。”

他站起来朝梁皓伸出右手。梁皓戴着手铐，只能两只手一起举起来跟他握手。

孙律师走后没几分钟，两名警察把梁皓带上了警车。雪不知什么时候又开始下了，纷纷扬扬。梁皓看见他的父母亲、幼贞和钱云其撑着伞守在路旁。四个人一起朝大门靠近，被站岗的保安拦住了。他们相互推搡着，母亲的肩膀撞在遮阳伞的支杆上，伞面上的雪块震成粉末飘落下来。

警察摁住梁皓的头，把他塞进车里，后排座两边有白色的窗帘。

看守所在三塘县的北部郊区，周围有许多工厂，翻斗车来来往往，路边的雪是灰色的。

警察推着梁皓往里走。监舍外的活动场地被圈在三层楼高的铁网里，里面的人穿着蓝色的囚服。有人朝梁皓的方向抬了抬下巴，他周围的同伴便都看向梁皓。他们都顶着一头雪花，面无表情。

警察带梁皓绕过场地进入大楼，穿过了四五道门，来到大厅登记处，梁皓按指示填表、按手印。送他来的两位警察回去了，负责接手的狱警把他带到一个大房间里。房间里有个老头，老头说，身上的东西都拿出来，梁皓说没有。老头说，脱衣服，都脱了。梁皓脱衣服时，老头从身后的柜子里拿出一个脸盆，里面有最基本的生活用品，牙刷只有头，没有柄。此外还有一套衣服和带号码的背心。老头仔仔细细检查了一遍梁皓的身体，然后推开房间角落的一道门，说，进去。梁皓伸手去拿衣服，老头喊：光着进去。

门里面是一个狭长的小房间，墙和地面都贴着瓷砖，老头拿起挂在钩子上的皮管，拧开龙头，对着梁皓冲水。梁皓闻到一股消毒液的味道，他下意识地用手遮挡水流，幸好，水是温的。

监舍和教室差不多大，两排通铺上坐满了人。梁皓捧着脸盆走进去，他发现通铺最南边还有一张床是独立的，床上坐着一个五十来岁的男人，正朝他招手。梁皓走过去，男人就把梁皓手里的东西全收走了，只还给他毛巾。因为毛巾刚才用来擦干身体，已经湿了。随后，男人从他的床底下取出另一套递给他。东西一样不少，但都是旧的，杯子泛黄，牙膏和肥皂只剩小半。

男人朝房间一侧的人挥手，大声喊，朝里面挤一挤！这些人拽着被子和枕头，稀稀拉拉地往南边挪，给梁皓留出一个靠近门口的位子。

可能是人多的关系，梁皓并不觉得冷。过了一会儿，男人又扔给他一本手册，让他背熟了，三天后背给他听。男人问，犯了什么事，梁皓说，我也不知道。男人仰头大笑，他说，一日三餐，上午下午各有一次放风时间，每周二和周五可以去小卖部买东西——如果家人存了钱的话；新收监舍的人不用劳动，白天听课，晚上睡觉，日子很好过，有人为难就向他汇报。

“不管你在外面多横，进来了只能守规矩，你可以叫我老李。”他拍了拍梁皓的肩膀，回自己床上去了。

所有的一切都给梁皓一种错觉，他将在这里度过漫长的岁月。不得不说，孙律师给他的忠告很有用。

晚些时候，狱警送来了被褥和枕头。梁皓窝在被子里看手册，一个字也没看进去。手册条目并不多，三天背完很容易。于是他又不由自主地陷入了思考。

第二天吃过午饭，狱警把他带进会见室，孙律师已经坐在桌子对面等他了。

“昨天不方便多说，我希望你接下来说的都是实话，这里不会被监听。后面那个家伙你不用管。我问你，还有没有别人？”

“别人？”

“你有没有同伙？”

“同伙是什么意思？”

“警察开始搜山了，河里也捞过，还是找不到人，如果没有另一个人带走金莹，凭她自己是不可能走那么远的。”

“我不知道有没有另一个人，就算有，他也不是我的同伙。”

孙律师目光如炬，凝视梁皓的眼睛，过了许久，他放松面颊点了点头。

“目前比较有利的一点是，警察没有在你家里找到金莹遇害的痕迹。根据我的经验来看，现在找不出来，以后找出来的可能性微乎其微。你只要坚持你的说法——没见过人，他们暂时还不能起诉你。”

“坚持？为什么要坚持？我说没见过金莹，不是我在坚持什么说法，事实就是这样！”

孙律师摆了摆手，说：“你不用跟我强调这些，我是不是相信你，跟我后续要怎么做没有关系。你母亲托朋友找到我，我接受了她的委托，对我来说这就是工作，我的工作开始了，我是个有职业素养的人。说句不好听的，梁先生，你还有你母亲，你们一家是什么样的人，我完全没有概念，我是凭客观认知在做事，理解我的意思吗？你现在在这儿跟我较劲，一点意义都没有，重要的是我们接下来应该怎么做。”

他缓了口气，见梁皓不应声，继续说道：“除了刚才说的‘坚持’，还需要一点补充：金莹是从仓房的气窗出去的。”

“警察说气窗锁上了。”

“是啊，你锁上的。”

“什么？”

“你出过门，没有走到院子里，但是去了仓房，你想起来要用个什么工具——随便说一个就行——然后你发现气窗开着，于是顺手就关上了。”

“我没有出去过！我工作和睡觉的房间都在二楼，我连楼梯都没下去，怎么去仓房？”

“照我说的说，这样没有坏处。我今天来找你，主要就是这个目的，你得把这段供词改过来，不这样说的话，案子可能会拖很久，不管能不能找到金莹。”

梁皓把额头埋进臂弯里，孙律师耐心等待着。

“你去我家看过吗？”梁皓抬起头来说。

“整个上午我都在那儿。”

“那扇气窗的位置比我的人还要高，仓房里没有架子桌子这些东西，金莹上不去的。”

“上不上得去，这个问题丢给警察考虑，跟你没有关系，你只说你去过仓房，你关了窗，就这样。”

"这不是胡扯吗？"

"这不是胡扯，这是策略。"孙律师前倾上身，加快了语速，"你听我说，我也很好奇真相，但是对我们来说，当务之急是保证你能从这里出去。你不改供词，结果会怎么样我心里没底。如果你连自由都没有，真相就没有意义。"

梁皓转过头看着窗外，雪仍然在铅灰色的天空下飞舞着。这扇窗户很高，就像仓房的气窗。

"梁先生，梁先生？你能听到我说话吗？"

"金莹是个很特别的孩子。"

"……你在说什么？"

"我和她相处了八个多月。她没有朋友，也没有人关心她在想什么。如果我为了自保说谎，我就感觉，她是一个跟我毫不相干的人。那天晚上，在我家里一定发生了难以想象的事情，我不说实话，会影响警察的判断，万一因为这样错过了找到金莹的时机……你不是我，甚至还在怀疑我，所以你不会这样考虑。我说实话就会被判有罪？我不信。我不会改供词的。"

第十二章　盐平山

水泥小路的颜色很深，是新铺的，附近几幢民居的外墙干净白亮，反射着明晃晃的阳光，房子的结构却很老旧，斜顶上盖着青灰瓦——这一带不久前翻新过了。好多人家都在阳台上挑出竹竿，套着国旗。偏远的小村子看似被遗忘了，村民们自己却努力维护着体面，生生不息。

路两边的梧桐树朝路中间生长，枝叶相连，架起一条透光的拱顶。它们不是一味地向阳生长，仿佛知道路在哪个方向，有意识地给予行人庇护。如今在城市里，梧桐树已经不多见了。

我们把车停在谭村长家门口，村长夫人出来迎接，说房间已经收拾好了。她打量着小希，笑眯眯的。

今天是十月三日，我来革马村的第七天，也是我们投宿莲花招待所的第四天。小希在车里闷了三个晚上。每天一回来，我和陈舜就先找地方吃饭，房间暂时给小希用。她洗完澡洗衣服，把衣服晾上天台，然后吃我们给她带回来的盒饭。房间太小，三个人待久了尴尬，她通常在七点多便独自回到车里了。

早上去采访赵楠之前，小希说她坚持不下去了，车窗开了有蚊子，不开憋得慌；越野车的空间虽然大，座椅还是比不了床。她逼陈舜想办法，否则就退出不干。陈舜说把房间让给她，两个男人挤车里。我不知道如果小希答应下来，他会不会真的这样安排，幸好小希说，死过人的地方打死也不敢过夜。

小希不是个爱抱怨的人，女孩子在外奔波自有不便。我想象她在夜晚透过车窗看到的景象，周围是空旷的石子地，招待所门口的路灯又小又矮，只能照亮路灯下的地面，形成一束锥形的光，远远看去好像要上演吓人的舞台剧。

陈舜想了想，在这个地方有能力并且有可能愿意帮忙的人，只有金齐山和谭村长。他有点怕金齐山，而且接受他的帮助会无形中增加我们的工作压力，于是就找了谭村长。

陈舜说，小姑娘有点娇气，住不惯镇上的宾馆。谭村长很为难，说最近开发区大量招工，村里的公房都租出去了。陈舜又磨又绕，谭村长终于听明白了，吞吞吐吐说自己家里还剩一个小间，小姑娘一个人暂住几天的话倒也可以。

这时候谭村长不在，去礼堂出席旅游开发研讨会了。村长夫人端出茶水和果盘，问我们目前的拍摄进展。她对我们的情况很熟悉，问进展只是没话找话。她的殷勤之下透着一股轻巧的不屑，好像我们做的事是在哗众取宠，必然搞不出什么名堂来。可以想象谭村长平时在老婆跟前是怎么说道我们的。

聊了一阵，村长夫人把我们领向房间。房间靠北，说是“小间”，看着也有二十来个平米，比莲花招待所的房间宽敞，也干净多了。村长夫人让我们等老谭回来一起吃晚饭。等她走开，陈舜作势就要往床上躺，小希一把推开他。

我拿出电脑，把上午采访赵楠的视频拷进去。陈舜和小希继续讨论关于猫的问题。我默默思考着，没有发表意见。

如果真像小希所猜测的那样，猫被赵楠扔进了河里，这跟金莹失踪会有关联吗？金莹养猫的事情发生在梁皓离开她家之后，梁皓应该没有见过这只猫，如果非要扯到一块儿去，倒是可以这样假设：金莹对生死未卜的猫念念不忘，她去见梁皓就是为了让梁皓帮她把猫找回来，结果却发生了意外。

但这样假设并没有实际意义。假设可以有千千万，每个人都有执念和寄托，如果遭遇不幸就与此相关，这未免太钻牛角尖了。

“喂，喂！过来看。”陈舜半个屁股坐在窗沿上，左手横握着手机。

我和小希围了过去。他的手机上是一张照片：一个衣衫褴褛的男人和一个四五岁大的小女孩面对面，男人蹲着，伸出双手，正要去接女孩递给他的一块酥饼。背景是几间店铺模样的平房，往来的人群穿过镜头和两人之间，因为虚焦和运动模糊的关系，恰如其分地包围着画面中央的两人。男人脸上满是污垢，但皮肤紧绷，还是个年轻人。阳光照在他头顶，仿佛这片温暖也是小女孩给予的。

“这是什么？”我问。

“冯佑刚刚发来的，拍得真不错。”

我想起来了，采访冯佑时，他说过回去后会把梁皓当年拍摄的那张引起风波的照片发给我们。这个给乞丐酥饼的女孩就是李薇。她穿着红棉袄，手背肉嘟嘟的。

我坐回电脑前，眼里还残留着照片的影像。我开始发愣，接着产生了一种微弱的似曾相识感，但一下子又摸不着相识的是什么。

“那个，我再看看。”

我又走到陈舜跟前，看着他重新点开的照片。这一次我的注意力集中在乞丐脸上。

“我怎么好像……见过这个人。”

“哪个？这个？”陈舜用指甲尖戳了戳乞丐，“不会吧，这可是十五年前的照片。”

“十五……年前？”我并不是真的在提问。

“可不是嘛，梁皓刚来革马村的时候拍的，二〇〇二年，没算错吧？”

忽然间，我的脑中走过一道电流，仿佛看到漫长的时光在乞丐脸上留下如同枯叶般的痕迹。

“是那个人！”我大喊出声，“他是……是招待所里死掉的那个人！”

小希闻言蹦过来。一时间，三个人的手都抓住了陈舜的手机。

折弯脖子的脸是正对着我的，脸上是惊惧；而此刻的照片上只有侧脸，脸上是悲伤。两张脸相隔了十五年光景，我自己也摸不着头脑，为何认定它们属于同一个人。

“我就知道！”陈舜猛地甩动手指，“果然是这样，我早有预感，两件事情是有关联的，是有关联的呀！等等，让我想想到底是怎么回事。”

他开始在房里绕圈子走，嘴里念念有词。“李薇死了，这个叫花子认识李薇——认识吗？假设就这样认识了，李薇的死跟叫花子有关系，这么说的话，梁皓也认识李薇，所以梁皓和叫花子认识，李薇的死跟他们都有关系！现在叫花子死了……把他弄死的人，会不会是梁皓？那个逃掉的凶手是梁皓？！”

我脑子里的电流消失了，现在像绳子打了结。

我们乱了好一阵子才冷静下来，商量接下来该怎么办。小希认为应该马上把情况告诉汪磊，要靠一张十五年前的照片查明死者身份，不借助警察的力量是在浪费时间。我表示同意。陈舜有些犹豫，他担心警察会阻止我们跟进拍摄，但最后还是妥协了。

第一个电话直到忙音也没接起来，第二个才打通。

“汪警官，我有重要线索，我手上有一张照片，那个死者的身份——招待所那个……对，是的……这个目前还不清楚，你听我说汪警官，这照片就是梁皓当年拍的……啊，怎么回事？喂？汪警官你在哪儿？”

陈舜的眉毛缓缓往上挑，紧接着突兀地挂掉了电话。

“走，走了，快点。”他朝我们挥手，同时拉开房门向外走，“赵楠的视频拷完了吗？拷完了就清空手机，准备拍摄，路上弄吧，赶紧！”

“去哪儿？”

“盐平山，就那个垃圾场。汪磊在那儿。”

“什么意思？”

“折断脖子那个家伙十有八九就是垃圾填埋场里捡破烂的，上车再说。”

我走下车，在午后的阳光里眯眼四望，想起了初中的学校。那时的操场还没有改建，煤渣跑道围着沙土，干燥的天气里，我们都沉浸在黄色的沙尘里上体育课。

盐平山脚下的这块空地有两个操场那么大，隔开西边的公路和东边的填埋区。南北两边是绿得发黑的树林，北树林前有一排红砖房，门帘子都撩起来卷在铁丝上。这会儿，拾荒者们被喊出来，在空地上集合。问话的警察有四个，他们就排成四列，轮流接受盘问。

现在正是温度尴尬的季节，有人穿汗背心，也有人穿毛衣。我看到一个女人背后的布包里兜着孩子，她脸色蜡黄，皮肤上有汗水粘住的沙粒。她可能刚从垃圾堆上滑步走下来，鞋带上挂着饮料罐的拉环。

陈舜走到汪磊身边，却找不到打招呼的空当。汪磊拿着本子，正在听一个老头说话，随后朝侧边挥了挥手。老头走开，下一个再上前来。

走开的人并没有散去，仍然围在旁边观望。队伍乱了，汪磊指着稍远处的地面喊：问完话的站这儿！捣乱的带回去！

我拿出手机准备拍摄，汪磊背后长眼似的，从二十米开外向我投来冷峻的目光。因为距离太远，我甚至不确定他是不是在看我，但还是吓坏了，胡乱点开一个图标，假装看消息。我正要把手机塞回裤袋里，听见小希在身后轻声说：“放上面。”

我看向她，她拍了拍自己左胸口。我低头一瞧，便侧过身，偷偷点了录制键，把手机背朝外插进衬衫胸袋。摄像头正好露出袋口。

陈舜已经和问完话的人群混在一起了。汪磊的三个部下各自忙着，朝他喊了几句，陈舜脸皮厚，假装没听到。我和小希走过去和陈舜站到一块儿。拾荒者们都是外乡人，好些话我听不懂，但没有大碍。他们愿意说，一个人还没说完，另一个人马上接过话头补充，说着说着，他们相互之间争论起来，我们三个反而被晾在一边。

这儿有个叫阿海的人，连着两天没见人影。

收成好的时候，阿海会去村里的小饭馆喝酒，喝多了就在路边躺到天亮；收成不好的时候，他也像那些因为年长而失去竞争力的拾荒者一样，去远一些的集镇上翻垃圾桶，有时因为走太远，赶回来不划算，就在当地的收购站附近过夜。

拾荒大队里暂时少个人，并不会有人惦记。但是阿海不一样，他有追随者。追随者在阿海的带领下争夺资源，在这个环境中立足。阿海似乎是个蛮横霸道却讲点义气的小头目。已经问完话、聚到这边来的人越来越多，我能从他们的话语中感受到各种姿态，有几个幸灾乐祸但不敢多言，有几个好像死了兄长一样悲愤交加。一方小小的垃圾填埋场，竟也讲究“阶级”和“阵营”。

到了第三天早上，阿海的手机还是打不通，有人慌了，去派出所报案。民警给报案人看照片，照片上是在招待所里折断脖子的男人。报案人说，这个人就是阿海。

“咋死在那种地方，被人杀掉的哇？”

“脖子断咯，这样断咯，这个样子。”

“你看到了？”

“警察有照片。”

“咋个电话莫人接？”

“身上啥都没有，钱包、手机，啥都没有，被杀掉他的人拿走了。”

听他们说了几分钟，我注意到红砖房里有两个人走出来，朝汪磊急切地挥手。这两人穿制服、戴檐帽，也是警察。汪磊朝那儿小跑过去。陈舜使个眼色，我们紧随其后。

陈舜在离砖房五六米远的地方停住脚步。我们预感警察在里面搜出了有价值的东西，怕再靠近会引起汪磊反感。这个距离完全可以看清楚。其中一位警察递给汪磊一个锈迹斑斑的铁盒，盖子已经打开了。我探出头，只见里面是棕黄色的块状物和粉末，像黏土，但颗粒比黏土大，更像湿润的沙子。

汪磊接过铁盒，低头思索片刻，接着注视他的下属。下属动了动嘴唇，对汪磊说了什么。我听不见，也无法分辨口型。汪磊看向天边，好像在观察云朵的变化，然后他递还铁盒，转身走回人群。

下属抓紧铁盒，和同伴钻进砖房继续搜查。

我猜想，这间砖房应该就是阿海的住处。它比其他砖房略大一些，有桌椅、柜子和床，地上散落着泡面袋和啤酒罐，墙角堆了好几个蛇皮袋，散发出一股酸臭味。警察没有阻止我们进屋，但也不搭理我们。陈舜问铁盒里装的是什么，他们就像聋了一样，只顾着翻箱倒柜。

南墙有窗户，阳光穿过来，变成了金色的方柱。我注意到拿着铁盒的警察手里还有另一样东西，是个透明证物袋。他把证物袋贴在铁盒底部，左手一起抓着。证物袋里有个亮闪闪的小东西，就在刚才把阳光反射进我的眼中。

小希也看到了，她弯腰探头，一步步向证物袋靠近，紧接着不由自主地伸手去抓。那位警察吓了个激灵，就在他收回手的瞬间，我看清了袋子里的东西——它只有毛豆大小，是一个银灰色的铃铛。

“这个……”小希指着铃铛问，“这个是从哪儿找出来的？”

警察白了她一眼。“麻烦你们出去，别妨碍我们工作。”

“这是金莹的东西！”

“什么？”

“是她的铃铛，她给猫的铃铛啊！”

警察把证物袋提到眼前仔细看。他的动作很迅速，但铃铛并没有发出声响。正如康小奕所说，这是一只被压扁的铃铛。

“在哪儿找到的？就是这儿对吗？”小希问。

两位刑警面面相觑，一时间陷入了茫然。

“喂！问你们话呢。”陈舜朝他们喊。

他们交换过眼神，走出砖房找汪磊去了。

“酥饼……”小希愣在原地，喃喃说道，“刚才那个警察跟汪磊说的，铁盒里的东西是酥饼。”

汪磊把下属递给他的证物袋举到眼前，铃铛在袋中闪闪发光。他的身后是漫天黄尘，垃圾压实机开始工作了，拾荒者们还没被准许解散，焦急又惋惜地望着被碾平的垃圾堆。

下属对汪磊说了几句，然后朝我们指了指。我们从阿海的砖房里走出来，汪磊也向我们大踏步走来。

“你说这是金莹的东西？”

汪磊完全不知道铃铛的存在，他问我们从哪儿得知。陈舜照实回答，是采访邱丽娟时她女儿提起的。汪磊轮番看我们三个，嘴角狐疑地挂下来，脸变得更方正了。

“怎么提起的？详细说。”

陈舜说得磕磕巴巴，前言后语很多想不起来了。我提议直接看视频，我的电脑包就在陈舜的车里。陈舜皱了皱眉，怪我擅做主张。但我忍不住——事情终于有转机了——我的后颈被晒得滚烫，浑身像针刺似的发痒。

汪磊跟着我们钻进车里，我打开电脑，调出邱丽娟母女的采访视频。

康小奕：她从来没有提到过猫。但是，我觉得她养过。

小希：为什么？

康小奕：她有一只铃铛，小小的，挂在书包的拉链上。

邱丽娟：嗯？对。你这么一说，我想起来，有几天晚上，她走进走出总丁零丁零响。

康小奕：就像是挂在猫脖子上的那种铃铛。但是没几天就被压扁了，没声音了。

小希：压扁了，仍然挂在书包上吗？

康小奕：对。

小希：失踪那天也挂着？

康小奕：……这我不确定。

小希：你跟警察说过这个事吗？

康小奕：没有，那时我想不到这些。

视频告一段落，汪磊低头看着手里的证物袋，陷入沉思。

“汪队长，你觉得怎么样？”陈舜问。

“什么怎么样？”

“联系啊，两件案子是有联系的——不，也许是三件，李薇的死也不是意外。这个阿海手里有李薇的酥饼，有金莹的铃铛，阿海现在被人杀了，这还不明显吗？”

“怎么个明显法？”

“就是说……这个阿海，搞不好是个人贩子。”

“然后呢？他具体是怎么做的？”

陈舜抬起胳膊，却放不下来了。这么短的时间还不足以让他理清头绪。

汪磊指着电脑说：“视频拷一份给我，全部都要。”

“全部？”

“有问题吗？”

“没有问题，我们听从指挥！”陈舜朝汪磊敬礼，再把手从太阳穴旁向前甩出去，“我们的方向是一致的，能跟汪队长合作那是再好不过。等你这边忙完了，我们跟你一起回局里。”

汪磊似乎不以为然，正想说什么，却见他的一位下属急匆匆跑过来。汪磊推开车门下去了。

“他们到了。”下属指向远处。

我隔着后窗定睛望去，只见从县道上拐进一辆黑色轿车，远远停在填埋场入口的空地上——我认得这辆车。等汪磊跟着下属跑向那辆车后，我小声说：“是高美她爸。”

陈舜眼睛一亮："我知道了，指认凶手！高美肯定也在车里，她可是目击证人。别愣着，快跟上，能拍多少拍多少。"

高向荣先下车和汪磊说话，而后高美也下了车。她很紧张，盯着汪磊看，暂时没注意到我们。砖房群附近停着两辆警车，汪磊领着高美往那儿走，随后一起坐进了其中一辆。与此同时，其余警察指挥男性拾荒者们在砖房前排成一条东西方向的长队。

"所有人站好了，面朝南方！有帽子的都摘了。"一名警察高声喊。

陈舜说得没错，警察认为凶手就在这群拾荒者之中。

载着汪磊和高美的警车在他们面前缓缓驶过，比走路的速度还要慢上许多。拾荒者们都很配合，队形基本维持直线，也没有人明目张胆地往警车里看。

这番阵势靠近了反而不便拍摄，于是我们退到远处。我把手机从衬衣口袋里拿出来，横举着，那感觉就像给他们拍集体照。

我粗略数了一下，共有约五六十人。警车保持匀速，从一头开到另一头，然后掉头返回。回到原地停留片刻后，车又继续开动，重复这个过程。

这样一来，高美就把每张脸都认了四次，可警车除了掉头就没停下来过。最终，警车回到高向荣的车旁，高美下了车。

"没认出来？"陈舜说着朝人群走去，"你们继续拍，我去打探一下情况。"

这时队伍已经拥作一团，警察仍然没有放他们回去。

"凶手早就跑了吧？"小希闷闷地说。这儿的气味和尘土让她一直捂着嘴。

"对啊，杀了人怎么会傻乎乎等着警察来抓。"

"奇怪，警察凭什么判断凶手也是这儿的人？不是说他穿着西装和皮鞋吗？"

拾荒为生的人是否连一套像样的行头都买不起呢？我想应该不至于。寻找凶手一般都是从死者身边关系紧密的人开始，阿海谋生和度日的地方都在这个填埋场里，初步筛查从这里开始也确实有必要。

但从我们的角度来看，情况有些不一样。梁皓拍的照片隐约揭示着他和阿海以及李薇的关系。在之前，“揭示”更多的是指一种直觉，而现在却得到了某种程度上的印证。

我看着小希问：“你是不是也觉得凶手可能是梁皓？”

她歪头想了想。“不知道。”

陈舜混进了人堆里，警察忙着盘问顾不上他，甚至没发现他在一旁偷听。我把镜头转过去对着这番乱哄哄的场面，天色已经渐渐暗下来了。

高美完成了她的任务，躲在车里不出来。汪磊和高向荣还在交谈，两人神色凝重，大概有些不愉快。我在犹豫，要不要把手机交给小希，然后过去找高美。她原本就在生我的气，这时候看到我跟小希在夕阳下并肩站立，绝对会劈头盖脸骂我一顿。尽管如此，我还是想跟她说说话。

“梦辉，你说金莹的铃铛为什么在阿海手里呢？”小希问道。

“嗯？”她叫我名字的感觉很亲切，我愣了一下，“就像刚才陈舜说的，阿海拐走了金莹——虽然还不一定吧。反正不管怎么说，阿海和金莹失踪有关系，这点跑不了。”

“我是说，他为什么要把铃铛留在身边——不是挺危险的嘛，容易被人发现。”

“可能……当作纪念？就像连环杀手喜欢收集猎物的随身物品，好多电影里都是这么演的。我瞎说的，就是打个比方。”

“是吗？那酥饼呢？酥饼是李薇送给阿海的，阿海舍不得吃，一直留到现在。你看见那块酥饼了吗？就像干透的黄泥巴一样，要不是我听见那个警察小伙跟汪磊汇报，怎么也看不出来是酥饼。”

“那就是说，酥饼和铃铛的性质不一样。除非，阿海在拿到酥饼的时候就——甚至在拿到酥饼之前就对李薇就动了坏心思，那么酥饼就是一份提前准备好的‘纪念品’。”

“你记得冯佑说的吗？当时阿海是在沿街乞讨，一家店一家店伸手要饭吃，李薇给他酥饼，为什么不吃呢？而且，酥饼这个东西也太不方便保存了吧，如果阿海看到李薇就打算要对她下手，以后总有机会从她身上拿到别的东西，比如纽扣啊、拉链之类的。”

“嗯，有道理。”

“所以他留下酥饼不是为了得到李薇身上的什么东西，而是酥饼本身具有特殊的意义。”

小希这样说，我并没有太意外。知道铁盒里的东西是酥饼时，我的内心在惊诧之余也涌起一股暖意。但由于铃铛的出现，这种感受被冲淡了。我问：“是因为感恩？”

“我想是有可能的吧。”

假如真是这样，那么阿海拐走金莹的猜测就与他的人格相矛盾了。不过，人总是难以捉摸的，对一个女孩心怀感恩和伤害另一个女孩，这两者是否绝不可能并存于同一个人身上，我也说不准。

头顶的天空变成了深蓝色，西边的火烧云却越来越亮，把填埋场映得通红，把人群的影子拉得又细又长。一时间，我们沉默不语。我察觉小希好像瞟了我一眼，便转过头去，她马上直视前方。她站在我左侧，头发裹着一圈金边。

“你这么举着不累吗？”她说。

“肩膀倒是真的酸，那怎么办，我去拿脚架？怕是太惹人注意了。”

“歇会儿再拍吧，这种远景镜头不需要那么长。”

于是我摁下“停止”键，放松胳膊甩了甩。

“……一直没机会谢谢你。”

“什么？”

“装什么糊涂，钱啊。”

我恍然大悟，这才想起来转过她五百块钱。不，与其说想不起来，我更加不确定的是自己究竟有没有做过这件事。

“没啥，一时冲动。不对，我是说……”

“其实我还有点钱。”小希抿紧嘴巴，嘴角慢慢向上弯。

“啊？”

“可是我也不能倒贴钱吧，我一个人过日子，总要备着点。万一陈舜一直筹不到钱——我是不是很讨厌？”

“不不，怎么会呢，我还不是一样嘛。”

“梦辉，要是这个片子真的能成，以后我们一起做吧。”

“以后？”

“对啊，还有很多没破的案子可以调查。你舍不得现在的工作吗？”

我对婚庆视频剪辑师的工作当然不抱长远打算，然而此情此景下，我却不知该怎么回答。她所说的“以后”我从未考虑过，但又何尝不能考虑？我的眼前隐约出现了另一条陌生而危险的路。

身后传来汽车引擎声，轮胎碾轧路面的声音变小了。我回头看，一辆黑车停在那儿，在夕阳下熠熠生辉。砰的一声，副驾驶的车门开了，高美向我走来，到我跟前半米左右的距离停住脚步，双手握在身前。她穿着宽松的米色毛衣和牛仔裤，收口的毛衣下摆拢在腰上，下身显得越发修长。

“我要走了。”她说。

她的眼中透着哀伤，让我不知所措。如果她能怒气冲冲地踢我一脚就好了。

“我想待在这里的，但是我爸让我回去了。”

车没有熄火，距离不远不近，车里的高向荣只是一个黑色的轮廓。我低下头，视线转向旁边的地面——小希已经走开了。

我顿了顿说：“警察让你过来认人吗？”

高美点点头。“但是那个人不在这里。”

“他的样子你记得很清楚吗？”

“他新剪过头发，一眼就能看出来。”

“噢……”

“你呢，你还要留在这里吗？”

她的样子让我心酸，或许她还没从目击杀人现场的恐惧中走出来，指认凶手的压力让她再次想起了那一幕。我觉得我高估她承受暴力的能力了，我想靠近她，却站在原地没动。

“这件案子跟小女孩失踪的事情有关，我想知道到底是怎么回事。所以……”

“我怕你有危险。”

“不会的。”

高美深吸一口气。“好吧，照顾好自己，每顿饭都要按时吃。”她说着往后退，手掌在胸前摆了摆，转身走向父亲的车。

我望着他们在县道上远去。微风吹来，秋天的傍晚凉意沁人，我忽然觉得高美变得陌生了。不，应该说，我觉得高美认为我变得陌生了。

就在他们的车消失在视线尽头时，一辆银灰色的车与之交会而过。像应验我的预感似的，这辆车减速右转，拐进了填埋场。车上下来一个身形消瘦的女人，是赵楠。她的双腿在长裙里交错，朝人群跑去。

汪磊当即把封好的证物袋递给她辨认。她对着里面的铃铛看了十多秒，然后动起嘴，像在对铃铛说话。

拾荒者们陆续朝赵楠靠拢，围成一个厚实的圈。我想起了元禧寺布施的情景——这里的每个人都受过赵楠的恩惠，他们熟悉甚至仰慕赵楠。他们逐渐明白赵楠的出现意味着什么，脸上浮现出同情和惊奇。他们先是相互交谈，而后壮着胆子找警察问话，顷刻间几乎把汪磊和他的下属淹没了。

陈舜和小希从人群里逃出来。陈舜向我招手，让我靠近了拍摄。但我实在不敢靠太近，感觉手机随时会被人打下去。持续了整个下午的焦虑加上此刻的困惑，拾荒者们的情绪开始往愤怒偏转。他们不明白，一个同伴的死，怎么就突然跟赵楠的女儿扯上关系了。

“大家别这样，别这样……”赵楠的声音很轻，但人们安静下来了，“警察正在尽力调查，请不要妨碍他们的工作。”她在人群中找到汪磊，向他投去询问的眼神。汪磊点了点头。“大家先回去休息吧，如果真是……”她捏紧袋子，又松开，“请不用担心我，都快回去吧。”

人们只是散开了，没有人回去，却也不再吵闹。汪磊让赵楠坐进车里休息，然后开始打电话。

陈舜走过来问我手机还剩多少电，我还没回答他就说：“去车上充电，三个人的手机都充上，大场面要来了。”

“什么意思？”

“汪磊想赌一把，他要把这片地翻过来！”

半个多小时后，红蓝交替闪烁的灯光一组接着一组，从县道上蜿蜒而来。大部分是轿车，也有面包车。面包车里的除了警察、警犬，还有一些我不认识的设备。

大部队赶到之前，汪磊的下属已经在入口处拉起了警戒线。这时许多附近集镇上的居民涌来看热闹，必须有人看守。此外，还得有两位民警负责指挥交通，驱赶赖着不肯走的车。

等待的时间里，陈舜告诉我们他打听到的消息。原来在阿海失联当天，这里还有另一个人不见了。这个人叫胡琛，和阿海差不多年纪，他们都是最早一批在填埋场安家的拾荒者。

“阿海被杀那天，有人看到他回家收拾东西，走了就再没见过了。”

“难怪警察盯着这批人不放。”

“今天还有八个人没在，胡琛就是其中一个，但其他七个人都联系上了，那可不就是他了嘛。”

胡琛的手机号码是实名登记的，由此锁定了他的身份。警察去他的房子里搜查，没有发现异常。问了一圈，其他人都找不出胡琛像样的照片，只有一个女人在拍自己孩子玩耍时，不小心把他拍进了画面的角落。他坐在一块石头上晒太阳，侧对镜头。高美看了，表示难以辨认。听他们说，胡琛是个喜欢独来独往的家伙。

“刚才，汪磊还让高美看了另一个人的照片。”

“梁皓？”小希问。

“没错。”陈舜故作狡黠地看了我们一会儿，说，“不是他。”

警察架起了临时照明灯，加上车灯和手电筒的光束，整个填埋场就像一个以盐平山为背景的大型舞台。他们每三四个人为一组，以填埋坑为中心向外扩散搜寻，每个组都配备一台应该是探测仪的小推车或是一条警犬。有些小组已经走进了北边的树林。

拾荒者们被要求待在自己的屋子里，门外有警察看守，他们暂时还不受信任。汪磊相当谨慎，尽管夜间搜寻效率低下，但他担心除了阿海之外还有其他人与金莹失踪有关，等不到天亮再行动。

我们三个各自举着手机，开了闪光灯拍摄，哪儿动静大就往哪儿拍，结果很快就走散了。

搜寻范围越来越大，填埋区附近变得人影稀疏。我向一块草地走去。草上凝着露水，浸湿了我的鞋尖。我逐渐感到害怕，不管踩到哪儿都感觉脚下的土地就埋着金莹的尸骸。我坚持到手机电量耗尽才回到车上，发现陈舜和小希竟然早已在车里呼呼大睡。

我睡不踏实，迷迷糊糊地过了许久，被遥远的嘈杂声吵醒了。这时天色微明，我在后排座上支起腰，看见陈舜和小希远远的背影，他们正朝一片树林奔去。那其中有一棵醒目的大榉树，树下围满了人。

我提着一口气追上去，由于视野开阔，那个位置看似很近，却跑得我喉咙里涌上血腥味。我挤进人群，看见两名警察蹲在一个新挖的坑里，小心翼翼地用铲子刮开泥土。在他们身旁，已经有一段完整的白骨露出地面，我分不清那是胳膊还是腿，它短小得像个玩具。

十月四日黎明，三塘县刑警在革马村盐平山的西山麓——也就是垃圾填埋场北部的树林里发现了一具完整的儿童尸骨。一起挖出来的还有一个粉色的尼龙书包。

书包先于尸骨被发现。我挤进土坑周围时，书包已经被拿开了。当时我察觉不远处还有另一群人围拢在一起，金齐山和赵楠都在其中，我依稀还听到了赵楠的呜咽，想来是警察把书包拿给他们确认了。

最先看到的那段骨头是小臂，随着警察手里的刮铲和刷子不断朝一个方向拨动，掌骨也露出来了，四根细细的骨头从手腕处发散开去。我抬起自己的手看了看，那只手掌大概只有我的一半大小。

警察围着土坑拉起了警戒线，继续剩下的挖掘工作。金齐山情绪失控，大骂警察无能，骂了几分钟，忽然仰面躺下，发出怪鸟般的悲鸣。

我转头寻找赵楠的身影。她远远地看向这边，并没有站在紧挨着警戒线的人群中。她挂着泪，眼神涣散，像盯着土坑看，又像什么也看不见。一名年轻警察紧张地守在她身旁，生怕她做出难以预料的举动，然而她只是静静地站着。我不确定她在想些什么，九年的牵挂尘埃落定，问了自己千百遍的问题现在有答案了——我想起金齐山在动员会上说的话："小莹还活着，她只是因为某种原因不能回家。"我觉得，无论是金齐山还是赵楠，内心深处或许并不这样认为，如今他们终于找到了放手的理由。人世间或许没有什么痛苦可以胜过失去自己的孩子，不知他们还有没有勇气走向人生的下一段旅程。

我又想起了高美，曾有一段短暂的时光，她的腹中孕育着一个小小的生命……我一边觉得自己矫情，一边又痛恨自己。我想暂停拍摄，给高美打个电话，却没有这么做。我发现自己很容易被触动，也渴望倾诉，但要化作语言表达出来，又会变得不知所谓。

快九点时，骨架被收进大号的黑色塑料袋，连同书包一起运走了。除了四名运送人员，其他警察都没走，他们把阿海的房子当成临时指挥中心，聚在里面开会。汪磊和另外几个看起来很像领队的刑警商量接下来的行动方向。

首先，刚才组建的十四个搜寻小队，只留痕检员继续在土坑附近搜索，看看是否还能找到与遗体相关的痕迹，或者其他遗体。其次，剩余的人马再分成两拨，擅长问话的，设法从拾荒者口中问出阿海和胡琛的底细，以及这两人在九年前金莹失踪当天的行动；擅长追踪的，回各自辖区部署抓捕计划，把胡琛列为通缉要犯。

阿海的房子虽然宽敞，却也容不下几十号警察。砖房里挤不进去，我们三个只能在外面踮着脚偷听，听了个大概，还有一些细节上的安排无从得知。

由于正值国庆假日，从附近集镇上赶来看热闹的人越来越多，填埋场入口处形成了一个人群聚起来的半岛，还有拿着摄像机和话筒的人在警戒线外探头探脑，守卫的注意力都在他们身上，漏进来好几个打扮朴素的村民。现在的信息传播形式和九年前不同了，金莹案马上就会传遍全国，人尽皆知。

临时会议持续了二十多分钟，警察们按指示分头行动，走了半数以上。汪磊留下来跟调查队伍一起，我们也就没走。陈舜的方针是，汪磊在哪儿我们就在哪儿。

汪磊瞥见了陈舜，走向砖房的脚步停下来。

“赶紧回去吧。”他像掸飞虫一样朝我们摆手。

“视频还没给你呢。”

“去刑警队，我安排人拿硬盘拷。”

“不急，汪队，等你这边的事忙完了，我想，还是当面交给你比较稳妥。”

“什么意思？”

“到时……”陈舜挠着脸颊说，“麻烦汪队简单说说调查进展。”

“你在跟我谈条件？”

陈舜又讪笑起来。

“有没有你的视频，我案子一样办。”

“话是没错，汪队长真是有决断力。但要不是我们提供的线索，进展可能不会那么快吧？”

汪磊板着脸不说话。他低头想了想，走到陈舜跟前，伸出食指点他的鼻子：“现在情况有变，凡是和案子有关的视频，不管是金莹的还是这个捡破烂的，结案之前不准发出去。否则，涉嫌妨害司法罪，我决不会客气的。”

我们暂时躲回车里。我用手机上网搜，果然搜出这么一条罪名：泄露不应公开的案件信息罪，可以处三年以下有期徒刑——当真是要坐牢的。

“哼，吓唬吓唬人而已。”陈舜摇开车窗，点了根烟。

“实在不行，”他吐出一口烟说，“就等案子结了再发，我们发不了，那些记者也一样。再说了，他们的报道跟我们就不是一个档次的东西，我们是正儿八经的纪录片，不跟他们比时效性。”

“可是万一，”我说，“抓不到那个胡琛怎么办？现在两个案子绑一起了。”

“没有这种万一，堂堂人民警察，一个捡破烂的能跑哪儿去？”

我考虑的是，拾荒者虽然孤立无援，但他们的野外生存能力却有助于躲避追捕。逃犯最忌讳的就是和人打交道留下行踪，胡琛要是往深山里一躲，怕是不好找。他没有家人，没有牵挂，已经逃亡三天了，徒步也能走出很远。

“挖出来的骨头，就一定是金莹吗？”小希问了我也想问的话。

“怎么可能不是，验一验就知道了。”

“能验出来？”

“DNA 啊，骨骼能验 DNA。”

“这我知道，但是警察手里有金莹的 DNA 信息吗？”

“当然有。”陈舜甩手碰了一下小希的辫子。

“你干吗！”

“头发呀，梳子上肯定有头发，最容易找到的就是这个。还有那个书包，书包是她的，她爸妈都确认了，人不是她才见鬼了。唉，对了，你们拍到那个书包没有？”

我和小希都摇了摇头。

“真不中用。”

“说来也怪，”小希说，“当年警察没有找过这片地方吗？山海间到这儿，其实就隔了一座山头。”

“嗯……”陈舜摸着胡楂陷入思考，过了一会儿说，“先不管这个，来分析一下，你们觉得是怎么回事？”

我和小希都不应声，不是因为我们没有头绪，而是我们都熟悉陈舜的腔调，他马上要表达他的看法了。

“事情还是要绕回梁皓身上。梁皓把金莹从他家的仓房送出去，在外面接应的人就是阿海——这个假设怎么样？”他等我们认同，没等到，就扔掉烟头，转过身来继续说，“阿海和梁皓早就认识了，因为那张照片。阿海这个家伙，对小女孩有……”他故作狰狞，手里好像捏着莫可名状的东西，“……有特殊的癖好，玩弄，然后残杀。我们一开始以为有癖好的是梁皓，但其实是阿海，我收回昨天的话，他不是人贩子，他就是杀人狂，梁皓给他提供猎物，李薇是第一个，金莹是第二个……”

“梁皓为什么要这么做？”我打断他。

“有什么把柄被阿海抓住了——这个原因慢慢再找——正是因为有把柄，所以梁皓一心要除掉阿海。但在金莹出事之后，不知怎么的，阿海没有再找梁皓要人，梁皓就没有动他。这样过了九年，阿海又忍不住了。他一个流浪汉，出事了大不了拖梁皓一起下水，梁皓不能由他继续胡来，就找人干掉他。”

“找胡琛？”

“对！所以现在的突破点，就在梁皓和胡琛的关系上。胡琛杀了阿海，逃到路上的时候，不是有目击者看到有车来接应他吗？如果来接他的人就是梁皓，那路子都盘通了。”陈舜打了个响指。

“来接他的人是梁皓……”小希思考片刻说，“如果真是梁皓，那胡琛就是把高美当成了梁皓。”

“没错。”

“但是他说了‘快走’，如果是梁皓来接应他，他为什么要让梁皓快点走呢？”

“杀了人，当然要快点离开现场啊，下意识喊了一声。”

“梁皓找胡琛杀阿海，那就是买凶杀人咯，买凶的人自己还要跑去把凶手接回来吗？”

陈舜用手掌盖住半边脸，像吃了极酸的东西一样龇着牙。“那么就是这样，他们原本的计划是两个人一起下手。胡琛先把阿海骗到招待所，等梁皓来了再动手，这样把握更大。结果出了什么岔子，梁皓还没到，人就杀了。”

“那胡琛不应该开门让梁皓确认一下吗？来都来了——如果杀人是有计划的，他们绝不会就这样留着尸体直接跑掉。胡琛连门都没开就说‘快走’，那得有多紧急，说明他没料到那个结果，阿海死了对他来说是个意外。”

“你说的也有道理。”

“还有啊，杀个人为什么要去招待所，虽然老板娘不管不问，但毕竟是个人员集中的地方，也不好处理尸体，而且胡琛还穿得那么显眼。”

“这里面确实还有些奇奇怪怪的小问题没解决，但大方向应该错不了。”陈舜的口吻没有之前那么肯定了。

小希叹了口气。“什么时候回去？我要饿死了。”

从昨天下午到现在，我们有将近二十个小时没吃过东西。但我们不敢去附近的集镇，因为出去就进不来了。我提议让小希开车先走，我们两个男人再想办法，陈舜没有同意。他支使我去找拾荒者，问他们要吃的。

我找到一个女人，花十块钱从她手里买了三个老面馒头和一包榨菜，她有点惊讶，十块钱是随口说的，没想到我不讲价。她问我还要不要别的，她可以回去做。我摆了摆手。

“啊对了，”我走出一步，忽然觉得是个机会，于是回头喊住她，“警察找你问过话了吗？”

她愣了一下：“你不是警察呀？”

“我是……那个，昨天来认人的那个人的朋友。”

她张大嘴巴点点头，不知是不是真的听懂了。

“警察都问了什么？”

她略显犹豫，但很快开口了。“他们问我，以前有没有见过赵姐的女儿。”

“那你见过吗？”

她摇头说：“这里的人认得赵姐，是因为她丢了女儿，去庙里做好事。之前大家都不认得，就算看到那个小姑娘，也不知道是她家的娃。她可真是命苦。”

“嗯，还有呢？”

“还有嘛，就问阿海和胡琛平时有没有过节，那年下大雪的时候，他们在干啥——这哪里想得起来，都什么时候的事了，我只说不知道。”

“你跟他们熟吗？”

“跟阿海熟，胡琛不熟。胡琛这个家伙，不爱搭理人，阿海说他不规矩，老在暗地里在干什么坏事，就喜欢捉弄他。不过胡琛发起狠来也怪吓人的。”

“暗地里干坏事？”

“就是偷东西搞钱呗。”

我想不到还要问什么，便道过谢，让她回去了。

回到车上，我把和女人说的话转述一遍，陈舜不以为然。

“这些捡破烂的，每天都像打仗一样，相互有过节很正常，不至于因为这个杀人吧。垃圾的成色好一天坏一天，他们要活下去本来就不容易，你敢说谁没偷过东西？”

他说我被坑了，馒头榨菜顶多值三块钱。我笑了笑没说话，自打昨天小希告诉我她还有钱，我便对陈舜怀揣着一份同情。

熬到黄昏，警察终于收队了，搜寻小组没有收获，稀稀拉拉地回到警车里。我们认准汪磊的车，紧随其后，向三塘县进发。

第十三章　雪融未晴

梁皓回家那天，雪势已经极小了，天空中看不到雪花，对着阴暗处才能发现飘浮的雪粒子，它们像尘埃一样没有规律地晃荡着，也许是被风从屋顶上吹落下来的积雪。

梁皓换上了自己的衣服，在狱警护送下走过铁网边的水泥路。路面湿漉漉的，狱警的鞋子发出咕叽咕叽的响声。上午八点整，还没到放风时间，铁网里只有一片满是脚印的残破雪地。他看了一眼自己常待的角落，每天下午，监舍头子老李会给他一支烟，他在那个角落里抽完烟就回去了。他总是最后一个出来，第一个回去。

今天早上洗漱之后，狱警过来通知梁皓可以走了。大家都感到很意外，从新收监舍出去的人十有八九是正式逮捕后转去正规监舍。只有老李神情淡然，过来跟他说了句恭喜。算上在刑警队审讯的那天，到现在正好两个礼拜，明天就是除夕了，梁皓的自由在其他舍友看来有着特殊的意义。

此时，梁皓看到大门外候着好几个带相机的人，有些站在马路对面的树底下。狱警对他说，走边门。

边门在传达室的西边，大约两米宽，一辆原本停在正门的车迅速开到边门，紧贴着门，把视野严严实实挡住了。车后门推开，母亲探出身，急切地向他招手。梁皓在等狱警发指令，狱警说，去吧，过个好年。

开车的人是多年未见的表弟，他没等梁皓坐稳就踩下油门，因为拍照的人已经追到窗户边了。

“这帮人真是……冷不冷啊，快穿上。”母亲给他带了一件厚大衣，“你怎么都成这样了，脸上不见肉。”

梁皓知道自己是瘦了一些，但并没有母亲说的那么夸张，事实上，这段日子他早睡早起，饮食清淡，身体状态比原先要好。母亲脚下还有一个塑料袋，她从里面拿出水和面包，梁皓摆了摆手说，刚刚吃过早饭。

父亲坐在副驾席上，侧过脸来，但没有直视梁皓。他说，人还好吧——意思可能是在问梁皓，身上有没有伤或者其他异常。梁皓回答，还好。

沉默了一阵，母亲说，孙律师是她一位学生的堂兄，年轻气盛，做事有点激进，但是打官司从来不输；她又说，孙律师告诉她梁皓最迟哪天可以回家，她就提前一个礼拜过去住下，每天收拾完，就跑去看守所打听消息。

“没事的，”表弟说，“刑事拘留，说白了就是为了方便提审而已，要提审，就表示事情还没搞明白，警察只能照章办事，他们也没办法。”

表弟说的话很模棱两可，“事情还没搞明白”可能是所有人当前的心理状态。梁皓期待他们问些什么，好让他有所表达。但他们恢复了沉默，他们害怕梁皓的回答会出人意料，让他们无法承受；他们同样害怕听到梁皓为自己辩解，却又不知如何去选择相信。

表弟小梁皓两岁，他剃着寸头，后脖子比印象中粗了一大截，俨然是中年人的模样。尽管世事无奈，梁皓很少察觉自己已经不再年轻了，在此之前，他觉得还有很多事情可以做，或许一个人就这样生活下去也不错；可是现在，他再难从容地面对自己的处境，甚至感到时日无多——倘若金莹就这样杳无音信，他仿佛只能用尽余生去寻找她。

车停在住宅区西边的小路上，四人一起走向梁皓家。梁皓发现家门口竟然也有记者守着，而且人数比看守所门口更多。表弟走在前面，让他们加快脚步。

有三个人围了过来。“梁先生，恭喜您摆脱了嫌疑，目前金莹还没有消息，您能提供什么线索吗？”“关于自己，您有什么话想说？我们可以为您提供发声渠道，我们是心界杂志社……”

他们在梁皓身侧跟随，并没有拦住去路，梁皓仍然下意识地伸出手，想挡住他们的声音。走过拐角，他注意到远处一个穿军大衣的身影，是罗显章，他的眼窝躲在帽檐下的阴影中。

院门紧闭着，母亲一边拍门一边喊。门开了一小半，他们挨个挤进去。开门的是徐宝华，她抓住梁皓的胳膊说，回来了啊，回来就好。

“等等噢。”她走上主屋的台阶，手里握着打火机。

台阶上有个铝盆，梁皓走近了看，里面是柴火和红豆。柴火浸过煤油，徐宝华一点，火苗立刻蹿了上来。梁皓生平第一次闻到烤红豆的味道。幼贞出现在堂屋里，她站在沙发旁，与梁皓之间隔着火焰，热浪拥着火星子往上飘，幼贞的身形变得歪歪扭扭。

徐宝华把手当成扇子左右挥舞，嘴里念念有词，等烧旺了，她才让梁皓跨过去。圆桌上已经摆好了碗筷和几道冷盘，母亲留表弟吃饭，表弟说中午还有急事要处理，硬是走了。母亲朝父亲使个眼色，徐宝华看见了，忙说厨房里还有摊子要张罗，于是他们三个一起进了厨房。

幼贞望着燃烧的火盆出神。分居以后，梁皓每隔一周或两周去一趟幼贞娘家，带梁湛出来玩，但他和幼贞却没有好好说过话。幼贞身上的衣服是陌生的，也许他见过，又忘了。

“小湛呢？”

“他在家。”

“我想去看看他。”

“你到底做了什么？”

“什么也没做。”

"……我不敢来接你。"

梁皓看着脚下，点了点头。

"我不敢出门，我出不了门，走到哪儿都有人跟着，拍照，问这问那，他们以为我在包庇你，以为我心虚，可是你让我怎么回答呢？我怎么能知道小姑娘在哪儿？就连店里都有奇奇怪怪的人过来，现在应该是最忙的时候，我生意做不成了。还有小湛的休业式活动，我们也没去，他本来有个节目要表演的。整个幼儿园都知道你的事情。"说完这些，幼贞长长叹了口气。她的语调不像以前那样觉得凡事不可理喻，甚至可以说是平静。这些疑问在她脑中反复循环，经过漫长的思考，变成了永远也解不开的谜。

"过些日子吧，过些日子会好的。"

幼贞摇了摇头。"如果那个女孩回不来，就好不了。"

"不要这样想。"

"她能不能回来，你不知道吗？"

"什么？"

"你是不是……有什么难言之隐？"

梁皓忧伤地看着幼贞。

"你从来不跟我说心里话，一开始就是这样。以前我会想，原本我们好好的，不知从什么时候起忽然就变了；可是现在我不这么想了，你没有变，是我不懂你，你觉得对我不值得说心里话。是呀，我是个很笨的女人，脑子不会拐弯，不像心岚那样灵气。"

"你别……"

"你听我说，我不是在说气话，你来这里，如果先遇到的人是心岚，你们一起去上海，这样的结果才是好的——我说的话你能懂吗？"幼贞说着，眼里噙满了泪水，"你那么善良，怎么会去伤害一个孩子呢，你能回来，真的太好了。但是……我不想再那么累了，我不想猜你整天在想些什么，你跟那个孩子到底有什么秘密，我已经不想知道了。"

梁皓终于明白了，幼贞认为他送走了金莹，并且出于某种无法言说的原因必须保守秘密——这或许不是幼贞一个人的判断。梁皓的初衷就像鼓励俞心岚离开这里一样，只是他的鼓励和帮助适得其反，俞心岚婚姻破碎，孤身一人在外乡漂泊；金莹出了意外，生死未卜。

梁皓的脑海里回响着他对金莹的承诺和告诫："不管有什么事，你都可以来找我。等你长大一些，能自己出门的时候。""你要是再偷偷来找我，我们就不是朋友了。"

幼贞抹干眼泪，拢了拢头发，一个深呼吸就恢复了平静。她真的和以前不同了，仿佛有新生的力量在支撑着她。

"明天年三十，我不能让我爸一个人过，小湛跟着我们，你同意吗？"幼贞等待片刻，然后说，"你要是想他，以后可以随时来看他。"

听到这句话，梁皓感到心脏剧烈地收缩起来，小了一圈，迟迟没有舒张开。已经半年多了，他是有准备的，从敏芳离世那天起，梁皓就在等待着，也许半年太久，等待逐渐成了一种与即将到来的冲击无关的状态，他的准备因此失去了意义。

幼贞去厨房帮忙。在她进去之前，厨房里悄然无声，现在水流冲洗和碗碟碰撞的声音一齐传出来。随后，他们轮流把准备好的东西端出来，只是脸上都没有应有的笑容。他们正在强迫自己做着看似必须去做、实则无关紧要的事情。

梁皓走进院子里，回身望着这栋房子，直到察觉自己一动不动地站得太久了，手腕和脚踝冻得发麻，才朝仓房走去。

仓房的门锁坏了两年多，也许三年。锁芯可以转动，但和凸轮之间的传动出了问题，锁舌弹不出来。仓房里没有值钱的东西，他也就一直懒得换锁。

去年，仓房里还停着他的摩托车，当他不再需要摩托车以后，摩托车像自暴自弃般坏了。眼下仓房里只有木板、碎砖、铁管一类的装修废料，还有很多敏芳攒下来准备卖掉的瓦楞纸箱。这些东西原本堆在东南角，现在挪到了东北角，想必是被警察翻得一地狼藉，而后母亲又收拾过了。

西边的墙上装了两块搁板，用来放五金工具，上面那块到他胸口高，他抓住板往下拽，感觉依旧非常牢固，站一个人上去也不成问题，但这块板距离北边的气窗足有三米远，以一个孩子的力量，要跳过去攀住窗沿绝对不可能。

将近二十平米的房间只开了一扇扁平的气窗，嵌在北墙上离地两米多高的位置。当初俞耀宗找了他的朋友来加盖仓房，这位朋友说，照着别人家做就行，南边那家就挺好，仓房不住人，采光无关紧要，气窗高，可以不装防盗窗，就贴着主屋建房，这样可以省下一堵墙。这些事梁皓当时没有精力过问，当然他也没觉得哪里不合适。

梁皓仔细挑选了一些体积较大的废料堆在墙根，无论怎样堆，都堆不出可以让人站稳的台面。按金莹的身高臂长估算，她至少要站在八十公分高的台面上才能够着气窗的插销。

就算做到了，她出去以后又是怎么锁窗的呢？

梁皓去主屋搬来一把椅子放在气窗下，站上去观察，在脑海里勾勒出金莹的身形。气窗宽八十公分，中间有柱子一分为二，再加上窗框的宽度，开口只有三十多公分，成年人出不去，身材娇小的孩子倒确实可以。

他推开窗，再用力拉回。砰的一声，窗户关上了，但插销并没有被震落下来。他又试了两次，还是不行。也就是说，金莹跳出去的瞬间甩上窗也是行不通的。到了外面，梁皓也想象不出用什么工具可以把窗户反锁上。

梁皓回想他看到的那串脚印，是从院门通向主屋的，因此金莹并不是直奔仓房，而是先来到主屋门前——她想进来，但是梁皓没有听到敲门声，于是她去了仓房？

是不是应该把焦点从仓房转移开呢？有没有可能，主屋的门和院门一样，压根就没有关上？梁皓摇了摇头，主屋的门是开是关，对目前的结果没有影响，金莹最终离开了这里，而仓房的气窗是唯一的出口。

一阵急促的拍门声打断了思考，梁皓来到院门后，透过门缝朝外看，看到了金齐山。金齐山双眼血红，脸颊却像酒精中毒般发青。梁皓闭上眼，打开了门。

“梁老师！总算等到你了。”金齐山握住梁皓的手，他在笑，“小莹在哪儿？你告诉我……我不为难你，你告诉我小莹在哪儿，我把她找回来，你放心，我就当什么也没发生过……求你了，梁老师，你说句话。你想要什么，你要多少钱？你说话，你为什么！为什么啊……”

他掐住梁皓的脖子，像头癫狂的野兽向前冲，梁皓放松身体，任由他发力，若不是后背撞到墙，两个人就会一起摔倒。

父母亲和幼贞都跑出来了，但他们拉不开金齐山。梁皓透过凌乱的胳膊看见了罗显章。他就这么站在门外，双手插在兜里，不动声色地看着这出闹剧。

雪正在消融，到处能听到水声。水顺着叶脉、顺着石缝往下落，汇到水泥路和山脚之间的沟渠里。

眼前的缓坡大约有四五十米长，走上去，就进了倚山别墅群。别墅群没有围墙，靠陡然拔高的地势与外围区分。缓坡右侧是寻安河支流，沿着山壁往东北流淌，穿过一座木桥。山海间酒店在桥北，过了桥往西数，第二幢就是金莹家。

梁皓走到桥上转头看，见罗显章把车停在缓坡顶上，下了车跟过来。梁皓从看守所出来过了六天，罗显章和他的一名下属就跟了六天，两人轮替，不靠近也不避讳。今天是大年初五——他们连回家过年都是轮替的。值得庆幸的是，那些记者没有警察那么卖力。

梁皓被刑拘的半个月里，罗显章来找过他两次，第一次是跟姓汪的刑警队长一起。他们问，在仓房外接应的人是谁？这个问法和在刑警队审讯的时候不一样了，他们强行设置了梁皓送走金莹的前提，然后在这个前提下提问。梁皓无论怎么回答都等于承认这一前提，于是他只能答非所问。第二次是罗显章一个人来的，那时距离金莹失踪已经过去了十二天，他很疲惫，脸上满是岁月留下的痕迹。

“这样耗下去没有意义。”他推过来一张纸，“你看一下，事情是不是这样。”

纸上的文字描述了这样一番情形：一月二十一日，也就是金莹失踪那天晚上的七点半到十点之间，革马村西南住宅区的一位名叫黄彩珍的住户在自家厨房里切笋干——梁皓知道这个女人，她就住在他家南面。厨房在房子北边，因此黄彩珍家的厨房和梁皓家的院子隔路相望——八点左右，金莹来到梁皓家，想让梁皓带她去玩雪。梁皓拒绝了，劝金莹回家。他注意到黄彩珍家的厨房亮着灯，黄彩珍手拿菜刀，正对窗户朝北站立。梁皓顾忌过往的风评，怕黄彩珍看见了说闲话，便让金莹从仓房的气窗离开。他搬了一张桌子，自己站上去，再把金莹托出气窗，随后关上并锁住了气窗。

梁皓从纸上抬起目光，看着罗显章。

“看懂了吗？”他说，“如果是这样，就是行为失当，大晚上的，不该让小女孩一个人回去。”

“……这是什么意思？”

“如果这是事实，你只要承担民事责任，赔点钱，给女孩爸妈道个歉，总好过现在这样。孙律师会帮你处理妥当的。”

“这是你自己的主意？”

“别扯有的没的，签还是不签？”

梁皓摇头，把纸张推了回去。

“也好，横竖有个交代。”他起身走到门口，回过头来咬了咬牙，“你等着，我迟早抓住你的把柄。”

这股倔劲还在继续，罗显章似乎对揪出梁皓的把柄充满信心。他走上木桥，倚着栏杆点了烟，他知道梁皓要去金莹家，不再往前跟了。

赵楠背靠屋门坐在院子里，望着地面出神。她用绒毯裹住上身，却没有穿袜子，细瘦的脚踝裸露着。梁皓推开铁艺门，锈蚀的合页

“咯吱”响。有鸟听到了，点着树枝飞起来，雪块震落，散在赵楠脚下。赵楠抬起头来看梁皓，像是已经不认识他了。

梁皓在院门内站了一会儿，直到赵楠的眼神不再变化。他不确定屋里还有没有其他人，因为还在放假，一路走来，整个别墅区都空荡荡的，赵楠像被遗弃似的守在这里。他走向赵楠，赵楠便垂下目光看着他的膝盖。

“我不知道小莹在哪儿……”梁皓轻声说。

赵楠石像般一动不动，连胸口的起伏都察觉不到。过了许久，泪水从她眼眶里溢出来。

“那天晚上我没有见过她。”

梁皓做好了充分准备，如果赵楠情绪失控无法交谈，他就离开一会儿再来，实在不行就改天。赵楠的反应出乎他的意料，此刻他意识到，他并不能对失去孩子的痛苦感同身受。

“如果她真的来过——七点半从同学家离开，走到我家的时候，我可能刚好睡着了一会儿，对不起……”

梁皓强调了时间，是想从赵楠口中得到确认。他不那么信任警察了。昨天下午他去找过邱丽娟，但是邱丽娟没让他进门。他很在意时间，从邱丽娟家全力赶路到达他家，大约需要五十分钟，他趴在桌上睡了半个小时，醒来时是八点四十分，仿佛命中注定要错过。但他又觉得自己似乎没有昏睡到听不见敲门声的地步，也许他就是被最后一记敲门声惊醒的——伴随着梦里那只猫的消失。

那时夜深人静，二楼书房亮着灯，院子里是平坦的雪地，即使是十岁的孩子也能判断出家里有人在。金莹没有呼喊，只是怯懦地用戴着手套的手掌拍门——梁皓这样想象着——她透过窗户看向黑漆漆的客厅，楼梯上始终没有人下来，于是不再坚持。因为梁皓对她说过，如果再偷偷来找他，他们就不是朋友了。

“小莹走丢之前，她来找过我。”梁皓说。

赵楠终于再次与他目光交会。

“她拿了作业过来让我检查，她说，往后想在我家做作业。我没有同意。那天是礼拜天，一月十四号，你有印象吗？”梁皓没有等到答复，只好接着说，“她坐了一会儿，我倒水给她喝，所以桌子和杯子上有她的指纹。”

“你来做什么？”赵楠忽然开口，好像梁皓刚刚出现在她眼前。

“……她说是趁你不在偷跑出来的，我想，你是不是知道这件事？”

“我不知道。”她的气息开始颤抖，越来越剧烈，以至于她不得不挺直上身说话，“我不知道，梁老师。都是我的错，我不该赶你走的，是我的错，求求你，把小莹还给我，求你了！”

她屈着双腿往前迈了一步，紧接着跪倒在泥地上。梁皓本该来得及扶住她，但她的话让他愣住了。绒毯从她肩上滑落下来，梁皓看见她的左手腕上缠着厚厚的绷带。

梁皓无言以对，他把毯子捡起来，塞进赵楠的臂弯里，转身朝外走去。

“一月十四号……”

梁皓回头，见赵楠站了起来，她忽然变得面无表情。

“十四号我去县里办事了，小莹一个人在家。”

“你回来的时候，没有发现她有什么异常吗？”

“什么意思？”

“她走得很快，浑身都是汗，我送她回来走得也很快，或者就是，她的鞋子特别脏。”

“我没注意。”

“……是吗？”

“如果，”赵楠说，“如果那天她去了你家，那么多邻居，总该有人看到，他们怎么说呢？”

“没有人愿意说，愿意说的都说没看到。”

“梁老师，你的说法很奇怪，那就是没人看到。”

梁皓观察赵楠的神情，他沉下胸中的气息，随后点了点头，转身离去。

这一切都在罗显章眼皮底下进行，但他应该听不到他们的对话。梁皓经过木桥时，罗显章把烟头扔进河里，低头说，你真行，下一步去哪儿？仿佛是在问烟头将要漂向何方。

不知为何，梁皓莫名想起那天在金莹家吃午饭的情景。金齐山调侃山海间的经营状况不尽如人意，赵楠白了他一眼，说："这一切都是缘分，没有梁老师就没有山海间，没有山海间，谁在这儿盖别墅啊？连外面那条河都不会有。"

他抬头仰望山海间巨大的楼体，眼前浮现出自己当年在记事本上信手涂就的画稿。那个本子是什么时候丢掉的，梁皓怎么也想不起来了。

出了镇政府大门，幼贞说："就这样吧，我走了。"

她转身向左，沿着人行道朝路口走去。梁皓注意到那儿停了一辆面包车，车身上印着"成峰副食品"几个字，车是旧的，字却很新，泛出油漆的光泽。他第一次见这辆车，之前的电动三轮车——那辆把敏芳的衣包送到灵堂的车已经被替换掉，他们的生意越做越好了。万成峰是个很可靠的男人，梁皓这样对自己说。

梁皓提的袋子里装着户口本、身份证、结婚证、村委会的介绍信，还有他和幼贞都签过字的离婚协议书。他撑开袋子清点一遍，和来的时候一样，没落下什么。他本以为今天就可以办完手续，把结婚证换成离婚证，但办事员说，要审查，一个月以后再来。办事员和俞家人相熟，知道双方心意已决，没有问多余的问题，否则大概率会被再三劝阻，得来回跑上好几趟。乡镇没有民政局，离婚是去镇政府的，梁皓不久前才知道。

幼贞坚持不要房产，家里的东西一概不要。她说，是她提出来的，所以她不要，她只要梁湛。

协议书上的条款都按她说的来，梁皓没有异议，他想着，过些时日转给她一笔钱，他在犹豫要不要把房子卖了，回千桂市去。

继续留在这里似乎已经没有多大意义，他和这个美丽乡村的缘分已经走到了尽头。梁皓回想最初，他决定在这里生活并不是为了组建家庭，然而遇见幼贞之后，他似乎感到某种意义上的顺理成章，不自知，因而难以抗拒。如果非要说俞家人的亲近对他的意志没有影响，那是自欺欺人。人生的阶段感就像旋律一样，到了那个地方就会出现那些音符，他还来不及探究原因，脚步就自然地被舒适的旋律推动了。

我终究是一个固执却没有力量的人，他想。

穿过刚才幼贞上车的路口，左手边就有个公交站。岭阳镇没有自属的公交车，梁皓只能搭乘从县里过来的城乡公交回家，半个小时左右一班，终点站离家倒是很近。

现在已经三月初，风里夹杂着淡淡的植物气味，再过一阵子，梁湛就能看到家门前长出的油菜花丛了。

父母在元宵节后回市里了。回去的前一天，梁皓把梁湛接过来，四个人一起吃了顿饭。梁湛见爷爷奶奶生，来的路上很拘束，当他发现那个熟悉的家出现在眼前时，脚步立刻加快了。他在院墙上找到已经退淡的划痕，指着让爷爷奶奶看。“这是兔子，我画的。”他抿着嘴吐了一下舌尖，有点难为情地说，“只剩一个耳朵了。”

他跑上二楼，在卧室里翻箱倒柜。他的记性很好，之前哪些玩具没带走，他都记得。梁皓说，那些玩具都坏了，你要吗，我以后再给你买。这时梁湛的眼神有了些许变化，他欲言又止，看着梁皓，马上低下头避开目光。幼贞大概已经跟他说过些什么了。

梁湛三两口吃饱了，跑到院子里玩耍，那天墙角边还有零星的残雪。过了一会儿他跑进来，指着外面说，又是那个人！

梁皓和父母相互看了看，他们知道“那个人”是金齐山。

不知从哪天开始，盯梢的人从警察变成了金齐山。他也像警察一样远远地守望，但眼神不同。有时他会坐在车里，一边喝酒一边窥视进出家门的梁皓，梁皓能从他的眼里看到一种病入膏肓的疯狂。梁皓没有报警，他觉得，金齐山和警察的衔接没准是他们约定好的。

奇怪的是，梁湛说了“又”，他有整整八个月没来过这里——这意味着，金齐山去过幼贞娘家。

梁皓走出院子，见金齐山懒洋洋地靠在墙上抽烟。

“你拿我怎么样都行，不要骚扰我的家人。”

金齐山露着牙笑了。“你从我手里夺走的，就是我的家人。”

二十分钟过去了，公交车还没有来。梁皓左右张望，今天应该没有人跟踪他。

不经意间，马路斜对面的报刊亭吸引了他的注意力，他的目光落在一本杂志上，杂志封面上印着两个硕大的宋体字：心界。

梁皓在心里把这两个字念出来，他想起从看守所出来那天守在家门口的某个记者。于是他穿过马路来到报刊亭前，拿起杂志翻看。

“有上个月的吗？”

老板蹲下身去找，不一会儿找出两本甩在柜台上。《心界》是一份半月刊，在二月上期那本里，梁皓找到了他想看的报道，他的心悬了起来。

最先冲击视野的是金莹的半身照：白色羽绒服把她的身体裹得浑圆，小脸蛋也浑圆，平整的刘海齐眉，眼眸动人心魄。梁皓凝视良久，闭上了眼睛。

“哎，你要是不要？”

梁皓匆忙付了钱，走开一步继续看。

《大雪有痕——寻找革马村失踪女孩》，标题下方有一张占据半页篇幅的照片。照片上是金莹家的别墅，院子里聚集了十几个人，其中依稀有罗显章的身影。赵楠被围在中间，弯着腰，像是忍受着巨大的疼痛。

这正是金莹失踪当晚的情景，警察接到金齐山的报警，刚刚赶到那儿。

梁皓越看越诧异，他尝试判断拍照者的方位，应该是在一个比较高的位置，与三楼高度相当。相机的感光元件很出色，能看清暗部的许多细节。画面中最亮的部分是从客厅和厨房里透出的灯光，在人群背后勾勒出一圈发亮的轮廓。

下方的正文内容很简单，只说金莹在傍晚离开同学家后，就再没有人见过她。

梁皓又看了一会儿照片，对于拍摄者是谁大致已有眉目，同时又产生了新的疑惑。他把杂志收进袋子，朝东拐进弄堂，穿过去就能到镇中心街道。那儿有一处“摩的”聚集地，他要再去一趟倚山别墅。

金家的栅栏门从里面插上了门闩。正当梁皓以为没人在家时，他看见窗户里有人影在移动。人影转过来，也看见了他，放了拖把靠在墙上，推开屋门走出来。

“李阿姨。”

“啊——”李阿姨张大嘴巴，“梁老师！”

梁皓和这位女佣仅有一面之缘，而且隔了快两年，倘若在大街上遇见，梁皓多半认不出她来。

下意识的喜悦只在李阿姨脸上停留了一瞬，她眨眨眼，立刻警惕地说，老板和太太都不在。梁皓撒谎说，上回来，有东西落下了。

“嗯……”她看了眼门后的插销——其实从外面伸手进去客人自己也能开，“太太去那边的庙里了，应该快回来了。”她不好意思地笑着。

梁皓点了点头，没有说话。沉默让李阿姨手足无措。

“什么东西啊？”她问。

“钥匙。”

“哎哟，那倒是要紧东西，可是我不好随便……那个……”

梁皓在想，如果没有金莹的事，她会不会一样不开门。他转了念头，说：“没准是掉在院子里了，我就在院子里找找看。”

“这样啊。”李阿姨转身就在地上找了起来。

“我进来一起找吧，放心，我不进屋。”梁皓说着把门闩拉开了。

他假装在草丛里寻找，慢慢走到厨房的窗户外，抬起头往里瞧。灶台擦得光亮如新，瓶瓶罐罐都收起来了。厨房的宽敞程度比得上普通人家一间卧室，但也没有添置什么特别的设备。

“怎么了？”李阿姨走过来，“钥匙在里头？”

“不。”梁皓低头想了想说，“最近，厨房里有没有什么东西收起来了？”

“嗯？”

“比如说，本来放着的取暖灯。”

李阿姨探头朝厨房里望。“取暖灯啊……”

“我只是打个比方，也可能是其他像灯那样会发光的东西。”

“像灯那样……”李阿姨哆嗦似的摇了摇头，“我不知道，什么发光的东西？厨房嘛，一直就那个样子，你说取暖灯，哪有往厨房里放取暖灯的呀？”

“也是。”梁皓环视院子，用搜寻的目光遮掩思绪。

李阿姨盯着梁皓看，她看出来了，梁皓并不是来找钥匙的。

梁皓想说些别的，可是他和女佣之间的联系只有金莹，说多只是徒增困扰。万一赶巧金齐山回来撞见了，李阿姨会很难堪。于是他道过谢，出了门往来路走去。

走了一小段，等看不见金家大门后，他拐进竹林，从金家后面绕了回去。他要拜访的另一户人家就在金家旁边。

门铃响过，脚步声来到门后，梁皓看到猫眼内的光线变暗了。稍后门开了，男主人狐疑的脸出现在门缝里。

“不好意思，打扰了。我是……我之前给那家的孩子做过家教。”梁皓指了指金家的方向，从这里可以看到金家的院子一角。

男人把门开大一些，点了点头说：“梁老师。”

梁皓松了口气，他还认得他。不过，他知道他姓梁，恐怕不是之前打过几次照面的缘故。不管怎么样，最起码他没有直接关上门。

女主人听到动静，从房间里走出来。她是个身形臃肿的女人。看见梁皓，她神情变得茫然。男人回看妻子，犹豫片刻后，他走到廊檐下，顺手掩上了门。

“什么事啊？”

梁皓从袋子里拿出杂志，翻到报道那一页。“这是你拍的照片吧？”

男人晃了晃眼珠。“是的，是我拍的。”他说着调整站姿，脑袋倒向一边，像是在故作理直气壮。“我只是把看到的东西拍下来，那时候很多人都看到了。后来有记者过来打听，我就把照片给他们了，警察也看过这篇报道，他们同意，杂志才发出来的。”

很明显，他以为梁皓是来找碴的。其实没必要，这张照片并不指向什么，可以说跟梁皓没有直接关系。

“原片还在吗？”

“……嗯，在，怎么？”

“方便的话，我想看一眼。”

“你是说，就是看这张照片？”

“是的。如果拍了好几张，我想都看看。”

“这是为啥？”

“印出来的不够清楚。”

男人费解地拿过杂志看了一眼。“你想要多清楚啊？原片也差不多吧。”

梁皓走到他身旁，食指点着照片上某处，问：“这是什么？”

“……厨房啊。”

“是厨房。我是说这里，看到吗？黄色的光。”

由于室内外温差很大，厨房的窗上布满水汽，像磨砂玻璃，里面的东西成了边界朦胧的色块，完全看不清，只是隐约能看到，厨房里的光源除了白色的顶灯之外，还有中间位置一小片微弱的淡黄色的光。

男人的脑袋又歪向另一边，来回看着照片和梁皓的脸。“台灯吧？我看是台灯。”

“厨房里用台灯？”

“别人家的东西嘛，爱怎么用怎么用。”他有点不耐烦了。

“那天晚上你还注意到什么？”

“没有，没什么了。我听到有女人在打电话，我就醒了。后来警察就来了。”

“她打电话，你醒了？”

“她从……”男人指着院子外面，胡乱比画了一圈，“从家里走出来了，就在这一带，边哭边打电话，我没睡死，就听到了。”

梁皓望向木桥的方向，随后转回头说：“我想看看原片，拜托你了。”

男人皱紧眉头，朝屋子里瞥了一眼。

梁皓从上衣内袋里摸出一张碎纸片——离婚协议书上撕下来的一角——塞进男人的手心，那上面写着他的电子邮箱地址。

“你可以发邮件给我，这对我来说也许很重要。需要酬劳的话你尽管开口，谢谢！”

远在一公里之外，梁皓就看到了那阵飘在住宅区上方的黄色尘雾。那正是他家的方向。他隐隐觉得不安，便加快了脚步。雾是纯粹的细尘，没有黑烟，不像是火灾。准确来说，它并不是在飘散，而是静静地笼罩着。

住宅区里乱哄哄的，人们奔走相告，仰着脖子往西南方向走。梁皓离家越近，人就越多。有人认出他了，张嘴想说什么，没说出来，胳膊肘搡了搡旁边的人，人人都看着他走进院子。

被笼罩在尘雾底下的，正是梁皓的房子。

仓房塌了，房梁的一头还连着主屋，另一头带着瓦片瘫下来，歪歪扭扭地盖在一台工程车上。还没有完全折断的房梁和工程车共同支撑着向东倾斜的主屋。主屋好几扇窗的玻璃都碎了，西墙的墙根裂开一道齐整的缝隙，能看见里面的钢筋。

东边的院墙——距离仓房最近的位置开了个五六米宽的口子，工程车是从那儿一头撞进来的。

戴面罩的消防员正在谨慎地清理仓房，外围站着四五个穿藏蓝色制服的人。

梁皓往里走，有人从身后拽住他。他回头看，是罗显章。

“我劝你最好不要靠近。”

“怎么会这样？”

“电已经切断了，不会着火。你也看到了，房子现在很危险，他们在想办法做支撑。”

“我问你怎么会这样？！”

罗显章用掌心蹭着自己的寸头，朝断墙的方向努了努嘴。“就这位老哥，喝多了。”

那边有许多人尝试钻进来，被消防员拦着，只有一个中年男人站在围墙内侧，望着工程车神情木然，头顶和身上都沾了灰。

罗显章说，这人要把推土机转去另一个工地，贪近路，就从住宅区里过，吃午饭的时候喝了酒，不留神就撞到房子了。

“……不留神？”

梁皓看着罗显章的眼睛，觉得难以置信，不单是他说的话，还有他说话时轻描淡写、无须深究的口吻，好像这件事已经发生了很久，或是发生过太多次，应该习以为常了。

住宅区中间有条南北方向的柏油路，路不宽，平时也确实有工程车辆经过，但梁皓的房子并不在路边，推土机跑到这个位置是没道理的。

“撞成这样是不留神？这根本是故意拆房子！”

“嗯，”罗显章垂下头，阴沉地看向男人，“我是在考虑，带他去医院做尿检，现在出来干苦力的，也嗑药。”

梁皓朝男人走去，迈出一步，被罗显章拽住了。

“他老板说了，该赔多少赔多少，没必要为难他。”

梁皓踟蹰了一会儿，没说话，轻轻挣脱了，来到男人跟前。男人下意识地往后退了一步。他的年纪大概和梁皓差不多，穿着很脏的工作服，上面的污垢是经年累月留下的，污垢上还附着一层细灰，和他头发上的灰一样。他的眼珠凌乱地晃动着，仿佛只要梁皓开口，他就会全身颤抖起来。

就在这时，梁皓察觉有一道目光正在某处注视着他。自从出了看守所，这种感觉一直持续着，到了最近，他已经懒得去验证是不是自己神经过敏。他望了望四周，没有在人群里找到那双眼睛，但这种感觉给了他提示。

“是有人让你这么做的。”梁皓本想提问，后又改变了说法。

男人猛然抬头，半张着嘴，随即又低下头。“对不起。”

“你去跟警察说。”

“说……说什么？”

“说是谁指使你的。”

“我不知道，不是，没有人指使我，是我喝醉了，喝醉了。”

梁皓摇了摇头。

“我不该喝酒的，那边工地的活干完了，我想着好好歇歇，就没忍住。老板打电话让我把车调过去，我不敢说我喝酒了，硬着头皮开。”

男人的眼角挂下来，这苦楚的神情似曾相识，梁皓好像在哪儿见过他。

“我老板是个好人，”他继续说，“他高兴赔钱，那就太好了，你算一算要多少钱，跟我老板说，他很讲道理的。就是……我上班喝酒，不知道他会不会开除我。我不能丢掉工作，我已经丢掉女儿了，后来、后来我又生了个儿子，儿子指着我养呢，我不能没活干。我原来在开发区的厂里弄数控机床的，那个开发区你还记得吗？女儿死了，我脑子不好用了，只能去工地上做。我老板一会儿就到了，他来了，你跟他求求情，我真的……不知道怎么搞的，我开到这里就迷糊了，我听到有个小女孩在喊救命，她喊救命呢！我的手脚不听使唤了……”

说完这些，男人的嘴唇不再颤抖，他看着梁皓笑了。无声的笑，嘴角、眼角、鼻翼极其缓慢地变化着，好像枯叶在雨水浸润后的舒张。

小薇的父亲在视野中慢慢远离，梁皓发觉自己正在往后退。寒冷彻骨的恐惧从脚底升上来，他仿佛在冻结的湖面上倒行，低下头看，过往的一幕幕就定格在冰层之下。

梁皓陷入了恍惚，一直到傍晚住进岭阳宾馆，他还没有从恍惚中完全走出来。他的思绪被回忆占据了。他想起他在开发区租的那间办公室，最后只剩小薇坐在他身边，她在玩回形针，她的袖口脏兮兮的，自己扎的辫子松松垮垮，额角的头发毛茸茸的，打着卷，好像自打出娘胎就没剪过。有好多次，梁皓想给她看那张照片，她看到自己给乞丐吃酥饼，一定会腼腆地笑起来。但是不可以，也许等她长大了才有机会——如果到那时还能见着她的话。

再次直面小薇父亲的一刹那，这些看似久远的记忆比金莹的走失更加强烈地冲击着梁皓的内心，他不知道为什么会这样。现在他坐在宾馆的椅子上望着夕阳，感到一种近似虚无的孤独。

等到天色暗下来，他变得坐立难安。曾经让他安然自处的黑夜现在给予他的是煎熬，他需要做些什么来分散注意力。

桌子边上放着他的电脑机箱和显示器。他在消防员的保护下进屋拿了几件要紧的东西出来，其余家当需要等房体稳固之后再说。他接上电源试了试，电脑在一次蓝屏重启后恢复了正常，工作文件都存储完好。

幼贞打来电话询问情况，梁皓说，他当时不在家，警察告诉他有人喝醉酒开推土机，不巧撞塌了房子。幼贞听他说完，就此沉默着。梁皓觉得她是想从他口中听到不一样的说法，但他不愿再提及任何有关金莹的事了。

这件事，小薇的父亲是否出于自愿……他很可能是自愿，但不是自发的，否则他不必等到今天，不必卡在这样一个节骨眼上。他说的喊救命的女孩不是小薇，而是金莹。

工程队的老板来了之后一个劲地赔礼道歉，把小薇父亲当成亲兄弟也不过如此。他说等住建所做完评估，无论修缮还是推倒重建，他照单全赔，保险公司支付不足的差额由他个人补齐。他甚至因为这场事故顺利达成而感到兴奋，给在场的人发了一圈烟。安排到这份上，没有人在背后支撑是不可能的，这个人只能是金齐山。

然而金齐山为什么要这么做呢？为了复仇泄愤，目标应该是梁皓自己或是梁湛才符合逻辑，拆房子没有意义。如果他没有丧失理智，那就是他认为房子里还留有尚未发现的金莹的痕迹，这些痕迹不像指纹和脚印，只能证明金莹来过，而是可以证明金莹没有离开过——金齐山觉得女儿在梁皓家里遇害了。

是啊，梁皓何尝没有这样想过呢？

在看守所的大通铺上，他想了一个礼拜，直到汪磊和罗显章来找他。他们说的话全部集中在金莹如何离开仓房的气窗，于是他知道警察在他家里一无所获，换句话说，他们没有找到金莹的尸体。

但金齐山认为警察找得不够彻底，所以推倒房子，替他们创造机会？

杀死一个人，藏尸于房屋下或者墙体中，然后洗净血迹，把动过手脚的地方复原——这些事能在一个晚上完成吗？梁皓觉得很难，或许警察的考虑更为极限。他们走投无路，渴望一探究竟，但代价高昂的调查行动没有获得上级批准。不过，他们无法买单的事，有人愿意买单。

梁皓离开家的时候，罗显章和他的几个搭档还留在那片尘雾之中。房屋施救自有消防队来完成，警察在现场的意义是为了解决纠纷。赔偿谈妥，工程队老板和小薇父亲都已经走了，他们留下来还想做什么，梁皓当时就明白了。

“家里能腾出房间，如果你愿意，可以暂时住过来。”幼贞在沉默之后说。

大概是手机盖住一只耳朵的关系，梁皓听到自己的气息穿过鼻腔的声音很重。

“不了，不了……”他意识到，幼贞的话让他真正下定了决心，“我回去，也该回去了。”

“嗯，那也好。”

梁皓忽然很想拥抱她。

“如果小湛想我了，打电话告诉我。”

“好的。”

“那就这样，挂了。”

“嗯。”

梁皓想尽快睡着，等天亮了就能出发回千桂市，他甚至有些急不可耐，越是这样就越睡不着。在床上躺到十点，起来烧水的时候，他注意到烧水壶边的墙上接着网线。于是他再次打开了电脑。

邮箱里有一封未读邮件，那个摄影爱好者——梁皓至今不知道这位金家的邻居叫什么——发来了照片。照片总共有四张，除了曝光强弱有微小的差别，其他都一样，是在极短的时间内连续拍摄的。

厨房里的那片黄色的灯光究竟是什么，依然看不清楚。

算了，没有用的，梁皓对自己说，就算真的是他猜想的那样，又能如何呢？想不明白金莹是怎么离开的，后面的一切都是无稽之谈。

拉上窗帘前，他低头看了眼寂静无人的街道，说不定，这是他在岭阳镇度过的最后一个夜晚。

第十四章　不熄的淡光

警车队伍在县道上逐辆分道扬镳，拐进通往各个乡镇的岔路。进入三塘县区以后，我们前面只剩三辆车了。没多久，其中一辆在县人民医院门口停车，下来两个警察，急匆匆地往里面走。

我们开始讨论 DNA 对比大概要花多少时间，陈舜说跟验血差不多，个把钟头的事，尸骨是上午运走的，这会儿应该已经有结果了。可是我上网查，说至少要两到三天。陈舜说那是做亲子鉴定的，鉴定师才不关心谁是谁爹；破案子不一样，那可要玩儿命干。

我们一路兴冲冲跟到刑警大队，结果却事与愿违，被保安拦在门外。陈舜喊汪磊，这段距离汪磊分明是能听到的，但他头也不回地进楼里去了。

“我们是配合汪队长破案的民间组织，我手里有……”

“去去去……”保安噘着嘴连续吐字，一时让人无法分辨他是不是口吃。

不一会儿，闻讯而来的媒体陆陆续续在门口会集，有些是和我们一样从岭阳镇一路追过来的，大部分则来自市区方向。可能是经验让他们意识到没有报道的希望，在跟刑警队派出的代表交涉过后，他们很快便纷纷离去。五个小时之后，守在大门外的只剩我们了。

在这五个小时里，汪磊的电话怎么也打不通。陈舜失望透顶，吃饭的时候看着面碗发愣，半天才把筷子拿起来。

“他们要重启案子，程序一定很复杂。”他这样安慰自己。

金莹案的性质改变了，从一件尘封多年的往事变成了实时案件。说白了，目前的状况我们应对不了，普通记者有的采访渠道和人际关系我们一概没有。只是一想到这种改变源于我们的努力，心中难免愤懑不平。

陈舜琢磨来琢磨去，给谭村长打了个电话。他认为文化站和电视台或报社多少有些关联，想让谭村长找王站长帮忙。他的思路是，与其干等警察开口，不如找一家能撬开警察嘴巴的媒体，从他们手里要到最新的消息。

谭村长说，行不通。媒体和警方从来就不是能上一张桌的人，案子破了，怎么采访都行，没破，只能在桌边候着。

陈舜骂骂咧咧地挂了电话，说早知道当初给这老头钱的时候留点尾款。小希坚持要回去休息，陈舜正在气头上，没同意。

“你说了时效性不重要，那么猴急干吗！我两天没洗澡，我受不了了。”

“啰里吧嗦的……我们三个穷光蛋，还能撑几天？我欠了一屁股债，不早点拍出样片去拉赞助，我就要被人追杀了。”

“问题是现在这样干耗着有用吗？”

“你怎么知道没用？机会是等出来的，在哪里不是等？你住村长家里是舒服，我和梦辉还要回那个死过人的宾馆。”

“这是我造成吗？是你自己没有筹备好，赞助不是说有就有，你这种孤注一掷的心态，迟早完蛋！”

“你知道他们为什么不肯出钱了？因为嫌疑人不愿意出镜，梁皓不出镜，片子就没有冲击力。不能确定尸体是金莹，我就说服不了梁皓接受采访！”

他们就这样吵了一架。最终还是小希妥协，闷闷不乐地回到车里。

幸好他们没问我的意见——我是同情小希的，但我认同陈舜的坚持。警察忙起来，没日没夜、天南地北地跑，下回逮到汪磊不知要什么时候。从这里到革马村，折返一趟需要两个小时，现在回去等于放弃这两天的努力。

在我们赶赴填埋场之前的那个电话里，汪磊并没有告诉陈舜他在哪儿，只是无意间透露死者的身份是拾荒者，陈舜在一片嘈杂之中分辨出了垃圾压实机的声响。要不是这样，我们多半也会被拦在警戒线之外。陈舜为人粗糙直白，远不如小希精明，但在大方向的判断上自有一股生猛的直觉。

我在后排座扭身躺下，望着刑侦大楼的灯火，不知不觉间昏睡过去了。

深夜十一点半，敲窗声把我惊醒。一个胡子拉碴的警察站在车外，朝陈舜勾了勾手指，陈舜的眼珠子里像是燃起了篝火。

“只准进一个，谁去，你们商量好。电脑拿上，任何录音录像的东西都不能带进去，手机放下，留车上。”

陈舜拿了我的电脑跟警察走了。到了大厅门口，警察示意他伸开双臂，然后拍他身上，从腋窝拍到脚踝。这两人活像是马上要进行地下交易的黑帮分子。

“采访警察是铁定没戏了。”小希重新靠进放平的椅背里。

她坐在副驾驶座，我从后面看，只能看到她的左肩和左耳。车里就剩我和她了，我暗自期待，她会继续昨天的话题——那个憧憬将来合作无间的话题。谁知不一会儿，她的呼吸渐趋平稳，似乎又睡着了。

半个小时后陈舜回到车里。

“人是她，书包也是她的。正式报告还没出，不过医院那边已经有说法了。”

“然后呢？”小希问。

“没了。”

陈舜和汪磊碰面的时间只有两分钟，他们甚至没有坐下来。剩下的时间，陈舜就在信息科的警员身后等待视频拷贝结束。关于拾荒者的案子汪磊绝口不谈，用陈舜的话说，就连尸骨的身份也是他拽着人家的胳膊死命不放才问出来的。

“死因呢？”

“就一副骨头，鬼知道。”

“现在技术那么强，骨头也能看出点门道吧。”

“除非脑壳上有窟窿，他不说，我有什么办法？”

“为什么就埋在那里当年却找不到？”

“我也想知道啊。”陈舜不耐烦地咂嘴，“这种问题，问了他也不会回答，盐平山那么大块地方——他总不至于坦白说那个时候没认真找。要不是我们告诉他铃铛的线索，他能有这魄力？一辈子都找不到！”陈舜呼出一口气，发动了汽车，“梦辉……”

“嗯？”

“剪个样片出来，控制在二十分钟以内，不，十分钟，就十分钟。今晚就剪出来，梁湛的那段视频千万别漏了，这个最要紧。我把阿海和胡琛的事情写下来，一定能写清楚的，就是那么回事。小希，你今晚好好休息，准备明天的采访，有什么要问的全记下来。”

“明天采访？”

“明天一早出发去千桂市，我们去见梁皓。”

我睡下的时候，陈舜还靠在他的床头写稿子。我们先送小希去谭村长家，赶回莲花招待所已是凌晨一点半。我按照陈舜的指示，把所有采访视频串起来，剪辑成十分钟的短片。由于之前做过初剪工作，并逐字逐句记录了采访稿，每段视频的什么位置对应什么内容我都了然于胸，这项工作很快就完成了。

在填埋场逗留的时间超过了一天一夜，身上应该很脏，尽管夜已深沉，我还是在躺下前洗了个热水澡。想到明天要去见梁皓，我有些惶恐。

睡了一会儿，陈舜拍醒我，把他的本子凑到我眼前，说，你看看。

我困得太阳穴发酸，但我想知道他写了什么。

“拾荒者杀人事件始末”，这是笔记的标题。他果然是自媒体文章写多了，动不动就“始末”。我拿过本子看下去。后面他是这样写的：

被害人：阿海，男性，四十岁左右，拾荒者，常年生活在盐平山垃圾填埋场。

谋害人：胡琛，男性，年龄未知，身份和生活环境与阿海相同。

事件脉络：

二〇〇八年一月二十一日晚，梁皓在自己家里约见金莹，之后利用仓房的气窗送出金莹。在外接应的阿海把金莹带到某处，残忍虐杀，最后埋在盐平山脚下。

（凶案现场应该不在阿海的房子里，因为附近住着拾荒者大队，但也不会离那儿太远，因为运送尸体不方便，很可能是在半山腰的树林里。）

这是梁皓和阿海的第二次合作，第一次是在二〇〇四年底。当时李薇常去离家较远的田地里玩耍，梁皓把这条只有他才知道的信息透露给阿海。在被阿海追逐的过程中，李薇藏入干草垛，阿海没有找到她，但她却因为惊恐发作癫痫，窒息而死。

阿海得到了李薇的酥饼和金莹的铃铛，作为“狩猎纪念品”保存在家里。

今年九月底，以陈舜为代表的纪录片摄制组深入革马村，走访调查金莹失踪案，意图重新激发社会对该事件的关注。梁皓担心东窗事发，决定除掉阿海，他找到与阿海素有过节的拾荒者胡琛，帮助他杀人灭口。

十月一日，胡琛把阿海约至莲花招待所，准备等梁皓抵达后一起动手，却因被阿海识破而提前爆发冲突，杀死阿海。与此同时，摄制组成员李梦辉的女友高美误入现场，成为目击证人。胡琛离开招待所，半路和梁皓会合，乘坐梁皓的私家车回填埋场，收拾家当后潜逃。

十月三日，警方在填埋场以北的山麓下挖掘出一具儿童尸骨，经检验，确定是金莹的遗骨。

他的字迹涂涂改改，我费了好大劲才看完。他写的这些和先前的推论差不多，我倒没有因为内容本身感到惊讶。

“你打算把这个拿给梁皓看？”

“没错。”

但这番言之凿凿的姿态，还是让人感到不妥。比如，在李薇的事情上，梁皓既然仅仅是个提供信息的人，那在金莹的事情上也可以，完全没有必要把她约到家里来，再用某种奇怪的方式送出去——这是引火烧身。只要告诉阿海日期和大致时间，让他守在半道上就行了。还有就是胡琛选择的杀人地点——人员集中的招待所，就像小希说的，叫人摸不着头脑。

“废话，我当然知道事情没那么简单。”

“是吗？”

“不这样说，怎么让梁皓开口？先别管其他的，你有没有补充？”

“没有。”

“那行，打出来吧。”

“现在？”

“你的电脑我用不惯，注意错别字，要是有，就帮我改过来。啊对了，最后加上我的名字和电话号码。”陈舜说着往下一滑，窝进被子不动了，连毛衣都没脱。

第二天日头将直的时候，我们动身前往千桂市。小希在车上看了陈舜写的稿子，两个人又拌嘴，拌不出个所以然来。陈舜问她，采访的问题想好了吗？她轻巧地说，能采访再说吧，随机应变。

车行一小时四十分钟后，熟悉而亲切的千桂市景显现在前方的淡雾之中。我只离开了八天，那些错落矗立的亮闪闪的高楼却像八年未见般让人怀念，这种感觉比我在大学寒暑假期间回来时要强烈得多。但是，怀念意味着一去不返。我抬高视线，望着树梢和天空，望得久了，内心甚至产生了一种故乡和异乡颠倒的错觉，匆匆来这里一趟，很快就得回去。我已经开始惦记那个简陋的小村庄了。

我们先去数码店，花二十九块钱买了个U盘，把陈舜的稿子和两个视频拷贝进去——一个是昨晚剪辑的十分钟短片，另一个是梁湛的完整采访，此外还有几张警察蹲在土坑旁清理白骨的照片。

梁皓一个人住在潼水区南部的一条老街上，是那种有具体地址也不免一番好找的旧公寓。陈舜和小希之前来过一趟，所以轻车熟路。街道弯弯曲曲，一眼望不到头，人行道上每隔一段就有店铺挑出小摊位，烧饼、麦芽糖、南货、护肤品试用装……人们扭身经过摊位，人流也就此变得弯弯曲曲。

公寓一层是商铺，楼道入口在小餐馆和水果店中间。我们来到四楼——也是顶楼——朝东的那户门前。木门外还有一扇防盗门，贴着蚊纱。陈舜回头看了看我和小希，抬起手，用指关节扣响防盗门的铁杆。

木门开了，一个中年男人站在纱门后，右手没有离开门把手。

他脸盘偏小，五官在阳光的侧照下轮廓分明，蚊纱让眼角的皱纹模糊不清。他的头发像少年般短而密，却均匀地掺杂着白发。

“啊，梁先生，打扰了，我们是拍纪录片的，五月份的时候我们见过一面。”

他垂下目光，想了一会儿，说：“陈舜。”

“哎哟，你还记得我，太好了！那个……能给我们一点时间吗？”

屋子里很亮，白墙白顶，淡色木纹地板从客厅一直铺到敞开门的房间里，阳光落在上面，留下柔和的阴影边界。这一定不是这套房子原本的装修。我有点惊讶，自然而然地想到了山海间的客房，尽管两者并没有多少相似之处。明亮的室内和昏暗的楼道形成强烈反差，跨进这道门，我们仿佛就能从枯树丛生的小径走进花园。

但是梁皓似乎没有这个打算。

“采访就算了，我没什么可说的，对不起。”他眼看就要把门关上了。

“不采访！等一下，梁先生……”陈舜伸手阻挡，蚊纱被他按得陷进去，“你知道吗？金莹已经找到了！”

这时，有个小小的影子在地板上晃了一下，随即从鞋柜后面钻出一只猫来。它扭头看着我们，背脊高高拱起，四条腿伸得笔直。

陈舜像是被猫瞪得不知所措。“其实，是遗体，找到的是金莹的遗体，她……”

“我知道，警察昨天来过了。”

我们三个相互看了一眼，陈舜又问：“他们说了什么？是不是问你另外一个案子，有个捡破烂的死了，对吗？我说得没错吧？”

“没错，但我不认识什么捡破烂的。”

“梁先生，你听我说，我们这几天走遍了革马村，那些人，他们说了很多关于你的事，这其中也包括……也包括梁湛。”

梁皓直视陈舜，露出费解的眼神。

“是他找到我们，是他主动要求录视频的，我们把视频带过来了。”

梁皓转过脸深吸一口气，拉开了防盗门的锁舌。

我们想换鞋，但发现鞋柜里没有拖鞋可换。那只猫凑过来，将我们的裤腿闻了个遍。它是只成年的三花猫，长得不好看。

转过鞋柜就是一张灰白色的沙发，可以坐三个人，客厅比预想中的小很多，沙发对面是电视机，中间没有放茶几。那间开着门的是书房，里面有排简易收纳柜，一格一格放满了相机和镜头，大多数都拆成了零件。

客厅的另一头就是厨房，灶台边有张平板长桌，比起餐桌倒更像办公桌，梁皓朝那儿抬手，于是我们坐了下来，他在短边，我们三个在侧边。

“当时我们在现场，”陈舜说，“就是警察挖出遗体的时候，只剩一副骨头了，真是可怜。”

梁皓让陈舜描述具体的位置，在填埋坑的什么方向，离砖房群多远，还有遗体的掩埋状态。然后他问：“为什么警察会认定在那儿？”

“不瞒你说，是靠我们提供的线索。”

陈舜把从阿海的房子里找出酥饼和铃铛的事说了。

“金莹失踪前的一段时间，康小奕见过那个铃铛，就挂在金莹的书包拉链上。”

“铃铛……”

“警察没有跟你说起吗？”

梁皓低头思索片刻后说：“他们问我认不认识那两个拾荒者，还有十月一号的不在场证明。那个叫戚海的，是那天死的？”

“他叫戚海……是的，十月一号，说来也巧，就在我们眼皮底下。警察既然这样问，说明他们怀疑凶手是你——应该说，他们怀疑主谋是你，你找胡琛帮你杀人灭口。”

陈舜用试探的目光盯着梁皓，但是梁皓似乎没听见后半句话。

“我拍的照片上那个叫花子就是戚海，这是真的？”

陈舜重重地点了点头。“是真的。”

“他怎么死的？”

陈舜原原本本叙述那天发生的事，包括高美听见房间里有人喊快走，随即撞见凶手的情况。梁皓一言不发地听着。

“它有多大啦？”小希冷不丁打破沉默，指着沙发的方向问道。

那只猫抄拢前腿伏在沙发上，眼睛半睁半闭。

梁皓仍然陷在自己的思绪里，于是小希又问了一遍。

“四岁。”他回答。

“四岁，那就不是了。”

“不是什么？”

小希没有料到梁皓的反应，尴尬地笑了笑。“没什么。”

梁皓搁在桌上的手肘向小希的方向移动，说：“你知道她养过猫？”

小希瞄了一眼陈舜，点头承认。

陈舜说，一开始是康小奕的推测，因为金莹问她，猫会不会游泳，结合那个铃铛，她便想到铃铛是为猫准备的，后来也从赵楠口中得到了证实。

我从梁皓回应时的口吻和表情判断，金莹也问过他同样的问题，并让他帮忙寻找一只三花猫。但梁皓并不知道铃铛的存在，也不知道金莹捡回流浪猫，饲养不久后被赵楠放生这件事。

我再次看那只猫。它对我们完全放松了警惕，把下巴搁在腿上睡着了。我注意到它的身侧有一本像杂志的书，由于阳光的反射，封面一片白光，看不清楚。

“那……你看，”陈舜笑着说，“我能不能简单问你几个……”

“你说的视频呢？”

陈舜的肩膀像断了电似的垮下来，他撇了撇嘴，从口袋里拿出U盘递过去，在梁皓要接住的瞬间，他又攥紧了拳头。

“梁先生，这里面是我们这段日子的努力，以及我们的推测，关于金莹和拾荒者，还有你。如果实际情况跟我写的不一样，请你告诉我真相，为自己辩解，拜托了。”

说完他手一松，U盘落入梁皓的掌心。没等对方回应，他就嗖地站起来朝玄关走去。可别说，他这招以退为进显得很有男子气概。

我跟着站起来。这时沙发上的反光消失了，我心里有所惦记似的看向那本书。

《心界》，确实是杂志。我突然间恍惚了，不光是杂志名，就连封面图案都似曾相识。

走下楼梯，穿过街市，我一直在回想，没听清陈舜和小希在说什么。然而一坐进车里，我立刻想起来了，因为我在这辆车里看过那本杂志，就在我到达革马村的头一天。

“小希，”我拍她的肩膀，“你前面那本杂志，手套箱里的，拿给我看一下。”

小希取了杂志递给我，然后问陈舜：“现在怎么办？”

“等。”

“就在车里等？”

“对，等他给我电话。”

“你觉得他看完儿子的那段视频，还能有心情马上找你？”

“他是无辜的就会！要是还无动于衷，那就是另一回事了。”

小希见他自信满满的样子，撇下他，转头问我在看什么。我正翻到报道那页，逐字逐句地看着。

“他也在看这个。”我说，“他的沙发上有这本杂志，别的什么都没有。”

“是吗？”陈舜也转过来了。

“说明他刚才就在看，或者是昨天警察来了之后，他从什么地方拿出来看。他那本封面油亮，还很新，保存了九年，不可能一直放在沙发上。他要看，肯定看这个报道。”

“他看这个报道怎么了？”

陈舜说是这样说，却从我手里抽走杂志，自己埋头看了起来。看了一会儿，又被小希抢过去了。

在这一页纸上，有梁皓在意的东西。

我探出头，从小希肩膀后面看她手里的杂志。离得远了，看不清字，我的视线长时间落在照片上。照片里是雪夜下的别墅：黑色的天幕、白色的屋顶、扫过雪的院子、人们素色的冬装，这些占据大部分画面的元素都几乎没有色彩，整体看就像是黑白照，却让别墅偏下的一小块区域变得显眼——那儿有一片淡黄色的光。

不远处，写字楼的玻璃幕墙已经被晚霞映红，我们还是没有等到梁皓的回电。陈舜替他找了好些个理由：有工作要忙暂时还没看；看了以后心情激动，没留意文章末尾的电话号码；我们走后又有其他人找上门；那个廉价的 U 盘坏了，无法读取……

他每隔几分钟就这样自说自话一句，其间不停地在手机上联络别人，拇指翻飞。

他静了一会儿，说："我有事要办，你们在这里等我一下。"

我和小希都看着他。他皱眉道："愣着干什么？下车！顺利的话晚上吃大餐。"

路边有一家奶茶店，我们被赶下车以后，小希朝店里张望。我提议说，喝奶茶吧。她说，好呀。

这家店也卖蛋糕饼干类的零食，有三张小圆桌。我还是头一回在奶茶店里坐下来。我点了和她同样口味的奶茶，问她知不知道陈舜干什么去了。她说多半是去找冤大头，求爷爷告奶奶地借钱，不想我们看到他的狼狈样。

"但是我不信他还能借到钱。"她嘬了一大口，鼓着腮帮，心满意足的样子。

"是吗……你刚才说……那个发光的东西是台灯？"

"我就随口一说。你很在意那是什么吗？"

"倒不至于。我也说不清。"

小希看了我一眼，说："那个位置看着应该是厨房的灶台，厨房里面放台灯，挺奇怪的。"

"就是啊。"

"小太阳？"

"小太阳是什么？"

"就是发热的那种，"她两手在空中分开又合拢，画出一个圆形，"中间有灯泡，取暖用的。嗯……冬天是冬天，取暖器也不该在厨房里。"

"对啊。"

"而且这个光对于取暖器来说，也太暗了。要不然，是那种灭蚊虫的荧光灯？"

"那个一般都是紫色的吧。"

小希点点头，用吸管探索杯底上的配料。"嗯——"

"嗯？"

"梁皓把杂志拿出来看，是因为警察来找他，九年前的事都涌上心头。他看这个，可能就是想念金莹了，那上面不是有金莹的照片吗？不管梁皓对金莹做过什么，或者什么也没做，他想看一眼金莹的样子。"

"也是，我是这样想过。其实就没有什么他在意的东西。"

"我只是说有可能是这样。反正，那片光看着确实有点别扭。"

奶茶很快喝光了，小希伸着懒腰打了个哈欠，眨着泪汪汪的眼睛。我提议出去走走，陈舜办完事自会电话联系。

我们走在秋天的黄昏里，停在路边的汽车的窗户上反射出许多个紫色的天空。

"我记得小时候，马路两边种的都是梧桐树，一到秋天，清洁工就在路上扫落叶。"小希仰头看着香樟树，"不知道从哪年开始，叶子永远都是绿的了。"

这时候我意识到，小希和我一样，是土生土长的千桂人。但我还不能确定，倒不如说，这是她给我的提示。于是我问她家住哪里。她只说，不在这个区。

也许是在外围的乡镇吧，我这么想着，觉得她离我忽远忽近。她好像察觉到我的迟疑，反过来问我住哪儿，我照实回答。我们默默走了一段，她又问我，和高美是不是青梅竹马的恋人。

"是大学里遇见的同乡吗？真有缘分。唉，我说你，老丈人那么大家业，你不去帮忙，做什么剪辑师？"

"哪有这回事，谁知道呢。"我不知说什么好。

“多让人羡慕啊，人生巅峰就在眼前，不用爬上去，直升机都给你准备好了。”

我大概是在苦笑。

“怎么啦？好像很不屑的样子，捡现成的便宜，你是怕被人瞧不起？”

“那倒不是。”我看着脚下的路，想了想说，“捡的也好，奋斗来的也好，如果我能适应，喜欢那样的生活，那都没关系。但是我不喜欢，也做不来，要我去厂里当个什么车间主任、部门经理，管一大批人，想想就害怕。我这个人没什么志向，只要生活安稳，不出岔子，每天能有点空做自己喜欢的事，我就很开心了。”

小希斜着身子看我，呲的一声从牙缝里挤出笑声。

当陈舜返回时，我相信他真的弄到钱了，因为他的车变了，吉普自由客变成了国产越野车。他摇下窗，伸出手来拍了拍车门，我和小希这才停住脚步。

他去见了经营二手车的朋友，把自己的车抵押出去，签了一个月延后期，换回两万元现金。如果一个月内还不上钱，自由客就会被放上货架。他说这两辆车的价格至少相差三万，但是他等不及办手续。

“啊……总算缓过劲来了。走，吃火锅去。”

我不禁有些心疼，不是心疼车，是心疼陈舜。

起初我们还在讨论下一步该如何行动，等陈舜喝上头了，他的话就变得不着边际，尽说年轻时的乐子——和朋友自驾去西藏，带着网上结交的女人游大理，诸如此类。后来我反应过来，他大概是在怀念他的车，心里流着泪吧。

“这段时间辛苦啦，今晚就各回各家，明天再去找梁皓。”他打着酒嗝站起来，摇摇晃晃地走去柜台结账。

小希开车把我送到家时，陈舜已经在车里睡死过去了。我想，他是相当信任小希的，比我们信任他要多得多。

我走上楼梯，在家门前缓了好一阵子，才拿出钥匙开门。

我妈切了橙子，坐在我旁边看着我吃，问我这段时间到底在忙活什么，跟高美和好没有；国庆假期都快耗完了，加班也得有个度；这种婚庆公司待着真是没意思……自从得知高美父亲是何许人，她就隔三岔五地说充满暗示的话。

“叫小美来家里吃饭吧，好久没来了，你看是明天还是后天？你打个电话问问她。”

她这样说的时候，我拿着干净的内衣裤走进卫生间，已经打开了喷淋头，水流撞上地砖发出沙沙声，我假装这声音把她的话盖过去了，黏黏糊糊应和着，没有说出完整的话来。我妈又说了什么了，我爸瓮声说，不要多管闲事。我对自己和高美的未来还不够笃定，我爸心里是有数的。

第二天早上起床，桌上的白粥已经凝成冷冰冰的糨糊，我懒得倒回锅里烧，就在碗里掺水搅匀，放进微波炉加热。

我爸坐在沙发上，戴着老花眼镜看手机。手机是我今年夏天送他的五十岁生日礼物，他无师自通，现在操作已经很熟练了。

一分钟后，微波炉发出清脆的响铃声。我洗漱完，走到微波炉前拉开炉门。

我的手指在碰到碗之前停在了空中。我很诧异——微波炉里竟然是有灯的！

是啊，微波炉里可不是有灯嘛。但现在，这个常识被我的念想赋予了重要的意义。我一边告诫自己不必大惊小怪，这未必能说明什么问题，一边却不由自主地心跳加速。我取出粥碗，关上炉门，灯暗了。我放回粥碗，关上门，按下开关，运转声响起，灯又亮了。

“爸，爸！”

“啊？”

“这个微波炉用了多少年了？”

“不知道，嘿嘿嘿……”

我爸正在看装疯卖傻的短视频，这一下笑得我毛骨悚然。我只好走到他跟前，很严肃地又问了一遍。

“微波炉？你问这个做什么？记不清了。”

“之前那个，我记得是有转盘的，老式的那种。”

“啊？”

“那个有灯吗？”

“你说里面有没有灯？有的啊，微波炉当然有灯，再老的都有。”

“真的吗？”

我爸咂了咂嘴，视线从眼镜上沿翻出来，看着我说：“你都说了有转盘，那你怎么知道里面在转？没有灯就看不见里面在转，难道你开着门用微波炉吗？”

我回到厨房，站在微波炉前思考着。这时手机突然响了，是高美。我仿佛感到脖子后被蜇了一下。

“我得再去一趟三塘，去公安局。”

“去做什么？”

“我有点害怕，你能陪我去吗？”

“怎么了？”

“要去指认凶手。”

“什么？！那个人……警察抓到胡琛了？”

“嗯，他们叫我现在就过去。”

第十五章　归林

这片革马村东部的小村落大不一样了，原本成块的微微拱起的水泥路现在变得平坦，两边用青色的方砖铺了人行道。沿路的人家敞开堂屋亮出招牌，做起了生意：饭馆，烟杂店，理发店，也有棋牌室。

梁皓凭记忆找到那栋红色屋顶的两层民房。他只在九年前来过这里一趟，那次主人没有让他进门，今天大概也不会例外。

现在刚过午后，他站在远处的树下踟蹰良久，随后看见一个女孩推着自行车走出门。

女孩注意到他了，手指拂过鬓角，握着车把朝这边走来。她要走大路，不得不从梁皓身边经过。在此之前，她一直没有跨上车，这是防备的姿态。

“康小奕。”

女孩扭回身，一脸茫然，她已经走过几米，正准备发力蹬车。

“我是梁皓。”梁皓走到她身前，朝她抿了抿嘴。

茫然变成了惊诧，她连续眨眼，然后望向四周。路上没有其他人，但在这儿可以听见棋牌室里麻将碰撞的声音。

“急着出门吗？我想跟你聊几句。”

“我要去看电影，快来不及了。”

“岭阳天府？”

“……嗯。”

“那我在电影院外面等你。”

康小奕不易察觉地皱了皱眉，身体往前一倾，飞快地骑车走了。

岭阳天府是去年建成的购物商场，在镇口的生活区附近，那一带高楼林立，配套设施齐全，俨然是座像模像样的小城了。

梁皓搭扶梯上到顶楼，电影院在椭圆形回廊的最东面。他看了排片表，估算康小奕出来的时间。不过，她也许是随口搪塞，并没有真的来这里。

旁边有一家自助餐厅，梁皓在门外的塑料椅上坐下，望着回廊对面的店铺。

每一年来岭阳镇，梁皓都能感受到这里惊人的变化，就像梁湛的成长。他的模样逐渐变得和当年梦境中的极为相似，同样相似的，还有冬天的风和他们并肩而行的沉默。最近四年，梁湛不愿再见他了。梁皓去幼贞店里，把生日礼物带过去，说不上几句话，便匆匆返回。

半个多小时后，康小奕出现在梁皓的视野中，她是从电影院另一头的方向走过来的。

“你要跟我说什么？”

梁皓指了指对面的咖啡馆，邀她去里面坐一会儿。她犹豫片刻说：“不了，我妈等着我回去呢，就在这儿说吧。”

她穿浅灰色的圆领卫衣，牛仔裤和白球鞋，扎着朴素的马尾，手机插孔上有个豆子大小的卡通动物。

梁皓觉得，她是个真诚而善良的女孩。那时候金莹说，她不喜欢给她补课的同学，梁皓就在心里浅浅地描绘了康小奕，优秀高傲，甚至还有些刻薄。他的描绘太过轻率，或是金莹的遭遇多多少少改变了这个女孩——也不尽然，这无非就是自然成长罢了。如果金莹还在，想必没有她这么高吧。

“我看到你的采访视频了，一小段。”

她露出好奇的眼神，但是没有吭声。

“多亏你提到猫和铃铛的事。”

“……嗯。”

“警察来找过你吗？”

“来过了，昨天。”

“给你看铃铛了？”

“看了。”

康小奕眼珠动了动，似乎察觉到梁皓正在等待什么，于是说：“我以前，就是那个时候，也没有仔细看过那个铃铛，其实已经没印象了。警察拿来的铃铛也是扁的，我就回答说，这个是她的，是小莹的铃铛。”

“小莹是养过猫的，猫丢了，她跟你提过吗？”

“没有，她只是问我，猫会不会游泳。后来我看到她书包上挂着铃铛，所以猜她可能养过。”

“你觉得她为什么会这么问？”

“她的猫……掉河里了？”

“但是铃铛为什么没有跟着猫一起呢？”

“对啊，我也想过这个问题。我想，铃铛应该是要戴在猫脖子上的，小莹家很大，一只猫要是躲起来，半天找不到。但是后来发现戴着实在太吵了，所以又摘下来了。”

“有道理。”

“那只猫丢了以后，小莹就找出铃铛，挂在书包上，就好像猫还陪着她。”康小奕见梁皓沉默不语，又说道，“我应该早点想到的，但那个时候太小了，也不敢跟警察说。”

梁皓摇了摇头。

“我说猫不会游泳，小莹很生气。有一天她跟我说，你告诉她猫是会游泳的。”

“我？”

“对。”

“我没有这样说过。”

“我知道，小莹撒谎的样子很明显，一下就看出来了。”

“那是什么时候的事？”

“……就在她走丢的那天晚上。”

梁皓走到栏杆旁，望向一楼，一楼的空地上有一片巨大的充气城堡，许多孩子在里面追逐嬉闹。

“她经常说起你的。”

“是吗？”

“嗯，她跟我争论的时候，总说，肯定是这样、是那样，梁老师说的。什么都是梁老师说的。”康小奕说着笑了起来，“我那个时候挺过分的，说既然梁老师好，你就请他回来，巴不得你不要来我家了。”

梁皓从她的眼眸中领悟到了什么，连忙说：“你不要觉得你有责任。”

康小奕垂眼看向发亮的地面，抿紧了嘴唇。

“后来我听警察说了你的事，就连着做噩梦。我没见过你，但是梦里有个面目很清楚的男人，背着小莹在雪地里走，去了很远的地方。”

康小奕紧紧盯着梁皓，她在询问，她想知道答案。梁皓避开她的目光，双手撑住栏杆，深深叹了口气。

“是你干的吗？”

“不是。”

“那你为什么要让她一个人回去？”

“我没有！”

梁皓艰难地吞咽着，倘若换了其他人，他或许都不会再继续说下去。

“那天晚上我没有见过她。金齐山……小莹的爸爸，他一直骚扰我的儿子，跟他说：‘你的爸爸是杀人犯，他杀了我的女儿，你觉得你应该怎么做？’他刚刚上小学，你能想象吗，对一个七岁的孩子说这样的话。我没有办法，我一点办法也没有。”

“我不懂。就算你是杀人犯，他也不可以这样做啊，你为什么不找警察？”

“我不这样说，他们就不管金齐山。”

“怎么有这样的事情啊！”

“他们陷在里面太久了——我的家人、小莹的家人，还有警察。这样也好，也好，事情总得有过去的一天。”

康小奕走过来，手臂搁在栏杆上，陪梁皓站了一会儿，随后定了定神，仿佛从梦中惊醒似的，重新感受到横亘在现实中的距离。

“我得回去了。”她说。

“谢谢，耽误你时间了。对了，我还有一个问题。”

“什么？”

“那天晚上，小莹妈妈电话打过来的时候，你醒着吗？”

康小奕抬起眉毛，稍后才反应过来。“我醒来的时候……我妈和邻居在说话，我妈急坏了。对，我是被她们的说话声吵醒的。”

“那时候是几点？”

“十二点……十二点多吧，已经是第二天了。”

“具体是十二点几分，能想起来吗？”

康小奕皱着眉摇了摇头。

穿过仅有一座香炉的门殿，脚下是南北向的石板路，位于院子正中，石板路的尽头是天王殿，布施就在那里进行。这会儿，领食的队伍剩一点尾巴，拾荒者们已经全部站进殿内，布施就快结束了。

三层楼高的弥勒佛泛出暗铜色的光，像是新建不久。相比之下，两边的四大天王隐匿在四个幽暗的角落，布满尘垢，和四壁一样老旧。

正在发放食物的是两位穿白色布衣的中年女性，桌上有成摞的大蒸笼，其中一位从蒸笼里递出包子，另一位坐着，负责分发她脚下塑料袋里的东西，大概是水果。

梁皓跨进门槛，扫视殿内，弥勒像后走出一位戴眼镜的僧袍青年，捕捉到了他的目光。

“求一卦吗，这位居士？”青年手捧签筒，说着抖了一下。他头发浓密，胸前挂工作证，僧袍侧边的缝隙里露出牛仔裤。

“好。”

“好嘞，这边请。求什么，您心里可想好了。”

佛像右前方的小桌上放着一个漆成红色的香资木盒，盒子正面写着：莹光天使慈善基金会。

“可以求什么？”

“健康啊，姻缘啊，生意啊，功名啊……什么都可以，您是做什么的？”

梁皓转过脸看着青年。

“您想着就行，心要诚，也可以替别人求。替谁，就想着谁，来吧。”

梁皓接过签筒，依青年说的，在蒲团上跪下，闭上眼睛，倾斜着签筒摇晃。他的心里什么也没有。清脆一响，竹签落地。

青年俯身捡起来，送到梁皓眼前。“我看着是好签。”他一晃便抽回去了，梁皓只认出“吉”字。“我去让师父解签，稍等。啊，劳烦扫一下这个。”他把工作证翻了个面，亮出二维码，“八十。”

梁皓付了钱，青年又说：“居士，要不要求福？不是那个‘符’，是那个‘福’，就是求保佑的意思。这个也是师父写的，就顺便一起了，省得排两次队。”他朝大殿东侧翘了翘手指，那边寥寥几个香客围着一个写字的老和尚。

梁皓问怎么个求法，青年从裤兜里掏出水笔和便笺本，让他写上受福者的名字。梁皓凝视着空白的便笺纸，笔尖悬停良久，随后写下了两个字：赵楠。

“求福一百五，您求了签，一块儿算个整的，两……”青年的舌尖抵在上颚，没有落下来，眼睛变圆了，“这是……是为赵女士求福？哎哟，了不得啊居士，有心，真的有心，小姑娘可怜……居士您太有心了。”他激动得语无伦次，举着二维码的手在颤抖。

老和尚看到青年递给他的纸条，问了一句，向梁皓投来浑浊的目光。

“行啦，居士。”青年捏着写满字的黄纸回来了，“签是好签，风调雨顺的上上签。这个您拿着，去外面化了就行。”

殿门口有个长条形的香炉，方便香客们同时点烛化纸。青年跟出来，站到梁皓身旁，双手叠在小腹前，等待黄纸燃尽。

“赵女士大善主，救助那么多人，几年如一日啊。学校、医院，到处捐，里头那尊大佛，也多亏了她帮忙。您别看，其实没有多少人愿意往那个盒子里扔钱的，慈善会的善款大部分都是她自家的钱。这些家伙，就这些，”他朝最后两个拾荒者努嘴，“平时一口一个‘活菩萨’‘真观音’的，真正为赵女士祈福的人，您是第一个！”

“她今天没来？”

“是，平时都是她亲自布施。前天——她的女儿，我想您应该知道吧？她女儿遇害了，好几年前的事了，前天才找到尸体。居士，您是赵女士的朋友吗？”

“我刚才去她家里，没人在。”

“山海间的别墅？她早就不住那儿了。您是要去慰问？遗体还在警察那边，等送回来才能做法事，就在我们庙里做。”

青年瞟了他一眼，见他没反应，于是朝西南方向伸直胳膊，说：“出了门右拐，沿门前的石子路一直走，很近，这儿能看见，您瞧，刷白的那个四层的房子，慈善会办公室，她白天一般都在那儿，住就住在隔壁的民宅里。”

梁皓向他点头道谢。

黄纸已经完全烧黑了，灰烬带着发亮的红边飘浮起来。

“最近，这儿附近好像出了人命。”

“那家招待所对吧，是呀，听有人说……”青年竖起手掌挡在嘴边，摆出要说悄悄话的姿势，忽然警惕起来，看着梁皓若有所思，“居士，您不是记者吧？”

“不是，我以前是女孩的老师。”

青年大幅度地点头表示原来如此，疑惑的眼神没有完全消散。

梁皓想知道对方咽下去的话是什么，他揣摩着，问道：“你认识一个叫戚海的人吗？”

青年打了一个激灵似的：“您也听说了？！”

“戚海手里有那个女孩的东西。”

“就是这么回事，所以才说是他……”青年压低嗓音，“杀掉小姑娘的。”

“他也常来这里领救助？”

“当然哪，戚海可是要紧人物，每次拎一个麻袋来，装回去发。我们觉得这样不好，浑水摸鱼，他自己吞了多少说不清楚，赵女士不介意，也就由他去。”青年说着向布施台望去，赵楠的两位助手已经在收拾东西了，“他不管什么时候来，都要挤到第一个，没人敢吱声。他这次丢了性命，搞不好就是平时积怨太多，可不一定跟赵女士有什么关系。”

“你是说，戚海被杀跟赵女士有关系？”

“我可没这么说！”他不高兴地翻起白眼，“要我说，那也是胡琛这家伙自己的主意，赵女士不可能做这种事的。”

他提到胡琛了。梁皓重新打量这位青年，他脸上皮肤紧绷，发际线清晰，最多不过三十四五的年纪。

“你对这群拾荒者都很熟悉。”

“一个礼拜来两趟，几年下来，熟悉说不上，看着都认识。胡琛每次第一个来，最后一个上去领。喏，就坐在池子边的栏杆上，吧嗒吧嗒地抽烟。”

梁皓看向青年指的地方，想象他描述的情景，忽然明白了他在说什么。“胡琛杀戚海，是为了帮赵女士报仇？”

青年竖起食指挡住嘴唇，探过头来轻声说：“你这样讲，赵女士会有麻烦的。胡琛对赵女士是有那么一点……仰慕之情吧，这倒是真的。你说，胡琛要是发现戚海手上有小姑娘的东西，可不得问个究竟？这两个都是狠人，动起手来不含糊啊。”他说着说着，被自己说烦了似的，扇动起嘴前的空气。“等警察抓到胡琛，一切自有分晓，我们就别瞎琢磨了，啊？居士？”他拍了拍梁皓的肩膀，“您看，要不要给自己也求个福？”

路边的围墙上，每隔几米就有一句建设美丽乡村的标语，标语和标语之间是风景水彩画。山海间也画在其中，像一座漂浮在海面上的祭坛。画的作者如果不是随心所欲，那就是在海的另一边眺望过山海间。

梁皓绕过围墙转角，那栋四层小楼便完整地出现在马路对面。它的占地面积和周边的民宅相差无几，唯独高了一层，大概是私人房子征作公用，改成了平顶白墙。一楼入口是双开玻璃门，门两边各悬一块竖匾：“岭阳镇社会工作和慈善事业促进中心”“莹光天使慈善基金会”。

透过窗户，可以看到大厅一侧的接待区聚了不少人，沙发坐满了，还有四五个站着，手捧热茶。大部分人沉默不语。随着站立的人挪动脚步，梁皓从他们胳膊和腰身的缝隙中看见了赵楠。她穿黑色的呢布外套，坐在靠墙的沙发中间，凝视着茶几，偶尔朝身边人浅笑，说一两个字。

几个初中生模样的孩子结伴走来，他们穿过梁皓和窗户之间，忽然大笑着拥作一团。慈善会大厅里的人都往外看，皱眉怒视，顺带瞥了眼梁皓，随后便转回头，恢复原来的状态——除了赵楠。

她喝了口茶，放下杯子，再次谨慎地迎向梁皓的目光，与此同时，她仍在应付着聊天。过了几分钟，她终于站起身，跟客人们打过招呼，推开门朝梁皓走来。

“梁老师。”

“好久不见。”

“是啊，真的好久了。”赵楠极力稳住气息，仍是有些颤抖着呼出来。

稍后，她扬起下巴说：“小莹找到了。”

梁皓默默点头。

“所以你是因为这个才来的？你那个时候丢下她，让她一个人回家，现在想来看看她？”

“你认不认识戚海？”

“不认识。”

“胡琛呢？”

“你要把警察问我的话重新问一遍吗？同样的问题，我还想问你呢！”她的状态比梁皓预计的要烦躁。

阳光斜照，两个人的影子一直延伸到别人家的院墙上。梁皓只觉双眼刺痛，他想象自己像猫那样收窄瞳孔。

“猫会不会游泳？”

“什么？”

“小莹这样问过你吗？在你丢掉那只猫以后，她逢人就问。”

“没有，她没问过我。”

“你接受采访的时候说，你把猫放生到树林里了，如果是这样，小莹为什么要问猫会不会游泳呢？”

“我不知道，我确实就是在树林里放生的。”

“不，你不是。你把猫丢进河里了，就在你家门前的寻安河。”

“你到底……”赵楠笑出声来，“你这样胡扯，到底是想干什么？”

“小莹觉得，她自己也像猫一样被你丢掉了。猫会游泳，是她最后的救命稻草。”

赵楠猛地背过身去，低头看着脚下。

“可是我想不明白，那天晚上发生了什么意外。小莹既然这样问，说明猫已经丢了一段时间，她就不会因为救猫掉进河里。而且，她不在河里，她在盐平山，和垃圾埋在一起……”

“别说了，别说了啊！”

“我总感觉，小莹那天晚上回过家。”

赵楠的背影停止了颤抖。

“现在有了戚海或者是胡琛，小莹回家就变得可能了，虽然我还不知道是谁，到底是怎么做的——小莹回家了，你给她准备吃的，用微波炉。吃的刚拿出来，意外就发生了，直到警察赶过来，你都没有把微波炉的门关上。”

“你走，你走吧，求你了，走……”

梁皓迈开步子，感到脚下无比滞重。他知道自己需要吃点东西，可是身体里没有一点空间，像被填满了泥土。

第十六章　拾荒者

“捡垃圾攒的？六十多万，我跟你去捡啊！”

我和高美跟着汪磊走进审讯室，就听到有人这样凶巴巴地吼。

审讯室分里外两间，审讯在里面那间进行。我透过一面大玻璃看到审讯官、记录员，以及坐在他们对面的男人。里边安装了采音设备，连接到外面的音箱，音箱悬在天花板的两个角落，说话声就是从音箱里传出来的。

“钱的来路是最容易查的，时间问题，你说不说结果都一样，就别浪费我们力气了，啊？我跟看守所交代一声，伙食弄好点，啊？”

紧挨大玻璃下边，靠墙放着一张单板桌子，汪磊拿起桌上的话筒说：“暂停一下，认人。”

审讯官走到男人跟前，打开铁椅上锁住男人手腕的扣环，脸朝玻璃偏了偏，说：“站起来，转过去。”

这个男人的年纪不好判断，大概四十，细看之下也可能只有三十五六。褐色的夹克衫敞开着，露出汗背心，下身是工装裤和翻毛短靴，整个人和他的脸一样，又脏又黄并且松弛，唯独头发是新剃的，一寸来长。他耷拉肩膀平视前方，目光的焦点在远处。

我意识到这是一面单向玻璃，从里往外看，就像在照一面黑色的镜子吧。

高美盯着他的脸看了一会儿，朝汪磊点点头。

“确定是他？”

“嗯。”

“那天他穿的是西装。”

“我知道，就是他，不会错的。”

“好，去外面签个字，可以走了。”汪磊连一句谢谢都懒得说。

就这样离开实在可惜，胡琛就在我眼前，如果能留下来听他说些什么，那该多好。但我不敢提，陈舜和小希不在，面对汪磊石块般的脸，我觉得自己很柔弱。

一位年轻刑警把我们领到办公大厅，他的桌上有份打印好的文件。他拿起来递给高美，用笔指着说：“这里是案件描述，主要注意一下时间地点，然后这里，选一个打钩。”他说要打钩的地方，有三个选项：否，疑似，较为确信。最大程度也只是较为确信，人的主观判断不可靠，这一点倒是相当严谨。“后面是作为证人的相关事项，看看，有必要的话可能会再联系你，没问题就在最后签名。”

“那么快就抓到了，你们可真厉害。”我说。

刑警翘起嘴角，看着电脑没说话。

“那个时候真是吓坏了……”我略微凑近他，“这两人是怎么回事？”

“嫖娼。”

“啊？”

“抢着先用房间，打起来了，一个过桥摔，咔——”他做出脖子折断的动作，随即朝我笑了笑，“那家伙是这么说的，你信吗？”

这刑警莫不是在逗我玩？我接不下话，觉得自己更柔弱了。

见高美看得很仔细，顾虑重重的样子，刑警就说不用担心，文件当然要面面俱到，实际操作是另一码事，需要证人后续配合的情况并不多。

“何况他已经认罪了，怎么杀的人，交代得清清楚楚。现在的问题是动机不明，他只要不翻供，就用不上你，放心签吧。”

我们走出公安大厅，陈舜和小希在外头等我们。

“这就出来啦？一支烟还没吸完呢。”

来的路上，我跟高美说明我回千桂市的缘由：我们计划采访梁皓，但没成功，为了等待梁皓的回复，我们守在他家楼下，直到深夜，并且，今天上午她打电话给我的时候我还没起床——只有这样说，才能解释为什么我回家了却没有联系她。

随后，我打电话通知陈舜胡琛被捕的消息，他激动得嚯嚯直叫，让我们务必等他和小希赶到后一起行动。高美不开心了，指认凶手是她的事，她没告诉她爸，特意让我陪她去，结果又要带上两个外人，那感觉就好比我擅自呼朋唤友搅和了一场约会。

“认一张脸，要四个人，是我眼睛太小看不全吗？关键是你们也没看到呀。瞎起哄，汪磊让你们进去才怪！”

对于她的反应，我有些意外。在垃圾填埋场短暂的交谈过后，我觉得高美变得温和成熟，开始学会隐藏内心的不安。对此我感到愧疚，进而怅然若失。现在她好像又变回了原来的样子——要完全了解一个人，真是需要长久的相伴。

一路左右为难，结果陈舜和小希居然先到了，我着实松了口气，只可惜被高美言中，汪磊将他们拒之门外。

“什么意思？”

“嫖娼啊，就是召妓的意思。”

“你这废话说得真有水平。我是说，嫖娼怎么就把命给搭上了？”

我把刑警对我说的话说了，也学他那样歪倒脖子。

陈舜用拇指刮着胡楂。“穿西装嫖娼，不至于这么隆重吧。”

“毕竟是要面对异性，胡琛那样的人，整天在垃圾堆里打滚，都没闻过女人的味道，如果是第一次干这种事，打扮体面一点也说得过去呀。”

说这话的人是高美。陈舜和小希同时看向她。她耸起肩膀，仿佛在说，有什么问题吗。我知道陈舜和小希只是在思考问题本身，但高美会认为，他们的关注点在于——她开始发表看法了。

“但是，抢着用房间……会因为这个就打成那样吗？”小希说。

“打架这种事可说不好，拳脚不长眼。”

“不，我不是在说打架的结果，是原因。谁先用房间应该一早就商量好，何必等到进房间呢？他们找老板娘要了房，付了钱，一起往房间走，然后到了房间再争执谁先用，这个过程不是很奇怪吗？”

“谁知道是不是这样的过程。”

“还有，靠捡垃圾为生的人应该不会那么干，舍不得花钱去招待所。”小希的口气相当果断。

“那……那总得有个地方呀。再说，捡垃圾的未必真的穷。”

“不是穷不穷的问题，是舍不得。莲花招待所的钟点房起步是两个小时，如果胡琛说的是真的，说明他们连这也嫌贵，所以每个人只用一半时间，分摊房费。都到这个份上了，干吗要在外面开房把人叫出来？洗头房本来就有地方。”

“是吗？”高美看着小希的眼里射出寒光来，我怕她蹦出一句“你倒是很熟悉环境嘛”，顿时感到头皮发烫，所有毛囊齐刷刷地冒汗。关键时刻，陈舜这话痨居然没有插嘴，来回看着她们俩。

“啊，对了，说到钱的问题……”我灵光一闪，对高美说，“刚才进去的时候，你有没有听到他们在说什么？”

“钱……六十万？”

“对！胡琛有六十万，他说是捡垃圾攒的。”

“鬼扯吧！”陈舜的眉毛吊到了发际线，“我跟他去捡啊。”

“审讯官也是这样说的。”

“难不成是酬劳？杀人的酬劳……梁皓给的？”

大家又都陷入了沉默，但我无心思考这六十万的来路。陈舜无意间把话题引到梁皓身上，我恍然间想起心中惦记的事，便把黄色灯光的猜想说了出来。

“是微波炉？”

“不是微波炉就是烤箱，”我说，“里面是有灯的，黄色的光，从拍照的角度看过去，那个位置差不多就是灶台。”

陈舜和小希交换眼神，高美则一脸茫然，于是我将那张照片的内容描述给她听。在这段时间里，陈舜跑去车上拿了杂志回来。他意识到了“微波炉”所传递出来的信息，神情变得异常严肃。

“看这里，灯亮着，微波炉的灯。”我指着杂志说。

“你是说，”陈舜从照片上抬起眼看着我，“这个时候有人在用微波炉？警察都已经到了，难不成这个节骨眼上，赵楠还要做饭招待警察？”

“当然不是啊。微波炉的灯要亮，有两种情况：一种是在加热运转的时候，加热完了，灯就会自动熄灭；第二种是，门打开了。门开着灯就亮，关上就不亮。就像你说的，第一种情况不可能，那就是说，这时候微波炉的门是开着的。”

“嗯，嗯……”

“用过倒还好，用了没有关上就有点奇怪。赵楠从七点到十二点，一直在沙发上睡觉——她是这么说的，睡醒以后发现女儿不在，魂都没了，怎么还会去用微波炉呢？所以，如果相信赵楠说的话，微波炉只能是在她睡下之前用的。”

“你的意思是，你不相信？”

我看了眼小希，没有马上回答陈舜的问题。坦白说，若不是看到躺在梁皓家沙发上的那本杂志，我是否仍然坚持对赵楠的怀疑，还真不好说。我这样思考，是在追随梁皓的意念方向，而那个方向原本就模糊不清，像在迷雾中寻找另一片迷雾。赵楠在睡下之前使用过微波炉，并且因为某种原因忘了关上门，这个没准连她自己都回想不起来的细节，是完全有可能发生的。

那么梁皓会不会这样考虑呢？这里有一个根本性的问题——梁皓是不是凶手，而这个问题对于他自己而言是不存在的。如果他是，那么他在九年后重新翻开杂志就是出于某种我难以理解的原因；如果不是，我相信那片黄色的灯光就是深藏在他心中的针刺。

“说话呀，梦辉，你不相信，然后呢？”

“赵楠是在睡醒以后才用的微波炉，就在她打开门，准备把东西从微波炉里端出来的时候，有什么事情打断了她的动作。”

“……什么事情？”

“不知道。”

“哎呀，别磨磨叽叽的，”高美对陈舜说，“你要是想知道，就去问赵楠呀，现在就去！”

陈舜的眼角进了沙子，一阵发颤。

高美没说要回去，我不敢劝她走，而且很明显，她不愿跟我们同坐一辆车，不是嫌弃车，而是上了陈舜的车，她就成了跟班。但要是我坐陈舜的车而高美单独开一辆，她就成了跟屁虫。于是我只好坐回高美的车里。我们一前一后驶向元禧寺。

倚山别墅空置多年，赵楠说她住在元禧寺附近的民居。具体位置不得而知，去了元禧寺，自然能打听到。

“他怎么开那么慢，不敢面对现实吗？他跟那个赵楠是勾搭上了？”

“不不，最多只是单方面欣赏。”

“欣赏？亏你用这么老掉牙的词。”

从三塘县回革马村大约需要一个小时，我们在寺庙门前停好车时，已经过了中午。高美车里有零食，不够四个人吃，我俩胡乱塞一通，擦干净嘴，若无其事地下了车。

就在穿过山门殿、踏进院子的时候，陈舜定住脚步，张开双臂把我们拦在身后。

“梁皓！”

我看见了梁皓的背影。他孤零零地站在笔直的中轴路上，望向天王殿，那里有人正在给拾荒者发放食物。离得远，我看不清布施者的样貌，但能分辨身形——今天赵楠不在。女儿的遗体刚刚被发现，她不在是对的。

我们退回香炉后面，隔着袅袅青烟窥视梁皓。我意识到，眼前的迷雾至少散开了一层。

等梁皓走进天王殿，我们四人心照不宣，快速绕到天王殿后门，钻进去躲在佛像背后。

香客很少，我又看到了几天前招揽小希算卦的那个僧袍青年，他瞄上梁皓了。梁皓没有拒绝他，接了签筒跪在蒲团上。

算完卦，他们交谈起来，梁皓在青年递给他的纸上写了什么，青年看了大为震惊，仿佛遇见知己，一口气说了很多话。

“高小姐……小美，拜托你个事。”陈舜低声说，“我想知道他们在说什么。”

高美瞪圆了眼睛，又看看我。

“我们三个，昨天见过梁皓，他会认出来的。”陈舜双手合十，朝高美拜了拜。

这会儿，青年从写字的老和尚那里取回一张对联大小的黄纸，和梁皓一起跨出门槛，去到香炉前。高美悄无声息地靠近他们。

他们的交流越发密集，应该说，是青年在滔滔不绝，梁皓偶尔动动嘴，也没有转向对方。不多时，青年拍拍梁皓的肩膀，返回殿内，梁皓则走向寺院出口。

在步行还是开车跟踪的问题上纠结了一会儿后，我们发现梁皓并没有走上大路，而是贴着围墙外的石子小道向西去，于是我们自然地迈开了脚步。我们一言不发地跟随着，与梁皓保持七八十米的距离。到底为什么要这样鬼鬼祟祟，谁也说不清，只是仿佛不这么做就会错过一场惊天密谋。有那么一瞬间，我想起了童年时的游戏。

走到一处拐角，陈舜忽然顿住脚尖。我慢慢探出头去，见梁皓站定在一栋白房子前，直愣愣地望着窗户。房子四层高，门外有白底黑字的牌匾，看着像是什么机构的办公楼。

陈舜问高美，刚才有没有偷听到什么。

“那个胡琛，他看上赵楠啦。赵楠对这些捡垃圾的很好，对他们来说，简直就像圣母一样。胡琛杀人，是要帮她女儿报仇。”

“你的意思，胡琛知道金莹是戚海杀的？”

“不是我的意思，是那和尚的意思，那个有头发的和尚。”

这时，有人从办公楼里出来了，正是赵楠。梁皓等着她走过来，他们在红彤彤的霞光里相向而立。

他们说着话，赵楠的身姿变得异常，她背过身躲避梁皓的目光，紧接着疼痛难忍般弯腰弓背，好像马上就要剧烈呕吐。她穿黑色的呢布大衣，腰部收紧，因为弓背的动作，她像一棵枯树。梁皓一动不动看着她，忽然掉头朝我们的方向走来。

因为急于避闪，陈舜的后脑勺撞上了我的鼻尖。我们跑进最近的小弄堂，立即改换成闲逛的步调。我一边闲逛一边涕泪直流。高美用袖口给我擦，擦了两下，我躲开了。

“现在怎么办？”小希问，“跟梁皓，还是盯赵楠？”

“跟梁皓。”陈舜说。

我们加快脚步，绕了一个四方形，绕回原路，这样梁皓的背影又进入了我们的视野。

他走得很慢，像是边走边思索着。但他并不踟蹰，笔直向东走出了这片集镇。他面前是岭阳大道，盐平山填埋场就在路对面。等一辆翻斗车驶过身前，他便踩着车斗里震落的泥土穿了过去。

这时候的填埋场很安静，砖房群上空炊烟四起。

梁皓拦住一位老人，递给他烟，帮他点上。之后，老人指了指正北偏东的方向，对于梁皓其他的问题，他只是摇头。与此同时，许多拾荒者陆续出现在各自家门口，远远望着梁皓。从三天前开始，这儿成了是非之地，他们变得敏感了。

聊了一阵，老人忽然又指着一间砖房，而我们——仍然站在元禧寺一侧路边的我们，正处于他们到那间砖房的延长线上。

我们同时移开视线，方向各不相同。

“行了，他看到我们了。”小希说。

“我知道。”陈舜用力抹了把脸，“走吧。”

梁皓站在原地等待，我们和他之间的距离一点点变近。在这片尘埃飘浮的空地上，我再次看到了日落。

“梁先生，又见面了。”陈舜咧开嘴笑。

“从千桂一路跟到这儿？”

“不是，我们去元禧寺，碰上了。”

“去做什么？”

陈舜瞟了眼老人，然后快速眨眼。

梁皓从我们身边走过去，我们转身跟着他。确认老人没有跟上来，陈舜说：“去找赵楠。”

梁皓继续迈步往前，走到老人刚才指的砖房前停下来。这间房是有门板的。梁皓伸手一推，木门剐蹭着地面朝内打开了。

这里比威海那间小得多，也很乱，但是乱法不一样，不是日积月累的邋遢，而是有种被翻箱倒柜的感觉。柜子和床没有靠墙，柜门半开着，每个抽屉都不合缝。北边有灶台和烟囱，干柴散落在远离灶台的地面上。

高美捂着鼻子站在门口，她给我一个眼神，然后指指门框。她指的位置暴露出一小块干净的木纹，那里原本应该装着让插销落位的金属片，现在不知去向。我检查门锁，插销头果然弯了。

“这是胡琛的房子？”小希问。

“对。”梁皓说。

“看这样子，警察好像来过了。你是……要找什么东西吗？”

“我也说不上来。”他说，“你们呢，为什么去找赵楠？”

小希看向陈舜，让他来决定怎么回答。陈舜正举着手机准备拍照，他低头想了想，说：“我们觉得，赵楠也许没有说真话。”

我观察梁皓的反应，怕他以为我们是因为看到他和赵楠对话的一幕才这么想，连忙说："我看过那本杂志！我看到了，我也看到了……"

梁皓先是瞪着我，而后目光在我们四个人脸上一一扫过去。他眉间的阴霾散去了，往后退了几步，手掌撑住那张小方桌，慢慢坐进椅子里。我们就这样沉默了许久。

高美走到梁皓身旁，稍稍弯下腰。"刚才，我去指认胡琛，他已经被抓了。"她好像在跟一个彷徨的孩子说话，"他杀了戚海，他可能知道真相，警察会弄清楚的。"

梁皓缓过神，问高美那天的所见所闻。高美仔仔细细说了，我在一旁补充。

"喂，过来看这里！"陈舜蹲在床边。

床后面的墙上缺了一块砖，形成一个方洞，大约离地三十公分高。缺的那块砖就在地上。从整片墙的颜色变化判断，床本来是贴墙放的，床板的边缘正好可以挡住洞。

陈舜伸手进去摸，什么也没摸到。里面异常干净，别说碎砖，连灰尘也没多少。

"啊，我知道了，"高美用食指敲了一下我的手臂，"是藏钱的地方，六十万，这六十万全是现金啊！"

"这里能放下六十万？"陈舜又伸手进去摸了一圈，摇头说，"不可能，绝对放不下的，六十万哪……"他比画出六十万纸钞堆叠起来的体积。

随后我们检查了整面墙，没发现其他地方有松动。

梁皓捡起那块砖，塞进空当。砖就这样搁在缺口上，左右两边和上面都有空隙，拿的时候如果不够小心，很容易掉进洞里去。

"六十万放不下，放几万是可以的吧。"小希说，"钱是一点一点放进去的，放不下了就转移。钱的来路不正，他不敢存银行。"

地上没有水泥屑，说明这个洞口不是警察凿出来的，而是之前就在了。而且，洞里藏的东西不但见不得光，还需要频繁拿取。否则，砌上砖会更稳妥。这样一想，我也觉得是钱的可能性很大。只不过，光看这间屋子，怎么也看不出来主人有那么多钱。

“又来啦，你们咋个又来？”

我回过头，只见门外站着一个包头巾的壮实女人，用右手和腰夹着不锈钢脸盆，里面是拧干的衣服。

“人都抓了咯，还来。”她上身探进门里边，“那小子是咋说的？”

陈舜走到她面前，压住嗓子咳了一下，说：“他找小姐。”

“啥个？”

“他和阿海一块儿找小姐，不知怎么地打起来，打死了。”

“不可能啊，阿海怎么找小姐，胡琛不晓得，阿海不可能找小姐的。”

“为什么？”

“我就是知道嘛。”

陈舜回过头来看我们，这番困惑让女人起了疑心。

“你们不是警察呀？”

“大姐，”陈舜拿出名片做了自我介绍，“你跟他们两个都熟吧，采访一下你可以吗？”

“是记者，好嘛，记者啊。这个拿回去，我不认字。”她掂了下脸盆，眼里闪过犹豫，“熟是熟，这里每个人我都熟。可是我还要回去理东西，晚上有人来收货，理不好，要少我钱。”

“我补给你。”

陈舜反应神速，扭过上身去掏皮夹，动作非常隐蔽，因为他的皮夹现在像包子一样滚圆。他摘出一百元，女人嫌少，他说采访完了还有另一半。

灯箱和脚架都在车上，只能将就着拍。陈舜扶正桌子，让女人坐端正了。我在桌角叠了几根方木条固定住手机角度。屋里只有一把椅子，陈舜放倒柜子坐在女人对面。高美和我站在窗口，小希和梁皓分别站在另外两个拍摄死角。

“哎呀，这架势，给我整不会说话了。”

陈舜问她名字，哪里人，在这里住了多久，有没有成家。

“叫我阿丽就行啦，阿丽。”

她和丈夫在岭阳镇待了十四年，刚来的时候，这里还没有填埋场。丈夫后来学了本事，在机械厂里做焊工，上的是夜班，每天早上回来守第一辆垃圾车。孩子留在老家上学，由爷爷奶奶照顾。

最早在填埋场盖房安家的那批人里就有她，也有阿海，胡琛要稍晚几年。

等她谈吐自如，陈舜话锋一转，问道：“胡琛是不是很有钱？”

“我不晓得。啊，他干活倒是很拼，也年轻。”

“不是这个意思。他好像藏了一笔钱，很多钱。”

今天早上，警察闯进这间屋子翻东西，好多人围在外面看，但谁也不知道他们有没有找出什么来。胡琛花钱并不大手大脚，也没见他添置贵重东西。阿丽不相信他有钱。

“哎，我想起来咯，”她翻起眼珠子看天花板，“阿海总说，胡琛这小子手脚不干净。”

“啥意思？”

“不晓得。问他，他自己也讲不清楚。莫不是偷钱？我以为是阿海跟胡琛过不去，故意说他坏话。”

阿丽说，填埋场里分两派人，阿海是其中一派的领头。两派人各自占据一块区域，互不侵扰。但是胡琛不属于任何一派。

“他捡东西不守规矩，而且不要命的哇，车斗没翻下来呢，他就跳上去，司机都不敢动。你们看过他身上不？衣服脱下来，全是疤。不过话说回来，收成好了，他也会分一点给别人，他就是不服阿海，谁也不服。我想是想过啦，他们两个迟早要大干一架，可没想到那么绝，直接给杀掉咯。阿海性子急，但心是好的，这里很多老人靠他的照应才活下来。”

“你刚才说，阿海不找小姐。”

阿丽有点委屈似的收着下巴。“我说了，你们不要传出去哈。阿海受过伤，就填埋场刚建好那会儿，被车撞了。他下面……不好用了。”

陈舜用手盖住自己的嘴，僵了几秒。“胡琛不知道这个事？”

“他肯定不知道，知道能扯这个谎？没几个人知道的啦。”

陈舜持续点着头。他看了梁皓一眼，收回目光问道：“小姑娘的东西——那个铃铛，怎么会在阿海手里呢？”

“我不晓得。警察也这么问，晓得我肯定说。”

“小姑娘走丢的那天晚上，阿海在家吗？”

“我们又不是天天串门。”

“胡琛呢？”

“胡琛不在，要饭去了。”

她这句话一出，我们每个人都动了一下。

“有什么大惊小怪的，我们这样的人，出去要饭很正常嘛。”

那场大雪降临前的秋天，胡琛肺炎发作，在床上躺了一个多月。没有收入，身体越来越虚弱，眼看活不下去，他把砖房让给别人，换了钱治病。出院以后，他也就回不来了，留在镇上乞讨。直到天地间白茫茫一片的时候，阿丽看见他头顶雪花举着砍柴刀，冲进他的房子把人家赶跑了。

“这样说起来……胡琛不是一开始就那么横的，早几年是病恹恹的，他从镇上回来，好像变了个人。”

陈舜追问道：“大姐，九年前的事情，你可记清楚了，小姑娘走丢的时候，胡琛不在这里？”

“不会错啦，警察到处找那小姑娘，我有印象。那时候，胡琛房子里住的是别人，他还没回来。”

第十七章　动机

梁皓刚刚在接待室的桌边坐下，汪磊就进来了。他脚步微微一顿，显得有些意外。把他喊来的下属是个年轻警员，先前没有见过梁皓。

“是你？你说你有线索？”

他走到桌子对面，梁皓等他坐下，但他没有，于是梁皓也站了起来。

“我想跟胡琛谈谈。”

汪磊脸上掠过一丝诧异，紧接着突兀地笑了笑：“对不起，现在不行，你要见他，等审判完了去探监吧。”

梁皓知道胡琛被捕是在昨天晚上，但不知道具体钟点，二十四小时一到，胡琛就会被羁押至看守所。汪磊这样说，表明胡琛目前还在这里。

“胡琛杀戚海不是单纯的意外，他们跟金莹的案子有牵连。”

“我当然知道。”

“有进展吗？”

“我没有义务告知你进展。”

“我想知道胡琛的同伙是谁。”

“除非就是你，否则跟你没有关系。”

“跟我没有关系。”梁皓淡淡地重复一遍。

汪磊的眼角抽动了一下，梁皓知道他后悔说出最后那半句话了。

“是啊，原本没有关系，但是你们非让我承认有关系。我把金莹从家里送出去，你们就能安心了。先找那个姓孙的律师给我暗示，不行，换罗显章来，金齐山拆我房子是你的主意？九年了，多少日子啊，你是不是每天都在祈祷，金莹可千万别在你的地盘上死了。就算死，也不能是现在这样——她被人埋了！”

“你在说什么！”汪磊紧咬牙根，腮帮鼓起两个肉球，“我召集全县的警察扫遍盐平山，要是没结果——你知道这是多大的压力？我没有决心找到金莹就不会这么干！”

“为什么现在才有决心，当年你们干什么去了？”

“我找过了！”汪磊一拳砸在桌子上，“那片树林……金莹失踪的当天晚上，老罗的人就到过那里，后来搜山的时候我也去了。绝对不可能有疏忽，人是后来埋的。”

梁皓不再驳斥，慢慢坐回椅子里。

“能查出死因吗？”

汪磊摇头。“骨头是好的，没有器械重击的痕迹，也没有中毒，其他死因就难查了。”

“有一段时间，胡琛离开过填埋场，”梁皓说，“他身体不行，只能出去要饭，大概有两三个月。金莹失踪的时候，他还没有回来，那天晚上没有人知道他在哪里。”

汪磊看他一眼，拉开椅子，也在对面坐了下来。“你真的做了不少工作。”

“那笔钱的来路查到了吗？”

汪磊垂下目光笑了，或许是在掩盖惊讶，笑容过了许久才一点点缓慢退去。随后，他仿佛做了某个决定似的正视梁皓。

“没有转账记录，户头里的钱是胡琛自己存的。他每次存钱都去柜台，而不是用 ATM 机，因为他存的都是散钱，最大面额是五十。”

“把钱找开以后再存？”

“对，洗过一遍，用最简陋的方法。这样就很难追踪。”

“什么时候存的？”

“从〇八年底开始，陆续存，四大银行总计十四次，其他银行我们还在调查。”

梁皓愣了一下，他没有料想到，但又不觉得太过意外。〇八年底……所有的事情都是从金莹失踪开始的。那个墙洞的作用，是临时存放来不及找开的百元钞，因为钱是在几年里分批拿到手的，所以墙洞不需要太大。胡琛掌握了某个人的秘密，向其索要封口费，但对方无力一次性付清。

“有点奇怪的是，胡琛没有花过这笔钱，这个账户是存钱时新开的，到现在为止，只进不出。他平时支取、绑定手机的都是另一张卡。”

梁皓思考片刻，决定暂时放下钱的疑问。

“认罪书已经签了吗？”

“签了。”汪磊说，“斗殴意外致死。”

“你觉得呢？”

“动机站不住脚，嫖娼绝对是无稽之谈。这里三家洗头房，没有人接到过这两个家伙的电话或信息，不仅是那天没有，压根就没有小姐接过他们的生意。”

“他们两个是一起去招待所的吗？”

“不是，登记房间的时候，只有胡琛一个人，戚海是之后进去的。”

莲花招待所的老板娘对胡琛和戚海都没有印象，但她可以确定，当天没有出现两个男人一起办入住的情况。汪磊找到登记表上对应房号的那一条手写信息，分别对比了戚海和胡琛的字迹，确定登记人是胡琛。这一点胡琛并没有否认，尽管他用的是假名。

“登记时间呢？”

“上午九点。”

“戚海是中午被杀的？”

“对。”

“你有没有查过胡琛从上午九点到案发时间之间的行踪？他去过什么地方，见过什么人？”

汪磊脸色大变，胸口顶住桌沿喊道：“你知道他离开过招待所？！”

“我不知道，猜的。”

汪磊狐疑地看着梁皓，于是梁皓补充说：“高美敲门以后，听到房间里有人喊‘快走’。房间是胡琛开的，之后又确实有一个人在路上接走他，所以喊‘快走’的人应该是胡琛，而不是戚海。胡琛把高美当成来招待所跟他见面的人。问题是，这个人怎么知道胡琛在哪个房间呢？如果胡琛没有告诉对方房间号码，敲门声响起时，胡琛不会做出那样的反应，他几乎确定无疑门外就是那个人。但胡琛要是跟谁打过电话，这个人早就被你们找出来了——因此只能是当面说的。”

“没错！而且有可能，胡琛和这个人碰面的时候被戚海看见了，然后戚海一路跟踪胡琛回招待所。”

梁皓倒是没有想到这一点。“你是说，胡琛是故意杀人？”

“不好下定论。不过，就算是两个成年男人抱摔，死人的概率也很低。敲门声点着火药桶了，戚海要去开门，胡琛绝不能让他看到门外的人是谁，手上的劲就往死里使。但我觉得，即使没有人敲门，胡琛也已经有那个意思了。”

“你可以派人去慈善会打听一下。”

“什么？”

“打听一下，胡琛有没有去过那里。”

汪磊的眼里第一次出现了真切的困惑。“慈善会……？”

“那天晚上金莹回家了，赵楠见过她。”

“你……为什么？”

“让我跟胡琛谈谈。”

梁皓跟在记录员身侧走进审讯室。听到开门声，胡琛立直脖子，眼睛睁开一半。

桌子和胡琛坐的椅子之间隔了三米，梁皓觉得远，他没有力气大声说话。于是，他把椅子从桌子后面抽出来，放到胡琛身前一米左右的地方。

“太近了。”汪磊的声音从墙上的喇叭里传出来。

胡琛的椅子是铁制的，四条腿钉死在地面，一块铁板架在扶手上，焊着两个不锈钢扣环，胡琛的手腕在扣环里。梁皓不认为有什么危险，但他还是拉回椅子，靠住桌子背面。这样，他和胡琛仍然没有被隔开。

胡琛看着梁皓的动作，慢慢地有些紧张了。他的脸蜡黄，像盐平山下的干土。等梁皓坐定以后，他把脸挨下去，翘起手指挠了挠。

梁皓朝单向玻璃看，胡琛也转过头去。玻璃的质感是涂了一层清釉的黑色金属，他们的倒影仿佛困在黑夜之中。

“我们见过面吗？”梁皓说。

胡琛摇头，脸颊上的肉随之晃动。

“我也来过这里，〇八年的时候，就是这个房间。墙好像刷白过了。不过，我不是坐在这把椅子上，可能我当时的情况没有你现在这么糟糕。”

胡琛的衣裤很旧，也很脏，手指甲嵌着污垢，他比梁皓白天见到的拾荒者更邋遢，不知是原本就这样还是经过逃亡的缘故。他在这里困了一天一夜，新剪的头发满是油光。他直愣愣地瞪着梁皓，就像是失忆的老人在努力分辨故友。

“那时候有个女孩失踪了，她叫金莹，十岁，个头很小，失踪前去过我家，所以我就到这里来了。你不认识我，但你应该认识她。”

“我……”胡琛的嗓子里有痰，他咳了一下，“我不认识。”

“是吗？那你总该认识她的母亲。每个礼拜，你至少要见她两次。”

胡琛的脚跟往内侧靠了靠。

“他们说——你的同伴，填埋场里的那些人——他们说，你知道金莹是被戚海害死的，你爱慕赵楠，要为她讨回公道，所以杀了戚海。”

听到这些，胡琛的瞳孔不断在眼眶里变换位置。梁皓不知道警察在审讯过程中是否对他说过类似的话，也不知他如何答复。但此刻，胡琛显然正在极力思考，他不明白梁皓为何突然取代了审讯官的位置，但他一定知道，梁皓出现的意义指向金莹。警察让他坐在这里，就表明警察知道胡琛的杀人行为和金莹脱不了关系。

梁皓的说法顺理成章地把两件事结合起来，如果胡琛选择承认，事情就会有个了结，无论真相如何。但即使胡琛承认，梁皓也不会相信。他需要先给胡琛一条路走，否则他很可能就此一直沉默下去。

胡琛张开嘴，吸了一口气悬停在胸中。梁皓耐心等待着。

"是啊……我杀了阿海。"

"为了赵楠？"

"……嗯。"他终于点头了。

"是她让你这么干的？"

"不是！她什么也不知道。"

"那她为什么要给你钱？"

"钱是我自己的，没有人给我钱。"

胡琛已经踏进那条路了，但是没有走多远。梁皓希望能把他带到赵楠面前，可他拒绝了。"嫖娼"没法自圆其说，给他一条"复仇"的路，他就往前走，换作别的大概也一样。或许他已有过盘算，准备了不止一个答案。胡琛对自己的境遇毫不在意，只是无论如何都不能暴露那个背后的人，就像他阻止戚海打开房门那样。

"既然赵楠不知情，你怎么知道戚海是凶手？"

"我看见了。"

"看见什么？"

"看见他埋人。"

记录员在身后发出响亮的鼻息声。

梁皓问胡琛时间，胡琛说记不清具体哪天，但肯定是在警察搜山之后；问他地点，他说在山脚下的树林里；又问树林在哪儿、和填埋场及砖房群的相对位置，他的描述和梁皓所知的信息是吻合的。

尸体从哪儿搬到那片树林里，胡琛说不知道，他听到响动时，就见戚海在月光下挥舞着锄头。他慢慢靠近，伏在土坡后面偷看。眼前的一切都是打着银色轮廓的剪影。戚海在刨坑，不远处的泥地上躺着一个孩子。戚海刨了半个多小时，孩子没动。随后他捧起孩子，小心地平放进土坑里。孩子被捧起时，脑袋上垂下辫子来。胡琛知道这是个女孩。

“书包呢？”

“噢……还有个书包呢，是的。也埋了。”

“怎么埋的？”

胡琛看向右上方，回忆道：“书包放在女孩肚子上，两只手搭着，我记得是这样。”

陈舜给梁皓看的照片里也是这样的。不过，陈舜拍摄时警察已经把书包拿走了，照片里没有书包，只有一对斜立的手骨。

梁皓看到照片的时候，家里只有他一个人，他没有止住哭泣。他以为他会看到一具完整的骨架，衣服多半也已经烂成没有颜色的碎布，那样就不会和金莹的形象重叠起来。可他只看到了一双手，它们那么小，小得握在手里都不敢用力。

她是个学习差劲的孩子，每天背着沉重的书包，就这样似模似样地走进校园。书包应该是优等生的象征吧，它对于优等生有多鲜亮，对于差等生就有多可笑。要是她拿的是玩具，那该多好。她有许多娃娃，她会给娃娃们编故事，然后手把手地演出来。可惜直到她孤零零地离开人世，陪伴她的也只是那个讨厌的书包。一想到这些，梁皓就觉得照在金莹身上的阳光和那时屋子里的阳光一样，全都变成了灰色。

“我有种感觉。”

“什么？”

梁皓在沉默良久之后忽然开口，胡琛似乎受到了轻微的惊吓。

“埋她的人，让她平躺在坑里，书包也不是随手丢下去，而是放在她身上，再摆正她的手臂，这么捧着。他想让她安息。我有种感觉，埋她的人，不是杀她的人。”

“不是戚海杀的吗？那我就不知道了。”

“你好像无所谓。”

“什么意思？”

“不是戚海杀的，那你就找错人了，真正的凶手不知在哪里，而你只能被关在牢里，可能这辈子都没有机会替赵楠报仇了。这无所谓吗？”

“不是无所谓，是没有办法，谁让我被抓了呢。”胡琛耸着肩膀笑了笑。

“为什么不报警？你看到戚海埋尸，什么也不做吗？”

“是啊，什么也不做。像我们这样的人，管这些干啥，能活着就不错了。”胡琛闭上眼睛，叹了口气又睁开，“但是后来，我知道她是赵姐的女儿。赵姐，我们都这样叫她，我可怜她。我打算杀了戚海就把事情告诉她，叫她不要再等了，女儿死了，早就死了。”

“为什么要在招待所动手？”

“那个地方，挺合适的。老板娘不管事，也没有监控。在外头杀人，追不上就麻烦了。”

梁皓一时间无言以对。穿西装的理由可以随便找，那声“快走”胡琛也可以矢口否认。梁皓思索着，决定换个切入点。

“你知道我的事吗？一直到今天为止，大多数人都认为是我把孩子弄没了。”

“我不太清楚。”

“金莹来我家的时候，我可能是睡着了。后来她就走了，没有人知道她是怎么出去的，因为没有出去的脚印。仓房有一扇窗，她可以钻出去，但是窗户从里面锁上了。”

“那可太奇怪了。”

“然后，她回家了。”梁皓停顿了一下，仔细观察胡琛的反应，“那天赵楠发着高烧，躺在沙发上睡着了。金莹回家她才醒过来。她问金莹去哪儿了，金莹回答说，去了我家。”

梁皓再一次停下来。胡琛望着梁皓脚下的地面，小心翼翼地喘着气。

“赵楠给她准备吃的，牛奶。牛奶太凉了，要用微波炉热一下。她把热好的牛奶从微波炉里拿出来，这个时候发生了一件事情。”

“……什么事情？”

“你说呢？”

“我……我怎么会知道？”胡琛笑了。他的额角有汗水，反射出吸顶灯的白光。

“这么多年了，赵楠从头到尾都没有跟任何人说金莹回过家。”

“你说得好像真的一样，你看到了？”

“那天晚上你在哪儿？”

“太久了，谁还想得起来。”

“为什么不说在家里呢——那间填埋场的房子？想不起来的第一反应，不应该在家里吗？因为你把房子让出去了，你无家可归，在村子里流浪。那么艰难的日子，多久都忘不了。那么大的雪，你是怎么撑过来的？”

“是的，就是这样，我撑过来了。别再说了，我不想说了。警察呢，警官……”他朝记录员喊，问他什么时候可以去看守所。

第十八章　尽头

梁皓去了大约一个小时。汪磊答应他与胡琛见面，真是让人意外又惊喜。先前只有陈舜对此抱乐观态度，他认为梁皓掌握了警方缺失的重要信息，具备交涉资本。尸骨证明金莹的死亡时间就在失踪后不久，汪磊难辞其咎，以金齐山的性格，恐怕要把公安局搅个天翻地覆，压力大到一定程度，采取非常规手段也不足为奇，当年的作为就是例子。

梁皓进审讯室之前被搜了身，陈舜给他的录音笔没能带进去，胡琛说了什么，我们只能听他转述。

现在至少有一个推测已经很明确了，金莹在失踪前回过家，跟赵楠见了面，并且，胡琛对此知情。赵楠和胡琛在听到梁皓提及这一点时所表现出来的抗拒——对赵楠而言说是绝望也不为过——足以说明问题。但在回家之前和之后分别经历了什么，她如何从梁皓家离开、回家以后出了什么意外仍然扑朔迷离。

“他看见戚海埋人？这也能信？”陈舜说，“这家伙是个聪明人啊，先撒谎说嫖娼，感觉实在扛不过去了，再撒下一个谎，别人就以为是真的。他半夜三更的去那里做什么，哪有这么巧的事？”

“汪磊怎么看呢？”小希问梁皓。

“警察问过话的拾荒者里，有些人说金莹走丢那天晚上戚海在家，有些人说不在，只说可能性的话，是有的。”

对他们而言，金莹失踪的日子并没有特别之处。胡琛离开填埋场长达几个月时间，阿丽才对此留有印象。至于戚海，就和其他填埋场的年轻人一样，有所谓的家，但常常为了生计在几个村落间奔波。那些说他在家的，多半也是考虑到当时天寒地冻而做出的猜测吧。

“埋尸体是在警察搜山之后？假设凶手是戚海，那他之前把人藏哪儿了呢？”

小希琢磨着说出这句话，并不是真的期待有人回答，可是高美回答她了：“就在山上呗，你听他们老说什么搜山搜山的，盐平山那么大，还真能搜个遍？汪磊说当年找过那片树林，就是在为自己开脱。”

小希没理她，问陈舜接下来怎么办。陈舜看向梁皓。

“先回去休息吧，明天去找赵楠。”

梁皓这句话没有主语，换个角度理解，在场的所有人都可以成为这句话的主语。他已经开始接纳我们了。

陈舜脸上泛出落寞，一闪就消失了，紧接着振奋地打了个响指。“就这么办！”

和来的时候一样，梁皓和小希坐陈舜的车，他们往岭阳镇的方向驶去。高美和我却有两个选择，一是回千桂市，二是跟上他们，也在岭阳宾馆住一晚，这样方便明天行动。

高美没有丝毫迟疑，打着方向盘紧跟陈舜。她的任务在指认胡琛之后就完成了，现在她把我的事当成了自己的事，一路上说的话都关于赵楠和金莹。我不禁有些感动。

“你说，会不会是赵楠和胡琛有什么见不得人的勾当，被金莹看到了？”

我也觉得大方向是这样没错，凶手是胡琛。戚海是替死鬼，跟金莹的失踪和死亡毫不相干。胡琛之所以知道埋尸的具体位置，很可能不是他看见，而是他亲手埋的。至于那个铃铛，也可以由他放进戚海的房子里——戚海的随身物品都被胡琛拿走了，这其中当然包括戚海家的房门钥匙。胡琛逃亡之前回过家，主要目的是转移铃铛，将之作为罪证嫁祸给戚海。但是后续发展却令人迷惑——假如胡琛杀了金莹，赵楠又为什么要给胡琛封口费呢？难道一条人命仍然抵不过赵楠那不可告人的秘密吗？还是说，杀害金莹是在赵楠的配合下完成的？这样一想，我顿时觉得寒毛直竖。

高美把车停在宾馆外的马路上，我们在车里坐了一会儿，等他们三人先办完入住手续。正准备下车时，她的电话响了。

“我跟梦辉在一块儿，他回家了，嗯，今天不回去了，没事的……没有啊……知道了，挂了。”

她催促我下车，我隐隐觉得有些不安。推开宾馆的玻璃门，我的手机响了——是个陌生号码。

“是我爸。”

“……他怎么会知道我的电话？”

“废话！说我在你家，别说指认凶手的事，快接呀！”

“小李……”高美的父亲这样称呼我。

我出卖了高美，对她父亲实话实说了。我不擅长撒谎，更不敢对高向荣撒谎。虽然我并不觉得高美真的会面临危险，但独生女自作主张跑去公安局指认杀人犯，对一个父亲隐瞒这种事是不公平的。我还没来得及多解释一句，听筒里已经传来忙音。

高美的手机紧接着响了。与此同时，她愤恨地望着我，泪水从通红的眼眶里流下来。她没有接电话，钻回车里，怒踩油门而去。

我在房间里看了会儿电脑，洗完澡，想着高美应该到家了，就打电话过去。她没有接。我躺在床上，满脑子都是赵楠在夕阳下那如同焦黑树枝的身形。

第二天，我们赶早出发前往慈善会，陈舜问我高美的去向，我只说她有事要处理，昨晚就回家了。

慈善会办公室里的气氛不同寻常，三位女职员中的两位都在打电话，神色紧张，而另一位正看着她们发愣。陈舜带头走进去，说有事找赵楠。

“我们也在找她！”刚才发愣的女职员打量我们一番，“你们是记者？”

“不是，我们是她朋友。怎么回事？”

“真奇怪啊，刚才警察也来过了。”

陈舜转过头，朝站在最后面的梁皓看了一眼，又问：“警察现在去哪儿了？”

女职员没有马上回答，而是跟着陈舜的目光看向梁皓，若有所思地眨了眨眼睛，然后才说：“不知道呀，今天不是布施的日子，就算要去庙里，她通常也会先来这里一趟准备东西。是警察来找赵姐，我们才发现联系不上她的，她家里的电话也打不通。”

她说着往前走了一小步，问梁皓：“昨天下午……在路对面的那个人是你吗？”

梁皓点头承认，女职员欲言又止。

这时候另一位年纪较长的女职员挂了电话，一脸警惕地走过来，问我们是谁。梁皓说，他以前是金莹的家庭教师，听说金莹的遗体找到了，就想来慰问一下。他这样回答，我着实替他捏了把汗。果然，对方的脸色变了。

“昨天来的人就是你吧？你到底跟她说了什么！她那个时候就不对劲了。”

我们见势不妙，连忙逃回车上。梁皓对陈舜说：“去倚山别墅，开快一点。”

倚山别墅就在盐平山的另一头，距离很近，路线却十分曲折。我们沿着南边的山麓绕了一条巨大的弧线，赶到别墅区的时候，太阳被一片阴云遮住了。

登上入口处的斜坡，一辆警车从斜坡上冲下来，与我们交会而过，速度快得不可思议。

“啊呀，血！”小希尖叫起来，“你们看到了吗？”

我看到了——警车的门把手上有血迹。

赵楠家的院门和主屋门都敞开着，我们走进院子，只见一扇落地窗的玻璃碎了，碎片散落在客厅地面，窗帘轻轻摆动着。

我大气不敢出，跟着梁皓和陈舜往里走。我感到向后的阻力，发现小希扯住了我的袖子。

大理石地砖上，好几对沾水的脚印从卫生间里延伸出来，卫生间的门同样开着。我隐约明白发生了什么。

浴缸里的水盛了一半，是淡红色的，因为淡红而更加通透纯净，水面还没有完全静止。地上有一把沾血的美工刀。

“她自杀了……”陈舜看着浴缸说。

第十九章　秋夜凭栏

手术室在二楼，梁皓跑上去，恰巧看见急救床被推进里边。一名护士和汪磊匆匆交代几句，也进去了。汪磊身后还有两位年轻刑警，手上都沾着血。

陈舜上前询问，汪磊反问他如何那么快得知消息。他面色阴沉，还有一丝狼狈。

赵楠可以说是在他们眼皮底下自杀的。

昨晚梁皓走后，汪磊没有从胡琛口中问出更多信息，他觉得有必要尽快找赵楠谈谈，今早便去了慈善会，结果慈善会的人发现联系不上赵楠。她的宿舍就在隔壁民宅，职员们找了一圈回来，说房里没人，但是门没有锁。这时有一个职员回想说，昨天下午，马路对面站着一个奇怪的男人，赵楠出去跟他说话，回来之后就像失了魂似的，丢下一屋子客人去宿舍休息了。这名职员一直惦记着，晚上去宿舍找赵楠，赵楠隔着门说，她只是眩晕症发作了，明天就没事了。

汪磊当即赶往倚山别墅。赵楠出现在缓缓打开的门后，她面色苍白，眼窝深陷，像是一宿没睡。但是汪磊可以保证，除此之外，那时她身上并没有异常。

“这里是我家，我不能回来吗？”她说。

“现在有新的线索，我怀疑……你没有说实话。”汪磊说，“辛苦你跟我走一趟，我带你去见胡琛。”

赵楠点了点头，她说她刚起床，需要时间洗漱，随即关上了门。

等了几分钟，汪磊绕到房子另一边，听到卫生间里传来水流声，但是窗帘紧闭，什么也看不见。他回到正门又等了一会儿，持续敲门没有反应，才发觉情况不对，于是命令下属撞开落地窗。

他们用毛巾裹住赵楠的手腕，把她抬上警车。从赵楠关门到他们闯入，前后大约十五分钟。

守在手术室外无济于事，而且，再过一会儿可能会撞上金齐山。梁皓走下楼梯，坐在大厅的铁椅上静静等待。医院不是警察的地盘，在这里待多久都可以。陈舜坐不住，在一旁来回走动，小希和李梦辉并肩坐在前排，小声说着话。

梁皓觉得，赵楠被抢救回来的希望是很大的。他走进浴室时，美工刀上的鲜血仍在流动，浴缸里的水还很热。只是当时不确定切割的部位，如果是颈动脉，光是路上的耽搁就足以致命了——她割的是手腕，和过去的那次一样。

通往手术室的楼梯边上是个小超市，梁皓透过玻璃门望着货架，想起自己曾在里面买过许多东西。孩子出生那会儿手忙脚乱，不管事先自认为准备多么充分，总还是缺这个缺那个。

梁湛终于长大了——勉强可以算长大了吧——他喉结突起，上唇冒出了毛茸茸的胡须。这番少年的模样，梁皓只能在幼贞发来的照片里看到。别人说，养儿育女不知时间流逝，梁皓没有这样的机会，因而这九年显得十分漫长。他盼着梁湛快点长大，能独自面对世界。他知道这是内心的自私在帮助他减少愧疚感。

梁湛和梁皓一样沉默寡言，也遗传了幼贞的偏激。他面对镜头所说的那段关于犯罪基因的话，循序渐进，条理清晰。梁皓知道他是写好再背下来的，哪怕如此，他还是没能掌控好情绪。

这不是一时的情绪。如果这几年扮演父亲的人不是万成峰——不是“扮演”，而是原原本本的父亲，是即便背负着嫌疑也血脉相连的亲生父亲——梁湛是会因为信任而坦然，还是会因为被迫相信而导致内心更为矛盾呢？梁皓没有答案。在自己独居的房间里，他偶尔会后悔当初没有坚持，但又觉得一切徒然。事实的结果已经无法改变，他选择仓皇而逃，那些所谓探寻真相的作为，只是为了试图证明自己的清白。他没有考虑过给梁湛一个交代。在房子被推倒的那个夜晚，离开这里的渴望胜过了所有的负担，比当年初次领略革马村山水时所萌生的憧憬更为强烈。他甚至感到释然。他抛弃了他的孩子，而他的孩子要澄清自己身上没有犯罪基因，又有什么错呢？

金齐山的身影打断了梁皓的思绪。这片区域有一半的椅子坐了人，他急匆匆跑过，没有注意到他们。稍后，从楼道里传来汪磊和金齐山的对话声，嗡嗡作响。

手术进行了一个多小时，赵楠被安排进单人病房。医生说，命保住了，但是除了失血还有溺水问题，大脑缺氧严重，可能需要一点时间才能恢复意识。

汪磊松了口气，嘱咐两名下属守在病房外，等赵楠清醒后就立刻联系他。他劝梁皓和陈舜跟他一起走。

“这么多人，堵在这里会给医生添麻烦。还有，赵楠的身份现在比较复杂，你们最好不要擅自行事。”

梁皓只当话是对陈舜说的，没有搭理他。

护士每隔半小时进去一趟，查看输液情况，记录数据。陈舜想趁机拍照，当即遭到警察喝止。

连着几次，梁皓从门缝里看到坐在病床边的金齐山，发现他的视线始终落在赵楠脸上，好像这个女人的五官在不断变化着，怎么也看不分明。

开始有人陆陆续续来探望，但都被警察拦在病房外，只说赵楠目前是重点关注对象，禁止外人接触，却不说明理由。随着人越聚越多，场面混乱不堪。医生过来调解，说赵楠目前还没有度过危险期，不宜打扰。但是这些人已经不再关心赵楠的身体，非要让警察解释什么叫重点关注对象，以及她究竟是不是自杀。

金齐山打开门，面色铁青地说："谢谢大家的关心，都回去吧，都给我滚回去！"

霎时间，所有人鸦雀无声，金齐山的话对他们仿佛有某种魔力，他们相互推搡着，排成长队离开了。

"我们也走吧。"小希说，"至少先去吃个饭。"

小希是个观察力敏锐且头脑清晰的女孩。昨晚在回来的路上，她指出了一个关于铃铛的疑问。戚海的尸体身份确认后，警察去他的房子里搜查，找出了发霉的酥饼。这一幕正巧被她看见。当时，负责搜查的警员手里已经拿着装有铃铛的袋子，但他却只让汪磊看了酥饼，而没有看铃铛。由此表明，汪磊先前已经看过铃铛了，酥饼和铃铛并不是同时找出来的，也就是说，它们被戚海藏在两个不同的地方。这就产生了矛盾：如果戚海是虐杀幼女的凶手，没有理由把纪念品分开收藏。所以更大的可能性是，铃铛原本在胡琛手里，是胡琛在杀死戚海之后，从自己那儿转移过去的。他有条件这么做。

陈舜觉得小希过于武断，酥饼和铃铛是类别差异很大的东西，分开存放并不奇怪。他基本赞同胡琛是真凶的看法，但又觉得戚海未必和两个小女孩毫无关系。尤其是在听阿丽说出戚海有性功能障碍之后，陈舜就多留了一个心眼。

"那个不行了，就要找小女孩？这是什么歪理？"小希驳斥他。

"你不知道人一旦扭曲了能有多奇怪，小女孩不懂事，就不会嘲笑他。"

"你这么说，是有什么经验吗？"

"想象啊，想象，那个方面……可是会影响脑子的。"

"你的脑子才会被影响吧。"

梁皓眼前浮现出李薇递给戚海酥饼的画面：阳光从两人中间穿过，掠过镜头留下光斑；戚海半蹲着，伸出双手去接，好像接的不是酥饼，而是随时会从指缝中流走的希望。

陈舜的说法多少有点戏谑，倘若真是那样，这张照片就会被染上另一种颜色，一直渗透到梁皓内心的角落，并停留在那里。

赵楠醒了。梁皓在宾馆休息，接到陈舜打来的电话。

“她好像疯了。但是，她要见你。”

傍晚时分，陈舜在病区外的楼梯间抽烟，忽然听到一声悲惨而悠长的尖叫，连忙扔掉烟头跑向病房。

赵楠把自己蒙在被子里，一边扭动身体一边用尽全力叫喊。护士去扯被子，她死死攥住不放。金齐山不明所以，他说赵楠是突然惊醒的，毫无征兆。

医生给她打了少量的镇静剂。她望着天花板，嘴里不断说着，出去，出去……

最后只剩金齐山一个人，她仍然这样说，金齐山只好出去，留一条门缝看着。汪磊接到电话火速赶来，医生说现在问话不会有任何收获，她的大脑还没有恢复，分不清现实和幻觉。

过了一会儿，护士推开门轻声呼唤，赵楠马上发出痛苦不堪的呻吟，像是咬紧牙关在撕扯着什么。护士看一眼仪器屏幕，各项指征正常，便退了出来。

这样重复几次之后，赵楠的声音变得越来越弱，这时镇静剂的药效已过，护士认为她睡着了。本以为今晚就会这样过去，陈舜和汪磊正准备离开，却听病房里传出响动。金齐山凑近门缝看了看，紧接着冲了进去。

赵楠披头散发地伏在地上，朝着阳台的方向爬行。她身上的线头没有全部扯掉，把监视器从床头柜上拽了下来。

几个人连忙把她抱回床上。她连站都站不稳，仍在奋力挣扎。陈舜的手背上留下了一道抓痕，他感到赵楠的手腕像通了电似的颤抖着。

又一支镇静剂下去，赵楠终于瘫软下来，她的瞳孔慢慢放大，好像把镇静剂都吸收了进去。但是连着打镇静剂不是办法，医生跟金齐山商量，暂时把她绑起来。金齐山暴跳如雷。医生解释说，并不是真的捆绑，而是让她穿约束衣，防止自残。如果不同意，后续问题医院概不负责。

赵楠穿上了约束衣，长长的袖子交错着穿过胸前的搭扣，绕到背后扎紧，裤腿被一圈圈的皮带捆在一起。不知是镇静剂的剂量太小，还是精神异常所致，赵楠的眼睛始终睁着，眨也不眨。

“我要见梁皓。”她说话了。

所有人都围了过去。金齐山问她感觉怎么样，为什么想不开，她仿佛没听见，又重复了一遍。

“我要见梁皓。”

“为什么？”

“汪队长，你想知道答案吧？你让梁皓来，我告诉他。”

医院在镇中心一带，距离岭阳宾馆只有十多分钟的步程。梁皓一路跑过去，见陈舜在大门口等候。

“她要求只见你一个人，我也不知道为什么。”

“汪磊和金齐山都同意了？”

“汪磊当然同意，只要能破案，他什么都同意；金齐山，管他呢，现在不由他做主。”

他们来到电梯口，陈舜按下外呼按钮。

“她又疯又清醒。刚才房间里有好多人，她直接说要见你，说明她知道你不在。搞不好都是装的，反正很不对劲，不过她穿了约束衣，动不了，应该没什么危险。你记得录音。”

走廊里站着金齐山、主治医生、两名护士和包括汪磊在内的三名刑警，他们看着梁皓一步步走近。

汪磊挨着梁皓的肩膀说：“千万别给她解开衣服，也别给她任何东西，她有什么要求，你拿不定主意就出来。我相信你不会对她怎么样。

手机录音开了再进去。”

梁皓调匀呼吸，走进病房，轻轻关上了门。

“这个样子，可真狼狈啊。”赵楠说。

她平躺在床上，全身紧束，双手被迫交叠在胸前，如同一具等待下葬的尸体。

“我真不该赶你走。我对小莹说，梁老师不教你了。她的眼神我现在还记得。我不赶你走，你就要从我手里把小莹抢走了。”她的嗓子哑了，说出的话断断续续，“可是，我赶你走，你还是把她抢走了。那天晚上，我好恨你啊……明明是我自己的错，我却那么恨你。梁老师，你过来，我都告诉你。”

梁皓走到床边，低头看着她。

“这里是几楼？”赵楠问。

“六楼。”

赵楠轻轻叹了一声。“我都告诉你，但是你要答应我一件事。”

“你说。”

“你带手机了吗？”

“带了。”

“你把我的话录下来，这样，别人就信了。”

“已经在录了。”

“啊，那就太好了。你帮我解开，解开我才说，说完，我要从阳台跳下去，你别拦着我。”

梁皓望向阳台，没有说话。

“我害了你，你不想我死吗？我没有别的路可以走了，你就当是最后帮我一把，现在只有你才愿意帮我。”

梁皓推转赵楠的身体，让她侧卧着，解开了约束衣的袖子和皮带，扶她坐在床沿。赵楠从约束衣里抽出双臂，展开了往后拉伸。

“帮我找找，我的头绳掉哪儿了？”

头绳掉在床头柜边，梁皓捡起来递给她。她拢起散乱的头发，颤抖着扎住了。

她站不直，梁皓搀着她走到阳台上。栏杆有齐胸高。夜风透着沁人的凉意。

“有那么多人家亮着灯呢。唉，我爬不动，一会儿，你得扶我上去——不行，要是警察怀疑是你推我下去的，那可怎么办？”

“不会的。”

“是吗……录音你真的开了吗？”

“嗯。”

“梁老师，你说，如果还有另外一个世界，我要不要去找小莹？”

风吹得庭院里的树叶沙沙作响，随即，隐约传来了一声猫叫。

第二十章　冬雪暂歇的夜晚

二〇〇七年十一月，银杏叶即将被秋风全部染黄的时候，胡琛患上了严重的肺炎。填埋场的空气和细尘加剧了病情，有将近一个月，他都在床上躺着，丝毫没有好转的迹象。

胡琛是上一年春天来的，具体哪天没有人记得。那时候填埋场不像现在有那么多人……

“稿子从胡琛开始写？”陈舜从屏幕上挪开视线，转向小希。

“按照前因后果，不得从胡琛开始写嘛。”小希正剥着橘子，皮肉分离时扬起的酸雾让她皱紧眉头。

陈舜摸着胡楂点了点头。“倒是可以，”他又转向我，“只是要的素材更多了，来得及吗？”

“胡琛的房子空着，我们过去稍微整理一下，今天补拍好，他的素材就有了。”小希替我回答。

“光有他房子的素材也不够吧？”

“就算是从赵楠的视角写，这些内容也还是要讲到啊，讲故事要从容，你不要那么急功近利。”

“不能不急，我跟人家定好日子了。”

“拉赞助，有个预告片就行，重要的是稿子。”

“你不懂，他们这帮人哪有耐心看稿子，他们也理解不了预告片，必须有一段连续的内容，越长越好。”

陈舜从小希手上掰下一片橘子塞进嘴里，说到“长”的时候，汁水喷溅到了键盘上，小希咬牙切齿，抽出纸巾朝他丢过去。

六天以后，陈舜要和一家我从没听过名字的家电公司签署赞助合作协议书。对方是有诚意的，但据说负责人近期要去国外考察，一去一回就是变数，陈舜不想节外生枝。

理想的状况是，今天把稿子定下来，明天上午发给配音公司，下午拿到旁白音轨，晚上就能开始剪辑。我的工作必须在三天内完成，最后留一天做修改。工作内容是把小希写的文字稿变成影像，而文字稿的依据是赵楠的自白。

赵楠住院的第二天，我们从梁皓手里要到了谈话录音。汪磊控制住赵楠后，马上夺走了梁皓的手机。不过在那之前，梁皓已经把录音文件上传到了网络硬盘。

梁皓进了病房，陈舜就盯着门上的水纹玻璃看，看到他们的身影像黑鱼一样游向阳台，背上惊出汗来，却见汪磊不动声色，就连金齐山也只是挪了一下鞋尖。后来和梁皓一起走下楼，他才发现警察正在庭院里收拢气垫床。除此之外，汪磊还安排了几名警员躲在对面的门诊楼里，监视赵楠和梁皓的一举一动。

“原来如此啊，我总是小看警察。”

陈舜以为梁皓知道汪磊早有部署才解开了赵楠的约束衣，梁皓却说他不知道。

“那……那是为什么？”

“这是她的条件。”

“……跳楼你也答应吗？”

“我觉得她不会跳下去，我也不会让她跳。”梁皓看向夜空，像是肯定自己的判断，点了点头，“她说完想说的，也许就不会跳下去了。”

“也许？”

“真想死，就要割脖子。她曾经是一名护士，警察就在家门口，割手腕死不了的。”

小希听到陈舜转述梁皓这句话，马上说：“可不是嘛，我早就这样觉得，这个女人。”也不知是不是马后炮。

面对死亡的深渊，任谁都会却步吧。即使像赵楠说的，九年来的每一天都在等待解脱的那一刻，但解脱只能由他人来施加。

我们三个听完录音，半天没有缓过劲来。我难以平静，同时又感到莫名的失落，好像人群散去，独自被留在了空荡荡的房间里。

然而，情绪一旦从事件中脱离出来，我便对即将呈现的内容充满期待，不要说连干三天，就是三十天也不在话下。有了赵楠的自白，这部纪录片不但圆满，而且在形式上脱胎换骨，之前所有采访内容都将成为最后这段情景演绎的铺垫。我甚至看到了我的脚步在未来留下的印记，陈舜和小希成了我亲密无间的伙伴……

我滑动鼠标滚轮，和陈舜一起接着往下看稿。

胡琛是上一年春天来的，具体哪天没有人记得。那时候的填埋场不像现在有那么多人，头一批拾荒者走了大半，留下许多空房，胡琛挑一间占了，就这样悄然无声地每天出现在垃圾场上。

像胡琛这样的流浪汉常常出现，他们大多是路过的，赶上垃圾车倾倒，临时起兴来分一杯羹，有些会因为恶劣的天气而在空房里躲一晚，第二天，最多不过三四天就走了。流浪汉习惯了接受施舍，捡垃圾是辛苦的体力活，想捡得好，还需要经验。尽管那个时候，垃圾像沙土一样多，怎么也捡不完。

一段时间后，胡琛的脸被为数寥寥的定居者记住了，他们发现他频繁出入的那间砖房里开始有了家当。这片被人遗忘的群落有新成员加入，他们起初是愿意接纳的。可是胡琛性情阴郁，几乎从不搭理人，隐约守持着一种高傲的姿态。他很年轻，身强力壮，每天却是一副无精打采的样子，睡到日头将直，才拖着行尸走肉般的步子出来干活。此时的填埋场上往往只有他一个人。

有人传言，他原本是镇上一家小餐馆的老板，因为交友不慎受骗上当，店铺和女人都没了，喝过农药，但没死成。他大概是想要从头来过的吧。这样一来，他们对他更加排斥了，现实已经无路可走，心里却不甘与社会底层为伍，捡着垃圾，又看不起捡垃圾的人——这是最让人愤懑的。

他们开始有意为难他。见他出门，早就收工的他们又从房子里晃荡出来，他往哪儿走他们就往哪儿跟。他翻垃圾，他们就在后头盯着，专捡他要捡的东西。他的动作慢，也无意争抢，只好再回去，等天黑了才出来。他们结伴去他的房子里，拿起能吃的就吃；随意碰他的东西，抓过来看一眼，放回去保准不是原来的位置；碗盆落到地上，碎了也就碎了，一边还闲聊嬉闹着，俨然是和他来往多年不分彼此的“死党”。他搬过一次家，搬到了靠近马路的那间更小的砖房里，原因是有人赖在他家里不走。

面对欺凌，胡琛不悲不怒，逆来顺受，淡然得像一个老和尚。他们说，要饭要惯了就是这个样子。他们渐渐觉得索然无味，除了戚海，没有人再对胡琛感兴趣了。

戚海是填埋场的“元老”，填埋场尚未竣工时，他就在周围一带徘徊，偷建筑材料卖钱。他在空置的工棚里住过，被工人发现了，就躲到山里去，然后继续偷盗。为了躲避工人，他经常绕着山坡换地方过夜。用他的话来说，他熟悉盐平山的一草一木，他愿意带领这群被遗忘者在这里开辟新的家园。他也很年轻，那时因为资源充足，他的领袖作用还没有充分体现出来。

他们说要饭要惯了就是胡琛这个样子，但胡琛有没有要过饭其实谁也不清楚，戚海倒曾是个不折不扣的乞丐。他觉得胡琛的孤僻懦弱跟要饭没关系，他带头欺负胡琛，是因为胡琛难以控制，像水碗里的一粒沙子，几乎不影响水质，但他在那儿，水就喝不下去。戚海需要溶解他，或者把他赶走。可是其他人逐渐淡漠，他们觉得良心有愧，只要胡琛的存在对他们没有干扰，何苦咄咄逼人。

几个月后，填埋场扩建，又挖了一个填埋坑，新坑比旧坑的两倍还大，拾荒者的生活空间受到挤压。另一方面，岭阳镇的工业开发区日益兴盛，越来越多的人从内陆和山区奔赴而来，打工群体的素质不断提高，也就不断有人被淘汰。他们无处可去，很快占满了填埋场的砖房。这其中包括一支从电子厂车间出来的十多人的队伍，戚海收留了他们，并带领他们砍树刨泥，向北拓宽领地，加盖了许多房子。后来这支队伍的领头忘恩负义，与戚海作对，形成另一派拾荒者与之争夺资源。这种关系一直维持到戚海死于非命。

填埋场的动静太大，岭阳镇政府坐不住了，派土管和环保部门出面与戚海交涉。最后的结果是，允许填埋场的居住区保留，但房屋数量必须控制在五十间以内，建房区域重新划定，不可妨碍作业车辆出入。政府把多余以及不在区域内的砖房拆除，补偿少量钱款了事。无奈之下，许多人挤在一起生活，搭起了上下铺。到了二〇〇七年，独居一房的人除了戚海之外可能只有胡琛了。

十一月，胡琛重病，肺炎导致高烧不退，每天有二十个小时，他像只虾一样蜷缩在床上咳嗽。一对兄弟找到他，对他说，这样占着地方不干活不是办法，身体一天天垮下去也不是办法，他们愿意买下胡琛的房子，胡琛拿了钱，可以去看病，等病好了，房子的事再商量。胡琛起初没有答应，可是，好不容易攒下来的钱一点点吃空了，现在捡个易拉罐和搏命无异，就算肺炎没有夺走性命，干不了活他一样要饿死。

他收拾起一个包裹，衣兜里揣着兄弟俩给的两千五百元，跌跌撞撞地离开了填埋场。十二月初，他从岭阳人民医院出来的时候，身上只剩三百多元。他回去找那对兄弟，对方二话不说把他轰了出来。没有人愿意收留他，当然，他也不曾向任何人求助。

没有据点，也就没有存放废品的仓库，最近的回收点在填埋场六公里外，回收车不是每天都来，倘若要继续原来的工作，他必须背着体积庞大却卖不了几个钱的废品来回赶趟，大病初愈的身体根本无法承受。况且，现在轮到他捡的东西，是垃圾中的垃圾，就像他自己一样。他觉得世界再次抛弃了他。

他回到镇上，住在废弃的车站里，每天靠乞讨和吃垃圾桶里的食物为生。这样过了一个多月，他倒有些习惯了——就这样吧，余生就此苟延残喘下去，直到某天体内积攒的腐食将他融化。

然而，二〇〇八年的那场寒潮改变了胡琛的生命轨迹。

一月二十日下午，从天空中飘下的雨水开始凝结成霜。夜晚，胡琛手捧包子，瑟缩在废弃车站的大厅角落。穿堂风裹挟着雪片灌进来，包子馅刚刚露出来，下一口就已经凉了。他不是没有见过南方下雪，但这天晚上的风仿佛是气化的冰晶，渗进衣服，附着到皮肤上，再迅速凝结。他能听到体内的热量被抽走的声音，心脏失去活力，黏黏地蠕动着。

于是他走出车站，寻找一处避风港，尽管他知道其实无处可去。他漫无目的游荡着，这样至少比一动不动好——不是为了暖和，而是为了知道自己还活着。

他看到了革马村的路牌，认为自己的腿正在下意识地迈向盐平山。事实上，他几乎一直在往东走，从西南村界进入革马村，走进了一片住宅区。

这里是政府统一规划的新农村别墅，每户有独立的院子和围墙。暗夜里静悄悄的，路灯照在横平竖直的小路上，照得白霜闪烁。胡琛看见不远处一扇窗户映出微弱的暖光，便朝那户人家走去。

院门开着，胡琛来到主屋廊檐下，朝门板伸出手。他在心里对房子的主人说，不要食物，不要水，只要一个角落。可是他深知这只污垢嵌满掌纹的手有多脏，比这栋房子的任何一个角落都要脏。他不但脏，而且危险。他把手放下了，低头看着潮湿的鞋子。踌躇间，他稍稍侧转身，注意到了边上的另一间屋子——他以为自己出现了幻觉，用力挤了挤眼皮——那扇门开着半尺宽的缝。

他沿着台阶走过去，闻到一股木料的霉味，这间屋子不是用来住人的。他把门朝里推直了，面对着比黑夜更黑的空洞，在原地站了好一会儿，然后伸手摸到墙内侧的开关，打开了灯。

里面是个近似方形的房间，横竖都有四五米，地上还算干净，东南角堆满了装修废料、瓦楞纸箱和看不清楚的杂物，占去了三成面积。西墙的隔板上有一些五金工具，下方的水泥地面上有淡淡的桌角印记，或许那儿原本有个工作台。

这是上天的恩赐啊！

灯泡蒙着灰，门锁没有修。胡琛觉得，这间仓房已经被主人遗忘了。他有微弱的希望——那毕竟是希望——可以在这里躲过严寒。

他关了灯，挤着那堆杂物抱膝而坐。有点可惜的是，门大概是变形了，合不严实，隐隐有寒气渗进来。放几块瓷砖在后面就能完全关上，但他不可以这么做。在外面看，这扇门还得是原来的样子才行。

挨冻久了，没有风的地方就温暖如春，冻僵的手脚变得酥麻，胡琛很快进入了梦乡。

第二天，天光从北墙上的气窗投进来，胡琛睁开眼，看到了白色的树梢和飞扬的雪花。他来到门后往外瞧，只见天地间白茫茫一片，白得刺痛了眼睛。院子里的雪平整无瑕，没有半点痕迹。他看到围墙顶上的雪，才知道雪积了那么厚。

他没有找到太阳，不知道现在是什么时间。主人没出过门，他也就不能出去。他还不饿，即使有那么一点，和昨晚的寒冷相比也根本不值一提。他必须等待，等主人出来扫雪，他的来去才不会被发现。

他又睡过去了。再次醒来时天色已暗，这次是被竹笤帚划过地面的声音吵醒的——“刷——刷——”但这些声音在北墙和东墙外，那是马路，路上似乎很热闹，人们一边交谈一边卖力地扫着雪。可是院子里的雪没有分毫变化。一天快过去了，这家人竟然没有一个出过门，莫非是间空房子？不，昨晚那扇透出暖光的窗户里，分明有人影在晃动。

天黑透之前，雪停了，这让胡琛稍稍安心。再等一晚吧，他做了决定，明天天一亮，无论如何要出去找食物，能不能回来就看命了。

他像昨晚一样坐在杂物堆旁，只是没有那么容易睡着了。他想着过去，想着骗光他钱财的女人，万籁俱寂的孤独是另一种寒冷。

恍然间，他觉得自己听到了脚步声，是积雪被压实的声音，咯吱一下，两下……又听不见了。他既紧张又欣慰，终于有人出来了吗？

过了几分钟，他的心猛然狂跳起来——脚步声从主屋来到了仓房门口。紧接着，仓房门缓缓开了，一个矮小的黑影立在门口，遮住了月光。他知道对方看不到自己，他们仿佛在各自的黑暗中注视彼此。

胡琛屏住呼吸，绷紧全身肌肉，就在听到电灯开关拨转的瞬间，他蹿了出去。

“别动，别动，没事的……”

意识到对方是个小女孩后，胡琛发现自己已经从她身后把她抱住了。他的左臂绕过女孩身前，箍紧她的两条胳膊，同时右掌钳住了她的嘴巴。女孩脸颊冰凉，嘴唇温热，喉咙里发出“呜呜”声。她只剩双腿还能动，不停蹬地。胡琛把她拖回屋里，用脚掩上门。

“求你别动了，我不会伤你，别叫啊！”

女孩最后蹬了两下，微弱的力量从她的背后传过来，她的身体筛糠似的抖动着，急促的鼻息润湿了胡琛的手指。胡琛就这样抱着她，足足有五分钟，可能更久。他们一起坐到了地上。

胡琛对自己的反应感到惊讶，像是死死抓着多么性命攸关的东西——不过是一间屋子，逃跑再找另一处就是了，他不应该使用暴力。只是因为对方的柔弱，暴力就自然产生了，就像别人对待他那样。

“外面太冷了，我没地方待。我什么也没做，没去过你家里。要是出去，我会冻死的。我是个流浪汉，对不起……”

女孩“嗯”了一声，接着又一声，两次的音调不一样。

“你那么晚才回家？”

女孩的头往侧边使了使力，好像要转过来。

“你别告诉你爸妈，行吗？我明天就走。”

女孩抬起手，用手套轻轻拍打胡琛的胳膊肘。胡琛没有动，又过了许久，女孩点了点头。

“那我现在放开，你不要喊。”

女孩再次点头。胡琛手上卸了劲，但没有完全松开，手指仍然搭在她的脸上。

“我要回去了，”女孩说，“我要回家。”

胡琛放下早已酸胀不堪的左臂，无可奈何地叹了口气。女孩从他怀里挣脱出来。她走到门外，朝主屋二楼的方向瞧了一眼，犹豫片刻，竟又回来了。

“这里不是我家。”

“不是你家？”

“你干吗躲在这里？这里也还是冷，你想进去吗？”

胡琛愣住了。

“老师在家的，但是他不开门，他不让我来。”

“……这里是你老师家？”

“嗯。老师很好的，他会让你进去的，你说你要冻死了，他看你可怜，就会让你进去。可是你太脏了，你要弄弄干净再进去。他不开门，是我刚才敲太轻了，他可能没有听到。你敲响一点，你先到外面弄点雪，脸上洗一洗，手也要洗，然后再去。”

她大概八九岁，穿白色羽绒服，背着一个粉红色的书包，圆脸上还留着胡琛的指印。

看着她急切的样子，胡琛的忧虑暂时消失了，进而感到十分好奇。“你来找老师……你不回家吗？”

“嗯。”她抿了抿嘴，“你待会儿不要跟老师说我在这里，他不让我来，他说我要是来了，他就不跟我做朋友了。”

“那你为什么还来呢？”

“……我也不知道。”

“你不想回家？”

女孩看着旁边不回答。胡琛有点明白了。

“你不敢进去吗？”女孩问。

“你说老师是好人，那是对你好。我是陌生人，请陌生人进家里是很危险的。你看我的样子，一看就知道是叫花子，叫花子会偷东西。”

女孩抬起头，直愣愣地看了他一会儿。“那你以前在哪里？就在街上走来走去吗？”

“对啊。”

“偷东西吗？”

“偷过，不偷就饿死了。”

“那你今天晚上不要偷了，我有吃的。”她扯掉手套，放下书包，从里面找出三小包苏打饼，“你喜欢吃这个吗？”

胡琛接在手里，没有拆，他就地坐了下来，手臂搭在膝盖上，想把脸埋进去。女孩又从书包侧袋里拔出保温杯，摁开盖子，呼呼地往里吹气，然后欣喜地笑了。“还是热的，给。”

胡琛握住保温杯，拇指调整了一下位置，杯壳上立即出现一块黑斑。他摆动拇指擦了擦，黑斑变成了拖痕。

这时，胡琛隐约听到什么东西被搬动的声响。女孩蹑足走出门，马上探回头来说：“老师在家的，他在阳台上。”

胡琛慌忙走上前，关掉了灯。

“我跟你一起过去吧。”女孩在一片漆黑中说。

“那更不行了。弄不好，我连这里都待不下去。我跟你不一样，跟别人都不一样。这里已经很好了。”

女孩像大人那样叹了口气。他们走回角落，各自坐了下来。北边微弱的路灯光穿过气窗，在地上投下两个长方形的亮片。

“你家在哪儿？”

“山海间那边。”

“噢，那很远啊。为什么不回去？”

“……考试考得不好。”

“这样就不回去了？”

“我妈说，考不好不能回家。”

“那是气话呀！哪能当真呢？”

“我知道。”

“嗯？”

“她总是这样说，‘别回来了’‘去死了算了’——总是这样说，一天说好几遍。那我就听她的。”

“她现在肯定急死了，满大街找你呢。”

“让她找吧。”女孩顿了顿说，“明天考英语，英语我能考八十多分，明天我再回去，她会开心的。”

“嗯，也是个办法。但是，在这里待一个晚上要感冒的。”

“我穿得多。你怎么没感冒？”

“我啊，我刚刚治好，咳嗽一个多月，吐血了，差点死掉。”

“我不会死的。”

他们就这样轻声细语地聊了许久。胡琛问她从哪儿走过来，一路上有没有遇到什么人，父母是做什么的。他始终觉得不妥，女孩的安危倒没什么，可要是在这里被人找到了，误会他猥亵或者诱拐儿童，恐怕不好说清楚。

有一会儿没说话，他发现女孩似乎在打瞌睡，脑袋往下一冲，马上又弹起来，抱着膝盖的手臂紧了紧。

“冷了吧？”

“嗯……有一点点。”

“我觉得你还是得回去，你不回去，你爸妈要去找老师的。”

“去找老师？”

“对啊，半夜把班主任叫起来，把校长也叫起来，那就坏了。”

女孩沉默着，大概在权衡利弊。毕竟是一丁点大的娃娃，只是寒冷和迷蒙的睡意就让她变得脆弱了。

“我妈妈会不会哭？”

“肯定会啊。”

“她哭起来像个疯子。”

胡琛轻轻拉开门，走到廊檐下，探出头往上看，立即缩回来，然后再次探出去——屋子的主人居然还在阳台上！透过石栏杆的缝隙，可以看到那里坐着一个男人。阳台上没有开灯，男人嘴边的一点红光亮了又暗，眼眸也跟着亮了又暗。随后，他伸手从栏杆面上拿起什么东西放到嘴边，放回去时，胡琛听到了石头和玻璃轻碰的声响。女孩也跟出来，胡琛连忙朝她摆摆手，让她回去。

他们坐下来继续等待着，又过了大约半小时，男人还是老样子。胡琛不理解，这种说不清是悠然还是孤独的状态，为什么能在寒夜里持续那么久。

“他不会一直坐到天亮吧？”胡琛咕哝道，“再等下去就太晚了。”

“老师肯定是在想他的儿子呢。”

“嗯？”

胡琛看向女孩，只见她站在气窗投下的光里，仰面朝着窗，脸上泛出白玉般的柔光。

“我翻窗户出去，不能被老师发现。”

“能钻过去吗？太高了。”胡琛看了看四周，没有桌子没有柜子，但可以用他的肩膀，“太高了，你跳到外面会崴脚的。”

“不高呀，我家二楼往下跳比这个高多了。”

“从这里回家你认识吗？很远哪。”

“认识，我走过好几次了。”

起初劝女孩回家的时候，胡琛想过送她一程，出去自然就回不来了，只能另寻庇护，可是他现在改变主意了。

“试试看，能出去，我把书包扔出来。手套，手套戴上，窗框硌手。”

胡琛蹲下身，等女孩站到他肩上，再慢慢站起来。他听到拔出插销和推开窗户的声音，右肩承受的力量随即消失。他托住女孩的左腿，往上稍稍使劲，女孩的上身已经探出窗外。眼看就要来个倒栽葱，却见她像条鱼一样滑了出去，双手仍然紧抓着窗户的中柱，接着一只手松开，攀住窗沿悬了一会儿，便落下去了。隔着墙能听到“嚓”的一声，应该是平稳落地了。

胡琛把女孩的保温杯塞回书包，一起扔了出去。

“我走啦，再见！”女孩用气声喊。

胡琛歇了口气，踮起脚去够窗户。他要把窗户关上，但是还差一点。他搬了几片瓷砖站上去，用指尖压住窗框转回来，锁上了插销。

认识路就没问题，世上哪有那么多坏心眼的人呢？

他把瓷砖放回原处，来到门后，回想这扇门之前是什么样的角度，忽然意识到一个可笑的问题：现在做什么都没用了，女孩进来的脚印就在院子里，或许现在看不见，等到明天，她的老师就会发现异常。

天一亮就必须要走了。

赵楠弹坐起来，被惊醒瞬间爆发出的力量推直了上身。眼前是自家客厅，她刚才躺在沙发上，盖着厚软的绒毯睡着了。她花了一点时间才弄清楚状况，梦里的场景延伸到了现实中，但却想不起延伸出来的梦境是什么，由此变得心烦意乱。她扯了扯毯子，感觉手脚就像浸泡在黏稠的液体中。

鼻息滚烫，正发着高烧呢。这么一想，她反而清醒了一些。就在望向壁钟的同时——竟然已经十点十分了——她听到门锁落舌的“咔嗒”声。她转回头，看见小莹站在玄关那儿，耷拉着脑袋。

惊慌和安心的感觉几乎同时袭上胸口，她的后背渗出一层燥汗。

小莹换了鞋，不声不响地走向楼梯。

“你怎么……”赵楠的喉咙里好像卡了一张砂纸，“你怎么回来的？小奕妈妈呢？”

“走的，我自己回来的。”小莹在台阶前停下脚步，声音几不可闻。

赵楠艰难地吞了口唾沫，撑着身子站起来，走到女儿跟前。她的脸冻得通红，裤管是湿的，赵楠侧过头看她的脚后跟，袜子的颜色同样很深。新买的皮鞋做工一般，但是连后跟也浸湿了，可见她走了相当远的路。

“你到哪儿去了，嗯？”赵楠喘息着，伸手扶住栏杆，“邱丽娟就让你这么走了？连电话都……电话都不打一个，她打了吗？”她转身去找手机。手机在沙发边的矮柜上。脚下轻飘飘的，她拿起来看，并没有未接来电。

“你说，你是不是去找梁皓了？”

小莹晃了晃下巴。“没有。”

赵楠再次踉跄着走向小莹。

“妈妈……”

“我跟你说过多少次了……”赵楠掐住小莹的肩膀，用力一甩手，让她正对着自己，“你为什么还要去？站好！你再去找他，你就要废了。你在他家里做什么？那么长时间，你知道现在几点了？”

最近半年，小莹变得不像自己的女儿了。以前不管怎么严厉，她会哭泣，会发脾气，但不会冷漠相对，几天不说一句话。就是心情好的时候，她也不再给娃娃编故事了，倒是常拿着蜡笔在纸上胡乱涂抹色块，面无表情。她的成长像是一夜之间进入了另一个阶段——叛逆期未免来得太早。至于原因，赵楠大致心中有底。

早在雇梁皓做家教后不久，她就听家委会的成员说，传言梁皓和一桩女童意外身亡的案子有牵连，那个在草垛里憋死的女孩，被他用照相机收去了魂魄。赵楠哑然失笑，从此对那位家长敬而远之。可是最近，当她看到小莹眺望窗外，眼里映出灰色的云，眼眸也因此变得浑浊黯淡，她便想起来了，想起有谁描述过的，女孩被收去了魂魄的样子。

收魂的不是相机，是人！

所有的安排都妥妥当当，唯独找梁皓给小莹当老师这件事，怎么就失智般听信了钱云其？不知来历，没有经验，只凭一张教师证，她就轻易做了决定，这个决定仿佛是赵楠人生中的污点。

她在临县的农村长大，卫校毕业以后从家里逃婚出来，在三塘县一边打零工一边学习，参加护士职业资格招考。不久，她穿上白衣，成了岭阳卫生院的护士。上班第一天，她在镜子前审视自己——这是她为自己量身定做的装束，不但合身，而且能够阻隔过去，她不再是那个只能听天由命的小丫头了。日复一日，当她对这身装束感到腻烦时，她结识了金齐山。努力的回报和幸运的眷顾都适时地降临在生命中，她觉得无比幸福。更让她惊喜的是，金齐山不讨厌女孩。她小心翼翼地维护着妻子和母亲该有的样子，做一切让金齐山满意的事，只可惜，小莹没有按照她的设想成长，丈夫对女儿的期望成了她最大的负担。

“卷子呢？发了吗？”

小莹慢吞吞地拨下肩带。赵楠一把夺过书包，翻出数学试卷。看到分数，她全身发抖，忍不住笑了起来。

“呵，康小奕是怎么教你的啊？”

“我不去她家了，下学期也不去了，永远都不去了！”

“那你要去哪儿？要去死啊！”

房子忽然摇晃着转了半圈，赵楠感到掌心灼烧般刺痛。她愣了一会儿，发现小莹侧身倒在地上，两只手一起捂着左脸颊，眼里噙满泪水。

她想抚摸小莹，刚抬手，小莹就双手撑地往后退，脸上的掌印正变得越来越浓，像要渗出血来。她想说句什么，可刚才那声怒吼扯裂了声带，她只能发出沙哑的声音。

她去了厨房，从锅里盛出一大碗鸡汤，放进微波炉加热。土鸡煲是上午炖的，还没动过。她每天都准备营养餐，等小莹回来热给她吃。不是邱丽娟家的饭菜不好，没人催，小莹不会好好吃饭。

她看着玻璃盘上匀速转动的瓷碗，痛哭流涕。只能哭这么一会儿，等微波炉运转停止，她必须擦干眼泪，给小莹一个温暖的怀抱。

“叮——”

铃声清脆通透，还有悠扬的余音。赵楠拉开炉门，鸡汤冒着白汽，比预计烫得多。她两手捏着碗边端出来，走出厨房。

小莹不在客厅。上楼去了吧？可是书包还倒在地上。她这么想着，把碗放上餐桌，只觉手背上掠过一丝寒风。她顺着风的来向看去，只见大门开了一条缝！

她愣了两秒钟，立即冲出家门。张嘴呼喊，出来的只有白汽，她的喊声和风声一样微弱。别墅区每家的院门外都有一盏路灯，她迅速移动目光，却不见有人从灯下穿过。雪被扫到了路两边，湿漉漉的水泥地上留不下足迹。

是不是刚才小莹回来的时候压根就没有关上门？是自己错把开门声听成了关门声，一定是的，她跑楼上去了！

赵楠返回家里，推开一间间房门。她很快绝望了，阁楼也上去过，哪里都没有人。

报警？还是打电话给金齐山？他在市里，赶回来至少一个小时。

丈夫得知女儿在她手上丢了，等待她的将会是什么呢？快喊邻居帮忙找人吧！这似乎是最实际的做法，但不知为什么，她觉得不能那么做。几个念头前后左右拉扯着她，随后，其中一股力量占了上风，她换上运动鞋，抓起车钥匙，朝停车场狂奔而去。

早该想到的，小莹必定又回去找梁皓了！

村道上寂静无人，两边的田地被黑暗吞没，她行驶在车灯的光晕里。再往前一点，再往前一点就能看到小莹的背影了。

不……已经开了七八分钟，她怎么能跑出那么远？可是到这里为止明明只有一条路，除非她从山上绕出去，但这绝无可能。赵楠在一片树林边踩下了刹车。

她决定报警，伸手去摸口袋，却发现手机放在家里。她哭了起来，哭声也沙哑不堪。

回过神，她怔怔地望着远光灯照亮的树林，忽然察觉眼前几棵树的形态似曾相识，于是她想到了那只小莹捡回来的流浪猫。一个多月前，她把猫丢弃在这片树林里。

“扔河里了。”她回到家对小莹说。

“哪条河？门口的河吗？从哪里扔下去的？是不是桥上？你说呀！”

桥上……

赵楠掉转车头，猛踩油门往回赶。

“小猫咪会游泳吗？”她把猫放生几天后，小莹终于肯说话了，然后开始反复这样问她，也问金齐山和李阿姨，“小花是田园猫，田园猫有很多会游泳的，对吗？可是河岸太高了，不知道能不能爬上去。”

她把给猫戴过的铃铛重新找出来，挂在书包上。“猫的耳朵是最灵的，小花听到铃铛声就能找到我了。”

之后班主任打来电话，说铃铛对同学造成了影响。赵楠晚上摘下铃铛，小莹早上又偷偷挂上，反复两次，她一怒之下踩扁了铃铛。隔天送小莹上学，她看见那个已经不会响的铃铛仍然挂在书包的拉链上。

“别再想猫了。”她在校门口对小莹说，“我没有扔河里，我骗你的，它好好地活着，本来就是流浪猫，找东西吃厉害着呢。”

小莹幽幽地看了她一眼，什么也没说，连平日的告别也没有。

冲上斜坡，赵楠把车停在别墅区外围，跑向那座木桥。人工开挖的寻安河支流把别墅群分成南边两个部分，木桥就跨在河上，离她家不到五十米远。桥上的雪和路上的一样，被扫到两边，挨着栏杆底座堆起来。栏杆有三层，最上层是大约二十公分宽的方木条，没有人清理过栏杆，上面的白雪高高隆起。

走到桥上，仿佛有什么东西正在逼近似的，她放慢了脚步。桥两头立着路灯，中间是最暗的位置。就在栏杆上那处最暗的地方，她看到了两个凹陷，那分明是一对脚印。紧接着，她又看到了下两层栏杆上的更凌乱的凹陷，碎雪散落在桥面上。

没有一处地方的雪在融化，河流无声无息，宛如静默的深渊。赵楠躺倒在桥上，呼出的白汽消散在黑暗中，一簇接着一簇，夜空正在吸走她的魂魄。

过了许久，她站起身，心跳恢复如常。她走进家里，拎起小莹的书包，回到车上。

她知道梁皓家在哪儿，她记得那片住宅的位置。小莹偷偷去过好几次，多数被她半路逮回来，但有那么一次，一直找到梁皓家门口才发现她。

是他夺走了小莹……

书包就放在副驾席上。心里的念头被压制着，同时又呼之欲出，此时此刻，她不做他想，任凭直觉操纵着身体。

不能再往里开了，车只能停在住宅区入口，她拎着书包，朝记忆中的方向走去。

“墙上有一只兔子，用石子划出来的。”小莹说。

啊，找到了！

院门开着，赵楠欣喜若狂，她要把书包扔进去，扔到梁皓轻易发现不了的角落。就在她甩动胳膊，准备松手的瞬间，她看到了一双眼睛！

这双眼睛竟然悬浮在仓房的门缝里！是内心的野兽在凝视自己吗？她吓得魂不附体，一路逃回车里。

倏忽间，她又站到了木桥上，右手沉甸甸的。最后，她挥动手臂，把书包扔进了寻安河。

胡琛被一阵拍门声惊醒。因为饥饿，他没有像前一晚睡得那么沉。拍门声是从主屋方向传过来的，有好几个人在门口说话。天已微亮，他从门缝望出去，看见院子里布满了凌乱的脚印。

没来得及细想，他从杂物堆旁蹿出来，躲到了门后——有人注意到仓房，朝这边走过来了。

仓房门被缓缓推开，把他挤到狭窄的三角空间里。他绷直身体紧靠住墙，大气不敢出。隔着门板，他能听到对方的喘息。

灯开了，过了一会儿，脚步声朝杂物堆去了，接着是翻动纸箱的声音。随后，这人的背影出现在气窗下——他穿着警察制服。

门没有开到底，和墙壁之间留有几公分的缝隙，警察只要一回头，十有八九会发现门后有人。胡琛捏住门把，控制好手劲，极其缓慢地往回拉了一点点，还是有缝，不过已经看不见警察了。

他紧张得头顶冒汗，并产生了一个朦胧的直觉：那个小女孩出事了。昨晚看到的女人以及她手上的书包在脑海里一闪而过。

警察似乎搬了点东西过去，就跟胡琛昨晚关窗的时候一样。窗太高了，胡琛举直胳膊，手指离插销还有一个手掌的距离。这里的杂物都是废料，找不出完好的瓷砖或木块，纸箱虽然多，但是又软又不服帖，要堆出稳当的台面着实不易。胡琛听到警察踩在什么东西上面，打开了窗，稍后便关好窗，插上销子，落回地面。

胡琛的心脏怦怦直跳。警察应该已经转过身来了，他仔细检查过窗户，又怎会忽略门后可以藏人的空间呢？胡琛觉得自己愚蠢至极，何必要躲起来？没偷没抢，不过是在废旧的仓房里待了两天，被发现了顶多是口头教育，小女孩的事情实话实说就行。可是现在不一样了，他的躲藏行为是在给自己招黑。

恰在他犹豫要不要主动现身时，主屋那边忽然闹出了大动静，几个人的怒吼夹杂着桌脚和地面摩擦的声音，隔着身后的墙壁传过来。警察快步走出去了。

要走只能趁现在！胡琛壮着胆子出了仓房，在廊檐下探头看向主屋，门口没有人，他们都进去了。几个房间里都有脚步声，东西南北楼上楼下，一片混乱。

院门开着，冲出去只要几秒钟，如果在这几秒钟里有人朝院子瞥了一眼，那就认栽！

胡琛数着步子给自己鼓劲，雪被踩实的声音大得吓人。他转出院门，踏着扫净雪的水泥地一路狂奔。

跑过一个拐角，只见稍远处一户人家门口聚集了五六个老头老太，正在手舞足蹈地说着什么了不得的事。胡琛立刻收住脚步，走向路边的垃圾桶，掀开盖子往里瞧。对他这样穿着的人来说，这是最自然的动作。

除了这几个老人，住宅区静悄悄的，看天色，现在还没到大多数人的起床时间。胡琛往回看，没有人跟上来，他歇了口气，往北边的公路走去。

没有方向，也不知身处何地，他只想着走得越远越好。沿着雪水泥泞的公路走了一段，前方接连驶来两辆警车，并且在他身后一个遥远的路口消失。那个路口通往他刚刚走出的住宅区。

不久又来了第三辆警车，也闪烁着警灯，正赶上大货车横穿马路，不得不减速等待。货车就在胡琛面前几步远的地方，把胡琛和警车隔开了，等到货车驶出视野，胡琛的视线刚好对准警车的后排窗户。

他看到一个女人坐在那儿，目光低垂，看着自己的手。警车载着女人与他擦身而过。他停住脚步，望向东北方，盐平山平缓而庞大的淡影出现在晨雾中。就在那个交会的瞬间，他忽然开窍了，进而陷入了长久的思考。这个女人是多么让人不寒而栗，又是多么让人怜惜啊！

赵楠下了警车，走在丈夫和几名警察身后。有人扶着她。她像游魂一样跟着搜寻队在村子里走了一整夜，现在浑身发抖，已经站不稳了，但是警察说发现了女孩的脚印，她就必须到场，因为她是母亲。

不知不觉到了梁皓家门口。院门内守着几个人，金齐山喊着要进去，被他们抱住了。透过人缝，赵楠看到了梁皓，他跪在幽暗的客厅里，双手铐在背后，被人按着脖子，下巴快碰到地面。他在使劲，要看清外面的状况，额头上挤出了横纹。她不敢与他对视，一晃眼就低下了头。

这个院子像是单独围起来的一片雪地，遍布凌乱的痕迹，唯独中间有一条从院门到达主屋的脚印仍然清晰完整。小巧的脚印，间隔很短。赵楠想起了那些栏杆上的脚印，她再次啜泣不止，身体倒向搀扶她的肩膀。

他们把她扶进对面的人家，叫她坐下来休息。一个村委的女干部留下来陪着她，握着她的手。户主给她们端来热茶。

赵楠闭上眼，看到的尽是寻安河漆黑的水流。她等着有个警察走进来，问她昨晚为什么会到这里来。然后，然后该怎么办呢？她觉得她会坦白一切。

陆续有居民朝这边聚集，梁皓家的院墙外又围了一圈人墙。女干部去窗口站了一会儿，走回来对赵楠说，县里来刑警了，刑警也不让进，他们在商量，你别着急，那么多人帮忙，能找回来的。

没多久，梁皓被两个人抄着胳膊架出来，推进警车送走了。然而，警察们依然各自忙着，并没有人想起赵楠。

看来梁皓什么都没说，那么，昨晚看到的那双眼睛果然是幻觉。

可是为什么没有出来的脚印呢？赵楠困惑不已，事情比她预计的复杂，也许还有转机。

一直到九点多钟，有人敲了敲窗户，户主打开了，那人说，麻烦赵女士来看一下脚印。

赵楠恢复了一些力气，自己能走了。这时候梁皓家院子里只有三个人，他们半蹲半跪在脚印旁边，地上放着铝盒状的工具。一个方脸男人倚在门槛处，看着他们工作。他等赵楠走到身旁，便自我介绍说，他叫汪磊，是这次抓捕行动的负责人。

“人我们带走了，但是不代表他一定对你家姑娘做了什么。房子初步找过一遍，里面没人。等验完脚印，我们会做进一步勘察。”

“辛苦了。”她的声音依旧沙哑不堪，即便只说了三个字，声带也无法连续震动。

“听说，梁皓给孩子做过家教？”

赵楠点了点头。

“来。”汪磊跨进院子，指着脚印说，“你看下，这个比较清楚，三十二码，差不多吗？”

“对，她穿三十二码。”

“印痕呢？”

赵楠抹干净眼泪，蹲下身。“……我看不出来。”

“她昨天穿的是什么鞋子知道吗？能不能再买一双回来？要尺码一样的。”

刚才敲窗的警察负责开车，带赵楠前往三塘县商业街。

小莹脚上的鞋是半个月前买的，她常来这家童鞋专卖店，老板见她神色异常，又跟着陌生的年轻男人，就没有主动上前打招呼。

赵楠一眼就看到那双鞋了，红色的圆头皮鞋，里面的绒毛从鞋口翻出一点点。

她犹豫了。如果现在从货架上取下这双鞋，梁皓的嫌疑就会坐实，但他是无辜的。

“赵女士？”警察叫了她不止一次，“同款鞋子找到了吗？”

"……嗯。"

"你没事吧？在哪儿呢？"

赵楠缓缓走到货架前，抬手指着那双鞋。"这个。"

警察拿下来看了看鞋底。"能确定？"

"能。"

"老板，这鞋有没有三十二码？"

"我看一下。"老板弯下腰在柜台后面的一堆鞋盒里找了找，"三十二……有！"

夜幕降临，雪又开始下了，赵楠躺在沙发上，就像昨晚一样，也像平日一样——再过一会儿，邱丽娟就会骑着电动车把小莹送回来了——那该多好啊。

此刻，她最害怕面对的人是自己的丈夫。她去县里买鞋回来之后，金齐山就不知去向。他从不相信别人，大概在用自己的方式寻找小莹吧。

你怎么能一觉睡到半夜？女儿没有回家，外面天寒地冻，你居然睡得像头死猪！

赵楠想象金齐山掐住她的喉咙，把她推到墙角，一个接一个地扇她耳光。于是她说出真相，安然等待着死在丈夫手里。

再躺下去就要喘不过气了，她走到落地窗前，望着外面。路灯照出一丛丛锥形的光束，雪片在光束里飞旋。

如果这场雪不曾停歇，小莹的脚印就会被掩埋，事件的焦点就不会引向梁皓，赵楠的处境将变得危险。天意啊，真是折磨人。

等到邻家的灯火全都熄灭，她出了门，往木桥上走去。她没有穿外套，彻骨的冰冷迅速穿透毛衣蔓延到全身。桥上有风吹过来，把沾在皮肤上的雪花吹融了。不知不觉，手背和脸颊都变得湿漉漉的。她想知道自己能承受的寒冷的极限在哪里，或许是高烧还在持续的原因，这样的感觉恰到好处。

栏杆上的雪又堆了薄薄一层。昨晚扔下书包以后，她用扫帚把两边栏杆上的积雪全部清理干净，而后才回家打电话。她盘算了一下，假设她刚刚醒来，不见小莹回家，那么她的第一个电话应该打给邱丽娟，而不是金齐山或者警察。她为自己还能保持冷静感到惊讶。她对自己说，那双眼睛只是幻觉，她注定要在那一刻清醒过来。用书包作为证物嫁祸给梁皓，这个做法并不明智，搞不好会弄巧成拙。小莹去过梁皓家，自然会留下痕迹，到时候只要想办法让警察想起梁皓这个人就行了。这不是什么难事，早年因为另一个女孩的死亡，他被警察盯上过了。

寻安河水汩汩流淌，或许正裹着小莹的身体一刻不停地向东而去。就让她睡在大海深处吧。赵楠踩上栏杆，站直了，低头凝视河水。

忽然，她听到左边传来急促而沉闷的脚步声，仿佛是巨兽的心跳。她转头看去，只见一个黑影穿过路灯的光束朝她扑来。赵楠吓得全身僵硬，张嘴却喊不出声，她感到腰部猛地受到冲击，紧接着，黑色的天空填满了视野，她仰面倒在桥上，嘴巴被一只手掌按住了。

“嘘，嘘……”

黑影的脑袋从下方升上来，这个人的眼睛里有路灯反射的光，扫过她的胸口、脖子、下巴，然后与她对视。

“别怕，我在救你，我是要救你啊。我认得你……”

赵楠闻到一股酸腐味，她开始挣扎。

“我认得你，你是金老板的女人。以前我开饭馆的时候，你们来我家吃过饭呢。”他急切地哼笑了两下，味道变得更浓了，“我们见过面的，对，我们见过，昨天晚上也是，记得吗？昨天晚上。”

有那么几秒钟，赵楠没有呼吸，她听到耳蜗里传来尖锐的长啸。

“还有你手里的书包，我也见过，你想扔进来，对不对？你女儿在哪儿？告诉我。是我把她送出去的，她回家了，要不然你怎么会有她的书包？她在哪儿？快告诉我！”

眼泪顺着两颊流到了耳朵里，赵楠闭上眼睛。过了一会儿，黑影松开了手掌。

“你是不是……是不是把她打死了？”

“没有，没有……”赵楠侧过身蜷缩起来，用手捂住脸，“她从这里跳下去了，她自己跳下去的。”

黑影沉默了一会儿，起身走到栏杆边上，面对河流。

“为什么？”他问。

赵楠没有回答。

“为什么你要隐瞒？”黑影走过来蹲下身，柔声问，“女儿跳河了，你不救她吗？”

“来不及了，太晚了。”

“你就让她这样漂在河里，是吗？”

“我打了她。”

“嗯？”

“我打了她，她脸上有我的手印，人死了，手印退不掉。”

“啊……所以不能捞起来。”

“我丈夫会杀了我的，他会杀了我。”

“书包呢？”

“扔河里了……”

“在这儿扔下去的？”

赵楠点头。

黑影深深吸了口气，搂住赵楠的肩膀，让赵楠跪坐在他面前，就这样看着。看了许久，他伸出手，轻轻托起赵楠的下巴。

“你不想死，嗯……嗯，谁又想死呢？”他蓬头垢面，嘴唇被胡须盖住，他像催眠似的说，“你想一切都不要变，除了女儿没了，什么都和原来一样，对吗？”他又伸出另一只手，把赵楠的脸捧住了，但又颤抖得好像怎么也捧不住，“只要我不说，不说就行了，没人知道的。我会保守秘密，我会帮你保守秘密……”他就这样重复了好几遍，他的呼吸离赵楠越来越近。

赵楠听到遥远的手机铃声，她睁开眼，天已经亮了，她躺在自己的床上，窗外雪片纷扬。

铃声停止后，她便听到金齐山粗沉的嗓音。很多的日子，她也像这样被丈夫打电话的声音吵醒。她花了一点时间才意识到悲伤，进而感到惊慌失措——金齐山昨晚回家了！

赵楠走出卧室，看到金齐山一边穿外套一边出门的背影。她扶着栏杆走下楼梯，来到院子里。李阿姨正在扫雪。

“太太，”李阿姨放下竹笤帚走到赵楠身旁，带着哭腔说，“还早，你再回去睡会儿吧。”

赵楠有些气喘，李阿姨用手背碰了碰她的额头。

“能睡着真是太好了，没退烧呢，昨晚几点吃的药？太太，小莹不会有事的。她最近老爱偷偷往外跑，不都找回来了嘛。”

“他去哪儿了？刚才有电话。”

李阿姨面露为难。“我也没听清楚，是警察打来的电话。”

“说了什么？”

“嗯……还没找到小莹，警察好像去闸门那边捞了。”

“闸门？”

“你别着急，找人就是这么找的，不是说小莹一定掉河里了。”

“你刚才说闸门？”

李阿姨被赵楠的眼神吓住了。“对……对啊。”

“闸门怎么了？”

“出海口那边的闸门是放下来的……啊，不是闸门，是闸门前面的铁丝网，我也不知道叫什么，但我知道有那么个东西，就是用来挡住垃圾的，这样找很快，小莹肯定不在那里……太太？”

“你走开，”赵楠看着脚边一盆枯萎的花，“走开啊！”

李阿姨打了个趔趄，逃回屋子里去了。

赵楠端起那盆花，一松手，花盆四分五裂。她捡起一块碎瓷片，绷紧了手臂。

"啊呀！太太……"

李阿姨回到赵楠跟前，惊声尖叫。赵楠看到成串的鲜血，正朝李阿姨的白围裙上喷溅。

瓷盆碎片很厚，但切入口却极深，肌肉组织断裂，必须缝针。医生说，很难想象一个女人能有这样的力气。但也正因为厚，往内侧切时受阻，锋口划出表皮，没有割穿动脉。手术在外科门诊的清理室进行，左臂打了麻药，过程中只有微弱的痛觉。

赵楠看着结了蛛丝的天花板，心想，也许她并不想死，而是被恐惧控制住了身体。但恐惧不是一个固定在某个地点的东西，只需从这里逃向那里就能摆脱。她无法从环境层面逃离，不知道该怎么办，茫茫人世间无处可躲，于是便自然地想到了消亡，只有去往那将死未死的境地，才能抵御恐惧。

邻居一家听到李阿姨的求救声，开车把赵楠送到医院，现在他们坐在走廊的长椅上说话。处理完毕，医生扯下橡胶手套，去洗手台那边清洗。护士换上一袋新的盐水，说是补充能量的，然后跟着医生一起出去了。

门一关上，赵楠就听到了金齐山的声音，她全身像触电似的颤抖起来，她想躲藏，可是上身有半边是麻的，怎么也起不了身。她几乎要晕厥过去。

然而金齐山并没有进来，进来的是女佣李阿姨，她满脸惊喜地告诉赵楠，警察没有在寻安河里找到金莹。

赵楠再次见到胡琛是在三天后的深夜。她独自坐在院子里，左手腕上缠着绷带。雪没有停过，金齐山也没有回来过，屋子里的温暖毫无意义，反而闷得叫人无所适从。她拿出夏天用的遮阳伞，立在水泥桶里，就这么坐在下面。她要听到风声，她想见到活物，有虫子爬过脚下也是好的，可是除了雪花，什么也不会动。

因此，当她看见黑影向她走来，更像某种期待得到了满足。她仍然害怕，但只是站起身，没有逃跑。

胡琛走到她面前，伸出右臂，慢慢展开手掌。借着客厅的灯光，赵楠看见他掌心躺着一个银色的铃铛，铃铛是扁的，形状像豌豆。这是她熟悉的东西，她下意识地想拿起来看。胡琛迅速抽回手，重新攥紧拳头。他说，我帮你保管，不，这个东西现在属于我了。

你的女儿在那边，我把她捞起来，埋好了，书包也一起埋了。不过，我得留个东西作为证据，要完蛋我们就一起完蛋。你看，从这里走，绕到山海间后面，有条路上山，翻过去，还有路可以下坡，一条踩出来的路，现在草枯了，很明显。走到山脚下，你就能看到一片榉树林。她就在那儿，你要是想她了，可以去看看她。

赵楠在胡琛面前跪了下来。你要什么？

胡琛用另一只手抚摸赵楠，手指从额头滑向头顶，就像抚摸一只猫。

要钱，他说。

我没有钱，真的，你别看我家这样，除了吃穿开销，我丈夫不给我钱的。赵楠说，她手头只有几千块。

先给我三千，今天我只要三千。以后的事，以后再说。胡琛蹲下来，手掌贴在赵楠脸上，帮她擦干泪水。日子长着……长着呢，你真是可怜，就像这个铃铛，你和这个铃铛是一样的。

当夜，胡琛回到填埋场，闯进曾经属于自己的那间砖房，拿出两千五百元扔在桌上，让那对兄弟归置家当，天一亮立刻搬走。兄弟俩收好钱，说，好啊，然后呲呲地笑着，当着胡琛的面又睡下了。

胡琛守在屋外的雪地上，面朝东方，等待太阳升起。漫天雪飘，他只觉胸中滚烫。

雪天的晨曦是灰色的。他的柴刀仍然放在那个熟悉的角落，他举起来朝床铺劈下去。兄弟俩逃出门，穿着棉衣裤在雪地中连滚带爬，胡琛追了他们半个多小时，旁人不敢拉，也拉不住。这对兄弟意识到，再不反击就要冻死了。

但是他们的反击以失败告终。胡琛手上的柴刀就是一块生锈的厚铁皮，又钝又短，威胁远不如他们捡起的长木棍，可他的样子实在吓人，落了半夜的雪花沾在蓬松的头发和胡须上，他气喘吁吁，吐着浓烟，就像只白毛狮子。更要命的是，他完全不躲，长棍结结实实抽在他的胳膊和侧脸上，他的身体歪斜一下，继续迈着步子向他们走去。当那个兄长看到胡琛耳朵里流出鲜血反而越来越凶猛时，他扔掉武器，双手抱头，朝天空大喊。他们不敢闹出人命，只好投降。

胡琛占回砖房，自此像换了一个人，每天奋力争抢最好的资源，没人再敢对他施加欺凌；但他也还是原来那个胡琛，仍然不屈从于戚海和另一派的头领，他还是那颗水里的沙子，只是变得更加粗粝。

看到这里，我着实叹服小希的想象力。赵楠和梁皓的谈话包含很多细节，但她毕竟没有谈及内心。小希的叙述视角在胡琛和赵楠之间来回切换，写到谁，就好像钻进了谁的心里。

意识到自己从此掌握了一个贵妇的命运，作为男人，他最原始的支配欲望苏醒了。这欲望仿佛落于现实中，激励他与生活抗争。

但是我很难理解，不能住在一个屋檐下，不能让她洗衣做饭，连偶尔同赏美景也做不到，并且知道永远没有这样一天——即便金齐山从赵楠的生活中消失——这样的掌控有何意义呢？可是仔细体会一番，似乎又可以理解，也只有胡琛和赵楠这样阶层落差巨大的两端，才能激发出这样奇怪的欲望。

“他居然能把尸体捞起来，真是不要命啊。”一想到要全身浸泡在冬夜的河水里，我就寒毛直竖，“正常人都做不到吧。”

“他一点也不正常。”小希说，“不过，闸门那儿有网罩兜住尸体，位置是确定的，那个河道很窄，其实也不是很难。”

“那可是在晚上，什么都看不见。”

“他可以攀着网罩下水去摸，多试几次，身体足够扛冻就能做到。”

陈舜正用手指当梳子整理头发，这时长叹一声说：“他们那种人跟我们本来就不一样，大自然在他们眼里没有那么可怕。我们整天躺在温床里，什么也不缺，有点精神压力就大惊小怪的。我们对人的极限根本一无所知。”

我和小希都看着他，不知他何来这一番感慨。赵楠被拘留后，他热情高涨，急于完成纪录片呈现真相，时而又为赵楠唏嘘不已，陷入沉思。他变得比以前更加神经质了。他所谓的“极限”，应该说的是胡琛，可也像在说赵楠。

由此，我注意到了一个先前没有考虑过的问题：赵楠成立基金会的真实意图。

“她是为了筹钱给胡琛？”我问。

“我觉得是。”小希说，“这个女人根本没有悔意，一天到晚就知道寻死，真心愧疚的人是不会想死的。她怎么会信佛行善啊？”

“她是有觉悟的。”陈舜说，“就算梁皓猜到金莹那天回过家，她也可以否认，用微波炉的理由可以随便编。她有随时坦白的觉悟。”

“那不叫觉悟，那就是筋疲力尽，心里太累，实在撑不下去了。你别说，要是胡琛没有被抓，她说不说还不一定呢。”

有了自己运营的摊子，赵楠就能从捐款和采购中积累灰色收入，九年时间攒了六十多万，基金会的资产规模其实很一般。不过，她或许并未把可以自由支配的暗钱全部交给胡琛，因为胡琛从始至终没有给她一个明确的数字。胡琛在意的不是数字，而是时间，他想让这份关系永远持续下去。

“胡琛为什么没有花这笔钱呢？用这笔钱做点小生意，就像以前开饭馆那样，不好吗？”

“那得问他才知道。”小希嘟着嘴想了想，说，“不过我感觉，胡琛可能不是真的要钱。他要给赵楠一个盼头，如果什么都不要，赵楠就琢磨不透他，想着想着，容易钻牛角尖，万一去自首，他的梦就破灭了。”

“你可真会揣摩人的心思。”

“比你强那么一点点吧。”

接下来，叙述的时间就到了九年后，也就是发生招待所杀人案的几天前。我一直觉得，无论幸运还是倒霉，我们撞上这桩案子纯粹出于偶然。我们因为囊中羞涩不得不选择住进莲花招待所，而高美前来找我是她的性格使然，如果这些内因不足以构成偶然的话，高美在精确的时间点成为目击证人则是绝对的偶然。重点不在于这个人是高美，而在于目击证人的存在。可是从另一个更高的视角来看，这一偶然并不纯粹，促成偶然的前提，正是因为我们的到来。

赵楠知道有摄制组想要拍摄案件纪录片，担心真相曝光，时刻惶恐难安。她在布施时给胡琛发了暗号，约他尽快碰面。每年一月和七月的二十一日晚上十点，赵楠会把装了钱的黑袋子放在一个垃圾桶里，这个垃圾桶在倚山别墅外围的山壁边，是进出别墅区都不会经过的角落，他们见面的地方就在那儿。

赵楠把情况告知胡琛，对他说，九年了，你也该走了，还要多少钱？说个数。

赵楠虽然受制于胡琛，但她的交易是有条件的——至少她自认为这个条件存在——拿到足够的钱，就永远离开这里。或许她并不觉得我们有能力挖掘出真相，而是想借此机会摆脱枷锁。胡琛捞起尸体埋在山下，被抓了也是要吃官司的，他应该对此有所顾忌。

胡琛同意了，但他提了个要求：与赵楠共度一晚。

我听录音里说到这一段，略微感到惊讶。在这九年中，胡琛并没有亲近过赵楠。随即，我又为自己的惊讶感到惊讶，为什么我认为胡琛觊觎赵楠的身体是顺理成章的事情呢？如果赵楠所言非虚，胡琛内心的复杂以及他对赵楠的情感就超出了我的理解范围。我果然是个俗人，大概是小看了一个一无所有的人。

摆脱胡琛比什么都重要，赵楠似乎别无选择。

那天，胡琛早早起床，去了理发店和澡堂，买下一套西装穿上，到莲花招待所开好房间，随后去慈善会找赵楠，告诉她房间号码。可就在返回招待所的路上，他被戚海看见了。反常的打扮让戚海疑窦丛生，他一路跟踪胡琛前往招待所。

胡琛发现来人是戚海，想要关门已经没有意义了。他说他来这里找小姐，戚海不信。戚海本就对他心怀芥蒂，便赖着不走，等好戏上演。就在这个节骨眼上，敲门声再次响起。戚海抢着开门，胡琛在门后死命抱住他，同时让门外的人“快走”。胡琛的决心让他爆发出失控的力量，一番扭打抱摔，戚海就这样被折断了脖子。

胡琛拿走了戚海的钱包和钥匙。他逃跑时没有拐进招待所后方错综复杂的小路，而是直奔县道，往元禧寺方向走，因为他必须在半路上拦住赵楠，以防止她误入凶案现场。

赵楠只载了他一小段，他便主动要求下车。他说他杀了戚海，而且被人看到了。

所以我迟早会被抓的，他这样对赵楠说，但是警察不会找上你，你跟我没有关系，过去的九年没有，以后也不会有。

他回到填埋场做了两件事：从墙壁的暗格里取出赵楠最近一次给他的还没有来得及找开的钱；把他保存了九年的铃铛放进戚海的房子，从而将金莹失踪案的嫌疑转嫁给一个死人。

赵楠的自白在她与胡琛分别之后就结束了，因此，这两件事是我们从汪磊再次审讯胡琛后透露给我们的零星信息中推测出来的。我觉得这番推测很可靠，最多只有行动顺序上的差别。

听到赵楠的录音，胡琛彻底放弃抵抗，汪磊说，他对赵楠的供述没有异议。

在逃亡的五天里，胡琛走过了七八个乡镇，但没有跑出千桂市地区。他的当务之急是把百元钞一张张用散。他买了许多小东西，买完就随手丢弃，因此他没有像我担心的那样躲进深山。负责联合搜查的当地警方在监控里注意到了他，当即实施抓捕，把他送回三塘县。

如今他的罪状又多了三条：妨害司法，侮辱尸体以及敲诈勒索。赵楠的情况稍稍复杂一些，妨害司法是必定成立的，而故意栽赃的罪名则有可能在未遂和既遂之间摇摆。她有意将金莹的书包作为虚假罪证留在梁皓家里，却因为被胡琛目击产生动摇，进而放弃。但另一方面，她看到了梁皓家院子里的脚印，在明知隐瞒事实会导致梁皓蒙冤的情况下依然选择沉默，栽赃的主观意图就很明显了。

汪磊说多了就不耐烦了。警察不是法官，我现在说什么不作数，判决的事，有机会再告知你们——他用一种随缘再会的口吻说。

之后四天，我开足马力剪辑视频，睡眠时间加起来大约只有十五个小时，以至于在赞助协议签署当天躺在宾馆里呼呼大睡。不过我原本就没有参加的必要，也不适应那种场合，我在场与否对结果不会有分毫影响。

陈舜打电话告诉我，签署成功了。好日子就要来咯——他拖长尾音喊，那感觉像是跟小希热烈庆祝过一番后还没有消散的余味。我说太好了，多半有点口齿不清，然后扔掉手机继续睡觉。下午晚些时候，他们来敲我房门，要叫我一起去吃饭，我还没有睡醒，但是不好意思扫陈舜的兴，忍着头晕恶心上了车。

我们去了一个农家风情十足的饭馆，吃的却是海鲜火锅。餐厅其实是大户人家的院子，有些桌子在棚底下，我们那张则像排档一样露天安置，不过气温宜人，有阵阵晚风吹拂，我的食欲很快就恢复了。院子一侧搭着舞台，上面有音箱和话筒。这家店地处民房集中的居住区，生意和气氛都很好，接连有人上台唱歌。陈舜融入其中，喝几口酒，就上去高歌一曲，小希坐着打拍子。陈舜故作夸张的动作将八十年代的舞台风表现得活灵活现，小希忍不住大笑，同时会看我一眼。

我们三人围坐在圆桌边，彼此间有一定距离，在持续不断的音乐声中，我似乎没有什么理由凑过去跟小希说话。

天空变成了暗蓝色。店家点亮挂在棚布边缘的成串彩灯。那个瞬间，我回想起了采访冯佑时走进山海间客房情景，应该说，我回想起的不是情景，而是感觉，那种期待跟小希两人共处的感觉。但这感觉一会儿就消失无踪了。

我不知道陈舜怎么找到这个地方，可能是白天签署协议时赞助商推荐的。这家赞助商的驻地就在岭阳镇工业开发区，如果他们常来这里，就表示这儿离梁皓当年开办公司的地方不远。

“梁皓回去了吗？”一曲终了的间隙，我问陈舜。

“回去啦，赵楠坦白的第二天就回千桂了。”

“没有去找他儿子吗？”

陈舜打了酒嗝。“不知道。”

梁皓最终还是没有同意接受采访，陈舜也不便强求，现在纪录片有始有终，他已经心满意足。之前口口声声坚持的以犯罪人物为中心，怕是早就忘了。

不过，梁皓也算是为自己讨回了公道吧。我没有完全弄明白他在革马村那些年所遭遇的种种纠葛，一切皆有起因，但似乎又没有可以言说的东西。

“梦辉，这段时间多亏有你，想不到借来的人手那么好用。”陈舜大笑，“等赞助款到账，我会给你酬劳，包你满意。”

类似“包你满意”的话我从我的老板嘴里听过很多次，它的潜台词是：不要问具体多少钱。

“没事，等片子全部做好再说吧。”

“成片的剪辑和包装有专门的团队来做，我已经联系好了。”他说着，朝我伸出酒杯。

我一时间有点茫然，下意识地拿起自己的杯子跟他碰了一下。这个动作大概表示，我认可从现在起退出纪录片的制作团队。

有了数额可观的赞助款，又怎么会让我这个婚庆剪辑师来完成至关重要的环节呢？我的老板不是陈舜，我的任务已经完成了，真的不必茫然。

我知道小希在看我，但我没有给她回应。

“等片子出来了，别忘了让我看一眼。”我说。

“那是当然，会放到网上，谁都可以看。”

因为作息紊乱，我到天蒙蒙亮时才睡着，是宾馆前台催我退房的电话把我叫醒的。我的手机里有小希的两条未读信息。一条是五百元转账提示——她把钱还给我了；第二条写着：“别在意，后会有期。”

“你看，我早这么说过吧？”高美听我说到金莹如何离开，豆浆还没咽下去就开口了，嘴里咕噜噜直响。

“嗯，倒是差不多。”

“虽然人搞错了，但方法就是那个方法。警察也真是蠢，什么足迹鉴定专家……”她扯出纸巾，按了按喷到腿上的豆浆。

“那也不能这么说，警察的注意力全在小孩的脚印上。那个时候进到院子里的人有六个，胡琛走了以后，大人的脚印就变成了七个，除非他们一个一个脚印去对照，确定哪个是谁的，否则根本察觉不到多了一个人。”

“只要做一个简单的加法，谜题就迎刃而解了呀。”

“加一个人的可能，警察也考虑过，只是他们一直认为那个人在气窗外面接应。”

“还有啊，胡琛在仓房里待了两个晚上，怎么就找不到他的指纹和脚印？就知道笨手笨脚翻东西找人，好没用啊……”

“不是找不到，是指纹和脚印实在太多了，得先知道有第三个人在那儿，才会去找吧。雪地上只有金莹的脚印，也难怪他们想不到。”

“第三个人只要下雪之前进去，就不会留下脚印了，这么简单的道理。”

“你对人的要求还真高。”

高美斜着眼看了我一会儿，问：“我对你要求很高吗？”

我假装没听见，紧接着说：“不过话说回来，找不到胡琛这个人，就算发现了他脚印和指纹，案子也还是破不了。”

“多亏你们赶上他杀人才破案，特别是你，行了吧？”

“多亏了你才对。”

“我去招待所还不是为了找你嘛。”

这样倒推因果的话，我还得感谢老板挑中我支援摄制组呢。

这是我回来上班的第二天，我刚刚在工位上坐下来，电话响了。高美买了早餐在楼下等我，我坐进她的车里，我们一起吃早餐，就和以前一样。

高美劈头就问，还去不去了？——这个问题她在昨晚的电话里已经问过我了。我再次回答说，不去了。她说，那好吧，原谅你。我觉得我应该抱住她亲热一番，不过我把持住了。

“金莹真可怜，淹死最痛苦了，还不如跳楼呢，那么小的孩子，怎么有那么大的决心啊。”

“一时冲动吧，”我说，“就是因为小，还不懂，冲动起来，就连下决心的时间都没有。”

“如果她知道她死了，自己的妈妈竟然还要做那样的事，那真是白死了。”

我虽然明白高美的意思，但还是觉得别扭。心智尚未健全的孩子出于一时激愤，要把痛苦和悔恨留给伤害自己的人。假如赵楠悔恨一生，每天在自我救赎的挣扎中度过，难道金莹就不是白死了吗？我知道高美只是言之所至，她不会真的这么想。

孩子最胆小，也最胆大。那一刹那，她的情感已经冲出身体，但是生命的意义还没有跟上她的脚步。

“唉，你还要在这里干到什么时候？”高美朝我公司楼层的方向指了指。

我回过神，意识到表明态度的时候到了。之前我回避过很多次，现在已经避无可避。或许是刚刚结束的经历让我体会到了人生的段落感。

“小美，你对我很好，可是我……”

“说呀！”

“我是说，不管我们什么时候……那个……”

“哪个？”

“组建家庭。”

“什么组建家庭，结婚就结婚，你怎么像个老头子？”

我感到惊奇万分，我并不想那么说，在第一个转折的瞬间，我明明是朝着各自安好的方向去表达的，说出口的意思竟然完全相反。我可真是脆弱不堪。但当我看到高美的反应，却又感到莫名的喜悦。

“我是说，我不想去你爸的厂里上班。”

“不去就不去呗，有什么大不了的？干吗这么一本正经？”

“嗯？”

“我当初那样说，是为了给你甜头。因为我……”高美低下头说，“我总是想，你可能不是真心喜欢我。”

我沉默了一秒钟，然后说：“胡说八道！”

高美哭了，她要用擦过豆浆的纸巾擦眼泪，我连忙重新抽一张给她。她接过去，把刚才那张纸巾捏成团，塞进了我的领子里。随后，她平静下来，望着车窗外陷入了沉默。

第二十一章　隐藏的山路

梁皓乘坐电扶梯，一层一层绕上四楼，走进那家名叫“洛伊”的咖啡馆。服务员上来招呼时，他看到角落里有人朝他挥手。他走过去，俞心岚站了起来，笑得好像刚刚做完一件调皮捣蛋的事。

“阿哥。”

她的头发剪短了，碎乱的发梢悬在耳朵下方。最初在婚礼上见到她，她扎着辫子，一直到她去了上海；之后敏芳过世，梁皓再次见到她，那时她长发垂肩；如今又过去了十年。

她的脸比梁皓印象中消瘦，脖子上也有了淡淡的横纹，但眼里的神采依旧散发着纯真。她只比梁皓小两岁，今年四十三了。

“你怎么头发都白啦？”她故作苦楚，但依然笑着。

“遗传。”

“我也是个半老太婆了。”

他们面对面坐下来，梁皓随手点了菜单第一行的咖啡。他不太懂咖啡的味道。

“让我吓了一跳，这个地方，像大城市了，真想不到。”心岚说。

“你多久没回来了？”

“就跟你打电话那次，三年……四年了吧，后面就没再回来了。”

“你爸情况还好吗？”

“不太好。其实，”心岚耸了耸肩，“是肺癌。”

昨天在电话里，她说这次回来是因为父亲身体欠佳，梁皓能猜到是得了重病。

“上个月发现的，已经晚了，现在只能做姑息性手术，做完还能活一年，医生说。”

“他自己知道吗？”

“不知道的，我妈跟他说是肺结节。”心岚的目光从杯子上抬起来，“我正头痛呢，说还是不说，好像都不好。换了是你，你会告诉他吗？”

“我不知道。嗯，我只能说，如果得病的是我，我希望别人能对我说实话。”

“这样啊。”

“现在是这样想的，真到那个时候，谁知道呢。”

心岚微微笑了笑，叹口气说：“大伯坐了二十年轮椅，二伯自从二娘走了身体也不行了，可没想到，最小的最先走。”

听她这样说，梁皓脑海中浮现出来的却是徐宝华的身影。她在前年去世，九十三岁，和平日一样睡下去，只是没有醒来。白天洗了自己和儿子的衣服，还去了邻居家看鸟。她一直住在俞耀宗家，加上幼贞、梁湛和万成峰，五口人过日子，晚年应该是幸福的。

“往后要辛苦了。”梁皓说。

等俞庆荣走了，心岚是回上海还是留在家里？她没有再婚，倒是合适把母亲接去上海同住，只是不知她母亲能否适应。俞家三户，眼看着每户都只剩一个人了，唯独心岚没有孩子。

梁皓想着这些烦心事，没有说出口。服务员走过来，端上梁皓的咖啡。

“在上海还好吗？”他喝了一口，问道。

“挺好的。”

“和钟浦就再也没联系了？”

“当然不联系！”

“嗯。不打算找了？”

“找过几个，还是一个人好。”心岚顿了顿说，“你不也这样觉得吗？”

梁皓没料到心岚会反问他，可他既然这样问，心岚的反问几乎是必然的。究其原因，他觉得自己并不是所谓的“一个人”，或者说，“一个人”对他而言是常态，而非需要适应或值得言说的特殊状态。相反，在他看来，心岚才是真正的“一个人”。

但其实，这么为她考虑是毫无根据的。她或许和他的心路相似，并且和他一样，不认为独身的自己正在承受苦恼。梁皓意识到，他还没有完全放松下来，他的内心试图让自己跟心岚保持距离。

“是啊。”他说。

心岚似乎察觉到他走神了，她也喝了一口大概已经冷掉的咖啡。

“小湛现在跟你一样高了。”

“你见着他了？”

“他来医院看我爸，和幼贞、二伯一起。万成峰也来了。”

“啊，对。”

“他跟你挺像的。”

“你说万成峰？”

“不是，小湛。你说他像幼贞多，但我觉得他更像你。可能是长大了的缘故吧。”

“嗯。”

“那个万成峰……你别不高兴，我觉得他是个靠谱的男人。”

“我也这样觉得。”

“但也不好说，我只见过他那么几次。”

“不会。他们在一起已经快十年了，比我陪伴他们的时间长得多。”

“说得也是，但我好像没有这样的感觉。”

在这十年间，据梁皓所知，心岚只回来过一次，为了处理户籍相关的事情，隔天一早就回去了。她从母亲口中得知了梁皓的遭遇。母亲常和她通电话，但是关于梁皓，不但没说他涉嫌失踪案，就连离婚的事也只字未提。心岚听闻惊讶不已。由于返程仓促，而梁皓也早已离开岭阳，她只能在出发前给梁皓打了个电话。

“阿哥，你不打算跟小湛见个面吗？”

梁皓默默摇头。

“为什么？那件事情已经过去了，大家都清楚是怎么回事，他现在这个年纪，该懂的都懂。”

梁皓看着玻璃外的回廊。现在是午饭时间，餐馆的服务员都从自家店铺里走出来迎宾，给经过的顾客发菜单。

“暂时不见为好吧。”

心岚微微皱起眉，但没有再劝说。

“就是因为那件事刚刚过去，我去找他，好像带着一种奇怪的姿态去讨回什么东西。‘原来这几年我们一直误解你了’，幼贞也会这么想吧，我不知道。小湛长大了，他不想见我，是因为完全不信任我吗？未必是这样。这是他接受新家庭的转变，他需要一个理由来转变，或许我说得不一定对，但肯定有这个因素在其中。我现在去找小湛，他会非常迷茫。更何况——”梁皓转回头看着心岚，“这不是问题所在，就算没有金莹的事情，结果也是一样的。我不想因为一个误解的心理补偿，而把过去的一切都掩盖掉。”

“听起来是很生气的样子啊。”

“不是……该怎么说呢？”

“我知道啦，我开玩笑的，别那么严肃。”

“无论当时的选择会引向什么结果，到了最后，一个人总会变成最适合自己的模样。”

心岚侧过脸看梁皓。“你是在说我吗？”

“大概也可以。”

心岚抿着嘴笑了。“我还以为，你今天是要去见他，才特地赶过来的。”

“不是。过段时间再说吧。”

“嗯，也好。总之你们血脉相连，这永远不会变。”她似乎也在说她自己和父亲的关系。

梁皓点了意面，心岚要了小蛋糕和蔬菜汤，他们边吃边聊彼此的工作近况。心岚在工作了十多年的百货公司得到提拔，做起了管理，主要负责收集和分析业主的经营状况，给出改良或解约方案。总的来说，是个收入过得去也不太辛苦的工作。

“你呢？还在倒卖相机吗？”

“不是倒卖，是维修。修好了不要的，才转手卖出去——这种情况很少。”梁皓还说，他近几年的主要精力都用来撰写关于摄影理念和技巧的文章。

“对呀，现在很少人用相机了，但是不管用什么，思想才是重要的。”

“也谈不上什么思想，都是些只可意会的东西，写得越模糊，看的人越上头。”

“那我可得去看看。”

吃完午餐，他们一起走出岭阳天府。阳光被遮蔽在灰蓝色云朵之后。在门前广场上，心岚拉上羽绒服，转过头躲避迎面吹来的寒风。

“我大概要等到我爸出院才回上海。”她说，“然后，说不定很快就会回来。”

“嗯。”梁皓点了点头。

他们来到路边的公交站，等车的人很多。他们并肩站着，没有交谈。过了一会儿，心岚说：“你回市里，要到对面去坐车。”

“我还要去一趟盐平山。我想到了一些事情。”

心岚好奇地看着他：“不方便说吗？”

“不是不方便，我自己也没有弄明白。”

“那……我先走了。”

“你不是要等车吗？”

“不，我去医院，走过去很近的。”

“……好，你多保重。”

心岚顺着风的方向朝东走去，天色就像傍晚一样暗沉。

梁皓在终点站下车，看了一眼通向上坡的路口。那条路走进去一小段，再跨上十多级平缓的台阶，就能看见山海间度假酒店的外围设施。梁皓没有走上那条路，而是往回走。大约三四百米后，左前方出现了通往倚山别墅区的水泥斜坡。

金家窗帘紧闭，警察营救赵楠时撞碎的落地玻璃已经换上了新的。梁皓在院门前稍作停留，继续向前走。他经过木桥，走上河岸边的石子路，沿寻安河支流的方向一直往东。石子路走完了就是杂草丛生的泥地，他便再靠近河岸一些，走上了水泥堤坝。河水就在脚下，没有雨雪的日子，水面起伏温和，散射着平钝的天光。

终于走到出海闸了，闸门外就是杭州湾。时值深冬，梁皓隐约还能听到海鸟的叫声。

因为支流较窄，闸门的横梁下没有立支撑柱。此时巨大的石门落位在河水中，把杭州湾暗黄的波浪阻隔在外。梁皓从上至下仔细观察：虽然只有一扇闸门，横梁上方却有一大一小两台提升机。大机器通下一根螺纹杆，连接在石门顶上；小机器上垂下来的则是钢索。这条钢索位于石门内侧，下端连接着金属网罩，网罩与石门等大，两侧边缘和堤坝内壁紧紧贴合，可以阻挡绝大部分生活垃圾入海。

在那个大雪纷飞的冬天，为了防止河道水位过高，石门一直处于吊起状态，但金属网罩每隔半个月才清理一次。金莹失踪当天，网罩是落位的。这是警方通过调查获知的信息。因此，金莹的尸体会被网罩兜住，赵楠扔下的书包也一样。

不过，下雪和下雨对河水流速的影响是不同的。雨水落到屋顶上、地上，很快便向低处汇聚，最后进入河道，水位迅速抬高，开闸后河水的流速就会很快。但是，雪的融化需要时间，在气温回升之前，只有直接落在河面上的雪片才能增加水流速度，影响应该很微弱才对。

溺水死亡后，金莹就会沉到河底。在冬季，尸体绝不可能在一两天内浮起来。她躺在泥泞不平的河床上，能否被缓慢的水流冲到金属网罩的位置呢？

梁皓无法判断。虽然说，胡琛下河捞尸是在金莹失踪第二天的深夜，尸体被冲刷的时间很长，但是那么长的河道，总会有水草、乱石、凹坑之类的阻碍。如果尸体没有到达网罩，就可能停留在河道的任何位置。

他定了定神，等思绪从黑暗的河底脱离出来，然后拿出手机，拨通了冯佑的电话。

“皓哥？真是好久没联系啊！我看到新闻了……”

“你还在老东家上班？”

“呵，是啊，没什么出息。”

“方便的话，帮我问个事。”

“你说。”

“你能联系到小陈总吗？”

“小陈总……”

“寻安河开挖支流，当时是他的主意。”

“对，我记得。”

“我想知道这条河挖了多深。”

“多深……”

“还有河床是怎么处理的。”

“这是什么意思？”

“有没有填平，用水泥或者别的什么材料。这方面我不太懂，如果你能问到施工队的电话，那就更好了。”

“行，是跟那个案子有关系吗？”

“回头我找你碰面再聊。我等你回复。”

梁皓挂了电话，沿着来路往回走。他穿过杂草地，再次走进倚山别墅区。他来到了那座木桥上。木桥对面也是别墅群，建筑造型和这边完全一样，但它们属于山海间酒店的客房，被铁围栏隔开了。围栏顶上拉着高压电线。

顺着围栏往西走，一直走过围栏的转角，右前方出现了山壁，他放慢脚步，边走边注意路边，随即找到了那条记忆中的小路。

“嘿！”那时，金莹忽然出现在那儿，哈哈大笑。她藏在隐蔽处，一等梁皓经过就跳出来吓唬他。她的脸上有发紫的掌印。他们刚刚散步回来。那时候是春天。

金莹指给他看，山壁下茂盛的草丛间有一条模糊的小路——那算不上路，是草秆被压塌形成的凹陷。这条凹陷的痕迹很长，向远处延伸到山坡之上。

“从这里可以一直爬到山顶的。”

“你爬过？”

“你，你不要告诉我妈。”

“别这样做，很危险的。山上有蛇。”

——蛇不是会冬眠吗?

是啊，现在是冬天。

那时，梁皓跟着金莹走进了小路。地势缓缓向上，山海间酒店大楼一层层往下显现。春风拂面，他看见宽大的草叶上停着翠绿的蚂蚱。金莹走在身前一米多远，她说：“我是要去看那个酒店。”

“为什么？”

“我妈说酒店是你设计的，你说不是，我就想去看看。”

“在家里不就能看到吗？”

“可是看不到里面。”

“从这里上去可以看到里面？”

“对呀，走一点点路，往右边走，就是那边，有几块大石头的地方，然后就有围墙了，那个围墙戳在山里。先往山上走，再绕回来，就可以翻过栏杆到里面去。你看——”

“我看到了。不对，怎么……”

如今，和山体衔接的那部分栏杆上张起了巨大的铁丝网，足有四五层楼高，不仅如此，这张网弯弯绕绕地爬上了山坡，把上山的路阻隔断了。

“啊……现在不可能从这里翻过去了，去不了酒店，也去不了山顶。”梁皓自言自语，“看来，你的小秘密早就被人发现了。”明知四下无人，他还是朝身后看了一眼。

他正决定离开，视线偶然间扫到了围栏后的一处岗亭，岗亭里的保安也在一动不动地注视他，距离太远了，他不太确定。思索片刻后，他迈开步子，从路边的草丛里斜穿过去，走向围栏。

保安从岗亭里出来了，他有五十岁左右。“喂，你干什么！”

梁皓说，他来这里考察，回去要做方案。保安隔着栏杆打量他。

“考察，考察你走大门啊，来这里，真是……”

“刚才在那儿看别墅，不经意就走过来了。”

“你原路返回，出了别墅区，沿大路往北走，那边。”保安连说带比画，生怕梁皓不分东南西北。他口气生硬，但是个热心肠。

“这儿原来是边门吗？”

“啥边门，没有边门。”

梁皓觉得在这里设岗亭很奇怪，这也是他走过来的原因。

“奇怪得要命！哎哟，你不知道，这家酒店有毛病。”保安翘出大拇指，胳膊往后摆了摆，“翻过山头就是垃圾场，非要在这里造酒店。”

“有味道？”

“不是味道，味道哪能飘这么远？垃圾场里住人的呀，捡破烂的，现在起码住了百来号人。这座山那么平，随随便便就过来了。”他说“过来”时候，胳膊往回一勾，就像有人翻过了围栏。

保安说，那些捡破烂的只要准备一套像样的衣服，洗干净头脸，就能混进酒店。

“混进去做什么？”

“吃饭哪，自助餐，报个房号就行。有机会，那就顺手牵羊。很多客人喜欢放个包占座，缺心眼不是？”保安指着别墅群的方向说，“还有更离谱的，直接撬窗户进去睡觉，头痛死了。”

“到别墅里面去睡觉？”

“那可不？尤其是冬天。这里一套别墅，一晚上六七千块钱，谁住谁是猪头三，老早没生意了。那片没有人巡逻，只要不用电，住一个礼拜都发现不了。”

“上面的铁丝网是什么时候加上去的？”

“叮叮当当的，搞了好长时间，去年夏天吧——要说全部围起来的话。我嘛，还得再守一阵子。”

保安一个人坚守岗亭，大概是孤单了，连着说了许多山海间不合常规的地方。梁皓一看手机，离约定的时间只剩半个小时。保安看出他要走，又复述了一遍去往山海间正门的路线。

假如那条被踩踏出来的小路可以通向山顶，梁皓打算尝试着走上去，然后从西坡下山，这样就可以直达垃圾填埋场。现在他只能沿着马路绕行，半小时恐怕到不了。他打电话给填埋场的阿丽，说要迟到一会儿。

“没关系，梁先生，王哥还在休息呢。我在路口等你，你慢点走。”

岭阳大道上尘埃四起，阿丽壮实的身影在远处显现，她坐在路边的石头上。环山路比梁皓想象中远得多，事实上他走了将近一小时。阿丽站起来，挥着手臂喊，你可来咯。

他们一起走向砖房，王哥的屋子在填埋场空地的南边，和戚海的屋子南北相望。

“梁先生，我自己做主跟王哥说了，给两百，你看行不？”

“行。”

“那我这边……”

“一样。”

阿丽攥紧拳头在胸前晃了晃，快步走到门前喊，王哥！

王哥顶开帘子看外面，手里端一碗面，嘴巴咀嚼着。他颧骨凸出，皮肤黑亮，年纪和梁皓差不多。

他直愣愣地看着梁皓，等吃的咽下去，他说："你来问赵楠的事？她的事我不太清楚的。"

"没关系，就是随便聊几句，要不了多久。"

梁皓说完看着阿丽，于是阿丽说："去屋里聊吧，啊？"

王哥放下帘子进去了，阿丽再把帘子撩起来，朝梁皓打了个进门的手势。

一道轻质砖墙把屋子隔成大小两间，小的在里面。所有墙面上都贴了挂历或报纸，外面那间有灶台橱柜，锅碗瓢盆整理得井井有条，灶台旁还有扇后门，望出去可以看到一间低矮的石棉瓦房，里面堆满了垃圾。

王哥坐着自顾自吃面，阿丽把他对面的椅子扶正，让梁皓坐，然后赔了个笑脸，出去了。

"打扰你吃饭了。"

王哥听梁皓这样说，略显尴尬地搅了搅舌头，放下筷子，点了根烟。

"他们先前说，有个男人害了那姑娘，说的就是你？"

"对。"梁皓坐下了。

"他们虽然都听我的，但是赵楠的情况，很多人都知道得比我多。你想问什么？"

"你在这儿很久了吧？"

"没错。"

"原先在开发区的电子厂工作？"

"……怎么？"

"厂里裁员，就到这里来了，一起跟来的还有十几个人。戚海把你们安顿好，你们就跟着他一起干。"

王哥被烟熏着了，眯起眼睛。“说这个干什么？”

“我只是确认一下，没找错人。后来你跟戚海闹翻了，跟你一起出来的兄弟还是跟着你，这里的人就分成两派，你和戚海……”

“你到底啥意思？”

“我想知道，你跟戚海闹翻的原因是什么？”

“没什么原因，我就是看不惯他，他要我干啥就干啥，我不舒服。”

“那个时候，他要是赶你们走……他算是对你有恩。”

“有恩又怎么了？一辈子听他使唤？你这人，当真莫名其妙。”

梁皓看着他手里的烟。烟灰攒了很长一截，一点点弯下来，落到了桌上。

“你女儿在县里上高中，她……”

“你干啥！”王哥挺直身体，“阿丽跟你说了啥？这婊子，她跟你说了啥？”

梁皓吹走桌上的烟灰，然后看着他，轻轻摇头。“你有个念高中的女儿，老婆在菜场门口摆摊卖饭团，你们住在镇上。”

“还有呢？”

“就这样。”

“那你提我女儿做什么？你走，钱我不要了。”王哥绕过桌子走到梁皓身旁，“走啊！”

阿丽蹲在自己家门口，一直望着这边，见梁皓出来了，迈着碎步跑过来。

“王哥咋说的？”

“我没有机会问，问了他也不会说。”

“也是，是这么着，姑娘被糟蹋了，哪个会说嘛。那么小就被糟蹋了。”

梁皓停下脚步，转过身面对阿丽。“你昨天跟我说你没有亲眼看到的。”

“是没看到呀，但我就是晓得嘛。王哥是个实诚人，不是女儿的事，不会跟阿海挑着干的。阿海的德行我还不知道，他看那女娃的眼睛，就那么个事。不过啊，我上回不说了嘛，阿海那里不行，说糟蹋好像也不对，到底做了啥，我总不好去问人家。”阿丽说完，伸出手指搓了搓，“老板，能多给一张不？王哥现在笃定是我告诉你的，我要挨揍。”

梁皓数了五张纸钞，从皮夹里取出来，攥在手中。“还有个事我想问你。”

“哎，你说。”

梁皓望向盐平山的山头，阿丽也跟着扭头望过去。

“你去过对面吗？山的那一头。”

“去倒是去过。”

“我的意思是，直接从山上过去，去酒店里混吃的，住别墅。”

阿丽瞪大双眼，嘴型调整了好几次才说出话来。“你看我像那种人嘛，老板，不是说人穷就一定爱贪便宜。好多人干过，我可莫干过。”

“谁干过？阿海和胡琛，谁干过？”

“他们就是干过，也不会向我汇报呀。”阿丽为难地扁着嘴唇，“胡琛我是不知道，阿海嘛，他老早就满山跑，填埋场建起来之前就那样。”

梁皓松开手指，让阿丽把钱抽走了。

木格子移门被拉开了，梁皓马上站起身。汪磊确认是他，便走进包间，对跟过来的服务员说，红茶。随即，他发现茶几上没有茶杯，就问，红茶喝得惯？梁皓说，都行。汪磊说，那就来一壶。服务员关上门走了。

梁皓对附近不熟，这家茶楼是汪磊指定的，时间也是。汪磊穿浅灰色带帽子的羽绒服，头发干燥而蓬松，看着比平日在刑警队里的样子憔悴，但也平和一些。今天多半是他的轮休日。

这个包间临街，窗台外面挑一根竹竿，挂着三盆吊兰，可以稍稍阻挡来自对面写字楼的注视。一张齐膝高的茶几，两边各一张沙发，汪磊在对面坐下了。

“你这是，”他哼笑着说，“有多少话要跟我讲？”他摊开双手看着茶几，仿佛一个个碟子里装的不是零食，而是梁皓的问题。

“那我就先提要求，我想见胡琛。”

汪磊慢慢把脑袋摆向远离梁皓的另一边。“你又要干什么？”

“他服刑了，我不可以去探视吗？”

“你跟服刑人是什么关系？你的申请通不过的。”

“谁批？”

“我批。”

“那就有可能通过。”

汪磊颤着肩膀笑了一阵。“你知道我不会答应，所以才约我出来。”

“对。”

“好，你说。你要问他什么，我替你传达。”

梁皓垂下目光稍作停顿，再次看着汪磊问：“他是怎么把人捞上来的？”

“用竹竿，头上带钩子的。”

“竹竿呢？”

“在他房子里。”

“你看到了？”

“看到了。”

“他有这样的东西也很自然，他们平时干活就需要这样的东西。”

“你说得对，不能确定我看到的竹竿就是他用来捞人的竹竿。”汪磊把手掌一翻，“但是反过来，也不能确定不是。你想说什么？”

“那天晚上——金莹失踪的第二天，胡琛去找赵楠。赵楠告诉胡琛金莹跳河了，胡琛就去捞人，结果真就捞上来了，你不觉得有问题吗？寻安河支流，挖这条河是山海间开发商的主意，他们也出钱了，但如果不是因为当时革马村排涝有问题，政府也不会随便答应。它不只是景观河，有五米深，将近十米宽。你觉得凭他一个人，能在半夜里把人捞起来吗？”

“确实不容易，但事实上他就是捞起来了。尸体被冲到网罩那儿，他需要确定的就只是横向位置。攀住网罩左右移动，然后用竹竿试探河底，确定尸体位置以后，人先回到堤坝上，再用竹竿把尸体钩上来——他是这样说的，你认为哪儿有问题？我是找不出来。”

“按照当时的水流速度，你觉得尸体被冲到网罩的可能性有多大？”

“你不能这样去考虑问题，小概率值得怀疑，但不能全盘否定，除非你能在逻辑上证明不可能。”

梁皓咀嚼汪磊话里的意思：他也曾对此充满疑惑，但最终选择接受眼下无从反证的现实。

九年过去了，原本可能存在的线索就和警察的热情一样，被时间消磨殆尽。金莹的死因、自杀动机、死前的行踪，还有尸体被转移的方法，这些最关键的信息全部来源于罪犯的招供，并且被警方采纳。诚然，这样破案的例子应该有很多，梁皓能理解汪磊的做法，汪磊不能像他那样，可以对其反复思量、搁置。面对一道题的解答，如果找不出错误，就只能打钩。

于是梁皓说：“金莹在二十一号晚上跳河，二十二号一整个白天，她在河里，你们在山上找，半夜胡琛把她捞起来，然后，二十三号天一亮你们就去河里找，他就埋到山上去了——这是在捉迷藏。”

“我们有我们的搜寻部署。赵楠隐瞒了她和女儿的冲突，换作你会第一时间把注意力集中在河里吗？况且，还有你的问题，以至于耽搁了搜寻进度。当然，我承认我们判断失误，对你的处理不公正……”

梁皓摆了摆手。“我的意思是，好像冥冥中自有安排，造成了时间差，你们和胡琛的行动只要错开一步，结果就不一样。你认为，这同样是小概率但不能全盘否定的事情；但是，我是不是可以这样想：这个时间差是人为制造的。”

汪磊抬起了眉毛。“谁制造的？”

“胡琛。”

“你在说笑么，他怎么控制我们的行动？”

“他控制不了，也不需要控制。他只需要知道你们的行动，你们什么时候搜山，什么时候下河，然后跑去对赵楠说‘警察搜山的时候，金莹在河里；警察下河的时候，金莹在山里，是我捞起来埋好的’。”

汪磊的眼神有了一些变化。

“可能没有什么时间差，不管你们什么时候下河，都捞不到人，而胡琛也没有下河去捞。”

“你是说……金莹没有跳河？”

“我是在这样想。”

“那她去哪儿了？”

梁皓低下头，转过脸看向窗外的吊兰。

“茶来了。”服务员说着敲了敲门。汪磊让她进来。她的托盘里有一个花纹精美的小炉子，一个冒着热气的玻璃茶烧壶，两个茶盏。她把这些东西按顺序放到茶几上，用打火机点燃炉子里的酒精，再架上烧壶，动作不紧不慢。她告诉汪磊如何调节火焰大小，然后双手叠在腹前说，请慢用。

拉门再次关上了。

“我不知道。”梁皓说，“但我会告诉你我为什么这么想，这是我今天找你碰面的目的。我没有任何可以称得上是证据的东西或者事实，单纯只是猜想。如果你觉得有那么一点可能，并且有必要的话，就采取行动。”

空调挂在梁皓上方，出风口正对汪磊。汪磊拿起遥控器按了一下，接着脱掉外套，仔细拉直了放在身侧，然后拎起咕噜响的烧壶，朝两个茶盏里倒茶。

“你说。”

“嗯。你有没有想过这样一个问题：为什么这个案子破了？九年时间没有任何进展，现在忽然间真相大白。赵楠有负罪感，她坦白了，但她的坦白是有条件的。最直接的原因，是你在戚海的房子里找出了金莹的铃铛，然后就找到了她的尸体。突破点就是在这个时候出现的，铃铛把金莹和垃圾填埋场联系起来了。”

“可以这么说。”

“你们那次行动的目标是要找出杀戚海的人，是这样吧？如果没有铃铛，不管有没有找到凶手，招待所杀人案和金莹失踪案还是两件不相干的事情；铃铛让戚海和金莹产生关联，而胡琛和戚海本就有关联。但这个铃铛一直在胡琛那儿，是他放到戚海的房子里，这就很难理解。因为胡琛的目的是要隐藏赵楠，继续控制她——这一点你认同吗？对他而言，金莹的尸体永远不见天日才是最要紧的事。他正确的做法是，带走铃铛，然后销毁。”

“的确。”汪磊点着头说，“要是他不这么干，金莹的尸体就找不出来，案子到现在还没破，这样的可能性是很大的，我承认。”他前倾上身，手肘支住膝盖，“但是你刚才说的那一套逻辑，是你的，不是他的。他把铃铛放在戚海房子里，是要转嫁嫌疑……”

“哪来的嫌疑？”梁皓打断他，“不出现铃铛就没有嫌疑，谁都没有，哪有转嫁的必要？胡琛的做法不是转嫁嫌疑，反而是把嫌疑暴露出来了。”

“你有听明白我的意思吗？”或许是梁皓的态度有些咄咄逼人，汪磊出于针锋相对，也变得急躁了，“我说了，胡琛未必会像你这样考虑，这种理性对人的要求太高了。他是个罪犯，赵楠也是，犯了罪的人整天在想什么，在担心什么，这个我比你有经验。赵楠为什么找胡琛碰面，归根结底是这种心理造成的：她怕真相被陈舜他们几个挖出来，所以要让胡琛离开这里，切断和他的关联。如果他们像你这样思考问题，就不会有那次碰面。结果阴差阳错，胡琛杀了戚海，被人看到了，他知道自己逃不掉，这绝对会压垮他的心理，只要被警察盯上，接下来就会引起一系列连锁反应。他把罪证转嫁给一个死人，或许像你说的，不是最优解，但我觉得很符合他当时的心理状态。”

“可他心里只有一件事情，就是不让赵楠牵扯进来。他不担心自己会怎么样，只要能继续控制赵楠，坐牢也无所谓。有这样一个意念在，他就是再慌张，也不会做弄巧成拙的事，他还记得要把赵楠给他的现金拿走，不是吗？拿走现金却不拿走铃铛，这很矛盾。”

汪磊靠进沙发摇了摇头。“我还是那句话，这是你的逻辑，你对一个逃犯的要求太高了。那好，既然矛盾，那你认为他转移铃铛的原因是什么？”

“也许他没有转移铃铛。”

“什么？”汪磊又重新坐直了。

“不妨这样想试试看——铃铛原本就在戚海的房子里。”

“……这些年一直都在？”

“对。也就是说，你找到铃铛以后的第一反应是正确的，戚海杀了金莹，把她的铃铛作为纪念品保存下来。”

汪磊闭目沉思，马上又睁开眼。“你就是因为胡琛转移铃铛的不合理性才得出结论：金莹不是自杀，而是被戚海杀了？”

“不是。这个念头在赵楠跟我坦白的时候就有了，当时没有想那么多。没有别的原因，我觉得她不会跳下去。”

“为什么？”

“她不是那样的性格。冲出家门的时候，可能有寻死的念头在脑子里一闪而过，但她不会真的跳下去。”

“是吗，这种事情我见得多了。你好像比赵楠还要了解她。”

“你还记得赵楠的录音吗？”

“每一句都记得。”

“我想，如果我没有跟金莹说过‘不要来找我’这样的话，如果那天晚上她见着我了，那么，她从家里出来就不会跑向木桥，她会再来找我，赵楠也是这么想的。但当她看到那片树林的时候……”

“她说她想起了那只猫。”

“没错，金莹一直以为猫被她扔进河里了，这给了赵楠一种直觉，金莹跟着猫去了，她要寻死，所以赵楠掉头了。当然客观上来说，她已经追出很远，金莹跑不到那个地方，她掉头是对的，但她的直觉错了。怀疑金莹不是自杀，难道不应该更简单一点吗？因为没有人看到她跳下去。”

“脚印呢，桥栏杆上的脚印怎么解释？她踩上去了，但是没有跳下去？还是说，这根本是赵楠在说谎？”

“赵楠说谎的可能性很小，不单是这一点，其余的我也觉得是可信的。或者说，赵楠说的都是她以为的事实。因为她说的是对她最为不利的局面，她这样说，等于把金莹的死全揽在自己身上了。”

“嗯，这个我认同。”

“你设想一下，冲动跳河自杀的人，究竟会不会在桥栏杆上留下脚印呢？我觉得不会，她会直接翻过去，而不是站上去。”

汪磊动了动眼珠子，随即点头。“所以她留下脚印，是为了让赵楠误以为她跳下去了？”

“对。就像她不回家一样，赵楠说别回来，好啊，那就不回，赵楠说去死，她就‘去死’。只不过，是‘死给你看’，不是真的死。”

“然后呢？她去了哪儿？”

“去哪儿都行，只要暂时不被赵楠找到。我猜，她去了山海间，那儿有条路可以爬到半山坡，然后翻围栏进去。”

“这么说有根据吗？”

“只是我的猜测。”

汪磊把手指放到人中上，仿佛是略感遗憾一般摇了摇头。“你接下来是不是要说，戚海也恰好在那个酒店里？”

“你说对了。”

汪磊又笑了，他看着窗外，舌头抵住下唇，就这样过了良久。

“早些年，山海间的管理有很大问题，很多拾荒者去那儿偷鸡摸狗，晚上就住在别墅客房里。”

“这个情况我当然知道，但你不能把各种偶然硬搭上去——这个小女孩一个晚上经历的这些事，未免太多巧合了，去你家撞上胡琛，去酒店又撞上戚海……”

“刚才那句话我可以原封不动还给你：小概率值得怀疑，但不能全盘否定，除非你能在逻辑上证明不可能。”

“你这是在诡辩。”

酒精快烧完了。梁皓把茶烧壶放回炉子上，看着壶底冒出细小的气泡，说：“可能是吧，有人能告诉我那些想法很荒唐，也是好的。”

“你是不是走火入魔了……”汪磊忽然想到了什么，眨了眨眼说，“不对，铃铛是跟着书包的，不是跟着人的，赵楠把书包扔河里了，铃铛怎么会到戚海手里呢？”

“他把书包捞起来了。”

“又是不着边际的猜想。”

“如果他看到赵楠扔书包，他就会想办法去捞。那条河离犯案现场太近了，让你们找到书包，搜寻的范围就会集中在那一带。山海间的独栋别墅和那座木桥只隔了一道铁栏杆。”

“那胡琛给赵楠看的那个铃铛……”

“可以再找一个——赵楠并没有看清楚那个铃铛。胡琛拿着铃铛去找赵楠是在你们打捞尸体的三天以后。如果他真的捞起了尸体，他巴不得马上见到赵楠。但他却隔了三天，为什么呢？可能他在犹豫吧。但也有可能是他需要时间来找一个看起来像模像样的铃铛。他知道那个铃铛什么样子，他见过的。”

“他拿另外一个铃铛去要挟赵楠……”汪磊喃喃着，思考了一会儿，抬起头说，“那他必须确认金莹已经死了才行，否则就会穿帮。”

“是啊，他在审讯室里对我说，他看到戚海埋尸体——其实那是实话。”

汪磊眯起眼睛，目光如炬地看着梁皓，随即挪开了视线，眉间的皱纹逐渐变深。

“赵楠认罪了，他为什么不改口呢？”

“我不知道，你可以去问他。”

汪磊的表情放松下来，干巴巴笑了几声。“你都快把我说服了。因为几个疑点，还有所谓的‘她不会跳下去’，你就硬把事情讲成另一副样子，我很难接受。你想让我做什么呢？”

“好，那就讲你已经接受的。”

“什么意思？”

“尸体和书包都是胡琛捞起来的，也是他埋的，他在你们搜山的当天晚上把尸体捞起来，然后马上就埋到了山上，他是这样招供的？”

“是的。”

“他怎么敢这么做呢？如果你们第二天继续搜山，尸体不就被发现了吗？”

“他可以埋在我们已经搜过的地方，事实上也确实如此。”

“事实如此是你现在回头再看的结论，你认为他转移了铃铛也是这个道理。第二天就埋到山里的风险太大了，有这样魄力的人，就不会转移铃铛。不管捞尸体的人是戚海还是胡琛，绝不会捞起来就直接埋山里，一定还有一个中转的地方。”

汪磊似乎从梁皓眼里读到了什么。“哪里？”

“山海间的别墅客房。”

茶烧壶的盖子砰砰跳动，水星子溅到桌上，冒出一缕缕细烟。汪磊慢慢伸过手去，把炉子关了。

“你想让我去查？”

“你觉得有必要的话。”

汪磊站起来，双手插进裤兜，在茶几和沙发的空隙间来回走。这一次他思考了很久，然后停下来面对梁皓。

“快十年了，就算真是那样，还能查到什么？没错，尸体留下的痕迹很难清除，可是……除非那个地方十年没住客人、十年没有打扫——你觉得可能吗？”

梁皓低下头，轻轻叹了口气。

“这个你来决定，怎么查我不懂。我找你，不是来提要求的，只是觉得有另外的可能。我大概是做了很多自以为是的调查，但并不是在怀疑你的办案能力，如果事实是原来的样子，我也完全可以接受。”

“你这样以退为进，我倒是难办了。哼，你还真有能耐。”

“不是什么能耐。我这样说可能不太合适，你没有淡忘，可总有别的案子要处理，但是对我而言，九年来就只有这一件事，再没有别的东西了，每一种可能性都会在我脑子里过一百遍、一千遍。想到这些，我就整晚睡不着觉。金莹现在埋在公墓了，我还没去看过她。我会想，我站到她面前，该对她说什么呢？如果她没有跳下去——我是说万一——那我对她说，‘生命是最宝贵的东西，下辈子可千万别那么傻了’，她一定会气疯的。”

第二十二章　尾声

洗好碗，他给自己泡了杯浓茶，坐进沙发里看手机。

妻子从昨天傍晚开始大扫除。和往年年底一样，这项工作通常会持续四五天，过了元旦收尾，然后在除夕前再来一次，为的是能体面地在这里张罗年夜饭。妻子全家的亲戚都会到场，而他这边只有父亲一个人。到时候，他们父子俩会被乱哄哄的攀比揶揄的场面折腾死，像两只只会傻笑的猪。

此时，妻子站在铝合金人字梯上，擦第二层的窗户。她戴着塑胶手套，套口箍住粗壮的小臂，一丝缝也不留。梯子一个脚上的皮垫子没了，妻子挥动胳膊的时候，梯子也跟着扭动，发出的尖叫让人全身发酸。

她到底有多重呢？她要是摔下来，后脑着地，像拍碎的西瓜一样，这可太有趣了。他望着梯子中间的那根绷直的尼龙绳。绳子翘出几根须，在午后的阳光里闪闪发亮。绳子暂时还看不出来有断裂的迹象。不，绳子断掉的话，梯子会劈叉，这个女人最多摔个屁股蹲儿，或者跟着劈叉，撕裂大腿根部的肌肉。那没意思，要整个儿倒下来才行。

他强迫自己把注意力转移回手机上。他正在看一篇摄影心得，最近他常看这位作者的文章，是去年偶然注意到的摄影师——也许并不是什么摄影师，只是擅长用文字装模作样的人。这些年，写作的门槛和摄影一样越来越低了。

他之所以对这位作者感兴趣，是觉得字里行间所透出来的感觉似曾相识。他想起了多年前那个爱拍照的男人，就在隔壁家当家庭教师。当然，他从没看过他写的什么东西，事实上，除了那女孩出事以后，他上门来找他要照片那次，他们几乎没有说过话，尽管他很希望和他聊聊。聊聊器材，聊聊灵感，他觉得那家伙是个行家，可是对方没有给他机会。就是这种不给人机会的感觉，似曾相识。

每一次按下快门就是一次准备和机遇的碰撞。碰撞出好作品的偶然，就像人生的重大转机一样可遇不可求，幸运的是，按下快门的动作可以不断重来。

他明明记得有这样一句话，却翻遍了也找不见。妻子还在扭，梯子还在叫，他觉得自己的人生从来没有什么转机，有的只是日益强烈的烦躁不安。他想回房间了，妻子却忽然叫他。

“老公。”

“什么事啊！”

“……你干啥咯？”

“啊，没什么，打瞌睡了。”

妻子眨巴两下黄豆大的眼珠。“你看那边。”

他伸直脖子，朝妻子指的方向看去，只见山海间的别墅附近聚了不少人。

“有客人闹事吧。”他咕哝了一句。

“客人闹事来那么多警察？”

他不想那么快回应妻子，却也禁不住好奇，便站了起来。的确，那些人穿的制服跟保安的不一样，而且，他们分散在好几栋别墅周围，不像是在解决几个人之间的纠纷。

他走到院子里，妻子爬下梯子跟出来。

“真的是警察啊。”妻子说，“这事怎么没完没了，不都判刑了嘛，莫非是别的事？都折腾到酒店里去了。”

他发现邻居们也和他一样望着河对面。随后有人走出院子，经过他家门前的小路上了木桥。他家是离木桥最近的一栋房子，院门外就是铺成拱形的防腐木桥面。

他不想凑热闹，可妻子已经走过去了，他怕她乱说话，只得跟上。妻子要乱说话他是控制不了的，但他至少要知道她说了什么。

“没啥好看的，都回去吧，各忙各的去。”

警察挥手驱散看客，他们在围栏的另一边，除了喊两声，没有更好的驱散办法。妻子正在和邻居交谈，听起来没人知道出了什么事。

不一会儿，两个穿灰西装的管理人员从酒店大楼那边急匆匆走过来，他们手里拿着钥匙，一间接着一间，把别墅的门都开了。警察进去后拉上了窗帘，不过拉扯的动作很是随意。窗帘落回来，荡了几下，留出很宽的缝。

他走近了，鼻子钻进栏杆之间，凝神细看。阳光刺眼，玻璃是黑色的，里面的人在窗户附近活动才能勉强看清楚。他们似乎是在往地上喷洒像是杀虫剂的东西。

“啊……”有个老头子朝一个应付他的年轻警察甩动食指，他认出对方了，“你们是县里来的警察。”

“找个东西，小案子。”年轻警察说。

“火烧眉毛的样子嘛。”

“不至于。马上元旦了，怕到时客人多了不方便。”

“你放心，元旦也没人住，大楼里头可能还有客人，这些别墅，鬼屋一样的。”

“是吗，那就好。”

他也认出了好几张面孔。现在基本上可以确认了，这批人就是负责调查女孩失踪的刑警。他们走访过倚山别墅区的所有人家，尤其是他家里，那年来了两趟，一趟是正常询问，另一趟是因为他拍下的金家的照片。今年十月份又来了一趟，据说女孩是在木桥上跳河自杀的，他们就问他有没有看到或听到什么。

被妈妈打了一巴掌就跳河了，真是荒唐。

那警察说是在找东西，想必没人信吧。要紧人物来这里住别墅，丢了要紧东西，警察帮忙倒也说得过去，但是除非人家忘了住的是哪一间，否则怎么有同时排查所有屋子的道理？看这副样子，他们的确准备查遍山海间的别墅客房。

他拿出手机，打开搜索应用，在搜索框里输入“警察在案发现场喷洒的东西是什么”。他马上找到了答案：鲁米诺试剂，接触血红素会与活性氧产生氧化作用，释放出蓝紫色荧光。

拉上窗帘不单是怕人偷看，也是为了让荧光更明显吧，他想。

他的猜测很快得到了印证。邻居们像看动物一样看了半个多小时，陆陆续续回去了。妻子拽他的袖子，一直把他拽回木桥上。她压低嗓音，像哮喘发作似的说：“你听到了嘛，他们说小姑娘死在别墅里！”

“不是跳河吗？”

“谁知道呀，见鬼了。”

“警察说的？”

“老吴说的，老吴跟警察熟。你在笑什么？”

“嗯？我没笑。”

“明明在笑！”

“阳光太刺眼了。”他低下头，看着妻子浑圆的肚子。

他们走回家里，妻子又爬上梯子了。

“搞不好警察还要上门来，烦死了。你拍照就拍照，发给杂志社干吗？”

“你说了十年了，还要说。”

这女人是不可能懂的。他一直觉得，那张照片的功能性掩盖了本身的艺术价值，这是他唯一一张在正经刊物上发表过的作品，他纠结了好几天才投稿给杂志社，可惜没有人对照片夸赞过一句，即便是杂志社的编辑。

“哎，我问你。”妻子转过头来看着他。

她处在逆光之中，零散的头发和尼龙绳翘开的须一样是金色的，她的脸一片黑暗。

“那些照片你真的删掉了？”

“什么照片？我就是随手拍的，这有什么！”

“我没问你怎么拍的——警察可不管你怎么拍的——我问你有没有删掉。”妻子又转过来一些，带着上身一起，现在她的腰隐约显现出来了。

“神经病……”他轻悠悠地骂了一句，站起身朝卧室走去。

他坐到书桌前，发现忘了把茶杯拿进来。他回头看了看刚刚关上的房门，然后掀开笔记本电脑，打开隐藏的文件夹，一张张浏览照片。

她趴在沙发上，勾着小腿画画；她在厨房里，把刚洗好的带着水珠的苹果凑到微微张开的嘴边；她蹲在院子里捉虫子，裙摆拖到了泥土上；她在小路上迎面走来，刚刚撞见他的瞬间，他按下了快门……

她漠然又可爱，孤独地探索世界，宛如一只折耳的猫。

“啊——”

妻子在尖叫。紧接着，客厅里传来梯子倒地的响声，仿佛大理石被扇了个清脆的巴掌。他又怕又喜，连忙冲出书房。

梯子的确倒了，但妻子没有摔下来。她紧紧抓着窗帘，垂挂在二楼的高度。

“你快过来呀！”

窗帘的挂钩绷断了一个，两个，然后是一串。她的身体划出平缓的弧线，滚落到地上，和窗帘缠作一团。

昨天烟花五岁了，梁皓煮了一条鲫鱼给它吃。关于猫和人的年龄对应关系，各种说法稍有偏差。不过，五岁怎么也已经步入中年。它窝在这间小房子里，到现在只有梁皓陪着它。小时候叫它，它也“喵”的一声叫梁皓，现在叫它，它只摆动一下尾巴梢。梁皓摸着它的脖子，他在考虑，要不要去一趟宠物市场。

那儿的猫狗都是最普通的猫狗，价格通常在两百元以下。他看到烟花的时候，市场还没有形成，只停着几辆电动三轮车，车斗里装着笼子。它独自在笼子里，左探右突。同一窝的都被挑走了，留下品相最差的它。田园猫的各种毛色纹样，唯独三花不稳定，黑毛长在嘴鼻附近大概是最糟的运气了。

贩子说，就四十天大，小一点容易养熟。买回来以后，梁皓意识到“四十”应该是估摸数，那时倒推四十五天正好是元旦，就自作主张把它的生日定在了元旦。

带回家的第一个凌晨是大年初五，梁皓听到了稀稀落落的鞭炮声，于是给它起名“烟花”。它是母猫，挺合适的。

他下了楼，在人流如织的老街里穿行。这些年他一直这样走着，因为没有紧急的事，也不会去很远的地方，周边生活必需一应俱全。总的来说，他的生活自在而零散。金莹的去向提拉着他的方向，归拢了他零散的生活，日子好像一艘慢行的小船，在时间的海面泛起涟漪。如今这艘小船停下了，虽然还不确定中途经历了什么，但确实已经停下来了。

汪磊打电话来是在两个多小时以前。手机听筒里传来一声叹息，他说：“我跟你汇报一下工作进展。”

梁皓的心沉了下去。汪磊不无调侃意味的口吻已经告诉他答案了。

“我们在山海间别墅客房里蹲了两天，总共二十三栋，我刚刚拿到鉴定结果，没有金莹留下的痕迹。老实说，全面勘察远不止这点功夫。我查过酒店的记录，生意是冷清，但是这十年入住次数最少的一栋也有将近一百次，住一百次就有一百次打扫，所以我没管毛发和指纹，只测了血迹反应。”

“血迹？”

“是的，没测出来。抱歉，我只能做到这个份上。”

“不……”

“没测出来不代表一定没有，有些洗涤剂会干扰试剂的反应，但即使真的没有，也只能排除金莹是在别墅里遇害——而且是以出血形式遇害的可能性。如果只是中转尸体，或者遇害时没有出血，那检测就没有意义。我不知道你有没有理解我的意思，换句话说，我们这次勘察对验证你的推测没有任何帮助。”

“我明白了。”梁皓对着手机点了点头，“谢谢。”

“另外，我去看守所找过胡琛了，他很茫然，听不懂我说的话。”

“或许我真的想多了。这样也好。”

“梁皓……”汪磊顿了顿说，“从我个人角度来说，我没法反驳你，我甚至可以这样说，如果赵楠和胡琛的供述一开始就是你说的情况，我就会以凶杀的性质结案，凶手已经死了。时间很可怕，能改变的东西太多了。我做了二十年警察，我敢说每件案子我都全力以赴，但也不得不接受很多遗憾。而你要接受的，只是放弃一种可能性。别再多想了，不管她是跳下去了还是被人害了，都跟你没有关系。”

挂掉电话后，梁皓在沙发上静坐了一会儿，然后准备整理东西。一个人住，家当很少，虽然有点乱，能整理的地方并不多，不如干脆重新调整桌椅沙发的位置吧。他甚至产生了一个彻底的念头——换个地方住，换一套更小的房子。

他这么想着，看到了烟花眺望窗外的背影。它常常这样眺望，背影从容。但花花绿绿的世界只是它眼中的风景，它不爱出门，它会惶恐害怕，失去方向。梁皓拿起相机拍下了这一幕，反复看着。他想，也许烟花并不知道自己是只猫吧。

快到菜场门口时，手机在兜里震动了一下，他拿出来看，一个微信名叫做“阳光照耀海底”的人请求加他好友。“阳光照耀海底”的头像是一辆自行车。

梁皓停住脚步。他不自觉地笑了笑，忽然感到非常紧张，以至于拇指有些颤抖。他不想让梁湛先发消息过来，却想不好第一句话说什么才合适。

“你有自己的手机了？”

“对，昨天刚买的。”梁湛接着又发了一条，“平时只能周末用。”

梁皓长吁一口气。他看了眼晴朗的天空，把视线转向行色匆匆的人们。

“但今天好像是上学的日子。”

“我现在在殡仪馆，小阿公去世了。”

梁皓愣了一下，随即反应过来，“小阿公”是俞庆荣。

“手术没做好，做到一半人就没了。全身麻醉，没有痛苦。”

梁湛说话的口气像个大人了，至少在手机上的感觉是这样。而后，俞庆荣去世的信息才真切地传递到梁皓的意识里。

“你要帮忙做什么吗？”

“不用，我在院子里，灵堂里乱哄哄的。我想起外婆去世的时候了。”

“你记得？那时你才四岁。”

“院子里有个圆坑，我看到就想起来了。坑里点着火，很多人围着坑转圈，手里还拿着蜡烛。”

“不是蜡烛，是香。”

“然后你带我出去玩了，晚上的时候。后来堂姨也走出来了。我在玩泥巴。”

“对。你堂姨还好吗？”

“不知道，一直在哭。”

梁皓没有马上回复。然后他发现自己走错路了，他下意识地朝菜场走，就像平时散步那样。宠物市场在另一个方向。

梁湛仿佛心有灵犀：“你的头像是你养的猫？”

“是的。我现在正要去给它找个伴。”

“去哪儿找？”

“一会儿你就能看到了，我拍照给你看，你帮我挑一只。”

“好啊！”

图书在版编目（CIP）数据

白鸟坠入密林 / 贝客邦著. -- 海口 : 南海出版公司，2022.10
ISBN 978-7-5442-9847-6

Ⅰ. ①白… Ⅱ. ①贝… Ⅲ. ①长篇小说-中国-当代 Ⅳ. ①I247.5

中国版本图书馆CIP数据核字（2022）第105134号

白鸟坠入密林
贝客邦 著

出　　版　南海出版公司　(0898)66568511
　　　　　海口市海秀中路51号星华大厦五楼　邮编 570206
发　　行　新经典发行有限公司
　　　　　电话(010)68423599　邮箱 editor@readinglife.com
经　　销　新华书店

责任编辑　黄宁群
特邀编辑　陈梓莹　沈丹凝
营销编辑　李清君　李　畅
装帧设计　李照祥
内文制作　张　典

印　　刷　河北鹏润印刷有限公司
开　　本　880毫米×1230毫米　1/32
印　　张　13
字　　数　350千
版　　次　2022年10月第1版
印　　次　2022年10月第1次印刷
书　　号　ISBN 978-7-5442-9847-6
定　　价　59.00元